CUANDO

reescribamos

LA

HISTORIA

CUANDO reescribamos LA HISTORIA

BELÉN MARTÍNEZ

Argentina – Chile – Colombia – Ecuador – España
Estados Unidos – México – Perú – Uruguay

1.ª edición: junio 2019

© 2019 *by* Belén Martínez
All Rights Reserved
© 2019 *by* Ediciones Urano, S.A.U.
Plaza de los Reyes Magos, 8, piso 1.º C y D – 28007 Madrid
www.mundopuck.com

ISBN: 978-84-92918-46-1
E-ISBN: 978-84-17545-98-7
Depósito legal: B-10.390-2019

Fotocomposición: Ediciones Urano, S.A.U.

Impreso por: Rodesa, S.A. – Polígono Industrial San Miguel
Parcelas E7-E8 – 31132 Villatuerta (Navarra)

Impreso en España – *Printed in Spain*

Para Tere, gracias por esas historias que escribimos juntas y por las que todavía nos quedan. Sin ti, nuestra «Generación Perdida» no habría sido la misma.

Regrets collect like old friends.
Here to relive your darkest moments.
I can see no way, I can see no way.
And all of the ghouls come out to play.

And every demon wants his pound of flesh.
But I like to keep some things to myself.
I like to keep my issues strong.
It's always darkest before the dawn.

Shake It Out, Florence and the Machine

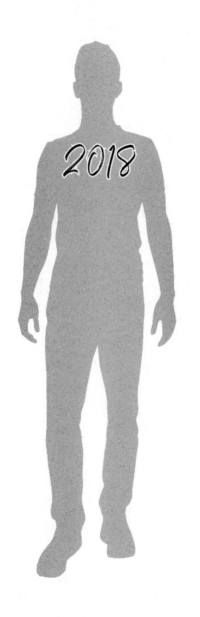

Capítulo 1

Siempre he odiado el instituto y, diez años después, todavía lo odio más. ¿Historias de amor adolescente, escondidas entre los pupitres de las clases? ¿Notas que se deslizan sin que los ojos de los profesores las descubran? ¿Fiestas tras los exámenes? ¿Lágrimas en la graduación, prometiendo a gente a la que nunca le has gustado que no los olvidarás, que harás todo lo que puedas para volver a verlos?

Agh.

Vomitaría si pudiera.

En primer lugar, puede que existan historias de amor en el instituto. Claro. Somos idiotas, al fin y al cabo, y con las hormonas revolucionadas, aún más. Pero seamos lógicos. Esa chica o chico al que besarás por primera vez no va a ser con quien serás feliz para siempre. De hecho, lo normal es que apenas duréis un par de meses, hasta que tengáis los labios gastados de tanto enrollaros.

¿Crees que el profesor no se da cuenta cuando le pasas un *maldito* trozo de papel del tamaño de tu *maldita* mano a tu amigo, riéndote entre dientes como un *maldito* imbécil? Por supuesto que te ve, pero no hace nada porque no tiene ganas de perder el tiempo con adolescentes estúpidos que no pueden esperar cinco minutos a que la clase termine para soltar la tontería de sus vidas.

Y luego están las fiestas. Ya. Eso cuando no tengas unos padres que te obliguen a acostarte a las once de la noche, o que no estén dormidos cuando regreses dando tumbos, borracho. Porque por mucho que lo intentes, no podrás ocultarlo. Créeme. Un adolescente ebrio con el típico discurso de: «Estoy sobrio. Que esté arrastrando las palabras, camine en zigzag y acabe de vomitar sobre la alfombra, es solo porque la cena me ha sentado mal», lleva un cartel con luces de neón en la frente que dice lo contrario.

Y la graduación. La famosa graduación. Por favor, no hagas pucheros. No llores. Posiblemente, de los sesenta que sumáis entre las dos clases termines manteniendo la amistad con uno, con tres si eres medianamente popular. Al resto, solo los verás en las malditas reuniones de antiguos alumnos como a la que tendré que acudir esta noche.

Suspiro y me miro de soslayo en el espejo que cuelga de la pared. Han pasado diez años desde que crucé por última vez las puertas del instituto, pero apenas he cambiado algo desde entonces.

Quizás he crecido un par de centímetros, pero sigo siendo bajo para mi edad. Hacía años, creía que el día menos pensado, daría un estirón y miraría a todos desde arriba. Sin embargo, ese deseado estirón nunca llegó, y me quedé estancado en el metro sesenta y dos.

Mi pelo sigue tan revuelto como entonces. Ondas incontrolables de cabello castaño, enredadas entre sí, levantadas en todas direcciones. Y luego, están mis ojos. Tengo la cara muy pequeña y los ojos demasiado grandes. Cuando era un niño, parecía un maldito búho. En el instituto llevaba unas gafas de cristales gigantescos por la miopía que empequeñecían mi mirada hasta un tamaño medianamente normal. Ahora llevo lentillas. Si al menos tuvieran un color bonito, o raro, sería diferente. Pero no, el color de mis ojos es marrón. Sin una veta verde, o dorada. Marrón. Como el café o las castañas.

Aparto la mirada con un suspiro. Cuando terminé el instituto me prometí que cuando regresara a una de esas aburridas reuniones sería alguien diferente a aquel chico pequeño, inseguro y callado que había pasado desapercibido durante seis largos años.

Joder. Debería haberme negado a ir.

—Ha llegado otro.

El paquete inmenso que cae sobre mi escritorio y agita violentamente el café que se me ha quedado frío, me hace regresar a la realidad.

Parpadeo y llevo la mirada del sobre marrón apagado, tan ancho como la palma de mi mano, a Sergio, que se aleja con pasos rápidos de mí.

—Eh, ¡eh! —exclamo—. ¡Llevo siete ya este mes! ¡Siete! ¿No se lo puedes pasar a Marta?

Él ni siquiera mira atrás, tampoco se detiene. Simplemente se limita a encogerse de hombros.

—Tu mesa está más cerca que la de ella.

No puedo contestarle. Desaparece por el largo pasillo y se hunde en sus tinieblas; me deja con los dientes apretados, el café todavía moviéndose dentro del vaso de papel y el octavo manuscrito que tendré que leer antes de que llegue el 30 de julio.

Miro fijamente el paquete, esperando a que se desenvuelva solo. Por el tamaño, debe tener cerca de mil páginas. Mierda. Mil. Me obligo a respirar hondo y, con el cúter que guardo en una taza que me regalaron mis padres, lo abro, produciendo un ligero siseo. Desde la porcelana blanca, me observa un monigote delgaducho, que carga una montaña de libros como si fueran pesas del gimnasio. «Felicidades al nuevo becario» es lo que dice.

El manuscrito cae con fuerza sobre mi escritorio. Ladeo un poco la cabeza para leer el título: *La insoportable historia de un ser demasiado pequeño en un mundo demasiado grande.*

—Esta mierda sí que es demasiado grande —susurro, pasando la primera página.

La tarde se desliza suavemente mientras leo o, al menos, lo intento. No es fácil leer oraciones tan largas, con tantas comas y metáforas que no comprendería ni un graduado en Filosofía. Hace calor en la editorial. El aire acondicionado está en los despachos, lejos de donde sudan los pobres becarios. El susurro de las voces de mis compañeros, junto con el sutil silbido de la máquina de café, me sume en un estado de duermevela, del que despierto de golpe cuando mi teléfono móvil comienza a vibrar.

Miro la pantalla que se ilumina y se apaga en perfecta sincronía con los temblores. En mitad de esta, un nombre me hace atender con rapidez.

—Hola, Melissa.

—Llevo esperándote un rato. ¿No piensas bajar?

—Oh, mierda —bufo, mirando el reloj de pulsera—. Lo siento. Enseguida voy.

Dejo una marca en el manuscrito y lo cierro con cierto alivio, aunque mañana tendré que ponerme de nuevo con él.

Desenrollo las mangas de mi camisa, las aliso un poco, mientras me abrocho los puños, y me despido a media voz, aunque nadie se molesta en contestarme.

La editorial Grandía ocupa un viejo edificio del centro. Tiene amplios suelos de parqué, techos altos y escaleras de mármol que te hacen recordar los viejos palacios de los cuentos de hadas. Durante los primeros días que trabajé aquí, me gustaba pensar que los personajes de los libros vivían entre sus paredes, que a veces caminaban por nuestro lado sin que nosotros nos percatásemos, que eran los culpables de que a veces, alguna pila de libros se derrumbara sin remedio, o de que las luces de las lámparas parpadearan demasiado. Más tarde, me di cuenta de que la culpa la tenían las malditas corrientes de aire y la defectuosa red eléctrica con la que contaba el edificio.

Junto a la vieja puerta abierta, apoyada en el marco, encuentro a Melissa. Va vestida con una falda ajustada y una camisa blanca que acentúa su piel morena. Encima lleva una chaqueta del color del atardecer.

El sonido de mis pasos hace que vuelva la cabeza. Me sonríe, aunque su ceño se frunce un poco al echarle un vistazo a mi camisa arrugada y la pequeña mancha de café en la rodillera de mis pantalones.

—Podrías haberte arreglado un poco más.

—Me he puesto una camisa, y ya sabes que odio las camisas —contesto, y comienzo a andar—. Si por mí fuera, iría con vaqueros y una sudadera. Perdón. Si por mí fuera, no iría a esa mierda de reunión.

—A ti todo te parece una mierda —observa ella, dándome un empujón cariñoso—. Estará bien, ya verás. Será divertido.

—Lo que tú digas —respondo, y pongo los ojos en blanco.

Melissa se ríe y enlaza su brazo con el mío. Yo la observo de nuevo de soslayo, esta vez con mayor detenimiento.

—Tú, sin embargo, sí vas muy arreglada. ¿Vienes de una cita o realmente sientes una decepcionante ilusión por ver a unos idiotas que ni siquiera hablaban con nosotros?

Su sonrisa se transforma en una mueca de exasperación. Niega varias veces con la cabeza y me da un ligero pellizco en el costado, aunque se sonroja un poco.

—He quedado esta tarde con Valeria.

Esta vez soy yo quien sonríe ampliamente, y le devuelvo el pellizco que acababa de darme.

—Vaaaaya —comento, alargando la palabra—. Últimamente quedáis mucho. —Melissa se limita a reír por toda respuesta—. ¿Cuándo piensas...?

—Por favor, otra vez no. —Ya ni siquiera hay una mueca estirando sus labios. Se detiene durante un instante para dedicarme una mirada de advertencia—. Sabes de sobra que no quiero hablar sobre eso.

—Sí, claro que lo sé. Pero algún día tendrás que enfrentarte a tus padres. Llevas demasiados años así.

—No es fácil.

—Ya, y se hará todavía más difícil si dejas que pase más tiempo —insisto, con cierta irritación. Como ella no contesta y sus ojos se han vuelto extrañamente brillantes, añado en tono de broma—, si eres capaz de enfrentarte a nuestros antiguos compañeros de clase, puedes hacer cualquier cosa.

Melissa resopla, pero al menos consigo arrancarle una pequeña sonrisa.

—El instituto también tenía cosas buenas. Hasta tú tienes que admitirlo.

—Sí, claro que tenía cosas buenas: Tú —contesto, mirándola fijamente—. No creo recordar nada más. No organizaron ningún viaje de fin de curso, nadie se peleó a golpes con nadie, y ni siquiera viví una de esas épicas historias de amor que se terminan yendo a la mierda.

—Julen, no vamos a entrar de nuevo en una clase llena de adolescentes hormonados y estúpidos. Ahora todo es distinto. Ahora somos adultos.

—Melissa, tenemos veintiocho años. Hoy en día no se es adulto hasta que no te casas, llevas en un trabajo más de un mes y tienes un hijo con cuarenta.

—Pero hemos cambiado —exclama ella, airada—. Hasta tú lo has hecho. Si el Julen de entonces te viera ahora, diría que te has transformado justo en lo que nunca quisiste ser. Una especie de Oliver Montaner.

—¿Qué? ¿Estás de broma? —pregunto, arqueando las cejas. Un destello de pelo rubio y ojos fríos restalla en mi memoria—. ¿En serio crees que me he convertido en él?

—No, claro que no. Pero creo que deberías darte cuenta de que las cosas han cambiado para bien. Para la mayoría de nosotros —añade, bajando un poco la voz.

Estoy a punto de replicar, pero me muerdo los labios y desvío la mirada. Frente a nosotros, un par de chicas miran al cielo y señalan algo en él. Distraído, sigo sus manos y alzo la mirada hasta la luna.

Me detengo en seco.

—¿Qué es eso? —farfullo.

Melissa se detiene un par de pasos por delante de mí, y se da la vuelta, extrañada, antes de seguir el rumbo de mis ojos. Ella, por el contrario, no parece sorprendida de lo que ve.

—¿No lo sabías? Llevan anunciándolo toda la semana.

—Estamos a final de mes. Llevo con la cabeza enterrada en manuscritos desde hace demasiados días —contesto, con un murmullo.

Sobre los tejados planos de la ciudad, tan inmensa que parece otro planeta más, está la luna. Los edificios sobre los que se levanta son diminutos en comparación. Dan la sensación de que son pequeños recortables. Casi parece como si estuviera a punto de absorber a la propia Tierra. Pero no es solo su gigantesco tamaño, es su color. La mitad de ella es blanca, luminosa, pero la otra es más oscura, anaranjada, casi sanguinolenta.

No puedo evitar que un escalofrío me estremezca. Es como si estuviera viendo una señal del fin del mundo.

—Supongo que da un poco de miedo —comenta Melissa, retomando el paso. Yo la sigo a duras penas, con los ojos clavados todavía en el cielo—.

Dicen que no se verá nada así en... no sé, unos doscientos años. Aunque creo que el día antes de que comenzáramos nuestro último curso de instituto, también se produjo una Luna de Sangre, ¿no lo recuerdas?

Ella me observa por encima del hombro, porque no puedo evitar quedarme atrás. Soy incapaz de separar los ojos de esa enorme esfera blanca y naranja, que hace parecer al cielo oscuro y luminoso a la vez. No brilla ni una sola estrella, y no solo por la contaminación lumínica de la ciudad. Es como si esa luna absorbiera toda la luz, todo el color del mundo.

—Para ti debe ser diferente que para los demás.

—¿Por qué? —pregunto, sin mirarla.

—Porque vives entre libros, lees muchas historias. Encuentras leyendas en cada rincón.

—No encuentro leyendas en cada rincón porque no tengo tiempo para ello. Créeme, ahora mismo, vivir entre libros y encontrar grandes historias no es lo mismo —replico, notando la saliva amarga por momentos—. Ni siquiera he vivido algo que merezca la pena ser contado.

—Bueno, puede que ese día llegue pronto. Puede que sea hoy.

Tuerzo los labios como respuesta mientras ella me vuelve a sujetar del brazo y tira de mí, obligándome a andar. A pesar de que no tengo más remedio que mirar hacia adelante para no comerme una farola, no puedo evitar que mis ojos se levanten por encima de mi hombro, para observar la enorme luna que dejamos atrás.

—Para muchos es una señal, un símbolo —continúa Melissa, mientras contiene la sonrisa. Ella percibe que me muero por saber más—. En Oriente Medio rezan porque lo consideran un signo de mal augurio.

—¿Creen que es el fin del mundo, o algo así?

—No exactamente. Creen que es una señal que cambiará el curso de la historia.

Esbozo una pequeña sonrisa y vuelvo a mirar al cielo.

—Tal y como va todo, no estaría mal.

Melissa asiente, distraída. Parece estar haciendo memoria.

—En las noticias han dicho que para que se produzca otro fenómeno igual, el Sol, la Luna y la Tierra deberían estar de nuevo perfectamente alineados. La Luna tendría que estar en su zona orbital más cercana a nosotros y la Tierra debería encontrarse entre la Luna y el Sol.

Dejo escapar todo el aire en un resoplido y dejo de mirar al cielo para observar a mi amiga de reojo.

—Y nosotros nos vamos a perder todo eso por una estúpida cena de instituto.

Melissa vuelve a poner los ojos en blanco y, esta vez, el empujón que me da no es tan cariñoso.

—No seas pesado. Solo tienes que darte una vuelta, saludar a los que no odiabas, ignorar a los que sí, y beber un poco. Después, si quieres, puedes marcharte y mirar la dichosa luna. Al fin y al cabo, durará varias horas.

—Me parece un buen plan.

Mi intento de sonrisa le arranca un largo suspiro. Sus dedos se hunden un poco en la piel de mi antebrazo, no sé si para darme ánimos o para regalarme una advertencia. En cualquier caso, ya no hay marcha atrás, así que me dejo llevar por ella.

Hace buen tiempo, y por nuestro lado pasean chicos y chicas, que ríen y creen que se han puesto sus mejores galas, aunque algunos están un poco ridículos. Los sigo con la mirada, sintiendo una extraña melancolía, aunque realmente yo nunca fui uno de ellos. Nunca le oculté nada a mis padres, nunca fui a fiestas prohibidas, nunca bebí a escondidas. Yo era demasiado aburrido y estaba muy solo.

Mis ojos se tropiezan de pronto con una figura que pasa por mi lado. Mi mirada lo sigue, distraída, pero entonces mis ojos se agrandan de golpe. Él me devuelve la mirada mientras yo observo su rostro frenéticamente.

Conozco ese pelo negro y esa mirada azul. No podría olvidarla por nada del mundo.

Me quedo clavado en el suelo, y el súbito frenazo hace trastabillar a Melissa.

—Eh, pero ¿qué haces?

Desvío la mirada hacia ella durante un instante y, cuando vuelvo los ojos hacia el hombre, ha desaparecido. No hay sombra de él. Es como si se hubiera disuelto en el aire. Aunque no podía ser. Parecía tan sólido como el brazo de mi amiga, que ahora aprieto con demasiada fuerza.

—Pensé… —Busco a mi alrededor, entre la multitud que nos rodea, pero no lo encuentro—. Pensé que había visto a alguien.

—¿A alguien? —pregunta ella, interesada.

—No me creerías si te lo dijera —contesto, y esbozo una sonrisa que se queda en un patético intento.

—Qué misterioso. ¿Has visto a un fantasma?

—He visto algo peor —digo, consiguiendo por fin que mi voz no parezca un débil balbuceo.

Melissa me mira durante un segundo más, pero termina sacudiendo la cabeza. Con la mano que tiene libre, señala al cielo.

—Será cosa de la luna.

Alzo la mirada, y observo la inmensa circunferencia que parece embebida en sangre.

—Será cosa de la luna —mascullo.

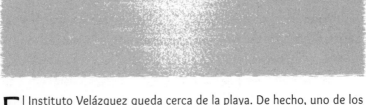

Capítulo 2

El Instituto Velázquez queda cerca de la playa. De hecho, uno de los muros blancos que delimita el patio comunica con el paseo marítimo.

Al salir al recreo, podía oler las algas cuando estas se acumulaban en la orilla y, en los días en los que el viento arreciaba, oía el fuerte rugido de las olas. En el instante en que la campana sonaba y no teníamos más remedio que volver a clase, aparecían las gaviotas y devoraban los restos de comidas que quedaban desperdigados. A veces, no eran tan pacientes, y se la quitaban de las manos a los niños. Hubo una vez que una gaviota le robó medio bocadillo a Cam, cuando estaba a punto de llevárselo a la boca. Se lo arrancó directamente de los dedos con su pico alargado. Yo no era su amigo, pero recuerdo que estábamos los dos cerca y, de pronto, cuando nos miramos, nos echamos a reír.

—¿Un ataque de melancolía? —me pregunta Melissa, observándome con burla.

—Claro que no —contesto, apretando los labios con fuerza.

Pero no puedo evitar que una sensación extraña me arrase cuando nos encontramos por fin frente a los ladrillos rojizos que conforman el muro de entrada al recinto del instituto. Tras él, hay un enorme porche que comunica con la entrada principal, cuyas puertas de hierro negro están abiertas de par en par. Recorro con la mirada todo el edificio, intentando mitigar sin éxito esta tensión que me recorre.

Los recuerdos me sepultan bajo esa fachada amarillenta, de grandes ventanas de cristales sucios y persianas medio rotas. No ha cambiado nada desde que pisé por última vez sus suelos de baldosas moteadas y frías.

No hay nadie por los alrededores. Al fin y al cabo, tampoco éramos muchos en el curso, y creo que llegamos algo tarde. Deben estar todos en el interior.

Melissa se apresura en subir las escaleras del porche, pero yo echo un vistazo por encima del hombro. La brisa de la noche incipiente me empuja hacia adelante, mientras revuelve mi pelo desastroso.

—¿Estás buscando a tu fantasma?

Levanto la mirada bruscamente hacia ella, que me espera apoyada en la reja negra. Casi parece estar hablando en serio.

Gruño algo que ni yo mismo entiendo y me doy prisa para seguirla.

Sé que debería respirar hondo, contar hasta tres, entrar con el pie derecho, no sé, hacer alguna clase de ritual de mierda antes de adentrarme en el edificio que juré no volver a pisar hace diez años, pero todo sucede muy rápido. De súbito, he abandonado la calle y me encuentro en el fresco recibidor del instituto.

Lo primero que pienso es que parece más pequeño de lo que recordaba. Lo segundo, que es demasiado oscuro. Las orlas de los estudiantes que cuelgan de las paredes son la única mota de color en todo el sitio, aunque me hace sentir observado por los cientos de ojos congelados en las láminas de papel.

—Este lugar sigue dando escalofríos —murmuro.

—No digas tonterías —bufa Melissa, conteniéndose para no poner los ojos en blanco—. Ven, vamos a saludar.

Solo hay una persona en la entrada, con una copa de cristal en la mano y un portafolios en la otra.

—Hola, profesora.

Melissa se ha acercado a ella, arrastrándome a su lado. La reconozco al instante, aunque no la haya llamado por su nombre. Aunque lo he intentado, no he podido olvidarla. Es la profesora Ezquerra. Nunca llegamos a conocer su nombre de pila, nunca nos lo dio, nos obligaba a dirigirnos a ella sin tutearla. Su pelo, que antes era gris, se ha vuelto completamente blanco, aunque lo lleva peinado como recordaba: una melena corta y lisa que no llega a rozar sus hombros. Sus ojos oscuros, inquisitivos, asoman tras unas gafas de montura metálica.

Se abren mucho cuando nos detenemos frente a ella.

—¡Chicos! ¡Qué alegría veros!

Me esfuerzo por no alzar los ojos al techo con exasperación cuando ella se vuelve hacia mi amiga. Sé que la reconoce. Apenas le dio clase porque Melissa y yo no compartíamos todas las asignaturas, pero ser una de las primeras del curso, marca. Y tener un color de piel más oscuro que la mayoría, también. Por desgracia, ocurría, y por lo que veo, sigue ocurriendo.

Cuando la profesora Ezquerra desliza su mirada hasta la mía, veo que duda un poco.

—Soy Julen. Julen Bas —aclaro.

—Oh, sí. Me acuerdo de ti.

Ya. Y una mierda.

—¿Qué tal está, profesora? —pregunta Melissa que, de los dos, es la única adulta con la cabeza lo suficientemente fría como para mantener una conversación.

—Bien, muy bien. Ya no doy clases, me jubilé hace unos meses.

—Vaya. Qué lástima.

¡¿Qué lástima?! Miro con los ojos muy abiertos a mi amiga mientras ella me da un pellizco en el brazo que todavía sujeta.

—¿Por qué no vais con vuestros compañeros? —dice la mujer, haciendo un gesto al pasillo que se abre frente a nosotros—. Se encuentran en el patio interior.

—¿Faltan muchos? —pregunta Melissa, con interés.

La sonrisa amplia de la profesora Ezquerra tiembla un poco mientras echa un vistazo a la lista que tiene entre sus manos. Las uñas se le ponen blancas cuando aprieta el papel repleto de nombres.

—No. No muchos.

Parece querer decir más, muchísimo más, pero no separa los labios para pronunciar palabra. Melissa frunce el ceño e intercambia una mirada rápida conmigo. Hace amago de darse la vuelta, pero entonces, me acuerdo de alguien.

—¿Ha venido Amelia? —Ella sí era una profesora normal, sin humos de dictadora en potencia. Nunca ponía en ridículo a los alumnos—. Nos dio Lengua y Literatura durante todo bachillerato.

La sonrisa de la profesora termina por desaparecer. Desliza la vista por toda la entrada del instituto antes de mirarme a los ojos.

—Pensaba… que todos lo sabíais.

—¿Saber? —pregunto, notando una tirantez extraña en el estómago—. ¿Saber qué?

—Enviamos cartas a todos los alumnos, a los antiguos, incluso.

—Melissa y yo no vivimos en el mismo lugar que cuando íbamos al instituto —respondo, algo crispado.

—Bueno, quizás por eso… —La mujer suspira y sus ojos se empañan un poco—. Amelia murió hace un par de años. Cáncer. Siempre le dijimos que fumaba demasiado.

Me quedo inmóvil, con las palmas de las manos heladas. Melissa debe notarlo, porque me las frota disimuladamente.

—No… no lo sabía —murmuro, aunque es algo que ya había quedado claro.

—Lo sentimos —se apresura a decir mi amiga—. De verdad.

—Sí. Todos lo sentimos cuando sucedió.

Hay un silencio incómodo en el que mi respiración se vuelve muy ronca. Echo un vistazo rápido a mi alrededor, y recuerdo cómo solía despedirme de Amelia en esa misma entrada, agitando la mano mientras ella me sonreía.

—Quizás… deberíais ir con el resto de vuestros compañeros. Seguro que se alegrarán de veros.

Esta vez ninguno de los dos contestamos. Cabeceamos un poco y, con los brazos todavía entrelazados, nos dirigimos hacia el pasillo que antes me parecía amplio, y ahora resulta claustrofóbico.

—Sabía que era una mala idea volver aquí.

Esta vez, Melissa no se molesta en replicarme.

La recepción oficial es en el pequeño patio interno del instituto. Cuando estudiaba aquí, solo lo pisé un par de veces. Una, cuando nos tomaron la foto de clase. La segunda, durante el último día de curso.

Al abrir la puerta de cristal, me vuelvo a sentir, por un absurdo instante, como en el día de mi graduación, incómodo con mi primer traje de gala y ridículo con la gomina que me he echado en el pelo. Pero al parpadear, la imagen de los chicos y chicas, vestidos con trajes y vestidos de colores, se transforma.

Somos tantos como ese día, pero hay menos tacones altos y menos laca flotando en el ambiente. Excepto un par, nadie se ha puesto traje de chaqueta, así que mi camisa arrugada no me hace sentir tan fuera de lugar.

El chasquido de la puerta al cerrarse a nuestras espaldas atrae la mirada de los más cercanos. No sé por qué, pero me encojo un poco. Melissa, por otro lado, esboza una sonrisa deslumbrante y saluda con las manos.

Reconozco vagamente a quienes nos devuelven los saludos y las sonrisas. Todos formaban parte de la otra clase, y yo apenas me había relacionado con ellos. Aunque ahora que lo pienso, nunca lo hice con nadie. Melissa era mi única amiga, mi pareja para todo, excepto cuando hacíamos grupos por orden alfabético. Cuando ocurría eso me limitaba a escuchar, a no interferir mucho y a estar de acuerdo con lo que decidía la mayoría.

Ahora mismo parezco un *maldito* niño agarrado a la mano de su madre, pero no pienso soltarla en todo el encuentro. No tengo muchas opciones con quién hablar.

Cruz, quién fue nuestro tutor de segundo en el bachillerato, se encuentra al final del patio, rodeado por sus antiguas alumnas, igual que lo estaba hace diez años. Sigue siendo atractivo, pero ahora, decenas de canas apagan un poco el brillo de su pelo negro. Entre las mujeres que lo rodean, reconozco a Estela Ortiz, una de mis compañeras de clase.

Puedo sentir cómo Melissa se tensa a mi lado. Nunca se llevaron muy bien.

—¡Eh! ¿Julen? —Miro a mi alrededor, sorprendido porque alguien parezca alegre de encontrarme—. ¡Julen!

Un hombre alto y ancho se acerca a mí en dos zancadas. Antes de que me dé tiempo a reconocerlo, me abraza tan fuerte que siento cómo mis huesos gritan pidiendo ayuda. Su efusividad no baja cuando se da vuelta hacia Melissa y la besa un par de veces, consiguiendo que sus labios al impactar contra su mejilla hagan eco por todo el patio.

—¿Cam? —Mi voz suena interrogante sin mi permiso.

Él se gira de nuevo hacia mí, riendo. Sus carcajadas me transportan en el tiempo. No hay duda. Es él. Aunque está más alto desde la última vez que lo vi y más fornido. En la graduación no era más que un chico pequeño, pelirrojo y delgaducho con demasiadas pecas en la cara y los ojos brillantes.

—¡Han pasado muchos años! —exclama. Redundancia por placer—. Aunque estás igual.

No sé si eso es bueno o malo. ¿Es que no se ha dado cuenta de que ya no llevo gafas? La profesora Ezquerra tampoco se había percatado de ello. Y debía haberlo hecho, porque cuando me encontraba frente a ella, siempre se me terminaban resbalando por el puente de la nariz, por culpa de los nervios y del sudor que se me caía por la cara.

—Ya veo que al final os animasteis —dice, guiñándome un ojo.

Melissa y yo nos miramos con una ceja levantada.

—¿Animarnos?

—Siempre estabais juntos en clase. Y aunque alguien me dijo que eras gay, Julen, yo pensaba que salíais a escondidas, o algo así. Me alegro de que ya no lo hagáis.

Melissa y yo echamos un vistazo a nuestros brazos unidos e intercambiamos una mirada entre agotada y divertida. Podríamos contestarle muchas cosas, pero yo me limito a esbozar una mueca forzada y Melissa se echa a reír con ganas.

—No estamos juntos, Cam. Ni siquiera tenemos pareja. —Lo cual no es del todo cierto, al menos por su parte.

La sonrisa contenida de nuestro antiguo compañero termina por derramarse por su boca. Respira hondo y me da una palmada en la espalda que casi me tumba.

—Dios, no sabéis cuanto me alegro. Estoy harto de oír noticias sobre bodas, hijos y demás sinónimos de esclavitud. —Pone los ojos en blanco, como si todo el mundo estuviera loco—. Estela ha sido la última en prometerse.

Como todo lo que tiene que ver con ella, la noticia cala en el rostro de Melissa, que se arruga y se enfría. Yo desvío la mirada hacia la aludida, pero no acierto a ver ningún anillo.

—¿Estás trabajando, Cam? —pregunto, intentando cambiar de tema.

—Abrí un restaurante hace un año. El Arena de Mar, junto a la playa.

—Creo... creo que no lo conozco.

—Pues claro que no. Si te hubiera visto por allí, te habría reconocido. Yo siempre estoy rondando por la cocina —añade, y se toca la barriga con las manos—. Pasaos algún día. No tenemos que esperar otros diez años para volver a reencontrarnos. Invitará la casa.

Asiento, apretando un poco la sonrisa. Cam parece hablar con sinceridad, aunque no entiendo a qué viene tanto entusiasmo. Veo detrás de él a otros compañeros de clase que sí eran sus amigos hace años, así que no entiendo qué hace hablando con alguien con el que apenas intercambió palabra durante el último curso.

—¿Y vosotros? ¿En qué estáis trabajando?

—En la universidad, soy profesora —dice Melissa, antes de señalarme—. Julen es editor en la editorial Grandía.

Estoy a punto de corregirla, pero Cam me interrumpe.

—Es verdad. A ti te encantaba leer y escribir —exclama, dando una palmada—. Es bueno saber que la mayoría hemos conseguido lo que queríamos. Eh, ¡Oliver! —exclama de pronto, llamando la atención de un hombre joven que parece algo apartado de los demás, entretenido con su teléfono móvil.

Quizás yo no he cambiado mucho, pero Oliver Montaner tampoco. Es cierto que nunca me relacioné demasiado con los compañeros de la otra clase del curso, pero es difícil olvidarse de él. Creo que no he conocido a una persona tan estúpida, sarcástica y desagradable en toda mi vida.

—¿Al final conseguiste estudiar Medicina?

Él se vuelve como una serpiente, y nos observa con la misma frialdad con la que un depredador acecha a su presa. Sus labios, tensos.

—Enfermería —corrige, con una voz que podría romper el diamante.

—Ah, vaya —continúa Cam, ignorando la mirada de advertencia de Melissa—. Creía que al final habías conseguido la nota para entrar.

—No —contesta él, tras unos interminables segundos en total silencio—. Así que ahora trabajo tratando de que los que sí la consiguieron no maten a mis pacientes.

No dice nada más. Nos dedica una última mirada lúgubre y nos da la espalda, alejándose de nosotros a paso rápido.

—¿Os acordáis de ese día, durante la selectividad? Cuando yo lo vi, parecía a punto de desmayarse entre los brazos de Amelia —comenta Cam, apretando un poco los labios—. Ni siquiera sabía lo que era un ataque de ansiedad en esa época, pero recuerdo que me dio miedo.

—Bueno, Oliver era Oliver —asiente Melissa—. El primero del curso. Siempre estaba solo, pero el mundo parecía darle igual. Cuando lo vimos así... todos nos asustamos.

—Amelia estuvo a punto de llamar a una ambulancia. No sabía qué hacer para calmarlo. Siempre fue un poco imbécil... pero me dio pena verlo así. —Cam vuelve la mirada, pero Oliver ha desaparecido entre la multitud—. Sé que intentó pasar el examen varias veces, pero nunca sacó la calificación que necesitaba. Pasó después casi un año encerrado en casa. Es raro, ¿verdad? Pero bueno, no sé, supongo que el destino es el destino.

Hace amago de girar hacia nosotros, pero no termina el movimiento. Se queda medio ladeado, con las manos ligeramente alzadas y los labios separados. Y entonces, poco a poco, su expresión cambia. Su boca se transforma en una línea tirante y pálida que cruza su barbilla. Los brazos le caen a ambos lados del cuerpo, sin fuerza, y sus pupilas se dilatan de golpe, engullendo de un mordisco el iris celeste.

Frunzo el ceño y sigo su mirada. Y entonces, me doy cuenta de que la figura que vi en la calle, mientras venía hacia aquí, no se trataba de ningún fantasma.

Cada promoción tiene sus historias y secretos. Murmullos que corren de oído a oído, que se sisean a escondidas en el baño, que se guardan siempre en el corazón a pesar de los años que pasen. Cada promoción tiene momentos de luz, pero también de sombras. E Ibai Ayala era nuestra mayor sombra, nuestra mayor oscuridad.

Y ahora está aquí. Al alcance de mi mirada. De todas las miradas, porque no quedan ojos que no estén girados en su dirección.

Está apoyado en el marco de la puerta, sujetando con las manos algo que parece un libro. Sus ojos están clavados en todos nosotros.

Y en el cielo, la luna brilla más grande y más sangrienta que nunca.

Capítulo 3

Ibai podría haber sido uno más de los que estamos aquí. Podría tener un trabajo aburrido, o estar en paro, o estar estudiando su tercer máster. Pero todo cambió con la misma rapidez con la que se extingue un susurro.

Estábamos casi a final de curso, a apenas un par de semanas de realizar la selectividad. Era una época extraña, en la que la libertad y el miedo se mezclaban de forma interesante, y nos hacían estallar de vez en cuando con pequeños ataques de locura.

Las clases oficiales habían terminado y solo teníamos que ir unas pocas horas al día al instituto, para recibir lecciones de repaso. No todos iban, así que a nadie le pareció raro que aquel día Ibai no fuera a clase, ya que, de todas formas, solía saltarse muchos días de curso. Lo que sí nos extrañó fue cuando la directora del instituto, y Cruz, nuestro tutor, entraron en clase.

No éramos una clase muy unida, pero cuando la puerta se abrió y vimos a los dos juntos, nos miramos y guardamos silencio. Sabíamos que había ocurrido algo.

Amelia, que repasaba junto a nosotros, también entornó la mirada cuando los vio acercarse. Cruz le murmuró unas rápidas palabras al oído y, al instante, ella palideció tanto que pensé que se iba a desmayar.

El silencio de aquel día vibraba tanto como un cable de alta tensión. Hasta el aire que se colaba por las ventanas abiertas se había quedado quieto, expectante.

—Chicos, tenemos que hablar con vosotros —comenzó la directora.

—Juro que yo no soy culpable de lo que ha ocurrido en el baño —saltó Cam de inmediato.

Algunos se rieron, pero muy pocos. Debía tratarse de algo muy grave para que ninguno de los profesores le dedicase ni una mirada a Cam.

—Ayer por la tarde, se produjo un... incidente con Ibai.

Todos dejamos de respirar a la vez. Incluso yo. Podía contar con los dedos de la mano las veces que había hablado con Ibai Ayala durante ese último año, pero no era alguien que me cayera mal. Al menos, no del todo.

Estela, que había salido con él durante el verano anterior y los primeros meses del curso, se apretó las manos contra la boca.

—¿Está bien? —preguntó, con la voz temblorosa.

—No está herido, si eso os preocupa. Se encuentra en perfectas condiciones de salud.

Pero estaba claro que había algo más. Estar sano no significaba estar bien. Hasta un maldito niño pequeño lo sabía.

—Digamos que... se ha peleado con una persona adulta, y esa persona ha salido herida. Algunos de los que vieron lo ocurrido decidieron llamar a la policía, y ahora... se encuentra detenido.

Los cuchicheos se desataron a la vez. Todos dijimos lo mismo. Qué raro. Siempre fue muy serio, arisco, muy callado, incluso distante, a pesar de que era bastante popular en el curso con su altura y sus ojos afilados, que se rasgaban las escasas veces que sonreía. Pero jamás, jamás en todos los años que llevábamos juntos, había visto a Ibai pelearse con alguien en serio. Algún empujón, alguna amenaza, pero no mucho más.

—Ibai ya tiene los dieciocho, así que será juzgado como un adulto. Queríamos contároslo para que estéis preparados.

Hasta ahora, solo teníamos que estar preparados para los exámenes sorpresa del instituto, para la selectividad, para que tu novia o novio cortase contigo, a lo sumo, pero nunca para nada así.

Sentí un pinchazo en el estómago e intercambié una larga mirada con Melissa, que estaba a un par de asientos de distancia de mí.

No añadieron mucho más. La directora habló sobre algo relacionado con las acciones y las consecuencias, y sobre la responsabilidad de nuestros actos. A esas alturas ya nadie la escuchaba, y a los murmullos les faltaba poco para transformarse en exclamaciones. Cruz nos soltó un rollo que ni siquiera entendí, pero luego ninguno de ellos quiso contestar a nuestras preguntas, que suplicaban por más detalles.

Amelia, como siempre, fue la única que nos hizo un poco de caso.

—Yo sé lo mismo que vosotros, chicos. Ya veréis que, con el tiempo, todo se aclarará y sabremos lo que realmente ha ocurrido.

Durante el resto de la mañana no se habló de otra cosa, a pesar de que la selectividad estaba a la vuelta de la esquina. Cuando las clases terminaron, no me quedé con Melissa hablando en la puerta. Quería llegar a casa cuánto antes y buscar en el ordenador, estaba seguro de que debía haber alguna noticia sobre lo que había ocurrido.

Mientras caminaba, o más bien corría, hacia mi casa, recordaba que de vez en cuando me cruzaba con Ibai. Durante un tramo, nuestro camino era el mismo, aunque hacía muchísimo tiempo que no lo hacíamos juntos.

No supe por qué, pero me arrepentí un poco de eso.

No había nadie en casa cuando llegué, así que fui al despacho de mi padre y encendí su ordenador de mesa. Mientras parpadeaba y chasqueaba, prendí la televisión de la sala de estar, que era contigua a la habitación.

La pantalla mostraba un avance de las noticias que habría más tarde. Bufé, y me incliné para levantar el mando de la televisión que reposaba sobre la mesilla de café, pero entonces, unas palabras me hicieron erguirme con brusquedad. En la imagen se veía a una mujer con el micrófono bien pegado a su boca.

El volumen estaba alto, pero sus palabras parecían llegarme desde el otro extremo de la casa.

«La autopsia ha revelado que la víctima murió de un traumatismo cráneoencefálico, aunque también acusa la gravedad de las heridas que le produjo el adolescente».

El mando de la televisión se me resbaló de las manos. Sentí frío y calor al mismo tiempo, la imagen se volvió borrosa.

«Los testigos señalan la brutalidad del ataque de Ibai Ayala que, sin mediar palabra, se dirigió a la víctima y comenzó a golpearla. Actualmente, el joven de dieciocho años se encuentra en prisión preventiva, a la espera del juicio».

Autopsia.

Víctima.

Brutalidad.

Prisión.

Esas palabras no podían compartir frase con el nombre de mi compañero de clase. Con ese chico que había sido mi mejor amigo cuando éramos pequeños. La mujer siguió hablando, pero mi cerebro se negó a recibir más información.

Seguía mirando la noticia cuando la puerta de casa se abrió y entró mi padre, acelerado. Ni siquiera se había dado cuenta de que llevaba el maletín abierto. Se detuvo en seco al verme frente a la televisión, con su ordenador de mesa chasqueando todavía en la habitación de al lado.

—Me han llamado del instituto —dijo, dejando caer el maletín al suelo—. Quería contártelo yo.

La sonrisa que esbocé fue una especie de broma.

—Has llegado tarde.

Aquel día fue extraño. Mi padre intentó hablar conmigo sobre Ibai, de lo que yo sentía respecto a todo lo que había pasado, pero apenas era capaz de dar alguna respuesta que contuviera más de dos palabras.

Por la noche, mi madre entró en mi dormitorio, después de llegar del centro de salud. Debía haber tenido un turno complicado, porque el cansancio era patente en la forma en que se movía.

—Hola, mamá —saludé, con la voz un poco hueca.

—Hola, Julen —contestó, tumbándose a mi lado—. Me he enterado de lo que ha pasado.

—Ya.

Sus ojos exploraron todas las esquinas de mi cuarto antes de volver a hablar.

—¿Habíais vuelto a ser amigos?

—No —dije, tras unos segundos en silencio—. Pero ahora, no puedo evitar acordarme de esos años en los que sí lo fue. Estábamos en la misma clase en primaria. Éramos compañeros de pupitre. Durmió aquí, en mi cuarto, muchísimas veces. Siempre jugábamos en el jardín, incluso en invierno. No solíamos entrar en casa hasta que papá se enfadaba y nos amenazaba con cenar alcachofas.

—Es verdad, me acuerdo de eso —manifiesta, esbozando una sonrisa débil—. ¿Y por qué dejasteis de ser amigos?

—No lo sé. Cambió.

—¿Empezó a ser violento?

—No, qué va. Pero poco a poco dejó de ser el mismo. Se convirtió en alguien un poco raro.

A decir verdad, había sido mi mejor amigo durante casi toda la primaria. De hecho, alguna que otra vez nos echaron de clase por hablar demasiado, y eso constituía un signo de amistad que nadie podía negar. Pero entonces, a mitad de quinto curso empezó a cambiar. Dejó de reírse tanto, de hablar. Comenzó a mirar mucho, pero a no separar los labios. Yo quise saber qué le pasaba, pero él acabó apartándose de mí. Después de gritarnos en un viejo baño del polideportivo del colegio, dejamos de dirigirnos la palabra. Él siguió mirándome a partir de entonces, pero nunca más me habló. Cuando pasamos a la secundaria en el Instituto Velázquez, su interés por mí terminó por desaparecer. Y yo, por suerte, conocí a Melissa.

En los últimos años, solo era un compañero más de mi clase con el que nunca intercambiaba palabra.

—¿Qué crees que ocurrirá? —pregunté, casi con miedo.

—No lo sé —contestó ella, pasándome el brazo por los hombros—. Pero seguro que todo saldrá bien.

Pero no, no salió bien. Nada salió bien.

Ibai perdió el juicio. Admitió haber asesinado a la víctima y, con tantos testigos, con el informe de la autopsia, con el video de una tienda cercana que lo grabó todo, terminó siendo condenado a diez años de cárcel.

Los que han pasado hasta ahora.

Capítulo 4

Viene directo hacia mí.

Al principio creo que se dirige a Cam, pero entonces, descubro con terror que sus ojos no se apartan de los míos.

Es Ibai, pero a la vez no parece él. No se ha afeitado en días, lleva ropa que le queda grande y está tan consumido que hasta estremece mirarlo. A pesar de mi estatura, de la poca fuerza que tengo, estoy seguro de que podría con él sin problemas. Recuerdo que antes sus ojos hacían furor entre las chicas de la clase. Tenían un color extraño. Azul, pero un azul oscuro, como si miraras al océano en un día nublado. Ahora parecen haber perdido toda esa intensidad. No son más que dos canicas hundidas en dos cuencas que le quedan grandes.

Hay murmullos, demasiados, pero él los ignora. No sé si es consciente de que cerca de setenta personas lo están observando, pero Ibai sigue con las pupilas fijas en mí.

No puedo evitar dar un paso atrás cuando se detiene a apenas un metro de distancia.

Cuando lo encerraron pensé que debía haber existido alguna equivocación, que Ibai nunca podía haber matado a alguien. Pero después se filtró el video grabado por las cámaras de una tienda cercana, y uno de ellos llegó hasta nosotros.

Ibai se cierne sobre mí y no puedo evitar recordar esas imágenes, en las que golpeaba salvajemente a esa pobre víctima, apenas visible por el ángulo en que había sido tomada la imagen, que pronto se convirtió en una masa de heridas y huesos rotos.

—Hola —saluda, con una voz que no se parece a la que recuerdo.

Su mirada de tiburón me observa de arriba abajo, deteniéndose en mi pelo revuelto, en mi camisa arrugada, en las pequeñas manchas de tinta que tengo entre los dedos.

—Mi madre me ha dicho que ahora eres editor.

Me sobresalto al escucharlo. Su voz tampoco es la misma, no solo porque es mucho más grave. Puedo sentir el cansancio y la rabia palpitar en cada sílaba. Escucharlo es como caminar sobre cristales.

—Solo soy un becario —me apresuro a aclarar.

—Pero trabajas en una editorial.

Después de que detuvieran a Ibai, pensé que nunca volvería a hablar con él. Pero desde luego, si me preguntaran qué clase de conversación tendría después de que saliera de la cárcel, juro que no apostaría por esta.

Él aguarda a que conteste, con los dientes apretados y los dedos de uñas mordidas clavados en torno al libro grueso que sujeta entre las manos. No puedo evitar observarlas de soslayo. Antes, eran bonitas, y no parecían muñones repletos de costras y uñas rotas.

—Sí, trabajo en una editorial.

Ibai esboza una sonrisa terrible. Antes de que me dé tiempo a añadir algo más, alza el cuaderno y lo hunde en mi pecho, empujando tanto que trastabillo un poco. Inconscientemente, lo sujeto.

—Léelo. Léelo y haz que me lo publiquen.

—¿Qué? —balbuceo, con los ojos abiertos de par en par.

Melissa está pálida, Cam aferra su copa con tanta fuerza que no sé cómo no la hace estallar entre sus dedos. Solo tengo que sentir la incomodidad de todos para saber lo que pasa por sus cabezas, incluida la mía, al ver y escuchar a Ibai.

Él no pestañea ante mi expresión perturbada.

—Tienes que conseguir que publiquen mi diario.

—¿Pu... publicar? —repito, como un maldito loro—. Esto... esto no funciona así, Ibai. —Abro el libro por una página al azar y descubro con sorpresa que está todo escrito a mano—. Si... si te interesa publicar con una editorial, tendrás que ponerte en contacto con el departamento de recepción de manuscritos y enviarles una copia del borrador vía e-mail.

—No. Tendrás que hacerlo tú. Cuando lo leas, muchos tendrán ganas de hacerlo también. ¡Todos estaréis locos por leerlo! —añade, alzando la voz hasta convertirla en un grito.

Ha perdido la cabeza, pienso. La cárcel lo ha vuelto loco.

—Ibai —interviene Cam, con suavidad, aunque la palidez todavía cubre su cara. Él había sido su mejor amigo desde que habíamos compartido clase en el Colegio de Primaria Santa Clara, pero sobre todo durante el bachillerato. Siempre lo estaba rondando, como un satélite a su planeta. Lo conoce desde hace tanto como yo—. ¿Por qué no te quedas un rato y hablamos con calma? Así podemos ponernos al día de todo.

Ibai resopla y sacude la cabeza, estirando de pronto los labios en una sonrisa sarcástica. Con un dedo nudoso señala el diario que sostengo entre mis brazos.

—*Todo* está ahí.

Dedica una última mirada a las setenta cabezas que están giradas en su dirección, en completo silencio, y parece escrutarlas una a una, desafiándolas a algo que desconozco por completo. Al último al que mira es a mí.

Y yo no puedo evitar abrazar con más fuerza su diario.

—Ya no llevas gafas —murmura—. Ni siquiera pareces tú.

Sus labios se doblan en una mueca triste, que suaviza un poco la crispación de sus rasgos. No vuelve a hablar, no vuelve a mirarnos. Simplemente, nos da la espalda y desaparece tras la puerta de cristal del patio, pasando al lado de los profesores atónitos y ocultándose entre las sombras del pasillo, que lo van devorando poco a poco.

Cuando Cam habla, me parece que su voz me viene desde la otra esquina del mundo.

—Es verdad. No me había fijado en que ya no llevabas gafas, Julen.

No. Nadie se había dado cuenta.

Excepto él.

La atmósfera vuelve a ser poco a poco la misma cuando pasamos al salón de actos. Han retirado los horribles sillones de terciopelo de color vino que estaban medio rotos y lo han despejado; en su lugar, habían colocado varias mesas cubiertas con manteles blancos, repletas de canapés y bebidas de mala calidad. Las paredes blancas siguen manchadas con huellas de zapatos y líneas infinitas pintadas con bolígrafo. Al parecer, los alumnos se aburren en las representaciones del Instituto Velázquez tanto como lo hacíamos nosotros.

Ibai es ahora el tema de conversación, aunque la curiosidad se ha transformado en morbo. No se ha dado cuenta, pero ha dado un horrible motivo para unir a esta vieja promoción.

Hace calor dentro del salón. Muchos se abanican y los profesores han abierto las puertas de par en par, pero desde que Ibai se marchó, a mí me recorre un frío insoportable. Ahora me arrepiento de no haberme traído una chaqueta. Tengo que hacer esfuerzos para no tiritar.

—¡Eh! ¡Julio!

No me doy por aludido, pero cuando una manaza se apoya en mi hombro, me doy la vuelta, sorprendido. Es Saúl, uno de los mayores idiotas de mi clase. Uno de esos chicos que, cuando llegas llorando a casa y le cuentas a tus padres lo que te ha hecho, ellos te dicen que no te preocupes, que el tiempo pasará y tú te convertirás en un triunfador y él en poco más que un paria social. Pero en el caso de Saúl parece que no ha sido así. No entiendo mucho de ropa, pero sí conozco algunas marcas, y el traje que luce debe valer más o menos lo que cobro yo en un mes. El reloj dorado que envuelve su muñeca brilla más que una maldita bola de discoteca y el bronceado que lo cubre no puede haberlo ganado en solo un mes de verano; o es artificial, o tiene el dinero suficiente como para visitar el caribe en cualquier época del año.

—Es Julen —corrijo, en tensión.

Melissa, que habla entusiasmadamente con dos antiguas compañeras, se yergue un poco al escucharme. Creo que les murmura algo mientras yo intento encarar a Saúl. Es como si me encontrara ante un gigante.

—Sí, claro. Claro. Julen —contesta él, moviendo la mano arriba y abajo—. ¿Me lo dejas?

Me quedo durante un instante en blanco, sin entender a lo que se refiere, hasta que sigo su mirada y comprendo qué es lo que quiere.

Mis dedos se cierran sobre el lomo del diario y lo escondo tras mi espalda.

—No.

Mi respuesta lo sorprende. Veo cómo parpadea un poco, regresando a una realidad muy distinta a la de hace diez años.

—¿Por qué?

—Si Ibai hubiese querido que lo leyeras tú, te lo habría dado a ti. —Tiemblo tanto como temblaba hace años, cuando me encontraba solo frente a él—. Pero no ha sido el caso.

—Él ni siquiera era tu amigo. Y ahora solo es un tipo asqueroso que no tiene donde caerse muerto —escupe Saúl, ya sin rastro de su sonrisa anterior—. Déjamelo. Solo quiero echarle un vistazo.

Ya no es una simple petición. Parece una orden. Veo cómo adelanta uno de los pies, haciendo amago de acercarse más. Yo retrocedo mientras Melissa se aproxima a mí. Las mujeres con las que antes hablaba nos miran, pero nadie dice nada, nadie hace nada. Como siempre.

—¿Hay algún problema? —pregunta ella, y se coloca entre él y yo. Habla con firmeza, mirándolo a los ojos, pero solo yo puedo ver cómo sus manos tiemblan un poco tras su espalda.

El rostro de Saúl enrojece violentamente. No por vergüenza, sino por rabia. Ya no puede darme un empujón y quitármelo a la fuerza como hacía antes.

Sus puños se cierran, convulsos, y da un paso al costado para observarme por encima del hombro de Melissa.

—Sigues siendo tan patético como te recordaba —sisea.

No añade nada más. Nos da la espalda y se aleja de nosotros a pasos airados, arrancando varias miradas curiosas.

—Y tú sigues siendo tan gilipollas como siempre —suspira Melissa, con un murmullo. Se gira hacia mí con una pequeña sonrisa—. Venga, hablemos con los demás. No puedes quedarte siempre apartado.

Yo solo asiento. Noto cómo los latidos de mi corazón rebotan violentamente contra el libro escrito a mano de Ibai, que todavía tengo aferrado con fuerza.

No sé por qué, pero me es imposible separarlo de mí.

Capítulo 5

En mitad de la cena, si es que se le puede llamar así, proyectan en la pantalla del salón de actos una sucesión de imágenes de nuestros seis años en el instituto. En la mayoría aparecemos sonrientes, riendo, incluso concentrados en alguna clase. Estela, Saúl y Cam son los que más aparecen, mientras que apenas han puesto alguna de Ibai. Me veo en alguna con Melissa; siempre uno junto al otro, ella más alta que yo, defendiéndome del mundo.

Todos los chicos que allí se muestran parecen felices. Parecen unidos. En las fotos de grupo, de alguna forma u otra, estamos conectados con el de al lado. Un beso en la mejilla, un abrazo, unos cuernos. El cuerpo de uno termina donde comienza el de otro, y así hasta llegar al otro extremo de la pantalla.

Mientras muestran la última foto de la selección, la de la orla, en la que no aparece Ibai, disimuladamente echo un vistazo alrededor. Todos observan la imagen en silencio, con una sonrisa triste u oculta tras una copa de cristal. Hay tanta melancolía que hasta duele observarla.

¿En qué momento dejamos de ser esos niños que se ríen en unas fotografías?

Al final de la proyección, un título brilla en mitad de la pantalla fundida a negro: *La Generación Perdida*. Así era como nos llamábamos en broma, cuando los profesores se quejaban de que hablábamos mucho, de que nunca llegaríamos a nada, de que éramos muy complicados, de que nos tomábamos el mundo demasiado a broma.

Creo que no pudimos encontrar un título que nos representara mejor.

Después de la proyección, la profesora Ezquerra enciende el equipo de música y comienza a dar palmadas, intentando animar a los demás. Por suerte, nadie mueve un pie e intercambiamos una mirada rápida, en la que me siento extrañamente unido a todos.

—Esto ya es demasiado —suspira Melissa, observando los intentos de la profesora en arrastrar a Cruz a la pista de baile.

—Yo me marcho —respondo.

—¿Ya?

—Creo que he cumplido de sobra.

Melissa observa la forma en la que sujeto el libro y la decisión de mis ojos, y asiente.

—Tienes razón. Has cumplido de sobra. ¿Nos vemos este fin de semana?

—¿Tú no vienes? —pregunto, sorprendido.

Sigo su mirada, que se desvía fugazmente hacia la esquina en donde se encuentran Cam y Estela, susurrándose algo al oído.

—No. Todavía no.

Me encojo de hombros, porque cuando Melissa no quiere hablar, se cierra completamente en banda. Me despido de ella y de algunos compañeros que se encuentran cerca de mí, y abandono el salón de actos a paso rápido. Al salir por la puerta, estoy a punto de tropezarme con alguien. Me aparto, mascullando una disculpa, pero solo es Oliver Montaner, que me dedica una larga mirada mientras yo acelero el paso.

Todavía es temprano cuando salgo a la calle. La luna brilla roja en el cielo, aunque ha perdido parte del color, y parece algo más pequeña, aunque sigue teniendo un tamaño anormalmente grande. Parece que, en cualquier momento, me absorberá hacia su interior.

El pequeño apartamento alquilado en donde vivo está a unos diez minutos, así que, acelerando un poco el paso, consigo llegar en solo cinco. Durante todo el camino la luna me acompaña, y cae con su resplandor rojizo sobre mí, haciendo que mi pelo castaño se empape de sangre.

Cuando entro en casa, una iluminación escarlata lo llena todo. Estoy a punto de encender la luz, pero mis dedos pasan de largo del interruptor y me dejo caer en el viejo sillón que se encuentra junto a la única ventana de la sala de estar, el lugar en donde siempre leo los manuscritos de la editorial.

Coloco el libro de Ibai entre mis piernas e introduzco un dedo entre las páginas, y lo abro por la mitad. Recorro la mirada por las líneas escritas, perfectamente alineadas con una letra pequeña y clara. Cuando estaba en primaria, mi profesora se quejaba al ver mis cuadernos y me decía: «Julen, ¿por qué no escribes como Ibai? Es tu compañero de pupitre, podría ayudarte con la presentación».

Yo me encogía de hombros y me olvidaba del tema, pero ahora que observo de nuevo esta letra, lamento no haberle hecho caso. Esa escena ocurrió después de que Ibai cambiara y dejásemos de ser amigos. En aquella ocasión, sin embargo, me dijo: «Si quieres, te puedo ayudar».

Pero yo todavía estaba enfadado porque me ignoraba, porque no quería estar más conmigo, así que negué con la cabeza y, con ese único gesto, terminé por enterrar nuestra amistad.

Y, sin embargo, ha sido a mí a quién le ha entregado su diario.

—Solo porque cree que eres editor, idiota —gruño en voz alta, para grabármelo bien en la cabeza.

Cierro el libro y esta vez lo vuelvo a abrir por la primera página.

Y leo la primera frase.

A veces me gustaría reescribir esa historia.

El teléfono móvil grita de pronto desde el bolsillo de mi pantalón, y yo me sobresalto tanto que el libro resbala por mis rodillas y cae al suelo, de nuevo cerrado.

Descuelgo sin mirar el nombre de la pantalla.

—¿Ss... sí? —pregunto, agachándome para recogerlo. Vuelvo a abrirlo por el principio.

—Hola, Julen.

Tardo más de lo normal en reconocer la voz.

—Mamá, ¿qué haces despierta?

—Estoy de turno noche en el hospital.

—Oh, pensaba que hoy estarías libre.

—Sí, lo estaba, pero ha habido una incidencia y... en realidad da igual. Te llamo por algo importante.

Me remuevo, nervioso, no solo porque siento cómo tiembla su voz, sino porque mi madre nunca vacila. Si quiere decir algo, lo dice. Insinuarse y quedarse callada no es su estilo.

—¿Mamá? —pregunto, asustado de pronto—. ¿Papá está bien?

—Sí, claro que está bien. No te llamo por eso. Es solo que... —Escucho cómo traga saliva con dificultad—. ¿Recuerdas a ese compañero tuyo, a ese chico que metieron en la cárcel?

El mundo se tambalea bajo mis pies.

—¿Ibai? —murmuro, con un hilo de voz.

Casi me parecer ver cómo mi madre asiente al otro lado de la línea telefónica.

—Está aquí, en el hospital.

—¿Qué? —exclamo. Mi voz hace eco en el pequeño salón.

—Está... mal. La verdad es que está muy mal, Julen. Lo he atendido en urgencias, pero lo acaban de subir a la UCI y... no sé si aguantará.

Niego con la cabeza, una, dos, tres, tantas que pierdo la cuenta. Esto no puede ser real. Tiene que ser una pesadilla. Su diario sigue sobre mis rodillas, abierto por la primera página, y parece que sus bordes se incrustan en mi piel.

Mis ojos vuelan de nuevo a esa primera línea.

A veces me gustaría reescribir esa historia.

—Estás confundida, mamá —digo, a toda prisa—. Tienes que estarlo. He visto a Ibai hace un par de horas y estaba bien. Más o menos bien, al menos.

—Creen que se ha intentado suicidar. Se ha arrojado al Aguasquietas desde el puente de las afueras.

Esta vez el mundo desaparece y me sacude una sensación de ingravidez tan insoportable, que no sé cómo soy capaz de sujetar en mi estómago esa cena de mierda que nos han dado. Me aferro con fuerza a los brazos del sillón, como si estuviera colgando de un abismo infinito.

El río Aguasquietas rodea la ciudad antes de desembocar en el océano. No es muy caudaloso en esta época del año, solo tiene piedras y algo de musgo en su lecho. Tirarse desde el puente que cruza la autovía ha tenido que ser como saltar desde un edificio alto al mismo asfalto.

—¿De... de qué estás hablando? —jadeo.

—No debería haberte dicho nada, es secreto profesional, pero... me ha reconocido, Julen. Ha habido un momento en que ha abierto los ojos y me ha susurrado: «Tú eres su madre», y... no sé, sentía que tenía que decírtelo.

—¿Y su madre? ¿Dónde está?

—Viene de camino. —La pausa que hace duele demasiado—. Pero no sé si llegará...

—Voy al hospital —digo, levantándome de golpe.

—¿Qué? No, Julen, para. No te van a dejar entrar en la UCI. No puedes...

—Te avisaré cuando llegue —replico, interrumpiéndola.

No dejo que me conteste. Cuelgo y me guardo el teléfono móvil en el bolsillo. Escucho cómo vuelve a sonar, pero esta vez no atiendo la llamada.

Dudo durante un instante, pero finalmente dejo el diario sobre el sillón, abierto por la primera página, y mis ojos vuelven a caer sobre esa frase.

A veces me gustaría reescribir esa historia.

La luna roja derrama toda su luz sobre ese folio, haciéndolo resplandecer de manera sobrenatural. Casi me parece ver cómo las letras, escritas en tinta negra, tiemblan y se retuercen, y hacen esfuerzos por separarse del papel.

—A veces a mí también me gustaría reescribir nuestra historia, Ibai —murmuro.

No espero más. Con el teléfono móvil chillando y vibrando en mi bolsillo, salgo del piso cerrando de un portazo. Ni siquiera me molesto en esperar el ascensor. Bajo las escaleras de dos en dos, incapaz de borrar de mi cabeza esa página radiante, esas letras vivas y esa frase que cada vez parece más real en el centro de mi cabeza.

A veces me gustaría reescribir esa historia.

A veces me gustaría reescribir esa historia.

A veces me gustaría reescribir...

2008
Septiembre

ACTIVIDAD DE CONOCIMIENTO PERSONAL
Número 1

Nombre del alumno: Olíver Montaner.

Curso: 2.º B bachillerato.

Nombre del compañero/a elegido: No me acuerdo.

NOTA: Recuerda responder con sinceridad. Esta actividad no contará para la calificación final.

A. ¿Por qué has elegido a este compañero/a y no a otro/a?

Porque él fue el único que quedó libre cuando se hicieron las parejas.

B. ¿Conoces sus aficiones?

No, y tampoco me importan.

C. ¿Crees que tenéis algo en común?

Espero que no.

D. ¿Qué piensas que podrías hacer para mejorar vuestra relación?

No tengo intención de hacer absolutamente nada. Nuestra relación está bien, gracias.

E. ¿Tienes interés en realizar esta actividad con otro/a compañero/a?

Puede. Pero no está en esta clase.

Capítulo 6

Un fuerte golpe me zarandea, y me arranca del sueño con violencia. Grito y abro los ojos, intentando enfocar la mirada sin éxito.

El sol se cuela por las persianas levantadas de mi ventana e ilumina a la figura que se encuentra junto a la puerta abierta, con la mano todavía apoyada en el picaporte. Pestañeo un par de veces antes de conseguir vislumbrar el rostro de mi madre. Se acaba de levantar, lo sé porque tiene el pelo pegado a la cabeza y las marcas de las sábanas todavía le cruzan la cara.

Me llevo una mano a la frente, confundido.

—¿Qué estás haciendo en mi piso?

Su sorpresa se transforma en incredulidad.

—¿*Mi* piso? —pregunta, recalcando la primera sílaba.

Me incorporo un poco más en la cama, sintiéndome extrañamente ligero. Me paso las manos por el pelo y lo siento anormalmente largo. Vuelvo a mirar a mi madre, cada vez más confundido.

—¿Cuándo te has cortado el pelo?

Esta vez ella se echa a reír.

—Madre mía, Julen. Me parece que todavía estás soñando.

Ladeo la cabeza, confuso, y mi madre se ríe todavía más. Cuando consigue calmarse, se acerca y se sienta sobre mi cama. Sujeta una esquina de la sábana que tengo arrugada a mis pies y me la pasa por la cara, secándomela.

Es entonces cuando me doy cuenta de que la tengo empapada por las lágrimas.

—He escuchado cómo llorabas. ¿Estabas teniendo una pesadilla?

Me toco las mejillas con los dedos, y las siento todavía húmedas. También noto los ojos cargados y los párpados hinchados. No es solo sueño, es como si hubiera estado sollozando durante mucho, mucho tiempo.

Sin contestar, me inclino hacia el escritorio y levanto el teléfono móvil. No sé por qué, pero no lo siento mío. Parece demasiado pesado, demasiado grueso. Muy antiguo. Todavía sigo más dormido que despierto.

—Sí —respondo lentamente—. Ha sido una pesadilla.

—Pues debía ser una horrible —comenta mi madre, frotándome el pelo.

Yo asiento, distraído. Veo cómo se levanta de la cama y se dirige con cierta prisa hasta la puerta. Y entonces, las palabras se escapan de mi boca antes de que pueda controlarlas.

—¿Hoy trabajas en el hospital?

Mi madre se da vuelta, con las cejas arqueadas.

—¿Hospital? Centro de salud, querrás decir.

Sacudo la cabeza, cada vez más perdido.

—En mi pesadilla trabajabas en el hospital.

—Ah, ¿sí? ¿En qué servicio? —pregunta con interés.

—En urgencias, creo.

Mi madre niega con la cabeza y se echa a reír.

—Qué va. El último lugar en el que trabajaría sería en el servicio de urgencias. Yo ya no tengo edad para esas cosas.

Me encojo de hombros mientras veo cómo desaparece por el pasillo. Frotándome el brazo contra la cara, aparto de una patada las sábanas y me siento. Al levantar la mirada, me encuentro con los pantalones grises y la camisa blanca de manga corta del uniforme, más o menos estirada sobre la silla. Junto a ella, están los zapatos nuevos.

Lo dejé todo preparado la noche anterior, antes de acostarme, aunque me da la sensación de que lo he hecho hace mucho, muchísimo tiempo.

—Qué raro —murmuro, con la voz todavía ronca por el sueño.

Me pongo por fin en pie y tanteo en mi escritorio, hasta que mis dedos encuentran las gafas. Mientras me las pongo, abro la puerta del armario, y observo la imagen que me devuelve el espejo.

Estoy horrible. Hay cercos violáceos bajo mis ojos, que están brillantes y demasiado hinchados. Tengo la nariz roja y los labios blancos. Mi cara está parcheada por los rastros que ha dejado la sal de las lágrimas, confundiéndose con mis pecas, a las que odio tanto. Me rozo el pelo distraídamente, sin perder la sensación de que lo encuentro anormalmente largo.

Respiro hondo y apoyo la frente en el espejo. El frío de su superficie me devuelve poco a poco a la realidad. A una realidad en donde la luna no es gigantesca ni parece empapada en sangre, no soy un maldito amargado, no trabajo como un esclavo, e Ibai está sano y salvo.

Menudo sueño de mierda.

—¡Julen! —La voz de mi padre me sobresalta—. ¿A qué estás esperando para bajar? ¿Quieres llegar tarde ya el primer día?

—¡Ya voy!

Desvío la mirada del espejo y me quito el pijama de cuadros. Lo dejo todo sobre la cama deshecha y me pongo el uniforme con rapidez.

Hoy será el único día del curso en el que todos iremos correctamente uniformados. A final de la semana, cambiaremos estos malditos zapatos cerrados por calzado de deporte, las camisas por camisetas, y dejaremos abandonados los reglamentarios jerséis negros de invierno para usar en su lugar sudaderas de colores. Pero al ser el primer día, todos tenemos que guardar las apariencias. Aunque sea durante ocho horas.

Bajo los escalones de dos en dos. La vieja cocina que necesita más de un arreglo me resulta tan conocida y distante a la vez, que, durante un momento, me pregunto realmente si me he despertado del sueño. La televisión está encendida, y en ella, un presentador de noticias habla. El volumen está muy bajo como para que sea capaz de escuchar lo que dice. Lo que realmente capta mi atención es la imagen enorme que aparece tras él, que muestra una luna hinchada y enrojecida, idéntica a la de mi sueño.

—Yo he visto eso —susurro, boquiabierto.

—Pues claro, si el eclipse de ayer duró horas, ¿cómo no ibas a verlo? —Giro hacia mi padre, todavía confundido, mientras él coloca un tazón lleno de cereales en la mesa donde ya está sentada mi madre—. Creo que necesitas un buen café, Julen.

Asiento, recordando a medias. Es verdad, llevaban anunciando la noticia toda la semana. El eclipse. La Luna de Sangre. Había subido la persiana hasta arriba y había dejado la ventana abierta para poder verla mientras me dormía.

Meneo la cabeza, pero no consigo centrarme del todo. Esta rara sensación que me abraza desde que abrí los ojos, no se despega de mí. Es como si estuviera en mitad de un *déjà vu* demasiado largo.

—¿Estás buscando algo? —me pregunta mi madre.

—¿Eh?

—No haces más que mirar a tu alrededor.

Mi padre suelta una risita y me señala con la cuchara con la que remueve el café.

—¿Todavía sigues dormido?

Suspiro y me siento a su lado, acariciando con las manos la mesa de madera, arañada por el paso del tiempo

—No lo sé —contesto, bajando el tono de mi voz—. Ha sido tan real...

—¿Y con qué soñabas, exactamente? —me interroga mi madre, con interés. No ha separado su atención de mis ojos, que continúan algo rojos e hinchados.

—Con el futuro.

—¿Y había naves espaciales?

—No, no era esa clase de futuro. Todo seguía igual. Más o menos —añado, recordando al Ibai tambaleante que se acercaba a mí, con su diario entre las manos—. Estaba en una reunión de antiguos alumnos.

Mi madre esboza una sonrisa y apoya la mano en mi espalda, frotándomela, intentando reconfortarme.

—Es normal que tengas sueños así. Hoy es un día un poco especial.

—Y podrías ir bien peinado, para variar —añade mi padre, revolviéndome más el pelo.

Me zafo de él como puedo y me apresuro a terminar el desayuno. Melissa es puntual como el minutero de un maldito reloj y, si no estoy en la puerta a la hora acordada, se irá sin mí.

Cuando termino, dejo el cuenco y el vaso vacío en el fregadero, y me dirijo hacia la puerta. Mis ojos se tropiezan accidentalmente con la pantalla de la televisión y, de pronto, vuelvo a ver esa esfera roja y gigante. En la nueva imagen que muestra el telediario de la mañana, brilla con una fuerza sobrenatural por encima de los edificios.

—¿Julen? —La voz de mi padre parece venir desde muy lejos.

—Es increíble, ¿verdad? Yo ayer también me quedé embobada mirando la luna —comenta mi madre, mirándome de soslayo—. Es una lástima, porque dicen que no veremos otra igual en...

—¿Diez años? —Mi voz se escapa de mi boca antes de que sea capaz de detenerla.

Ella parpadea un par de veces antes de sacudir la cabeza con cierta incredulidad.

—Sí, exacto. —Gira la cabeza hacia la pantalla, sus ojos hundidos en la extraña imagen—. Parece mágica, ¿verdad? Podría aparecer en esas historias que tanto te gusta leer.

—Podría —contesto, con un hilo de voz.

La imagen de la luna cambia por la cara del presentador de noticias y de pronto, yo regreso a la realidad. A una en la que voy a llegar tarde el primer día de curso. Balbuceo alguna palabra de despedida y corro escaleras arriba. Me lavo los dientes a toda velocidad y hago lo que puedo con mi pelo mientras vuelvo a descender hasta la planta baja.

Llego a la puerta que limita el jardín con la calle justo a tiempo para ver cómo la melena de Melissa se da la vuelta, con intención de marcharse.

—¡No he llegado tarde! —exclamo, llamando su atención.

Ella se gira, con las cejas arqueadas y la piel más morena que hace meses.

—Son y treinta y tres.

—Hemos quedado a las siete y media. Son solo tres malditos minutos.

—El tiempo es oro, ¿lo sabías? Y el primer día de curso, todavía más. Tengo que conseguir un buen sitio este año. Me niego a estar cerca del imbécil de Saúl y aguantar sus tonterías.

Me quedo mirándola. Su pelo largo y negro, su piel bronceada, más oscura que la mía, sus ojos inteligentes, brillantes bajo unas espesas cejas negras. Se me escapa un suspiro antes de que pueda controlarlo.

—Te he echado de menos.

Ella sonríe y tira de mi brazo con fuerza.

—Ven aquí, tontorrón —susurra, antes de abrazarme.

Nos quedamos un instante así, sin que nos importe que un par de chicos que pasan por nuestro lado nos observen entre risitas.

—¿Has hecho algo interesante? —me pregunta Melissa, cuando por fin nos separamos.

—¿Además de ir a la playa y leerme la estantería entera del salón? Eres tú la que ha estado viajando durante todo el verano.

—No ha sido técnicamente un viaje. Más bien ha sido una visita muy larga a parte de mi familia en México —dice ella, sonriendo—. Queríamos aprovechar. Puede que este año, con el lío de la selectividad, elegir universidad... no podamos ir.

Asiento. Una parte de mí quiere prestarle toda la atención, pero otra sigue perdida en la pesadilla de esta noche, de la que no puedo despegarme.

—¿Sabes que he soñado contigo? —pregunto de pronto.

Melissa me observa de soslayo, con los labios torcidos en una mueca burlona.

—No me digas que estábamos haciendo guarrerías.

—¿Qué? No, no —contesto, sintiendo el inevitable bochorno de que mis mejillas enrojezcan—. Íbamos juntos a una reunión de antiguos alumnos. Me recogías en la editorial Grandía, yo trabajaba allí.

—Ah, ¿la misma que está en el centro?

Asiento, y recuerdo los suelos de parqué, los inmensos manuscritos que esperaban a ser leídos. Es como si estuviera de nuevo allí.

—¿Cómo era yo? —pregunta Melissa, con interés.

—Pues como ahora. Seguías con ese secreto que no puedo ni nombrar...

—Julen —sisea ella, con advertencia—. No empecemos.

—Y también estabas un poco enfadada porque llegaba tarde.

—Qué raro —resopla, poniendo los ojos en blanco.

—Yo era un poco imbécil —añado, negando con la cabeza—. El típico que no para de quejarse, que todo le parece una tontería. No sé. ¿Sabes que Saúl también aparecía en el sueño y la tomaba conmigo? Ni siquiera era capaz de defenderme. De hecho, eras tú la que se ponía en medio de los dos.

—Saúl no cambiaría ni aunque los milagros existieran.

Me encojo de hombros y, cuando estoy a punto de responder, una figura se cruza frente a nosotros.

Me quedo clavado en el sitio, con los ojos muy abiertos y los labios separados. Apenas soy consciente de que Melissa se detiene a mi lado y me pregunta si me ocurre algo. Pero yo soy incapaz de contestar. He perdido la voz en algún rincón de mis cuerdas vocales.

Es alto, me saca por lo menos una cabeza. Camina con rapidez, con las manos hundidas en los bolsillos y la cabeza un poco inclinada, aunque tiene la mirada clavada en el frente. Tiene el pelo del color de las noches cerradas, bien recortado, y unos ojos grandes y afilados de color azul oscuro. Su ceño, como siempre, está un poco fruncido.

Realmente, me encontré con él hace un par de días, mientras compraba en el supermercado con mis padres, pero después del sueño de esta noche, me da la sensación de que hacía siglos que no lo veía.

Jamás me he alegrado tanto de ver a Ibai Ayala.

A salvo.

Capítulo 7

—Julen, ¿has entrado en catatonia?

La voz de Melissa me hace regresar a la realidad. En parte, al menos. Sacudo la cabeza y giro hacia ella, aunque mis ojos todavía están quietos en Ibai, que sigue caminando, ajeno a mi mirada.

—Creo que no.

Mi amiga se coloca frente a mí, cambiando la visión de la espalda del chico por su cara morena y redonda.

—¿Estás bien?

Asiento, esbozando una sonrisa que se queda en un triste intento.

—Es solo que... es Ibai.

Melissa arquea una ceja y balancea la mirada entre el chico y yo, cada vez más confundida.

—Pues claro que es Ibai. Nos lo cruzamos muchas veces.

—Él también salía en mi sueño —murmuro.

—¿Y qué?

Mientras avanzamos, le cuento todos los detalles que recuerdo. Desde su entrada en el pequeño patio donde nos reuníamos los antiguos alumnos, hasta su diario, esa extraña primera frase y el final, con la llamada de mi madre en mitad de la noche.

Cuando termino, Melissa solo parpadea un poco, aunque yo siento todo el cuerpo empapado en un sudor frío. Mientras hablaba, no he podido separar la vista de la espalda de Ibai, casi temiendo que se desvaneciera en el aire de un momento a otro.

—Menuda pesadilla —suspira ella, observándome de soslayo—. Pero es solo un sueño, Julen. No eres una pitonisa, no puedes ver el futuro. Ibai nunca sería capaz de matar a nadie. Ese ataque suyo en un sitio donde lo vio tanta gente... no tiene ningún sentido. Nadie haría algo así.

—Ya... supongo.

Melissa no me quita los ojos de encima y, al comprobar que soy incapaz de apartar la mirada del chico que camina delante de nosotros, me da un ligero empujón, consiguiendo que vuelva a centrar mi atención en ella.

—Julen, no va a pasar nada —insiste, con una paciencia infinita—. Será un curso un poco más especial que los anteriores, pero por culpa de la selectividad. No ocurrirá nada raro. Algunos se emborracharán por primera vez, otros perderán la virginidad, pero te aseguro que nadie se convertirá en un asesino.

—Bueno, somos la «Generación Perdida» —contesto, esbozando una débil sonrisa—. De nosotros puedes esperar cualquier cosa.

—Mi madre odia que nos llamemos así —resopla Melissa, poniendo los ojos en blanco—. Dice que es como si tirásemos la toalla antes de que ni siquiera lo intentemos.

Cabeceo, pero esta vez no contesto. Ya puedo ver la fachada pálida del instituto a lo lejos, la cual le da la espalda al paseo marítimo y al océano. No hace calor, aunque el sol brilla con fuerza por encima de los muros de ladrillo, y el aire que llega hasta nosotros y hace ondular un poco la falda de mi amiga, nos trae el intenso olor a algas y a agua revuelta.

Mis ojos vuelven a centrarse en la espalda de Ibai, que está a punto de desaparecer en el interior del edificio y, en silencio, me prometo que con él no tiraré la toalla.

Aunque todavía no sepa por qué exactamente.

—¿Qué pasa, mariconazo?

La palmada de Saúl en mi espalda casi me hace caer de bruces sobre el pupitre. Apoyo las manos a tiempo y, por debajo del flequillo, veo cómo Melissa se tensa y aparta un poco la vista.

—Bi... bien —respondo, mientras me yergo poco a poco.

Cuando estoy cerca de él me siento como si estuviera corriendo sobre un terreno plagado de minas. Un paso erróneo y todo saltará por los aires. Aunque conmigo nunca ha saltado. Hasta ahora. Le he visto patear muchas mochilas y tirar algunos apuntes por la ventana, solo para divertirse un poco. Muchos de la clase lo odian, pero la mayoría se ríe con sus bromas. Si es que a lo que hace se le puede llamar así. El año pasado, con sus *bromas* tan divertidas e inocentes, consiguió que Melinda, una de nuestras compañeras, acabara cambiándose de instituto a mitad de curso. Ella estaba embarazada y, cuando se fue, algunos profesores nos dijeron que su marcha se debía a algún problema en la gestación. Yo sabía que no, todos lo sabíamos, pero nadie se atrevió a hablar. En realidad, ya no soportaba más los insultos y las insinuaciones de Saúl.

Yo puedo ser su víctima perfecta. Soy pequeño, delgado, llevo unas gafas enormes y, para colmo, soy gay. Sí, no es un secreto. Salí del armario sin proponérmelo cuando era un niño y le dije a un amigo, en primaria, que me gustaba un chico de la misma clase.

En ese momento no creí que hubiera hecho nada grave, aunque se formó un embrollo a mi alrededor. Por suerte, mi profesora supo manejar la situación y, aunque al principio me vi absurdamente rodeado por las chicas e ignorado por los chicos, ese muro invisible que habían creado en torno a mí fue desapareciendo poco a poco.

Mi familia me conocía muy bien como para sorprenderse, así que no le dieron más importancia que la que les dan los padres al enterarse de que a su hijo le gusta alguien por primera vez.

Nunca había tenido problemas graves por el simple hecho de que me gustasen los chicos en vez de las chicas, pero cuando vi por primera vez a Saúl, supe que podría empezar a tenerlos.

Sí, de vez en cuando me llama de formas que no me gustan, pero nunca ha llegado más allá. No se la ha tomado conmigo, lo cual constituye un misterio. Sé que no es gay y que no simpatiza con quién lo es (lo vi el año pasado pegándole una paliza a un chico de un curso inferior que acababa de salir del armario). Pero me deja en paz y eso es lo importante.

¿No?

—¿Te has liado con otro maricón este verano?

Saúl alza la voz lo suficiente como para que todos en la clase se den la vuelta hacia él, aunque ninguno se atreve a decir nada. Saben que, si lo hicieran, activarían una cuenta atrás. Ibai, un par de asientos más adelante, gira la cabeza un poco, solo un poco, como si estuviera prestando atención.

Las palmas de las manos me sudan y siento la boca un poco seca. Todavía tengo la mirada gacha, de forma que mi pelo cubre un poco el rubor de mis mejillas. Los cristales de mis gafas se empañan.

—La verdad es que nunca me he besado con nadie.

Saúl estalla en carcajadas y da un par de puñetazos al pupitre con tanta fuerza, que no sé cómo no lo parte en dos. Después, apoya una de sus manazas sobre mi cabeza y me obliga a girarme hacia él.

Intento mantenerme sereno ante su mirada.

—Qué gracioso eres, Julen. Me muero de risa contigo.

Debe decirlo en serio, porque se aleja de mí, soltando carcajadas sin parar. Yo no sé qué decir, así que intercambio una mirada rápida con Melissa y vuelvo a observar a Ibai, que se ha vuelto por completo hacia la pizarra.

—Un día alguien tendrá que parar esto —musita mi amiga, bajando la voz para que solo yo la escuche—. No sé si podré soportarlo de nuevo.

Está a punto de añadir algo más, pero entonces, la amplia melena oscura de Estela Ortiz pasa por delante de nosotros. Nos mira de soslayo y sus labios nos dedican un rápido «hola» antes de dirigirse hacia el asiento de Ibai.

No sé si es consciente, pero a su paso la siguen muchas miradas.

Es alta, delgada pero no demasiado, tiene un largo pelo negro que le llega a la cintura y unos ojos grandes, celestes, perfectamente proporcionados con su cara.

Me quedo helado cuando la veo sostener la barbilla de Ibai entre sus dedos y girarla hacia ella para besarlo en los labios.

—Están saliendo —musito.

—¿De qué te sorprendes? —mascula Melissa, volviendo la cara para no verlos—. Es el único que le faltaba de la clase. Bueno, también queda Saúl, pero él no cuenta. Nadie en su sano juicio saldría con él.

Noto el pulso acelerarse. No lo sabía, pero una parte de mí no se sorprende. Era algo que conocía durante el sueño, estaba seguro de que Estela e Ibai habían salido alguna vez. Pero eso era algo que no había ocurrido hasta ahora.

Trago saliva y me da la sensación de que las paredes de la clase tiemblan como la gelatina. Disimuladamente, me doy un fuerte pellizco en el brazo, pero además de sentir dolor, no ocurre nada más. No despierto solo en un pequeño piso de alquiler ni tengo ningún manuscrito sobre mis manos.

La voz se escapa ronca de mi garganta cuando me giro hacia Melissa para hablarle.

—¿Por casualidad sabes quién será este año nuestro tutor?

—¿No te has enterado? —me pregunta ella, sorprendida—. Debes de ser el único.

Está a punto de añadir algo más, pero entonces la puerta del aula se abre y una figura alta entra por ella. Aunque nadie se dirige a su sitio, sí hay muchas cabezas que giran en su dirección, algunas con curiosidad, otras con aburrimiento, y varios con un sentimiento similar a la adoración.

Siento cómo algo helado se rompe dentro de mí y derrama un líquido que me empapa de pies a cabeza. Ni siquiera puedo hablar. Todos mis sentidos están concentrados en la vista, que devora al profesor Cruz.

En el sueño recordaba que él había sido mi tutor en segundo. Pero es imposible que antes lo supiera, a pesar de que debía haber habido rumores al respecto.

Mientras Cruz intenta que todos ocupen sus pupitres, sin mucho éxito, por cierto, mis ojos vuelan hacia la espalda de Ibai, que sigue demasiado entretenido con Estela como para prestar atención a la situación.

¿Y si mi sueño no fue solo una pesadilla? ¿Y si sucederá de verdad? ¿Y si es un aviso?

Las palabras de la Melissa adulta hacen eco en mis oídos, confundiéndose con las conversaciones y las risas de mis compañeros.

«En Oriente Medio rezan porque lo consideran un signo de mal augurio».

«¿Creen que es el fin del mundo, o algo así?».

«No exactamente. Creen que es una señal que cambiará el transcurso de la historia».

Ibai debe sentir el peso de mi mirada, porque vuelve la cabeza de pronto y sus ojos caen sobre los míos. Es solo un segundo, pero mis manos se crispan sobre el borde del pupitre.

Espera a que aparte la vista, pero yo no lo hago. Lo observo con intensidad, mientras el ruido y las voces me rodean como una suave letanía. Su ceño se frunce, sé que está incómodo, pero me da igual, una parte de mí necesita memorizar cada detalle de su cara, de su expresión.

Mientras el azul de sus ojos desafía el castaño de los míos, la voz de Melissa vuelve a mi cabeza, esta vez, uniéndose a la mía.

Creen que es una señal que cambiará el transcurso de la historia.

El transcurso de *nuestra* historia.

Capítulo 8

Hace más de una semana que ha comenzado el curso y no ha ocurrido nada que se salga de lo normal. La profesora Ezquerra ya me ha puesto en ridículo un par de veces en la clase de Matemáticas.

Debería haber elegido el bachillerato de Letras. Era el que realmente quería, pero mis padres hablaron algo sobre «no cerrarme puertas» y tonterías similares, a pesar de que, desde la primaria tengo claro que las ciencias deben estar lejos de mí. Pero les hice caso y, cada vez que entro en clase de Ezquerra, los maldigo un poquito más.

Además, cuando me toca soportar esas matemáticas que tanto odio, estoy sin Melissa, que fue fiel a sus principios y no cambió de opinión, al contrario que yo. Sin ella a mi lado, me siento desprotegido.

La desgracia de ser tímido y tener pocos amigos es que luego no encuentras a nadie con quien compartir pupitre o hacer grupos. Caigo bien a la gente, pero no más. Así que, como consecuencia, he terminado sentado al lado de Oliver Montaner. Yo estoy solo porque no tengo muchos amigos y él porque nadie quiere ser su amigo.

Cuando ocupó el asiento contiguo al mío, lo miré de soslayo y lo saludé, pero no recibí nada como respuesta.

Todo el mundo sabe que Oliver es un idiota, incluso Saúl. Hasta meterse con él es frustrante. No sé cómo lo hace, pero siempre tiene la frase adecuada para dar en el blanco, para hacer daño o molestar. Da la sensación de que todo le da igual, excepto las notas.

Algunas chicas del curso se han sentido atraídas por él. Es alto, rubio, de piel muy clara y unos ojos de un intenso color gris. Por desgracia, todas las que se han atrevido a declararse han terminado mandándolo a la mierda a gritos.

Él también salía en ese sueño que tuve antes de comenzar el curso. Observando su perfil, me pregunto si sabrá que, en un futuro posible, no trabajará en aquello por lo que se esfuerza tanto.

—Si estás pensando en declararte, te ahorraré el mal trago —dice de pronto Oliver, sobresaltándome—. No eres mi tipo. No me gustas.

—¿Qué? —exclamo, sintiendo cómo las orejas me arden—. Yo no... jamás...

—Pues entonces, deja de mirarme. Me molesta.

Sus ojos son puro hielo cuando me golpean una última vez antes de girarse hacia la pizarra, donde la profesora Ezquerra escribe algo que se parece mucho a los kanjis japoneses.

A veces, en situaciones así, pienso que mi vida es demasiado normal, demasiado aburrida, demasiado patética incluso como para que ese sueño que tuve posea algún tipo de significado. Pero entonces, Ibai se cruza en mi camino, siempre en la distancia, y algo se me retuerce un poco por dentro, y me hace recordar esa única frase que pude leer de su diario.

A veces me gustaría reescribir esa historia.

¿A qué historia se refería? ¿A algo ocurrido en el pasado? ¿En el presente? ¿A algo que todavía no ha sucedido?

La profesora Ezquerra me llama la atención, dice algo sobre que siempre estoy perdido en las nubes; alguien hace un chiste sobre el tamaño de mi cabeza, comparándola con un globo aerostático, y Oliver, a mi lado, suelta una risita que yo escucho perfectamente.

Ibai, sentado unas filas por delante, ni siquiera separa sus ojos del libro que tiene frente a él. Sé que no le importo nada. Una vez fuimos muy amigos, pero ya hace mucho que nos convertimos en solo un par de desconocidos.

Me subo las gafas, que se me han resbalado por el puente de la nariz, y apoyo la frente sobre la fría superficie del pupitre, preguntándome, en silencio, por qué Ibai decidió entregarme su diario.

El viernes a última hora tenemos tutoría.

Es una hora terrible, porque estamos cansados y hasta a las chicas les parecen absurdas las palabras de Cruz. La mayoría de la clase está muy ocupada mirando de soslayo el segundero del único reloj con el que cuenta la clase. Sus ojos se mueven a la par de él.

El hombre alza la voz, pidiendo silencio, e intenta explicar algo sobre una actividad propuesta por el orientador del instituto.

—Pero ¿ese hombre existe? —pregunta Saúl, levanta la voz para que todos lo escuchemos—. Pensaba que era una leyenda urbana.

—Hay quien dice que tiene tentáculos y hace cosas sucias con ellos.

—¡Eres un guarro, Cam! —exclama Estela, inclinándose hacia adelante para darle un ligero puñetazo.

—¡SILENCIO! —grita Cruz, mientras golpea el escritorio con la palma de la mano abierta—. Es una actividad importante. Y fácil. Muy fácil. Solo tendréis que poneros por parejas y...

Casi de inmediato, todos nos movemos y hacemos desaparecer su voz entre chirridos y susurros. La mayoría solo tenemos que mover la silla para pegarnos un poco a nuestro compañero de pupitre.

Los ojos de Cruz casi parecen devorarnos.

—¡¿Queréis escucharme antes de hacer nada?! —La respuesta clara es «no», pero él habla antes de que nadie tenga tiempo de soltar alguna ocurrencia—. El objetivo de la actividad es que conozcáis a alguien que esté fuera de vuestro grupo de amigos o círculo de confianza, como queráis llamarlo. Quiero que os molestéis durante este último curso en conocer a esa persona. No hace falta que os caigáis bien; esta actividad necesita sinceridad.

—¿Puedo emparejarme contigo, profesor? —pregunta Cam, pestañeando exageradamente—. A mí me gustaría conocerte mejor.

Mientras la clase estalla en carcajadas, observo a Cruz. Creo que la vena que late en su sien va a reventar de un momento a otro. Su silencio sirve al menos para que mis compañeros bajen un poco la voz.

—Realizaréis varias redacciones y contestaréis preguntas sobre la pareja que elijáis. No tienen por qué ser largas, solo os pido que la letra sea legible y que no tengáis faltas de ortografía —dice, casi suplicando—. Y solo serán unas pocas, os lo prometo. Aquellas que crea interesantes, serán leídas en voz alta.

Se queda un instante callado, observándonos, como si estuviera contando mentalmente hacia atrás.

—Bien, buscad a vuestro compañero.

Es como si una bomba estallara en mitad de la clase. Las patas de las mesas y las sillas son arrastradas con brusquedad, los gritos hacen eco en las paredes y en las ventanas cerradas, y algunos, como Cam, saltan de mesa en mesa hasta llegar a su compañero deseado.

Mis pies se mueven solos. Ni siquiera me pregunto si lo que estoy haciendo no es más que una tontería, pero me dejo llevar y no me detengo hasta colocarme frente al pupitre de Ibai Ayala, que es uno de los pocos que no se ha molestado en moverse de su asiento.

Estela, que se dirigía también hacia él, se queda clavada en mitad del aula, y aprieta los labios, disgustada.

Ibai levanta la mirada con lentitud hacia mí y sus pupilas se dilatan un poco.

—Voy contigo.

—Paso —replica, sin pestañear.

—¿Qué? ¿Por qué? —le pregunto, inclinándome hacia él.

Ibai se echa ligeramente hacia atrás, cruzando sus largos brazos sobre el pecho. Al desviar la vista, su mirada se encuentra por casualidad con la de Estela.

—Porque no me interesa. Voy con ella.

Estela avanza, sonriendo, tras escucharlo, pero yo no doy un paso atrás.

—Sabes de sobra que no puedes. Tienes que estar con alguien fuera de «tu círculo de confianza».

No sé si soy más idiota porque estoy citando literalmente las palabras de un profesor o porque sueno desesperado.

—Bueno, solo llevamos saliendo un par de meses —contesta Ibai, sin volver a mirarme—. No nos conocemos tanto.

Antes de que Estela llegue hasta nosotros, levanto la mano para que Cruz me mire y alzo la voz como nunca lo he hecho en clase.

—¡Profesor, Ibai quiere ponerse con su novia!

El aludido se vuelve bruscamente hacia mí, esta vez aniquilándome sin compasión. Estela frunce el ceño y me mira como si fuera un imbécil, como seguramente soy, y Melissa me mira con cara de «qué estás haciendo», y yo le contesto con cara de «no tengo ni idea, pero me da igual».

Cruz se saca un pañuelo de tela de su bolsillo y se lo pasa por la frente.

—Ibai, no puedes ponerte con tu novia —suspira, antes de vociferar—. ¡Cam! ¿quieres bajarte del pupitre? ¡Te vas a romper algo!

A pesar del tumulto que nos rodea, Ibai y yo no apartamos la mirada del otro. Sus ojos, inquisitivos, parecen arañarme, mientras los míos hacen esfuerzos para no desviarse. Melissa, como siempre, acude a mi rescate.

—Estela, si quieres, podemos hacer el trabajo juntas —dice, esbozando una sonrisa tan forzada que debe hasta dolerle.

La miro de soslayo, mortalmente agradecido. Sé que Estela no le cae bien desde el primer momento en que se cruzó con ella, y sé que ningún trabajo en parejas podrá arreglar esa enemistad extraña que flota entre las dos. Cuando las veo, me recuerdan bastante al agua y al aceite.

—Bueno —dice ella, sin entusiasmo—. Está bien.

Doy un paso más en dirección a Ibai, rozando el pupitre con el borde de mi camisa del uniforme. Intento que mi sonrisa no vacile ante su expresión asesina.

—Parece que solo quedamos nosotros dos —comento, con lentitud—. Aunque, claro, también puedes emparejarte con Saúl.

Ibai tuerce un poco los labios y, sin mover la cabeza, le echa un vistazo a su enorme cuerpo, que aterroriza solo con su presencia a uno de nuestros compañeros. No es que se lleve mal con él. De hecho, diría que son casi amigos, si es que Saúl puede tener algo así. Al menos, lo respeta. Jamás, en los seis años que he compartido clase con ellos, lo he visto meterse con él o burlarse, ni una sola.

—Está bien. Iré contigo.

Estoy a punto de saltar de alegría, pero me contengo a tiempo. De lo que no soy capaz es de sujetar la amplia sonrisa que se me derrama por los labios y que Ibai observa con cierta desconfianza.

—No entiendo a qué viene tanto interés.

La expresión se me congela un poco. Me gustaría que pudiera verse como yo lo vi, a las puertas del mismo patio que ahora está cerrado para nosotros, despeinado, esquelético, con una mirada febril y un diario bien apretado entre sus manos.

Contarle la verdad queda descartado, así que me encojo de hombros y vuelvo a sonreír, intentando ser la viva imagen de la inocencia.

—Este va a ser nuestro último curso juntos. Éramos amigos hace mucho y no me gustaría... bueno, que perdiéramos el contacto.

Dios, eso ha sonado tanto a mi yo del futuro, a ese idiota que ya no lleva gafas y se queja de todo. Ibai arquea las cejas, observándome con cierta incredulidad.

—Qué tontería —murmura.

No sé qué contestar a eso, pero, por suerte, Cruz interrumpe el engranaje de mi cabeza pidiendo, suplicando más bien, que nos sentemos junto a nuestro compañero o compañera elegido. Quiere que empecemos con preguntas sencillas, típicas, y a partir de las respuestas elaboremos la primera actividad.

Voy a mi sitio a por un cuaderno, le envío una segunda mirada de agradecimiento a Melissa y regreso al lado de Ibai, dispuesto a ocupar el pupitre de al lado. A pesar de que no digo nada, veo cómo él se inclina un poco hacia el extremo contrario, como si intentase crear una distancia máxima entre nuestros cuerpos.

Con rapidez, abro el cuaderno y me vuelvo hacia él, con un bolígrafo en la mano. Su mesa, al contrario que la mía, está vacía, y no parece tener intención de copiar ninguna de mis respuestas.

—¿Cómo empezamos?

Los ojos de Ibai parecen dos esquirlas de hielo cuando me miran.

—No lo sé, tú eres el interesado en esto.

Aprieto los labios y el bolígrafo que sujeto entre los dedos, pero decido comenzar por lo más fácil.

—¿Cuál es tu color favorito?

Ibai me observa con una expresión que dice: «¿En serio?», pero por suerte, después de resoplar sonoramente decide contestarme.

—Negro.

No sé por qué no me sorprendo. Espero, pero él no vuelve a abrir la boca. Cuando siente mi mirada insistente sobre él, resopla.

—¿Qué?

—Se supone que ahora me preguntas tú a mí —contesto, con falsa calma—. Es como funciona el ejercicio.

Ibai apoya la barbilla en la palma de su mano y sus ojos vuelan por la clase antes de contestarme.

—Ya sé cuál es tu color favorito. El naranja.

Abro los ojos de par en par y me inclino un poco hacia él, sorprendido.

—¿Cómo lo sabes?

—Me lo dijiste hace años, cuando estábamos en primaria. —El desconcierto no se borra de mi expresión. No recuerdo haberle dicho nunca eso, quizás fue un comentario de pasada. No entiendo cómo puede acordarse de algo así—. Tampoco es tan difícil de adivinar —añade, en tono gélido—. Siempre ibas del mismo color.

Eso sí lo recuerdo. Intento sujetar la sonrisa que está tirando de mis labios, y busco otra pregunta rápida.

—¿Película favorita?

—*La lista de Schindler* —contesta, tras un titubeo.

Se produce un largo silencio.

—Ibai...

—¿Qué? Dios, está bien. ¿Cuál es tu película favorita?

—*El viaje de Chihiro.*

Ibai pone los ojos en blanco, y esta vez se abstiene de hacer ningún comentario.

—¿Sigues jugando al fútbol?

Su cuerpo se crispa un poco y sus ojos se clavan en los míos, casi amenazantes.

—Esa no parece una pregunta para la actividad. Parece más bien chismorreo.

—Está bien, te lo preguntaré de otra forma. ¿Practicas algún deporte?

—Atletismo.

Asiento, y recuerdo cuando era más pequeño y lo veía correr por todo el campo, con la pelota entre sus pies. Siempre me pareció el más rápido de la clase, pero no sabía que cambiaría el fútbol por otro deporte. Era muy bueno. Cuando todavía éramos amigos, iba a verlo a algunos partidos. Pero de eso hace ya bastante tiempo.

El repiqueteo de los dedos de Ibai sobre el pupitre me hace volver a la realidad. Por la forma en la que me mira, creo que me ha preguntado algo.

—No practico ningún deporte, en realidad —contesto apresuradamente.

—No hace falta que lo jures —dice él, hundiendo la mirada en mis piernas enclenques.

Yo las aprieto un poco, azorado, pero me obligo a volver a preguntar de nuevo. Lo que sea.

—¿Por qué faltas tanto a clase? —Esta vez, Ibai casi parece matarme con la mirada, así que yo me apresuro a añadir—: Bu... bueno, desde que entramos en este instituto, no has venido muchos días.

—No sé si eres una especie de acosador o un maldito entrometido —bufa, apartando la vista con exasperación.

—Bueno, el año pasado oí que estuvieron a punto de expulsarte por acumulación de faltas injustificadas —respondo, con sinceridad.

Ibai ladea la cabeza y se pasa las manos por su corto pelo negro, revolviéndoselo. Casi puedo palpar su molestia. Cuando habla, no me mira a los ojos.

—A veces me gusta estar solo. Nada más.

Estoy a punto de preguntar de nuevo, pero el timbre de la clase suena, haciendo un eco estridente por todos los rincones del aula.

Es como si comenzase un terremoto. De pronto, todo tiembla. El suelo, las paredes, el techo. Se arrastran sillas y mesas, se meten los libros a toda prisa en la mochila, mientras Cruz hace lo posible por recordarnos que deberemos entregar nuestra redacción después del fin de semana.

Miro a Ibai, que ya se ha levantado del pupitre y hace amago de dirigirse a Estela. Yo me muevo rápido y, antes de que me dé cuenta de lo que estoy haciendo, curvo los dedos en torno a la muñeca de Ibai, impidiendo que dé un paso más.

Él se detiene y se gira lentamente hacia mí. Cuando me mira, lo hace como si fuera el insecto más repugnante del mundo.

—¿Qué estás haciendo? —sisea.

Algunos nos están mirando, como Melissa, Saúl, y Cam, y eso debería preocuparme. Pero no lo suelto.

—Todavía tengo una pregunta más.

Un latigazo de cólera retuerce su cara. Con brusquedad, agita el brazo y consigue zafarse de mí.

—Estás loco. Déjame en paz, Julen —dice, antes de alejarse.

Yo bajo el brazo, pegándolo a mi costado. No me había dado cuenta, pero el corazón me late muy rápido y tengo que hacer esfuerzos para que la respiración no siga el mismo camino.

La mano que se apoya en mi espalda de pronto es mucho más cálida que la fría de Ibai. Antes de girarme sé que pertenece a Melissa.

—¿Qué es lo que querías preguntarle?

No le contesto, aunque en mi cabeza me sigo viendo sentado al lado de Ibai, pupitre junto a pupitre, mis ojos sobre los suyos, mientras susurro:

¿Serías capaz de matar a alguien?

Capítulo 9

El mundo parece estallar cada viernes a las tres de la tarde. Todo el mundo tiene prisa, todo el mundo grita, todo el mundo se deja llevar por esa marea febril que nos arrastra hacia el exterior del instituto.

El pasillo que nos conduce al porche de salida está en penumbras, siempre lo está a pesar de que el sol brille afuera. La culpa la tienen las paredes, de color verde oscuro, los cristales traslúcidos y manchados del humo de los coches, que hacen meses que no limpian, y la madera oscura que recubre los bordes de las ventanas y las puertas que conducen a las aulas o a los baños.

Melissa me habla, pero después de la última clase, no puedo prestar atención a nada. Inconscientemente, todavía busco a Ibai con la mirada y, la pregunta que nunca pronuncié hace eco en mis oídos, sepultando todo lo demás.

—Oye, ¿estás bien? —dice de pronto mi amiga, deteniéndose en mitad de la multitud.

Algunos de los chicos que se encuentran detrás de nosotros chascan la lengua y nos empujan, obligándonos a salir a la calle.

—Sí, sí —contesto, todavía distraído—. Creo que solo estoy cansado.

Ella asiente, aunque sé perfectamente que no me cree. Me conoce demasiado bien.

—¿Me llamarás este fin de semana?

—Claro —contesto, armando una sonrisa—. Como siempre.

Ella agita la mano mientras yo le doy la espalda. Los viernes son el único día que no regresamos juntos a casa. Siempre almuerza con su abuela, que vive justo en el otro extremo de la ciudad.

Doy un paso, y entonces me detengo. Un súbito viento aparece y sorprende a la maraña de estudiantes que sale, levantando faldas y desatando gritos y risas. Me golpea con fuerza, empujándome hacia atrás, y me lleva hacia un camino distinto al que utilizo para llegar a casa.

La gente camina a mi alrededor, pero yo apenas la veo. Me siento de nuevo en mitad de ese extraño sueño. El aire levanta mi pelo y, como manos invisibles, parece enroscarse en mis extremidades y jala de mí un poco más, intentando hacerme retroceder.

Levanto los ojos con lentitud, clavándolos en el cielo completamente despejado de nubes. Y entonces la veo. La luna. No es grande, no parece tener sangre en su interior, pero está ahí, observándome desde arriba. No es la primera vez que la veo durante el día, pero hay algo en ella que me corta el aliento.

—Dime algo —susurro—. Demuéstrame que ese sueño fue verdad.

El viento vuelve a levantarse a mi alrededor, con más fuerza que nunca. Esta vez los chillidos son mayores, y algunos de mis compañeros alzan los brazos frente a sí, intentando que la arena de la playa que arrastra el aire no entre en sus ojos.

La ráfaga vuelve a empujarme con tanta energía, que doy un paso atrás.

Doy vuelta la cabeza, siguiendo la dirección del viento. Pienso. Pienso muy rápido. *¿Qué hay en esa dirección?* Si sigo recto, llegaré al centro de la ciudad, me alejaré del paseo marítimo y de la playa.

¿Por qué? ¿Qué hay allí?

Un chico de un curso inferior grita cuando un par de hojas salen volando de sus manos y cruzan frente a mí, y entonces lo comprendo.

La editorial Grandía. La editorial en la que yo trabajaba como becario en mi sueño.

No pierdo tiempo. Me doy la vuelta en redondo y echo a correr, con la mochila rebotando contra mi espalda.

Esquivo como puedo a mis compañeros, que ocupan prácticamente toda la acera, y no puedo evitar empujar a algunos, que giran la cabeza, molestos, y gritan algo que no me detengo a escuchar. Uno de ellos es Oliver. Lo golpeo sin querer con el hombro, haciéndolo trastabillar. No detengo el paso, y sus ojos se clavan en los míos mientras intenta recuperar el equilibrio. No sé lo que ve en mi cara, pero sorprendentemente, no dice nada.

Yo aparto la mirada y continúo corriendo, alejándome de la masa de uniformes grises y negros.

No aminoro el paso, a pesar de que llego sin resuello al centro. Aunque una parte de mi cabeza está segura de que pocas veces he pasado cerca de la editorial Grandía, la otra mitad conoce perfectamente el camino. Me dejo guiar por mis pies, que terminan llevándome a una plaza grande, repleta de árboles y edificios blancos y antiguos, de grandes puertas de madera.

Uno de ellos es la sede de la editorial. Cuando camino hacia ella, reconozco cada rincón, cada detalle. Es idéntica a la de mi sueño.

Una mujer sale de pronto de su interior. Parece con prisa, así que no se da cuenta de cómo me deslizo tras ella y sujeto la enorme puerta el tiempo suficiente para adentrarme en el interior del edificio. El sonido que hace al cerrarse a mi espalda provoca eco por todo el recibidor.

Me quedo quieto, con el aire atrapado en mis pulmones, incapaz de avanzar o salir. Lentamente, miro a mi alrededor. Reconozco cada centímetro del lugar. Quizás hay un par de muebles distintos, pero poco más. La escalera que se alza frente a mí sigue teniendo esa pulgosa alfombra sobre sus escalones, aunque parece menos estropeada que en mi sueño.

Silencioso, avanzo paso a paso y comienzo a subir los peldaños, sin dejar de mirar a mi alrededor. No escucho nada. Ni un ligero murmullo, ni el siseo de un bolígrafo al acariciar un papel. El viento parece haberse apagado en el exterior, dejándome solo.

Llego por fin frente a las puertas acristaladas de la recepción de la editorial, pero tras ellas, no veo a nadie. La mesa del secretario sigue ahí, idéntica a la del sueño, pero no hay nadie ocupando su silla.

Con cuidado, abro la puerta, que no tiene llave, y entro.

Todo sigue igual. Lo único que ha cambiado son las portadas de los libros que se muestran en los expositores, enclavados en las paredes blancas. También hay algunas plantas aquí y allá, con mucha necesidad de sol y agua. No me hace falta saber cómo será la editorial dentro de diez años para saber que morirán y no las conoceré.

Me asomo por el pasillo, que está a oscuras. La mayoría de los despachos están cerrados. Cuando avanzo un poco más, encuentro la pequeña sala de estar en la que apenas tendré tiempo para descansar en el futuro. Todo está perfectamente recogido.

Los empleados se han debido ir a casa.

Suspiro y, cuando me doy la vuelta, una sombra se cierne sobre mí y los dos gritamos. Retrocedo tan rápido, que no veo el sofá y tropiezo con él, por lo cual caigo al suelo de bruces.

—Por Dios, chico. Qué susto me has dado —exclama una voz, que me resulta extrañamente conocida—. ¿Te has hecho daño?

Abro los ojos y observo a través de las tinieblas de la estancia a un hombre joven que no debe tener más de veinticinco años. Tiene el pelo hecho un desastre, los ojos cansados y las manos llenas de tinta. Y durante un instante, creo que soy yo mismo, dentro de diez años. Pero ese momento pasa, y lo reconozco de inmediato.

Sergio. Ese es su nombre. Era el maldito editor que dejaba un manuscrito gigantesco sobre mi mesa, a pesar de que llevaba encima demasiado trabajo. Ahora, sin embargo, parece distinto.

—Estoy bien —contesto, y acepto su mano para levantarme.

Él me observa atentamente mientras yo me subo las gafas por el puente de la nariz, centrándose en mi uniforme arrugado.

—¿Qué estás haciendo aquí? Sabes que no puedes entrar en un sitio como este sin permiso, ¿verdad? —De pronto, sus ojos se abren con miedo y apoya sus manos en mis hombros—. No me digas que eres el hijo del jefe. Por favor.

Niego rápidamente con la cabeza, mientras él deja escapar un largo suspiro de alivio.

—Entré porque la puerta que estaba abierta —miento, sin dudar—. He venido porque tengo que hacer un trabajo para el instituto.

—¿Sobre qué?

—Sobre la profesión a la que queremos dedicarnos. —La mentira fluye con tanta facilidad, que parece hasta real—. Me gustaría ser editor algún día.

Sergio abre mucho los ojos y, de pronto, se echa a reír.

—Vaya, ¿en serio?

Asiento con la cabeza, sin dejar de mirarlo.

—A mí también me gustaría serlo.

—Pensé que usted... —Ladeo la cabeza, confundido.

—Yo no soy más que un becario demasiado explotado —contesta él, encogiéndose de hombros—. Si quieres hablar con un editor de verdad, te recomiendo que vengas el lunes que viene. Alguno podrá contestar a tus preguntas.

Lo miro en silencio. Parece una persona completamente distinta al hombre de mi sueño.

—¿Quieres que te acompañe a la salida?

Asiento y me dejo guiar por su mano, aunque me sé el camino perfectamente. Él me despide y mantiene la puerta abierta mientras ve cómo bajo por las escaleras. Sin embargo, a mitad de ellas, me detengo y alzo la mirada hasta él.

—Puede que algún día se convierta en editor, ¿verdad? —murmuro.

—Eso espero —contesta, con una sonrisa derrotada.

—Cuando lo sea, alguien ocupará su lugar de becario.

—Imagino —asiente, algo confundido por mis palabras.

—Pues no lo olvide —digo, sin apartar los ojos de él—. No olvide lo que trabajó siendo un becario, no trate al chico o la chica que lo sustituya como lo trataron a usted. Marque una diferencia.

Él se queda sin palabras y no corresponde a mi gesto cuando levanto la mano para despedirme.

—Hasta dentro de un tiempo, Sergio.

Veo cómo sus labios se separan por la sorpresa, pero nada más. Giro la cabeza y me dirijo a paso rápido hasta la salida, cerrando de un portazo a mi espalda.

Ya en la calle, suelto todo el aire de golpe.

La luna que ha desparecido del cielo claro parece haberse llevado parte de mi estabilidad. Me tambaleo, mareado de pronto, y tengo que dejarme caer en cuclillas, cubriéndome la cabeza con los brazos.

Algunos de los peatones que pasan por mi lado me contemplan de reojo, pero nadie se acerca.

Inspiro. Expiro. Inspiro. Expiro. Es lo único que puedo hacer mientras el mundo parece dar vueltas de campana sin incluirme a mí en su delirante danza.

—Es real —jadeo—. Es real.

El sueño no fue solo un sueño. No sé por qué, pero lo que viví la otra noche fue un fragmento de mi vida, de la vida que tendré dentro de diez años.

Aunque sea una locura, no puedo negarlo.

Al final del curso, Ibai matará a una persona, será condenado a diez años de cárcel y, durante una noche en la que se celebrará una reunión de antiguos alumnos, aparecerá frente a mí y me entregará un diario manuscrito. Y después... después...

Me muerdo los labios con rabia y sacudo la cabeza.

No puedo permitirlo. No puedo dejar que pase. Si cierro los ojos, todavía puedo recordar cómo sonreía, cómo jugábamos en la playa, cómo nos revolcábamos de risa sobre el césped de mi casa cuando todavía éramos amigos.

Quizás esa frase, quizás esa única frase que leí en su diario fue la que conectó todo, la que me permitió verlo. La que puede ayudarme a prevenir todo lo que va a suceder. No sé qué va a ocurrir durante este curso para que todo termine de la forma en la que lo hará. Pero, sea lo que sea, juro cambiarlo.

Cuando me incorporo y echo a andar, no hace falta que el viento me empuje.

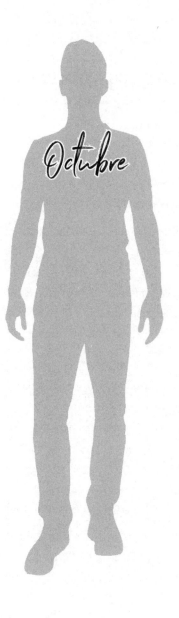

Octubre

ACTIVIDAD DE CONOCIMIENTO PERSONAL
Número 2

Nombre del alumno/a: *Melissa Bravo.*

Curso: *2.º A bachillerato.*

Nombre del compañero/a elegido: *Estela Ortiz.*

NOTA: Recuerda responder con sinceridad. Esta actividad no contará para la calificación final.

A. Realiza un breve comentario sobre cómo crees que es tu compañero/a. Después, guarda esta redacción y compárala con la que volveremos a realizar más adelante en el curso.

Conozco a Estela desde que entré en este instituto, pero nunca hemos hablado demasiado. Aunque sé que a mucha gente le cae bien, que hay muchos que se mueren por ser sus amigos, siempre me ha parecido una persona algo distante. Me cuesta hablar con ella, conectar. Creo que venimos de mundos muy diferentes y que no nos parecemos en nada.

B. ¿Qué crees que conseguirás con esta actividad?

Supongo que no está mal conocer un poco más a alguien que está fuera de tu círculo social, pero no creo que Estela y yo nos convirtamos en grandes amigas.

Capítulo 10

Octubre llega con el cambio de clima. Al estar cerca del océano, las temperaturas no son especialmente frías, pero el viento y la lluvia suelen aparecer en cuanto se cruza la frontera del otoño.

El cielo, de un color azul intenso, se atenúa hasta adquirir un gris plomizo que nos hace parecer a todos enfermos. Ahora, el verano está más lejos que nunca y con él, nuestra libertad.

Los profesores parecen haberse vuelto locos, nos mandan tantos deberes que llevo encerrado en mi cuarto todas las tardes desde hace dos semanas. Mi padre se ríe cuando me ve inclinado sobre los libros y anuncia con voz burlona que mi vida de dulce estudiante despreocupado está llegando a su fin.

Además de los deberes, está la maldita redacción de Cruz. Al parecer, todos lo hicimos tan mal y mostramos tan poco entusiasmo, que nos obligó a repetirla. Supongo que nadie fue sincero cuando la escribió. Puse los ojos en blanco cuando leí la de Melissa, en la que ensalzaba a Estela de una forma que no se la creía ni ella. Pero yo tampoco había sido sincero. No hice más que escribir una redacción estándar que podía retratar a cualquier chico de diecisiete años.

Dejo escapar un suspiro y arrojo el bolígrafo a un lado, recostándome sobre la vieja silla de mi habitación. Hay un silencio insoportable recorriendo toda mi casa. Mi padre está encerrado en su despacho, corrigiendo ejercicios de la universidad, y mi madre descansando, después de un turno agotador en el centro de salud.

Tanta quietud me agobia. Y me hace pensar demasiado en el sueño.

Me quito el calzado de dos patadas y me pongo las deportivas. Agarro del armario un viejo chubasquero que tengo desde hace años (las *ventajas* de no crecer lo que querría) y me dirijo a la sala de estar.

Mi madre se sorprende cuando me ve vestido de calle.

—¿A dónde vas?

—Necesito dar una vuelta. Airearme.

Ella duda durante un instante, pero finalmente asiente y me dice que no tarde en volver. En la calle no hace frío, pero sopla una brisa fresca que me revuelve el pelo, y hace que se me meta en los ojos. Me lo aparto como puedo, y me repito por décima vez en esta semana que quizás tendría que ir a cortármelo.

No sé muy bien a dónde ir, quizás podría ir a buscar a Melissa, pero desecho la idea de inmediato. Estará estudiando para el examen de la semana que viene, el primero que tendremos en el curso. No es que esté obsesionada por las notas altas, como Oliver; simplemente, es responsable. Yo debería aprender un poco de ella.

Camino de un lado a otro de la calle, pero no llego muy lejos. Elevo la mirada hacia el cielo. Las nubes se apelmazan tanto entre sí que parece que va a llover. Suspiro, y decido dar el pequeño paseo por terminado, pero entonces, una súbita sombra que capto de soslayo me hace dar la vuelta.

Veo la alta figura de Ibai justo antes de que desaparezca por la esquina de la calle, de camino al paseo marítimo.

Al instante, mis pies lo siguen, solos.

Ibai camina deprisa, con una mano sujeta el asa de una bolsa de deporte, que se bambolea a cada paso que da. La sudadera que lleva, abierta, se agita como una capa a su espalda por culpa del viento. En el centro, dentro de un círculo blanco, hay algo dibujado que no soy capaz de distinguir.

Sé que estoy actuando como un enfermo, pero sé también que, si me doy la vuelta y regreso a casa, me arrepentiré. Así que sigo caminando, esquivando a los peatones que recorren el paseo marítimo. A mi derecha, el océano rompe contra la arena en olas altas de espuma y agua negra, y a mi izquierda, los edificios blancos hacen parecer el cielo todavía más oscuro.

Después de unos diez minutos, Ibai cambia de rumbo y se dirige hacia un enorme edificio que ocupa gran parte de la esquina de una calle perpendicular al paseo marítimo, cerca del Gadir, uno de los colegios de infantil y primaria de la ciudad.

Me quedo quieto entre dos coches aparcados, y observo cómo cruza la enorme puerta, abierta de par en par. Es un polideportivo, no hay duda. No es la primera vez que lo veo, pero sí la primera vez que reparo en él. Ni siquiera me había molestado en leer la placa dorada que se encuentra fija sobre la fachada.

CLUB DE ATLETISMO DAMARCO

Separo los labios, recordando de pronto. Ibai me había dicho que practicaba atletismo. Sin saber todavía qué estoy haciendo, cruzo también la calle y sigo sus pasos, adentrándome en el interior del gigantesco edificio.

En cuanto cruzo el umbral, un fuerte olor a sudor, goma y jabón me golpea. Hace calor y las luces encendidas proporcionan un ambiente cálido al gran recibidor. Junto a la puerta, hay algo parecido a una recepción que, por suerte, está vacía.

No hay nadie a mi alrededor, pero por uno de los pasillos que desembocan en la sala, me llegan sonidos de voces, gritos y jadeos. Me adentro por él, aunque apenas llego a dar varios pasos antes de quedarme quieto en la mitad.

Pegada a la pared, hay una vitrina que contiene una enorme cantidad de trofeos, medallas y fotos. Me inclino un poco, casi rozando la nariz con el cristal, y no puedo evitar que mis ojos recorran los objetos dorados. Son muchos. Decenas, quizás.

Mis ojos se detienen en una fotografía. En ella, aparece un chico de mi edad. Tiene el pelo negro, la piel empapada en sudor y las mejillas aún rojas por la carrera. Entre sus manos, sujeta un trofeo.

No me cuesta nada reconocerlo. Es Ibai. Y parece feliz. En ella, sonríe como no le he visto hacerlo en años.

Soy un idiota, pero no puedo evitar devolverle la sonrisa.

—Estás en medio del camino.

Una voz fría y cortante me hace reaccionar. Me doy la vuelta con brusquedad, casi trastabillando con mis propios pies, y la boca se me abre de par en par cuando descubro quién está frente a mí.

—¿Qué estás haciendo tú aquí? —farfullo.

Es Oliver. Mi querido compañero de Matemáticas. Va vestido con ropa de deporte y tiene puesta la misma sudadera que Ibai. Él también la lleva abierta y, en la camiseta que tiene debajo, puedo ver un dibujo: la cabeza de un lobo aullando.

Está tan cerca de mí, que la diferencia de alturas es casi insultante. Aunque, para insultante, su expresión. Derrocha tanta pedantería por cada poro de su piel que no sé cómo no se ahoga en ella.

—Creo que esa no es la pregunta correcta en este momento.

Me observa con las cejas arqueadas, mirándome desde arriba como un maldito gigante.

—Venía... bueno, venía... —Mi lengua se traba, y no sé si me siento más patético o estúpido. Mis ojos vuelan de nuevo hacia la vitrina, y observo otra vez la fotografía de Ibai, en la que sonríe de esa forma en la que ya nunca lo hace—. Venía a inscribirme.

—¿Quieres hacer atletismo? ¿Tú? —Su soberbia se transforma en desconcierto. Puedo ver la metamorfosis en cada rasgo de su cara—. Imposible. Tienes las piernas demasiado cortas.

—¿Demasiado cortas? —Bajo la mirada hacia las pobres aludidas, escondidas tras la tela de los pantalones—. Bueno, ¿y qué si las tengo demasiado cortas? ¿Eso me impide correr?

—Eso te impide ser rápido —replica Oliver, con esa condescendencia que odio tanto—. Eso te impide ganar.

—No lo sabes —siseo, enronqueciendo el tono de mi voz.

—Claro que lo sé.

—¡No! ¡No lo sabes! —exclamo, alzando de pronto la voz—. Si tengo las piernas cortas, las moveré el doble de rápido.

Oliver se cruza de brazos y se recuesta sobre la pared, observándome desde su imponente altura.

—Esto no funciona así.

—Oh, no, claro que no. Tú sabes cómo funciona todo, ¿verdad? —No sé qué diablos me pasa, pero no puedo detenerme. No sé de qué o de quién estoy hablando, si de él, de mí, de mi yo futuro, o de Ibai, al que no dejo de ver junto a la puerta del patio, demasiado delgado y demasiado perdido—. Tú crees saber cómo va a acabar todo antes de que ni siquiera comience. ¿Y si te dijera que no tiene por qué ser así? ¿Y si te dijera que existe la posibilidad de que, aunque te esfuerces lo que te esfuerzas, seas lo malditamente inteligente que seas, no vas a conseguir nunca estudiar Medicina?

En algún momento mi mano se ha movido sola y ha golpeado con el puño la pared de la galería. Casi estoy jadeando, siento los latidos de mi corazón rebotar en mi cabeza con la fuerza de una estampida.

—No me digas lo que puedo o no puedo hacer —susurro—. No me digas que no seré capaz de cambiar lo que se espera de mí.

Porque entonces, no podré hacer nada por Ibai. Porque entonces, esa terrible noche que soñé se cumplirá.

Encaro a Oliver que, por primera vez desde que lo conozco, parece haberse quedado sin palabras.

—¿Cómo... cómo sabes que quiero estudiar Medicina? —pregunta, con un hilo de voz—. No se lo he dicho a nadie.

Separo los labios, pero soy incapaz de pronunciar palabra alguna. *Mierda. Mierda, mierda, mierda.* Creía que lo había escuchado alguna vez, pero ahora que lo pienso, no recuerdo que nadie lo haya mencionado nunca, ni siquiera él. Es algo que sé por el sueño.

Intento recomponer mi expresión ante los ojos escrutadores de Oliver.

—Bueno, tampoco era tan difícil de adivinar. Todos los que tenéis calificaciones altas queréis estudiar Medicina.

La altanería vuelve a su cara y siento que es la primera vez que me alegro por ello.

—Menuda estupidez —murmura, echando a andar—. Si quieres inscribirte, hazlo. Será divertido verte correr delante de Mel.

—¿Mel? —pregunto, siguiéndole—. ¿Quién es Mel?

Oliver no me contesta, camina delante de mí, aunque gira la cabeza lo suficiente como para que atisbe una pequeña sonrisa.

Lo sigo por el largo pasillo, que termina por desembocar en el interior del enorme polideportivo. Al contrario de lo que me gustaría, está repleto de chicos y chicas, algunos mayores que yo, otros más pequeños. La mayoría llevan pantalones cortos y camisetas con ese lobo aullando, bordado en el pecho o en la espalda.

Como no sé qué diablos hacer, sigo a Oliver. Él lo sabe, pero no mira ni una sola vez atrás hasta que no llega junto a un pequeño grupo que espera sentado sobre las gradas de madera, a un lado de la enorme pista de atletismo. En el otro extremo, hay una puerta gigantesca que comunica con un patio exterior; se abre y se cierra, empujada por el viento.

Clavo los ojos en el suelo, observo las líneas blancas y de colores que lo recorren, formando caminos, rectas y curvas.

—Mierda, ¿qué haces tú aquí?

Levanto la cabeza cuando escucho la voz de Ibai. Se ha incorporado y me observa como si yo fuera alguna clase de fantasma, o de acosador. Por desgracia, creo que me parezco más a lo segundo.

A su lado, hay tres chicas que me miran con cierto interés. Dos de ellas me suenan, creo que son de primero, de mi mismo instituto. A su lado, hay otra chica más que no conozco. Me acordaría de ella si la hubiera visto antes, no podría olvidar su pelo azul eléctrico.

—Hola —saludo, sintiendo cómo mis labios tiemblan con la sonrisa.

Todos me devuelven el saludo, excepto Ibai. Él está demasiado ocupado en diseccionarme con su mirada.

—¿Por qué estás aquí? —repite.

—Me gustaría inscribirme.

Se acerca un poco más, y yo tengo que hacer uso de mi fuerza de voluntad para no dar un paso atrás.

—¿Desde cuándo te interesa el atletismo?

—Desde siempre —miento, aunque esta vez lo hago de pena.

Él arquea las cejas mientras sus compañeros se miran entre sí. Oliver me observa con los ojos entornados, con una retorcida sonrisa plantada en sus labios.

—Ah, ¿sí? ¿Podrías decirme entonces cuáles son las modalidades del atletismo?

—Eh... —Miro a mi alrededor, buscando algún tipo de ayuda que no llega—. ¿Relevos?

—Eso no es una modalidad, es una prueba de una modalidad. —Ibai da un paso más en mi dirección, y mis dedos se crispan—. Dime la verdad. ¿Qué estás haciendo aquí?

Ahora todos me observan y esta vez, con cierta desconfianza. Trago saliva con dificultad y mis pies están deseosos por retroceder. Intento buscar algo en mi cabeza, como sea, pero las palabras no llegan.

Ibai está a punto de volver a la carga, pero de pronto, una voz estalla a mi espalda, sobresaltándonos a todos.

—¿Por qué diablos no estáis calentando?

Me doy la vuelta, y me encuentro a menos de medio metro de una mujer altísima, que me vigila con ojos terribles. Es delgada, pero tiene los brazos y las piernas tan musculosos, que de un empujón podría lanzarme al otro extremo del polideportivo.

La chica del pelo azul suelta una risita y me señala con el índice.

—Tenemos visita.

La mujer frunce el ceño y sus ojos se clavan en mis piernas, suben por mi cuerpo deteniéndose en mis gafas y en mi pelo alborotado.

—¿Quién eres tú? —pregunta, inclinándose hacia mí.

—Me llamo Julen Bas. Me gustaría inscribirme y empezar lo antes posible —suelto de un tirón, sin respirar.

Ibai pone los ojos en blanco mientras la sonrisa burlona de Oliver se extiende más y más por su barbilla.

—Para eso tendrás que hablar con nuestro recepcionista y pasar una prueba —contesta ella, sin parpadear ni una sola vez—. Este es un club de competición, no una simple actividad extraescolar.

—En... entiendo.

Ella me observa en silencio durante unos instantes que me parecen eternos y, de pronto, agita violentamente el brazo, casi a punto de golpearme con él, señalando a la puerta de salida.

—Ahora, largo. Estás retrasando el entrenamiento.

A Oliver solo le queda taparse la boca para ocultar las carcajadas, mientras que Ibai parece a punto de abalanzarse sobre mí de un momento a otro. Las chicas me siguen observando con curiosidad.

Me alejo arrastrando los pies. No miro ni una sola vez por encima de mi hombro, pero el peso de la mirada de Ibai no desaparece hasta que no salgo al paseo marítimo y el aire, cargado de salitre, me acaricia.

Esa noche les digo a mis padres que quiero apuntarme al Club de Atletismo Damarco. Les parece buena idea que haga algo de deporte, pero no pueden evitar preguntarme antes de que desaparezca tras la puerta de mi dormitorio:

—Pero ¿por qué ahora? Nunca te ha gustado.

—¿Ha cambiado algo? —Mi madre me guiña un ojo, como si estuviéramos compartiendo un secreto. Sé a qué se refiere, pero no se imagina lo perdida que se encuentra.

—Sí, ha cambiado todo —contesto, y cierro con fuerza los dedos en torno al picaporte.

Capítulo 11

Al día siguiente, antes de comenzar la primera hora, veo la cabellera negra de Ibai acercarse lentamente a mí.

Melissa deja de hablar y sigue mi mirada, extrañada. Se sobresalta un poco cuando él apoya las manos en la superficie del pupitre y se inclina en nuestra dirección. Siento cómo un calor súbito me aguijonea el estómago, e intento echarme hacia atrás, pero el respaldo de la silla me lo impide.

—¿Podemos hablar fuera? —pregunta, en un murmullo ronco.

Trago saliva con dificultad y asiento, mientras él se separa bruscamente de mí y camina hacia la puerta de la clase.

—¿Qué ocurre? —me pregunta Melissa, sujetándome del brazo.

Yo me encojo de hombros, como si no tuviera ni idea, aunque sé perfectamente de lo que quiere hablar. Lo sigo con rapidez, mirando a mi alrededor a hurtadillas, pero nadie más aparte de Melissa parece prestarnos atención.

Cuando salgo al pasillo, lo veo esperando junto a una ventana, con la cabeza inclinada y los brazos cruzados sobre el pecho. Sus ojos parecen agujas de hielo cuando se alzan y me atraviesan.

Me quedo a un metro de distancia, y espero, con los puños apretados.

—Sé perfectamente que lo de ayer no fue más que una mentira ridícula. No te gusta el atletismo. Maldita sea, no te gusta ningún deporte. Sé muy bien que lo único que haces es leer y escribir, así que deja de hacerte el idiota. No hagas la prueba, no gastes el dinero de tus padres y déjame en paz.

Ibai no espera a que le conteste. Se separa de la pared y pasa por mi lado, sin mirarme, en dirección a la clase.

—No sabía que me odiabas tanto —murmuro.

Él se detiene de golpe, justo a mi lado.

—No te odio. Ni siquiera me caes mal —dice, algo exasperado—. Es verdad que fuimos amigos, pero... las cosas cambian. Y ya no lo somos. Es una estupidez intentar unir algo que ya está roto.

Lo observo de soslayo. Su expresión se parece tanto a la de esa noche, que no puedo evitar estremecerme.

—Yo puedo decir mentiras ridículas —digo, respirando hondo—, pero sé que tú no estás diciendo la verdad.

Porque entonces, no habría sido yo la única persona con la que hablará la noche de ese futuro lejano. Su mirada errática solo estuvo fija un instante, cuando se dirigió a mí.

Ibai frunce el ceño y parece a punto de replicar, pero entonces, el golpeteo de unos zapatos nos hace darnos vuelta.

—¿Ocurre algo, chicos?

Es Amelia. La misma profesora que ya no estará dentro de diez años. El ligero olor a cigarrillo me lo recuerda dolorosamente.

—No, claro que no ocurre nada.

Ibai hunde las manos en los bolsillos y pasa junto a mí, dándome un ligero empujón con el hombro que me hace trastabillar un poco. Amelia no lo ve, está mirando su reloj, que marca las ocho pasadas.

—Vamos, Julen. Hoy vamos a empezar tarde la clase.

Asiento. No tengo más remedio que seguirla, así que entro en el aula, arrastrando los pies hasta dejarme caer en mi asiento, al lado de Melissa.

Ella se inclina de inmediato hacia mí.

—¿Qué os traéis vosotros dos?

Niego con la cabeza y aprieto los bordes del pupitre con fuerza, con frustración. No miro ni una vez a la pizarra durante toda la clase. No sé qué hacer, no sé cómo acercarme a Ibai, pero, sobre todo, no sé qué hacer para que me acepte.

Me siento como al final de ese sueño, cuando salía hacia el hospital de madrugada, con la certeza de que, por mucho que corriese, por mucha prisa que me diera, jamás podría llegar a tiempo.

Después de la breve conversación en el pasillo, Ibai me retiró la palabra. Dio igual que me despidiera o lo saludara cuando, al día siguiente, me lo encontré de camino al instituto. Se limitó a lanzarme una mirada furibunda y siguió andando.

Melissa, que estaba a mi lado, me palmeó la espalda y me dedicó una sonrisa de ánimo.

—Podría ser peor.

Es peor. Es lo que pienso ahora, durante la última hora del viernes, cuando Cruz me mira directamente a los ojos y me pide que comience a leer mi redacción delante de la clase. Sobre Ibai. Antes de mí, no tuvieron más remedio que hacerlo algunos de mis compañeros, la mayoría, con la vista en sus zapatos del uniforme y las mejillas ardiendo por la vergüenza.

—¿De verdad es necesario? —pregunto, con un hilo de voz.

Mis compañeros estallan en carcajadas, al menos, la mayoría. Melissa me observa con compasión y en los ojos de Ibai brilla una mirada de clara advertencia.

—Julen, ven a la pizarra —insiste Cruz.

Suspiro con profundidad y me pongo en pie, caminando pesadamente hasta donde está el profesor. Él me tiende la hoja y yo prácticamente se la arranco de las manos, maldiciéndolo hasta lo más profundo. Es solo una página. Si la leo con rapidez, puede que no gaste ni un minuto. En tan poco tiempo, no puedo estropearlo más, ¿verdad?

Me aclaro la garganta, siento cómo el suelo se abre bajo mis pies, y comienzo a leer.

—*Conozco a Ibai desde que tenía seis años. El primer día de clase me sentía muy perdido, y recuerdo que él se acercó a mí, sonriendo, y me preguntó si quería sentarme a su lado.*

Algunas chicas sueltan un suspiro más que sonoro, mientras que Cam contiene las risas y le da un codazo a Ibai, que no se inmuta. Saúl, desde su asiento, me observa con una atención que da miedo.

—*Desde entonces, muchas cosas no han cambiado. Su color favorito sigue siendo el negro y la película que veía mil veces es* La lista de Schindler. *Sin embargo, hay otras cosas que sí lo han hecho.* —Me detengo, encarando durante un instante esos ojos azules que me vigilan, antes de sumergirme de nuevo en mi letra—: *Cambió el fútbol por el atletismo. Dejó de sonreír tanto. Dejó de acercarse a mí. Dejó de ser mi amigo.*

Puedo sentir la tensión vibrar en el aire, mientras se contraía y extendía, y me rozaba la piel como un calambre infinito.

—*Este año me gustaría averiguar el porqué.* —La voz me falla, se enronquece, se rompe, y sé que no puedo hacer nada por evitarlo—. *Me gustaría que esta distancia que nos separa desapareciera. Me gustaría demostrarte que esta amistad que nos unió hace tantos años, no está rota.*

Dejo caer los brazos a ambos lados de mi cuerpo, y la hoja que tengo en los dedos, se agita, siguiendo el temblor de mis manos.

En el aula no se escucha ni el susurro de una respiración. No sé de dónde saco el valor, pero levanto la mirada para observar a Ibai. Y, por primera vez en bastante tiempo, no me contempla con indiferencia o con desagrado. En sus ojos azules, oscuros como el océano en mitad de una tormenta, está la misma tristeza infinita que veré esa noche, dentro de diez años.

Su mirada es idéntica a esa última que me dedicó, después de dejar su diario en mis manos. Es como si de nuevo estuviéramos frente a frente, rodeados por todos, pero solos a la vez, reflejados en las pupilas del otro.

—¡Esto es lo que quería! —exclama Cruz, sobresaltándome.

La situación me aplasta como la gravedad, y entonces, dejo de sentirme a solas con Ibai en esta clase llena de gente. Vuelvo a sentirme avergonzado, casi patético, y él vuelve a ser ese chico de ceño fruncido que dejó de ser mi amigo.

—A esto me refería cuando os pedí una redacción sincera —insiste el profesor, señalándome, mientras yo vuelvo a mi sitio con los hombros hundidos.

—Lo que quiere entonces es una puta declaración de amor, ¿no? —pregunta Saúl y, al instante, todos estallan en carcajadas.

—¡Esa boca! —exclama Cruz, pero solo consigue que las risas se multipliquen.

—Eso dígaselo a Julen, creo que dentro de poco va a utilizarla para algo sucio.

Ahora mismo me gustaría esconderme debajo del pupitre y cubrirme las orejas con las manos. Hacía mucho, muchísimo, que no sentía tantas ganas de llorar en clase como ahora.

Cruz está casi tan rojo como yo. Con los dientes apretados, estira el brazo y señala la puerta del aula.

—Sal ahora mismo de...

Su voz desaparece por el ensordecedor pitido del timbre, que indicaba que las clases han llegado a su fin. Al instante, el mundo se olvida de mí, de la redacción, y se centra solo en recoger todo lo antes posible.

Saúl le dedica una sonrisa divertida al profesor y sale él primero por la puerta. Cruz, que todavía mantenía el brazo extendido, gruñe algo y lo baja con brusquedad.

Sus ojos, entonces, se cruzan con los míos. Sé que va a decirme algo, pero yo aparto la mirada con rapidez y, sin cuidado, meto los libros en la mochila y salgo de la clase a paso rápido, sin mirar a nadie, con la mochila abierta.

Una mano me detiene. Me doy la vuelta, esperando que sea Ibai, pero es Melissa. Me observa, preocupada, y me sujeta del brazo para que no pueda huir de ella. Al lado nuestro, la puerta de la clase de al lado se abre también, y todos los alumnos salen en tromba, rodeándonos.

—¿Estás bien?

Sacudo la cabeza, mordiéndome los labios para que estas malditas ganas de llorar desaparezcan de una vez.

—No, claro que no estoy bien. Ha sido una auténtica mierda.

Y ahora será todavía más difícil acercarme a él, susurra una voz dentro de mi cabeza. Me pongo de puntillas, intentando ver algo por encima de las cabezas de mis compañeros, pero no encuentro la cara de Ibai por ningún lado.

—Quizás deberías decirle simplemente que te gusta.

Apoyo los talones en el suelo con brusquedad y me giro hacia Melissa, boquiabierto.

—¿*Gustar*? —Me acerco a ella y bajo la voz, para que nadie más pueda escucharme—. No siento nada por Ibai. Solo quiero ser su amigo.

Pero a pesar de que Melissa asiente, puedo verlo en sus ojos. No me cree.

—¿De verdad es tan difícil de comprender?

Resoplo con furia y, cuando levanto la mirada, me encuentro con Oliver. Está junto a la puerta de su clase. Tiene el libro de Historia abierto entre sus manos, como si estuviera leyendo algo a última hora, pero sus ojos claros están quietos en los míos.

Frunzo el ceño, retándolo con la mirada, esperando que diga algo, como siempre hace. Ya me da igual. Puedo soportarlo. Pero Oliver no separa los labios y se limita a observarme fijamente. De pronto, el peso de sus ojos claros se vuelve inaguantable. Al final, soy yo el que se aparta.

Camino por la galería, con las manos metidas en mis bolsillos, mientras Melissa me sigue en silencio. Por el camino nos encontramos con Cam, que me guiña un ojo y me da un empujón divertido, como si compartiéramos un secreto. Sé que es demasiado idiota como para hacer daño, pero igualmente, no correspondo a su sonrisa cuando se aleja de mí.

—Todo esto es por ese sueño, ¿verdad? —musita Melissa, cuando salimos por fin al aire libre.

—No es solo un sueño. —Respiro hondo, llenándome los pulmones del olor a algas que trae el aire del paseo marítimo—. Lo que vi fue un recuerdo. Un recuerdo de lo que ocurrirá dentro de diez años.

—Julen...

—No, escúchame —replico, colocándome frente a ella, sin dejar de andar—. En ese sueño sabía cosas, cosas que todavía no han ocurrido.

Melissa arruga el ceño, pero no aparta sus grandes ojos negros de mí.

—Eso no tiene ningún sentido.

—¿Crees que no lo sé? Pero antes de que pisara la clase, sabía que Cruz sería nuestro tutor.

—Eso era un secreto a voces, Julen —replica Melissa.

—También sabía que Estela e Ibai estaban juntos. Fui el único que no se sorprendió al verlos.

—Quizás escuchaste algo, no sé —insiste ella—. Además, era algo que iba a pasar tarde o temprano. Todos lo sabíamos.

—Oliver quiere estudiar Medicina.

—¿Oliver Montaner? ¿El de la clase de al lado? No tenía ni idea. —Melissa hace una mueca con los labios—. Pobres pacientes.

—Claro que no tenías ni idea, él no se lo ha dicho a nadie —respondo, sin respirar. Percibo cómo las palabras se enredan y se atragantan en mis cuerdas vocales, haciendo que hablar resulte cada vez más difícil—. Y, sin embargo, tengo la sensación de que es algo que sé desde hace mucho.

Esta vez, ella no replica. Su ceño se frunce todavía más y desvía la mirada hacia la calle que se extiende frente a nosotros, repleta de estudiantes que vuelven a sus casas. Creo escuchar cómo chirrían los engranajes de su cerebro.

—Fui a la editorial.

Su mirada se encuentra fugazmente con la mía.

—¿La editorial? —repite, con la voz súbitamente ronca.

—En la que trabajaré dentro de diez años.

—¿Qué? ¿Te... te metiste dentro? —pregunta, con los ojos como platos.

—Solo quería echar un vistazo —replico, encogiéndome de hombros—. Nunca había estado dentro de ese edificio, pero sabía a dónde ir, sabía dónde estaban los despachos de los que serán mis compañeros. No me sentía perdido, era un lugar que conocía tan bien como el instituto.

La piel de Melissa palidece hasta alcanzar un tono amarillento, apagado.

—Eso... eso es una locura —musita.

—En el sueño, uno de los editores me dejaba sobre la mesa un manuscrito enorme. Se llama Sergio, Sergio Fuentes. —En el sueño no mencionaba su apellido, él tampoco me lo dijo el día que entré en la editorial. Es una información que simplemente conozco—. Ese mismo hombre estaba allí, en la editorial, como becario. Lo reconocí.

Melissa se queda sin palabras. Veo cómo sus nudillos se ponen blancos en torno a la tira de su mochila, arrugando la tela entre ellos.

—Debe ser una casualidad —susurra.

—¿Casualidad? ¿Cómo puede ser una casualidad que conozca el interior de un edificio en el que nunca he estado? ¿Cómo es posible que sepa el nombre de alguien y a lo que se dedica sin haberlo visto nunca?

—Quizás sí que lo has visto. Yo que sé, puede que ese chico haya escrito algo en algún sitio y hayas visto el nombre bajo su fotografía. A la editorial Grandía la abren los fines de semana, es un edificio histórico que puede visitarse. Quizás fuiste cuando eras pequeño.

Sacudo los puños, exasperado.

—¿Y qué me dices de ti?

—¿De mí? —Melissa aprieta los labios, en tensión.

—Tú también apareces en ese sueño. Estás preciosa, tienes un trabajo estupendo, pero sigues escondiéndote. Sigues sin cortarle a tus padres que...

—¡Shh! —Melissa me cubre la boca con las manos—. ¿A qué viene este tema ahora?

—A que tiene que ver contigo, con el futuro y con Ibai. Con lo que pasará y con lo que no pasará.

—Tú no sabes qué va a ocurrir dentro de diez años.

—Sí que lo sé. Al final del curso, Ibai matará a una persona. Será condenado y no lo veremos hasta esa maldita reunión, antes de que intente... —La voz se extingue en alguna esquina de mi garganta, incapaz de pronunciar la última palabra.

—Espera, escúchame un momento, Julen. En el sueño, te entregará un diario, ¿verdad? Pero ¿por qué a ti? Cam es su mejor amigo, Estela es su novia, incluso habla más con Saúl que contigo. ¿Por qué no a alguno de ellos? Sigue sin tener sentido.

—Fue él quien me eligió, Melissa. Creo que ese diario contenía algo importante. Él mismo dijo que todo estaba ahí dentro. Pudo habérselo dado a cualquiera. —Me miro las manos y me parece sentir el tacto aterciopelado de la cubierta del libro—. Pero me lo entregó a mí.

—No puedes estar hablando en serio.

Parece a punto de añadir algo más, pero cuando desvía la mirada sus labios se cierran herméticamente. Sigo el rumbo de sus ojos, y me detengo de golpe cuando veo a una figura quieta junto al pequeño muro blanco que rodea el jardín de mi casa.

—O puede que sí. —Melissa está a mi lado, pero su voz me llega como si se encontrara en el otro extremo de la calle.

Ibai presiente que lo estamos observando. Se vuelve en nuestra dirección y, dubitativo, alza la mano para saludarnos. Parece tan incómodo como nosotros sorprendidos.

—Será mejor que me vaya —susurra Melissa, acelerando el paso.

Apenas asiento. De soslayo veo cómo ella le devuelve el saludo a Ibai, pero pasa a su lado con rapidez, y se pierde calle abajo.

Yo tardo más en llegar hasta él. Mis piernas parecen de pronto hechas de plomo.

—Hola —murmuro, deteniéndome a casi dos metros de distancia.

Después de la redacción que he tenido que leer, no sé qué más decir.

—Hola —contesta él, bajando por fin la mano.

Nos quedamos en silencio. Esta vez, ninguno nos miramos, tenemos la vista clavada en los zapatos del otro. Siento que una sensación asfixiante me envuelve, una mano gigante que me aplasta contra el suelo, mientras intento desesperadamente seguir en pie.

—Yo... —comienzo, incapaz de aguantar otro instante más sin hablar.

—Lo siento —me interrumpe él.

Levanto los ojos con brusquedad. Ahora Ibai también me observa, aunque su mirada no tiene nada que ver con todas las que me ha dedicado hasta ahora.

—Debería haber dicho algo. Saúl...

—Es un imbécil.

—Sí, es un imbécil.

Esboza una pequeña sonrisa y se lleva la mano a la cabeza, rozándose el pelo distraídamente con la punta de los dedos. Reconozco esa manía, es algo que hace desde pequeño, cuando está nervioso o asustado.

—Gracias por la redacción. Sé que no era una declaración de amor —añade, mirándome fijamente a los ojos.

—Era una declaración de amistad.

Su sonrisa se extiende un poco, solo un poco, pero para mí es suficiente. De nuevo, el silencio nos encierra, pero esta vez es más respirable, menos angustioso. Ibai gira levemente la cabeza y mira por encima de su hombro.

—Hacía mucho que no venía a tu casa —dice, recorriendo con la mirada los muros que separan la parcela de la calle, la copa del pino que sobresale por encima de él, y la punta del tejado, cubierto de tejas rojas.

Asiento, recordando. A Ibai le encantaba estar aquí. Siempre quería jugar en el jardín y le gustaba deslizarse por la barandilla de la escalera a pesar de que más de una vez nos caímos. Recuerdo que cuando le pregunté por qué le gustaba tanto estar en mi casa, él me respondió: «Porque es como si fuera mi refugio secreto».

Yo me eché a reír, porque mi casa no era para nada un lugar escondido. Ahora, recordándolo, me pregunto si esa simple frase contenía algo más de lo que yo pude entender.

—Lo siento —farfulla, en mitad del silencio.

—Creo que eso ya lo has dicho antes.

—No es solo por Saúl, yo… he sido tan idiota como él, o más. No te merecías que te tratara así, que fuera tan frío, tan…

—Está bien, Ibai —lo interrumpo, esbozando una sonrisa tranquilizadora—. Ahora todo está bien.

Él asiente a medias, no muy convencido. Me gustaría que recortara la distancia tan amplia que nos separa, que se relajara, que sonriera. Pero Ibai no hace más que balancearse sobre sus piernas inquietas, tan incómodo que hasta duele mirarlo.

—Bueno, será mejor que me vaya —dice de pronto—. Mi madre me está esperando y odia que llegue tarde.

Está a punto de marcharse, pero yo me acerco y lo sostengo por la muñeca. Es un movimiento instintivo, pero él se zafa de mí con rapidez. Su mirada azul se cubre de nuevo con esa negrura. Las pupilas se le dilatan y vuelven a empequeñecerse. Ha sido solo un instante, pero he visto su miedo pasar como un relámpago frente a mí.

Aparto los brazos, y me apresuro a retroceder la distancia que he recortado.

—Solo quería decirte que puedes volver cuando quieras. Aquí, a mi casa. —Ibai se yergue lentamente, todavía enervado. Parece una presa vigilando tras la hierba a su depredador—. Cuando quieras.

—Bueno —contesta, al cabo de un instante—. Gracias.

Asiento, con una sonrisa, pero él no me la devuelve. Agita secamente la mano y me da la espalda, echando a andar calle abajo. Me quedo quieto, y lo observo junto a la puerta de su refugio secreto, hasta mucho tiempo después de que haya desaparecido.

Capítulo 12

Ibai me dijo que no me inscribiera en el Club Damarco, pero después de nuestra última conversación, decidí ignorarlo. Esa misma tarde firmé en el polideportivo una solicitud y acepté realizar una prueba de atletismo.

Así que aquí estoy, frente al armario, y creo que tengo un problema. No tengo ropa de deporte. Y en menos de una hora es la maldita prueba.

Bueno, tengo el uniforme del instituto y un par de camisetas viejas que utilizo en verano para dormir. El resto son camisetas de color naranja (Ibai tiene razón, estoy obsesionado con ese color); algunas tienen mensajes en inglés sin sentido pintados sobre el pecho y otras están cubiertas por dibujos extraños.

Voy a tener una pinta ridícula me ponga lo que me ponga, así que saco del armario lo primero que veo y me visto.

Media hora después, llego al Club Damarco. A medida que me adentro en el polideportivo, encuentro a Ibai, a Oliver, a la chica del pelo azul junto a otras más, rodeando a la mujer que me echó de la pista el otro día.

El calor me sube hasta las orejas cuando todos se giran hacia mí, me recorren con la mirada. Sus ojos se detienen demasiado en los pantalones del instituto y en la camiseta, que dice: I'M THE BEST. Está bien, quizás debería haber escogido otra.

—Eh, Mel, ha llegado nuestra nueva adquisición —oigo que dice Oliver, con sarcasmo. Siempre con sarcasmo.

La mujer se gira, fulminándome con la mirada. Yo me quedo quieto, a unos dos metros de ellos, preguntándome qué he hecho ya mal.

—¿Y tu sudadera? —pregunta, señalándome con el índice.

—No la he traído —contesto.

Como no soplaba el viento y todavía no hace demasiado frío, pensé que no haría tanta falta. Pero, al mirar los ojos de Mel, me doy cuenta de que me he equivocado por completo.

—Tienes que traerla siempre. Aunque estemos en verano y haga cuarenta grados a la sombra.

—Sí, señora —contesto, sin pensar.

Su ceño se frunce un poco más y, de reojo, puedo ver cómo Oliver hace intentos por contener una carcajada. La chica del pelo azul no para de negar con la cabeza y poner los brazos en cruz. Creo que me dice *sutilmente* que cierre la boca de una maldita vez.

Mel me hace un gesto hosco con la mano, pidiéndome que me acerque. Antes de que llegue hasta ella, Ibai se desliza a mi lado, susurrándome, exasperado:

—¿Ni siquiera tienes ropa de deporte?

Me encojo de hombros por toda respuesta, mientras él pone los ojos en blanco.

Antes de realizar la prueba en sí, Mel me pregunta si estoy interesado en practicar saltos o lanzamientos. Yo miro de reojo la pértiga que se encuentra en uno de los extremos del polideportivo, donde varias chicas saltan por encima de una altura imposible, con ese largo listón flexible entre las manos. No puedo evitar imaginarme empalado por él. Sé también a lo que se refiere con los lanzamientos. Por la puerta abierta que comunica con el enorme patio, puedo ver a varios chicos y chicas practicando. Todos son enormes y, aun así, les cuesta levantar el martillo. Me imagino a mí mismo, sudando, con la cara roja del esfuerzo, intentando alzarlo, sin conseguirlo.

—Mejor no —contesto, con una sonrisa que la hace resoplar.

La primera prueba que tengo que realizar es una carrera de velocidad. Mel menciona que son solo sesenta metros, pero a mí me parece una distancia considerablemente larga.

Aunque el resto de los chicos continúan con su entrenamiento, siento cómo no dejan de observarme. Ibai, incluso, logra acercarse a mí antes de que comience la prueba.

—Piensa que hay algo a tu espalda —me murmura, cerca del oído—. Piensa que lo que más miedo te da en este mundo está detrás de ti y está a punto de atraparte, y de que tú, lo único que puedes hacer, es huir.

—Eso suena horrible.

—Es lo que pienso yo siempre —contesta él. Una súbita sombra oscurece sus ojos—. Y deberías verme correr.

Intento hacerle caso, pero empiezo a ponerme nervioso cuando Mel me explica la posición de salida. Estoy tan tenso, siento tantos ojos sobre mí, que cuando por fin suena el silbato, noto las piernas y los brazos entumecidos por tenerlos apoyados en el suelo. Estoy a punto de tropezarme, pero me recupero y corro lo más rápido que puedo hasta la señal marcada en el suelo.

No sé si es suficiente, Mel no me dice nada. Se limita a apuntar algo en el cuaderno de notas que lleva entre sus manos.

Todavía estoy jadeando, intentando recuperar el aliento, cuando ella coloca unas vallas en la misma pista que acabo de recorrer y me pide que las salte y termine en el menor tiempo posible. La miro como si estuviese loca, porque lo está. Yo no puedo saltar eso, debe medir por lo menos un metro de altura. Es más que la mitad de mi cuerpo.

Me coloco en la línea de salida, en esa maldita posición que me carga los brazos a pesar de que Mel me repite una y otra vez que no apoye el peso en la punta de los dedos. Cuando suena el silbato, creo que, en menos de un minuto, puede que mi boca tenga varios dientes menos.

Me aproximo a la primera valla, tomo impulso y, milagrosamente, la salto. Doy un grito, pero la alegría dura poco, porque en la segunda, las puntas de mis pies rozan la madera blanca y negra y la hacen caer; y en la tercera, mis piernas se enredan con ella y caigo definitivamente al suelo. Por suerte, no pierdo ningún diente, pero termino la prueba cojeando.

—¿Qué tal voy?

Mel se limita a levantar la mirada hasta el techo y a pedirme que me coloque de nuevo en la línea de salida.

—Necesito tomar aire —digo, boqueando.

—Línea de salida —repite ella, implacable.

Me ahogo el bufido y hago lo que me indica. Esta vez, me dice que no apoye los pies en los tacos. No se va a medir mi velocidad, sino mi resistencia. La que, por cierto, está ahora mismo por los suelos.

—¿Qué estás haciendo? —farfullo, intentando todavía acompasar mi respiración, cuando veo cómo Oliver se coloca a mi lado, sobre la línea blanca que cruza el suelo.

—Entrenar —contesta, sin mirarme, mientras da un par de saltos que elevan sus pies casi por encima de mis caderas.

Hago todo lo posible para que mi expresión no se crispe todavía más.

—Estoy en mitad de una prueba.

—Vas a comenzar una carrera de fondo, que es precisamente mi fuerte —contesta, con una sonrisa arrogante acariciándole los labios—. Y voy a correr, quieras o no.

Lo fulmino con la mirada, mientras Mel hace ajustes en el cronómetro que tiene en la mano y apunta un par de cosas más en su libreta.

—Las carreras de fondo son las más aburridas —chisto, para que solo él pueda escucharme.

Oliver arquea las cejas y me observa de soslayo, divertido.

—¿Eso piensas? Yo creo que no hay nada que provoque una mejor sensación que cuando el que corre a tu lado no puede más y cree que tú tampoco, le dedicas una bonita sonrisa y aceleras, dejándolo detrás.

Mel da un corto pitido con su silbato y, al instante, los dos echamos a correr.

—Nos vemos en un rato —dice Oliver, aumentando la velocidad.

No comprendo muy bien a lo que se refiere hasta que, unos tres minutos después, lo tengo de nuevo detrás de mí. Lo observo por encima del hombro, con los ojos a punto de saltar de las órbitas. Apenas acabo de recorrer el primer tercio de la pista, pero él ya ha dado la vuelta completa y parece tan fresco como cuando empezó. Yo, por el contrario, siento la piel ardiendo, el pelo pegado a la cabeza, y el corazón tronando en mis oídos.

Cuando vuelve a adelantarme, yo he completado por fin la primera vuelta. Ahora, tres gotas de sudor brillan en sus sienes. Tres malditas gotas, mientras que yo parezco que me he metido en la ducha con la ropa puesta. Ya no puedo hacer nada por controlar mis jadeos, que se escapan de mi boca, en busca desesperada por algo de oxígeno.

—Deberías parar —dice, cuando vuelve a sobrepasarme—. La prueba se detendrá en el momento que tú quieras.

No pierdo aire en contestarle. Aprieto los dientes y clavo la mirada en la pista. Veo cómo sacude la cabeza unos metros más adelante, pero pronto se pierde, al adquirir más velocidad.

A la tercera vuelta noto una tirantez dolorosa en mis gemelos. A la cuarta, mi vista comienza a parchearse de luces blancas y negras.

—¿Por qué no paras de una vez? —Es la voz de Oliver, sé que ha disminuido su paso para correr conmigo, pero no puedo girar la cabeza hacia él. De todas formas, daría igual, ahora mismo no veo más que borrones oscuros y claros—. Esto no tiene ningún sentido.

—No... no puedo —contesto, con un hilo de voz que se escapa entre los jadeos.

—¿Por qué? —pregunta, exasperado.

A mi cabeza vuelve el manuscrito de Ibai y la forma en la que me miró antes de desaparecer.

—Porque tengo... tengo que entrar en este maldito club.

No debería haber hablado. Es malgastar un oxígeno que ya no es suficiente ni para mi sangre ni para mis pulmones. Mi cabeza sigue adelante, pero mi cuerpo no puede más. De pronto, el mundo parece estremecerse bajo las suelas de mis deportivas y hace que me sea imposible mantenerme en pie. Las luces desaparecen, dando paso a una oscuridad total.

No escucho ni veo nada, pero sí siento cómo caigo hacia adelante. Espero el impacto, pero este nunca llega. Unas manos me aferran por el pecho y jalan de mí, intentando mantenerme en pie.

No sé cuánto tiempo permanezco así, envuelto en esa negrura cálida, en la que puedo olvidarme de Ibai y de su futuro maldito. Me gustaría que fuera eterna, porque en este lugar me siento descansado y protegido, pero entonces, empiezo a sentir el frío del suelo sobre mi piel, el dolor de mis piernas acalambradas, el sudor helado que me recubre todo el cuerpo.

Parpadeo, cegado por la luz de los halógenos, y varias cabezas se inclinan hacia mí.

—¡Está vivo!

—Pues claro que está vivo, Creta.

—Apartaos, dejadlo respirar.

Intento incorporarme, pero una mano se apoya suavemente en mi pecho y me obliga a permanecer tumbado. Poco a poco, mi vista se aclara. Mel está arrodillada a mi lado, vigilándome con el ceño fruncido. Tras ella, puedo ver a Ibai sentado en las gradas de madera, observándome fijamente. A su alrededor, está la chica del pelo azul y las otras dos, que dejan de cuchichear para observarme. De Oliver no hay ni rastro.

—¿Cómo te encuentras? —me pregunta Mel.

—¿Estoy admitido?

Ella suspira, pero sus labios se curvan un poco hacia arriba.

—Sí, a pesar de que tus tiempos han sido horribles —me advierte—. Pero te has esforzado. Hacía bastante que no veía a nadie desmayarse por no querer detenerse, incluso cuando no podía más.

—¿Tan mal lo he hecho? —pregunto, notando cómo el calor vuelve poco a poco a mis mejillas.

—Ya mejorarás. Y si no, te expulsaré del club. —Al observar mi expresión, Mel me guiña un ojo—. Es solo una broma.

La chica del pelo azul se ríe, señalándome con el índice.

—Podrías desmayarte más veces de aquí en adelante, Julen. Hace mucho que Mel no hace bromas.

La aludida ni siquiera se vuelve para mirarla cuando le ordena:

—Tres vueltas a la pista, Creta.

—¿Qué? Pero ¿por qué?

—Cinco. —Esta vez, no hay discusión, y Creta se levanta con gesto resignado y comienza a trotar entre las líneas que delimitan el carril—. Entrenamos los martes y los jueves, de cinco a ocho, ¿de acuerdo? —añade Mel, clavando su mirada incisiva en la mía—. Pero por hoy basta. Márchate a casa, descansa y, por lo que más quieras, cómprate nuestro equipamiento.

Asiento por lo menos cinco veces hasta que ella parece satisfecha. Recojo las gafas que alguien ha dejado a mi lado y esta vez, me deja incorporarme, aunque con lentitud. Cuando lo hago, algo me acaricia y resbala por mi cuerpo. Alguien me ha puesto su sudadera por encima. Ahora, los ojos del lobo que aúlla me observan con fijeza.

Al instante, mis ojos vuelan hasta Ibai, que me observa todavía sentado desde las gradas, sin su sudadera.

De golpe, siento un calor agradable extenderse por todo mi cuerpo.

—¿Seguro que estás bien? —me pregunta Mel, sin quitarme los ojos de encima.

—Perfectamente.

Doy el primer paso, pero tengo las piernas tan agotadas que las rodillas me fallan durante un instante y trastabillo, recuperando el equilibrio en el último instante. La entrenadora resopla y, siguiendo mi mirada, su atención vuela hasta Ibai.

—¿Por qué no lo acompañas a casa? Luego tendrás que regresar, el entrenamiento no ha terminado.

Él asiente y, por primera vez, no parece sentir desagrado por estar cerca de mí. Sin añadir palabra, se coloca a mi lado y echamos a andar.

—¡Nos vemos el martes que viene! —me grita una de las chicas, agitando un brazo por encima de su cabeza.

Yo me despido tímidamente de todos, o de casi todos, más bien. Estoy a punto de preguntar dónde está Oliver, cuando lo veo aparecer de pronto por la puerta que comunica con el pasillo de los trofeos; lleva entre las manos una botella llena de un líquido azul eléctrico.

Parece que va a pasar por mi lado sin ni siquiera mirarme, pero entonces, coloca la botella sobre mi cabeza y me hace alzar la vista hacia él.

—Bébete esto —dice, hosco—. Yo también me desmayé el primer día.

Agarro la botella, y la observo con desconfianza, como si en su interior contuviera una bomba invisible.

—Gracias —murmuro.

Oliver eleva los ojos al techo a modo de respuesta y se aleja de nosotros sin decir nada más.

El viento se ha levantado en el exterior y, con el sol escondiéndose a lo lejos, reprimo un escalofrío. Aunque no solo por eso. Desde que hemos salido del polideportivo, Ibai no me ha quitado los ojos de encima.

—¿Qué? —le pregunto, sin poder aguantar tanto escrutinio.

—Antes no eras tan cabezota —dice, al cabo de unos minutos—. Nunca había visto a alguien desmayarse por el agotamiento. Pensaba que eso solo pasaba en las películas.

—Muchas veces la realidad supera la ficción —respondo y, aunque intento sonar divertido, las palabras me parecen agridulces.

—Eso me recuerda a cuando jugábamos. Siempre te inventabas las mejores historias. —Ibai entierra las manos en sus pantalones deportivos y alza la mirada hacia el cielo. El viento agita su pelo oscuro y convierte durante un instante su cara en un borrón negro—. En esos momentos, la ficción siempre superaba a la realidad.

Carraspeo un poco y acelero un poco el paso para acercarme a él. Esos movimientos extras me revientan las piernas, pero aprieto los dientes y soporto el dolor. Ibai se tensa un poco cuando mi codo casi roza el suyo, y se vuelve a apartar otro poco.

—Antes no eras tan melancólico.

Él resopla, una especie de risa seca y entrecortada, pero al menos, parece relajarse un poco.

—Hay cosas que cambian —responde.

—Sí —corroboro. El paseo marítimo está cerca de llegar a su fin, y eso significa que no queda mucho para llegar a mi casa—. Pero hay cosas que no tienen por qué hacerlo.

—Supongo.

No sé si entiende lo que quiero decir. No responde, pero, cuando vuelvo la cabeza en su dirección, creo atisbar algo parecido a una sonrisa. Terminamos el camino en silencio, cada uno perdido en sus propios pensamientos. Yo no dejo de pasarme la extraña bebida de una mano a otra, observando su color eléctrico.

—Gracias por acompañarme —digo, cuando nos detenemos junto a la puerta de mi casa.

Él se encoge de hombros y sus labios vuelven a esbozar esa especie de sonrisa. No me pide su sudadera, a pesar de que el viento no hace más que cobrar fuerza. Nos empuja al uno contra el otro.

—El lunes nos vemos —se despide.

Estoy a punto de levantar la mano, pero me quedo quieto de golpe, y frunzo el ceño.

—¿El lunes? —repito.

—Creo que mañana no iré al instituto.

—¿Por qué?

Él se encoge de hombros y yo me guardo un suspiro para mí. No entiendo por qué falta tanto sin motivo, pero también sé que no es el momento de preguntar por ello ahora.

—Hasta el lunes, entonces —me despido, resignado, mientras levanto la mano.

Él me da la espalda, y se aleja a paso rápido hacia el paseo marítimo. Cuando desaparece de mi vista, respiro hondo y me apoyo contra el muro blanco que rodea el jardín de casa.

Tengo todavía la botella entre las manos, así que desenrosco el tapón y doy un pequeño trago, desconfiado. Conozco a Oliver y sé que habrá elegido de entre todas las bebidas la que tenga el sabor más vomitivo.

Sin embargo, cuando el líquido azul hace contacto con mi lengua, abro mucho los ojos y doy un gran trago. Está bueno. No, está *buenísimo*. Es dulce, aunque no demasiado, y me suaviza la garganta, que todavía siento en carne viva.

Se me escapa una sonrisa.

Tiro de la cremallera hacia arriba, cerrando la sudadera. Me queda enorme, casi me roza las rodillas, pero me gusta. Es como si unos brazos enormes me abrazaran y, durante un momento, me ayudaran a olvidarme de todo.

Capítulo 13

Hace más de un mes que empezó el nuevo curso, pero hoy, camino hacia el instituto con más renuencia que nunca. Melissa intenta distraerme con sus palabras, pero no lo consigue.

Entre mis manos, una bolsa de tela ondea de un lado a otro, golpeándome unas piernas que por fin están recuperadas y libres de unas agujetas que casi me impidieron moverme durante todo el fin de semana.

El viernes, cuando Oliver observó cómo andaba, con las piernas abiertas y haciendo gestos de dolor a cada paso, se echó a reír con ganas. Y por supuesto, no hizo nada por disimularlo.

Por lo menos, Ibai no me vio, y ahora, su sudadera pesa más que el plomo. Sé que debería habérsela devuelto el lunes, pero un pánico extraño me atacó y finalmente la dejé sobre la mesa de mi dormitorio.

Hoy ya no tengo excusa. Por la tarde, tenemos entrenamiento en el club, y no puedo tomar prestada de nuevo su sudadera.

Planeo dársela en cuanto llegue a clase, pero, cuando piso el aula, mis ojos se dirigen hasta Saúl, que habla con Cam e Ibai. Un escalofrío me recorre y aparto la mirada con rapidez.

No quiero tener más encontronazos con Saúl. A decir verdad, me gustaría que ni siquiera me dirigiera la palabra durante lo que queda del curso.

Sé que es imposible, pero al menos quiero evitar todos esos momentos que puedan empujarlo a hacer uno de sus comentarios. Y, mucho menos, deseo involucrar a Ibai de nuevo.

En poco más de un mes he avanzado todo lo que no lo he hecho en años. Sé que todavía no puedo considerarlo un amigo, pero al menos, ya no solo es hielo y piedra cuando se encuentra delante de mí.

Espero a la hora del recreo para acercarme a él. Cuando suena la campana, todos huyen hacia la puerta de la clase; Amelia nos contempla risueña mientras guarda los libros en su cartera.

Ibai nunca es de los primeros en salir. Siempre se toma su tiempo, aunque Estela lo esté esperando. No parece gustarle estar en mitad de la multitud.

En este caso no es diferente. Lo observo, ansioso, con las manos aferradas a la bolsa de tela, mientras él guarda con cuidado los cuadernos y el estuche en la mochila. Estela se ha acercado a él, le dice algo que no logro escuchar y él asiente distraídamente.

Ella me da mucho menos miedo que Saúl, así que me acerco con rapidez, con la sudadera golpeando suavemente mi costado.

—Hola —saludo, llamando su atención.

Los ojos de Ibai parecen aclararse un poco cuando se dirigen a los míos, pero Estela aprieta los dientes con desconfianza. No la culpo, después del espectáculo que montó Saúl el otro día.

—¿Qué quieres? —pregunta, hosca.

—Solo quiero devolver esto —contesto, mirando directamente a Ibai.

Extiendo la mano y él agarra, confuso, la bolsa, echando un vistazo en su interior. Estela también baja la mirada y su ceño se frunce todavía más.

—¿Ahora tú también vas al club?

Me encojo de hombros a modo de respuesta, mientras Ibai cierra la bolsa y, sorprendentemente, me la ofrece.

—La sudadera no es mía.

—¿Qué? —Abro la boca de par en par, sorprendido.

—Que no es mía —repite, mientras mis dedos aferran de nuevo la bolsa de tela—. Es de Oliver.

—¿Qué? —vuelvo a decir. Estela eleva los ojos al techo. Debe pensar que soy un idiota.

—Cuando te tumbó, se quitó su sudadera y te la puso encima para cubrirte. Habías sudado y podías enfriarte. ¿No lo sabías?

Niego lentamente con la cabeza. Quizás sea la sorpresa, porque de pronto siento un pinchazo profundo en el estómago, que me hace estremecer. Intento sacudirme esa extraña sensación, pero no se aparta de mí. Parece que ha clavado las garras bien adentro.

—No, no lo sabía —contesto, lentamente.

Me quedo ahí quieto, viendo cómo Ibai y Estela se alejan de mí, con la bolsa entre mis manos. Inconscientemente, la acerco un poco a mi cuerpo. Solo un poco.

—¿Julen?

Parpadeo y levanto la barbilla con brusquedad. Melissa está apoyada en el marco de la puerta, observándome con extrañeza.

—¿No vienes? La campana ha sonado hace un rato.

Cabeceo y dejo la sudadera en mi asiento. Camino hacia ella, pero antes de salir del aula, no puedo evitar mirar atrás una última vez.

Los martes a última hora tenemos Matemáticas. Normalmente, tardo en ir al aula del otro grupo de segundo. Intento estirar el tiempo todo lo posible, y solo me dirijo a mi sitio cuando veo aparecer a la profesora Ezquerra por el pasillo.

Hoy, sin embargo, es diferente, y termino frente a mi pupitre cinco minutos antes de la hora. Pero Oliver no está, y eso es extraño, porque nunca se levanta de su silla durante los descansos de clase. Suele tener los ojos inclinados siempre sobre un libro.

—¿Sabéis dónde está Oliver? —pregunto a las dos chicas que se sientan frente a mí.

—Como si me importara —contesta una de ellas.

Tuerzo un poco los labios, pero no digo nada. En ese momento, lo veo aparecer por la puerta. Su expresión parece más hosca que de costumbre.

Sin mirar a nadie, se dirige directamente al asiento que se encuentra a mi lado y se deja caer en él sin soltar palabra.

La bolsa que escondo bajo el pupitre parece convertirse en fuego entre mis manos.

—¿Dónde estabas? —Me pregunto por dentro por qué estoy hablando y no devolviéndole de una vez su maldita sudadera.

—En la enfermería —contesta, sin mirarme, mientras saca el libro y el cuaderno de Matemáticas—. Me duele la cabeza.

Aprieto los dientes y me obligo a esbozar una sonrisa tan tensa como extraña. Con torpeza, coloco la bolsa de tela sobre su pupitre. Él la observa, en silencio, y por fin se gira para mirarme.

Esas garras que se han clavado en mi estómago se hunden un poco más, y me hacen sentir algo desorientado.

—Muchas gracias por prestármela.

Sus ojos se deslizan de nuevo hasta la bolsa. Y con lentitud, como si estuviera calculando sus movimientos, la guarda en su mochila.

—No debería habértela dejado —suelta, con esa voz que podría hacer llorar a un niño—. Hacía frío cuando salí de entrenar el otro día. Este maldito dolor de cabeza es por tu culpa.

La sonrisa desaparece de mi boca con la rapidez de un suspiro.

—¿De qué estás hablando? Yo no...

—¡Siéntense! —me interrumpe una voz femenina, cortando mis palabras al instante.

Exasperado, clavo los ojos en la profesora Ezquerra, que acaba de entrar en el aula tras dar un portazo. Lanza una mirada que rebosa advertencia a cada uno de nosotros y, mientras los murmullos terminan por desaparecer, toma asiento.

—Antes de empezar el nuevo tema, corregiremos los ejercicios que les mandé el viernes...

Trago saliva. El calor que he sentido hace un momento se sustituye por el frío más feroz. Odio corregir. Lo odio con toda mi alma. Cuando me pregunta, suelo quedar siempre en ridículo. Y cuando no, termino tachando todos los resultados. No sé cómo es posible que siempre me salgan mal.

La mujer desliza los ojos por la lista de clase y sus ojos se detienen.

—Julen Bas.

El corazón me da un vuelco y el labio superior me empieza a temblar.

—¿Ss… sí? —Mi voz ha subido por lo menos dos octavas.

—Dígame los resultados del ejercicio cuatro de la página treinta y nueve.

Abro el cuaderno de ejercicios, y paso las páginas hasta dejarlo abierto en los ejercicios que hice el fin de semana. Tengo todos hechos. Menos uno.

El *maldito* ejercicio cuatro de la *maldita* página treinta y nueve.

Lo dejé en blanco porque no tenía ni idea de cómo resolverlo. Era un problema tan enrevesado, que terminé tirando el libro a una esquina de la habitación y me puse a leer. Había completado quince ejercicios más. Quince. No podía tener tanta mala suerte como para que me preguntara el resultado de la única actividad que no había hecho, ¿verdad?

Mierda, pienso, pasando la página una y otra vez, como si eso pudiera hacer aparecer el resultado por arte de magia. *Mierda, mierda, mierda, mierda.*

Balanceo la mirada, frenético, entre los dedos de la profesora Ezquerra, que no dejan de repiquetear sobre el escritorio, a la página en blanco.

—¿A qué está esperando? —pregunta, impaciente.

Con la boca seca, separo los labios, listo para que me caiga una reprimenda que me deje en ridículo una vez más. Sin embargo, un siseo a mi izquierda me sobresalta. Ladeo la cabeza y, con el rabillo del ojo, veo cómo Oliver acerca su cuaderno a mí.

—Cero coma setecientos once —murmura.

Me giro del todo hacia él, seguro de que he escuchado mal. Jamás. Jamás en toda mi vida lo he visto ayudar a un compañero. Y, sin embargo, Oliver sigue empujando su cuaderno hacia mí, sin dejar de susurrar el resultado una y otra vez.

—¿Bas? ¿Lo tiene o no?

Carraspeo, intentando que mi voz suene segura.

—Cero coma setecientos once.

La profesora Ezquerra apenas me dedica una mirada rápida antes de que sus ojos se desvíen hacia sus resultados.

—Correcto. El siguiente, veamos...

El problema lo ha resuelto Oliver, así que por supuesto que es correcto.

—Gracias —susurro—. De nuevo.

Él sacude la cabeza por toda respuesta y aparta el cuaderno con rapidez. No vuelve a mirarme en lo que resta de clase, pero yo, por el contrario, no puedo evitar que mis ojos trepen por encima del libro y se deslicen hasta su perfil.

Oliver no es nadie especial para mi yo del futuro. En el sueño apenas tenía relevancia, solo me crucé con él en un par de ocasiones. En la primera, solo hizo uno de sus típicos comentarios; en la segunda, yo abandonaba esa maldita reunión de antiguos alumnos y me tropezaba con él. No me dijo nada, pero recuerdo que me siguió con la mirada hasta que desaparecí de su vista, como si quisiera decirme algo y no pudiera.

No sé. Quizás sí esté logrando algo, quizás esté reescribiendo la historia y Oliver Montaner sea la prueba de ello.

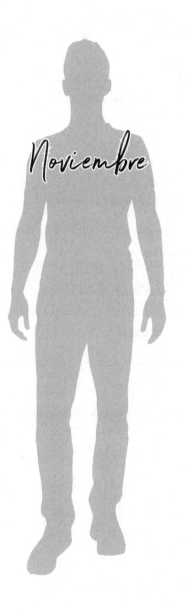

Noviembre

ACTIVIDAD DE CONOCIMIENTO PERSONAL
Número 3

Nombre del alumno/a: *Camilo (Cam) Vargas.*
Curso: *2.ª A bachillerato..*
Nombre del compañero/a elegido: *Saúl Rubio.*

NOTA: Recuerda responder con sinceridad. Esta actividad no contará para la calificación final.

A. ¿Hay algo que le has querido decir muchas veces pero que nunca te has atrevido a hacer? (Recuerda que estas actividades no serán leídas por tu compañero/a).

Más de una vez me hubiese gustado decirle que parara con sus «bromas». A veces se pasa.

En realidad, se pasa en la mayoría de las ocasiones.

Capítulo 14

Hace algo más de un mes que me inscribí al Club de Atletismo Damarco. Mel todavía me da miedo, pero al menos ya soy capaz de dar cinco vueltas al polideportivo sin desmayarme.

No me puedo engañar, soy el peor de todos, al que siempre tienen que esperar. Por mucho que me fastidie, la altura es importante en el atletismo, y yo, como bien se dedica a recordarme Oliver, tengo las piernas cortas. Hasta Iraia y Emma, otras de las chicas del grupo, las tienen más largas que yo. Aunque van a primero de bachillerato, me sacan media cabeza y suelen revolverme el pelo cuando me dejo caer junto a ellas, agotado.

Creta, la chica del pelo azul, solo es algo más alta que yo, pero tiene una energía incontenible. Ibai me dijo un día que, al principio, algunos se pensaban que tomaba drogas, estimulantes o mierdas parecidas. Incluso le hicieron orinar en un bote. Pero al parecer, toda esa energía es propia, no proviene de nada artificial. Corre casi tan rápido como Ibai, salta las vallas diez centímetros por encima y sobrepasa los obstáculos de una forma antinatural. Parece que llevase alas en los pies y un corazón doble en el pecho.

Hasta cuando habla, es veloz. Todavía recuerdo uno de mis primeros días, asintiendo sin parar ante su explicación de por qué el club se llama así.

—Damarco fue un luchador de la antigua Grecia. No había nadie que pudiera ganarle. Un día, se transformó en lobo tras comer la carne de un niño sacrificado para Zeus. —Sonriente, sin reparar en mi expresión horrorizada, señala con el índice el lobo que ahora tengo bordado en mi chaqueta—. La transformación duró diez años, como castigo a la afrenta que había cometido. Pero, cuando se volvió de nuevo hombre, se preparó para formar parte de los juegos olímpicos, donde resultó vencedor.

Para meterme más en la leyenda, Creta aúlla, aunque su grito se parece más bien al de un mono en celo.

A pesar de que ella es quien más destaca en las pruebas de velocidad, hay una que siempre se le resiste. Los cien metros lisos son el reino de Ibai.

A veces lo miro demasiado, lo sé, pero no puedo evitarlo. Su ritual me tiene fascinado.

Antes de que la carrera comience, con los pies ya colocados en los tacos, gira la cabeza y mira hacia atrás. En ocasiones no hay nada detrás de él; en otras, hay chicos que estiran o corren o solo estoy yo, contemplándolo, pero él nunca deja de hacerlo. Después, cuando lleva la mirada hacia la pista y Mel da la señal de salida, se desliza por ella como si le fuera la vida en ello. Corre con sus monstruos mordiéndole los talones.

Cuando lo veo correr así, me gustaría preguntarle a qué le tiene tanto miedo. Pero nunca me atrevo a hacerlo.

Si hay algo que he aprendido sobre Ibai, es que es como un animal salvaje. Tienes que acercarte con cuidado, vigilando tus pasos, sin ser demasiado brusco ni tardar demasiado en avanzar. Porque, si das el paso equivocado, si cometes un solo error, el animal te devorará o huirá de ti, para no volver a acercarse jamás.

Todavía estamos en los primeros días de noviembre, pero hoy hace un frío insoportable en el patio. A pesar de que llevo el chaquetón puesto, no sé qué hacer para entrar en calor.

—Deberíamos habernos quedado en clase —farfullo, frotándome las manos con fuerza.

—Llevamos horas sentados. Tenemos que movernos un poco —contesta Melissa.

—Yo ya me *muevo* demasiado —replico. Todavía siento las piernas como si estuvieran cubiertas de alfileres después el entrenamiento del día anterior.

Ella está a punto de replicar, pero entonces, sus ojos cruzan el patio y se detienen en un punto. Yo sigo su mirada y se me seca un poco la boca cuando descubro a Ibai y a Estela, discutiendo, a varios metros de distancia.

Sé que lo están haciendo, a pesar de que no pueda escucharlos. Hay algo voluble e iracundo en la mirada de Estela, que aniquila a Ibai sin piedad. Cada palabra que escapa de sus labios parece dolerle. Él tiene la cabeza inclinada hacia abajo y las manos metidas en el bolsillo de su abrigo. Está apretando tanto contra ellos que puedo ver cómo la tela se tensa alrededor de sus hombros.

—¿Qué crees que está ocurriendo? —murmuro.

--No sé si quiero saberlo —replica Melissa, apartando la vista.

Yo echo a andar en su dirección, pero ella enrosca su mano en mi muñeca y tira de mí, deteniéndome.

—¿Qué haces?

—Ver qué pasa. —Ante su mirada sorprendida, añado—: Quizás es importante.

—¿Es por esa locura del sueño? —bufa ella, pasándose las manos por el pelo—. Julen, ya basta, en serio, no puedes seguir...

—Ese sueño no fue solo un sueño. Sé que lo que vi fue real y sé que va a ocurrir. Así que voy a hacer todo lo posible por cambiarlo —la interrumpo, y me doy la vuelta para encararla—. Puedes no creerme y quedarte aquí, o puedes confiar en lo que digo, ayudarme y seguirme.

Sin esperar su respuesta, echo a andar, algo acelerado, hacia donde se encontraban Ibai y Estela. Saco mi teléfono móvil y finjo ver algo fascinante en él, mientras me apoyo en una pared cercana a donde estaban ellos. No soy el único que intenta escucharlos a escondidas. Cam y Saúl rondan cerca, como si estuvieran dando un paseo casual.

—Me siento como una acosadora —dice de pronto la voz enfadada de Melissa, que se deja caer a mi lado, también con su teléfono entre las manos.

—Luego me echas la bronca. Ahora tenemos que escuchar.

Me concentro, y el timbre de Estela llega hasta mis oídos. Susurra cuando habla, pero es un murmullo de esos que parece tan sonoro como un alarido.

—¿Sabes cómo me siento cada vez que me rechazas? ¿Puedes imaginártelo, siquiera?

—No quiero hacerte sentir mal —replica Ibai, sin levantar la mirada hacia ella.

—Pues pareces esforzarte en conseguir lo contrario. —Estela levanta un dedo acusador y lo señala con él—. Yo solo quiero que seamos una pareja normal. Es lo único que pido.

—Somos normales —contesta Ibai, y por cómo se contraen sus rasgos, esas palabras le duelen.

—No, no hacemos lo mismo que los demás —replica ella, con rabia.

Aparta la mirada y, de pronto, sus ojos se encuentran conmigo y con Melissa, agazapados a un lado de la pared, y con Cam y Saúl a otro, en mitad de su falso paseo. De un manotazo, se arranca las lágrimas que cuelgan de sus pestañas.

—No quiero que sigamos con esto —murmura, antes de alejarse de él, agarrotada por la tensión.

Melissa vacila a mi lado, como si estuviera planteándose seguir a Estela. Cam, con las mejillas algo ruborizadas por la vergüenza de haber sido pillado, se apresura a escabullirse entre la multitud del patio. Saúl, sin embargo, no se mueve.

Siente mi mirada, porque, aunque yo intento cambiar drásticamente el rumbo de mis ojos, durante un instante, nos encontramos. Un escalofrío me recorre de pies a cabeza. Estoy a punto de decirle a Melissa que nos vayamos, pero Saúl reacciona antes y se acerca a Ibai. Deja caer uno de sus enormes brazos sobre los hombros encogidos de mi amigo.

—Joder, Ibai. ¿Cómo has podido dejar a Estela por Julen?

Durante un instante me quedo en blanco, casi sin respirar. Es solo un segundo, pero durante ese tiempo Ibai se revuelve y, de un manotazo, se aparta de Saúl. No responde, pero sus ojos azules parecen ennegrecerse a medida que la rabia va ganando terreno en su rostro.

—Eh, chicos. —Melissa da un paso adelante, con las manos levantadas—. Tranquilos.

Saúl la ignora. Sus ojos están fijos en donde ha recibido el golpe, como si no pudiera creerlo. Es enorme, pero cuando se mueve, lo hace con la rapidez de un reptil. Sus dedos se enredan en el cuello del abrigo de Ibai y tiran de él violentamente, acercándolo tanto, que sus frentes están a un suspiro de rozarse.

—¿Quieres que te mate? —sisea, con voz ronca.

—Inténtalo. —Ibai no baja la mirada. Sus ojos parecen devorar los castaños de Saúl—. Porque puede que yo te mate antes.

El miedo me golpea con tanta fuerza que me tambaleo sobre mis rodillas. Con los ojos a punto de saltar de las órbitas, miro a Ibai, a la fiera expresión de su rostro. Observa a Saúl como si lo que acabara de decir no fuera una bravuconería, como si lo creyera realmente.

Doy un paso adelante. ¿Esto tenía que suceder? ¿Es algo que yo mismo he provocado? ¿Y si este momento es importante, y si influye en lo que ocurrirá al final del curso, cuando Ibai decida agarrar un bate de béisbol y acabar con la vida de una persona? Tengo que detenerlos, como sea.

Melissa observa a Ibai con pánico, como si las palabras que acababa de pronunciar la sacudieran de la misma forma en que el sueño lo hizo conmigo. Su mano me aprieta el brazo con fuerza.

—¡Eh! ¡Vosotros dos!

Retrocedo el paso que acabo de dar, doy la vuelta y observo cómo Amelia se acerca a nosotros con rapidez, algo ahogada por la tos que la acompaña siempre.

Hasta que la profesora no está junto a ellos, Saúl no deja ir a Ibai. Los dos se separan un poco, lo justo para volver a enfrentarse.

—¿Qué ocurre? ¿Por qué os estáis peleando?

Ninguno de los dos parece haberla escuchado. Pero entonces, Saúl desvía la mirada hacia ella y esboza una media sonrisa.

—¿Peleando? ¿Nos estábamos peleando, Ibai? —pregunta, masticando cuidadosamente las palabras.

Él tarda una eternidad en contestar.

—No. Claro que no.

Saúl se gira tan bruscamente hacia Amelia, que ella se aparta instintivamente. Él, al contrario, es muy consciente de lo que provoca y se inclina en su dirección, seguro de sí mismo.

—Ibai y yo somos grandes amigos. Jamás le pondría una mano encima.

Amelia frunce el ceño, pero no dice nada. Está claro que no se lo cree, pero no puede hacer nada. Ninguno de los dos tiene señales de pelea, ninguno parece dispuesto a colaborar. Sobre todo, Ibai, que parece haberse encerrado de nuevo en sí mismo.

—Solo quedan diez minutos de recreo —dice, a modo de advertencia—. No quiero más problemas, ¿de acuerdo?

Saúl asiente y se aleja de nosotros al darse cuenta de que Amelia no se moverá hasta que él no lo haga. Cuando pasa a mi lado, se acerca lo suficiente como para que la tela cara de su chaquetón roce con el mío. No se atreve a empujarme, claro, la profesora camina a solo medio metro de él, pero siento sus ojos de depredador clavarse en mí.

Cuando por fin se pierde entre el resto de los alumnos, puedo respirar hondo.

Ibai comienza a moverse también. Yo intercambio una mirada rápida con Melissa, perdido, y ella señala con la barbilla a la espalda del chico. Asiento y me apresuro a seguirlo.

Ibai se sienta sobre el pequeño muro de cemento que rodea los campos de fútbol y baloncesto. Sigue manteniendo la mirada fija en el suelo y los dedos crispados contra el borde de la tapia. Me acerco a él, dubitativo, esperando a que se levante y se aleje de mí, pero cuando mis zapatos entran en su campo visual, no se mueve.

—¿Qué quieres? —pregunta, con una voz que no parece suya.

—Acompañarte —contesto, sentándome a su lado—. ¿Puedo?

Ibai tarda casi un minuto en asentir brevemente. Yo me dejo caer a su lado.

—¿Habéis cortado?

—Supongo que esto estaba condenado desde el principio —murmura él—. Estela me pedía cosas que yo no podía darle.

—¿Qué cosas? —pregunto, inclinándome hacia él.

Él me mira, con los labios torcidos en una media sonrisa.

—Vamos, Julen. Este año cumplimos dieciocho. Estamos llenos de hormonas. No es difícil de adivinar.

—Ah, entiendo —murmuro, ruborizándome como un idiota.

—Estela se siente mal por mi culpa. Cree que no me gusta físicamente, que su cuerpo me da repulsión. —Menea la cabeza, con los dientes clavados en los labios—. Supe que estaba cometiendo un error en el momento en que la besé. No debí haberlo hecho nunca.

—Puede que con el tiempo lo arregléis —comento, dándole un pequeño golpe con el pie.

Sé que estoy mintiendo. No lo van a arreglar. En el sueño, no cruzaban ni una palabra, ni una sola. Y ella lo observaba de la misma forma en que lo hacíamos todos. Con rechazo, desagrado y un interés que solo tenía que ver con la morbosidad.

Me gustaría preguntarle más a Ibai. Sé que tiene un problema con el contacto físico. No solo se aparta de mí cada vez que estoy demasiado cerca o lo toco sin darme cuenta. He visto su incomodidad cuando Cam se cuelga de su espalda y le cuenta alguna tontería. Palidece, suda y, en cuanto puede, se aparta de él.

No es que haya habido demasiadas parejas en mi clase, pero no era extraño descubrir a algún par de compañeros en una esquina del aula, besándose como si no quedasen minutos para hacerlo. Sin embargo, en los dos meses que llevamos de curso, jamás he visto compartir a Estela y a Ibai más que un rápido beso en los labios.

Sí, la verdad es que me muero de ganas por seguir preguntándole, pero sé que estaré cometiendo un error si lo hago. Así que, en vez de ello, comento en voz alta la mayor tontería que se me pasa por la cabeza.

—Mañana voy a hacer una fiesta en mi casa.

Ibai se gira hacia mí, sorprendido por el súbito cambio de tema. Yo contengo la falsa sonrisa como puedo, aunque siento de pronto el cuerpo cubierto por un sudor frío. Es mentira. Nunca he hecho una fiesta, de hecho. Solo cuando era pequeño, durante mis cumpleaños, así que supongo que eso no cuenta. Tampoco planeaba hacer una, pero mis palabras se han escapado de mi boca y no he tenido tiempo de controlarlas.

Una fiesta, resoplo, *qué mierda sé yo de fiestas.*

Pero, sorprendentemente, los ojos de Ibai se encienden.

—Podrían venir los del club —aventuro, observando cómo su expresión va cambiando poco a poco—. Y también podrías traer a alguien, si quieres. Pero no a Saúl, por favor.

—¿Cómo voy a llevar a Saúl a mi refugio secreto? —comenta él, poniendo los ojos en blanco.

Me río y, de pronto, él también rompe en carcajadas. Nos quedamos quietos, y observamos cómo los chicos y alguna chica de cursos inferiores juegan al fútbol delante de nosotros, mientras gritan y se ríen. Este silencio entre Ibai y yo no tiene que ver nada con esos mutismos de principios de curso. No es embarazoso, no es frío. Es como si un lazo cálido e invisible nos rodeara y se uniera en algún punto, conectándonos a pesar de la distancia entre nuestros cuerpos.

Me gustaría estar así durante mucho, mucho tiempo, pero entonces, la campana suena, los chicos que juegan frente a nosotros meten un gol más, y la marea de alumnos vestidos de gris y negro comienza a dirigirse hacia las puertas que comunican con el interior del edificio.

Yo me pongo en pie, suspirando, pero Ibai permanece un instante más sentado. Cuando giro la cabeza hacia él, me percato de que me está mirando.

—Gracias, Julen —dice, en un susurro tan bajo que apenas lo escucho.

—¿Por qué? —pregunto, confundido.

Él dobla la boca en una sonrisa torcida y, cuando pasa por mi lado, me revuelve el pelo con sus manos, alborotándomelo todavía más. Le sigo preguntando, pero, aunque él se niega a contestarme, entra en el instituto con una amplia sonrisa tatuada en sus labios.

Capítulo 15

Todo fue mal desde el principio. Nunca he preparado una fiesta. En realidad, nunca he acudido a una. Como mucho, he visto las típicas que salen en las películas. No digo que no me gustaría montar nada así, con bebida y vasos rojos en la cocina, y la música puesta a todo volumen, pero no sé si mis padres estarían muy de acuerdo.

Porque sí, mis padres siguen en casa. Les propuse *amablemente* que salieran a dar una vuelta, que fueran a cenar o al cine, o que recordaran su época de novios durante un fin de semana romántico. Pero lo único que recibí como respuesta fue que mi padre se partiera de risa y mi madre me observara con el ceño fruncido.

—No os vamos a molestar, Julen. Nosotros también hemos sido jóvenes.

Dios, cuánto odio esa frase. Es la que suele preceder al desastre.

Al final, estuvieron de acuerdo en quedarse en el piso superior mientras nosotros ocupábamos la cocina y la sala de estar.

—Esto parece una fiesta de cumpleaños de un niño de primaria —suspiro, llevándome las manos a la cabeza mientras observo todo.

—A mí no me parece que esté tan mal —responde Melissa, que me ha ayudado con los preparativos. Me palmea la espalda cariñosamente—. Tenemos todo lo que podemos necesitar.

Doblo los labios en una mueca, observando la mesa del comedor, cubierta por el mantel de margaritas, repleta de refrescos, patatas, frutos secos y platos vacíos que esperan ser llenados con las pizzas que hemos ido a comprar juntos al supermercado.

—Solo faltan los gorros y los globos —replico.

En ese momento, el timbre de la puerta de entrada hace eco por toda la casa. Me doy la vuelta hacia Melissa, con pánico, pero ella menea la cabeza y se dirige con presteza hacia la puerta. Yo la sigo de cerca, y, cuando la abre, una botella de cristal está a punto de golpearla en la cara.

—¿Pero qué...?

Mis ojos se abren de par en par cuando recorren la etiqueta brillante, roja y amarilla. Es Ron. Y lo sujeta un Cam sonriente. Detrás de él se encuentra Ibai, que se encoge de hombros y nos lanza una mirada de circunstancias.

Melissa pone los ojos en blanco y aparta con brusquedad la botella de su cara.

—Sus padres están en casa, idiota.

—¿Qué? —exclama Cam, palideciendo—. ¿Y por qué?

—Porque ellos la compraron y, por desgracia, son ellos los que deciden si se quedan o no —respondo, haciendo una mueca.

—¿Y ahora qué hago con *esto*? No quiero que llamen a mis padres y me obliguen a ir a Alcohólicos Anónimos.

—Nadie te va a obligar a ir a Alcohólicos Anónimos —interviene Ibai, meneando la cabeza—. Escóndela en algún lugar y luego recógela antes de irte a casa.

Cam gruñe algo entre dientes, pero esconde la botella de alcohol entre un par de matorrales que se encuentran junto a la fachada.

—¡Guau! ¡Qué pedazo de casa! —exclama, mirando a su alrededor cuando se adentra en el recibidor—. De haberlo sabido, me habría hecho antes tu amigo.

No sé si está de broma, pero cuando abro la boca para aclararle que no estoy muy seguro de si somos amigos o no, el timbre vuelve a sonar, por lo que todos nos damos la vuelta.

Esta vez son los del club, incluido Oliver. Nunca hubiese imaginado que vendría. Lo observo de soslayo, mientras Creta, Iraia y Emma se presentan a Melissa y a Cam. Sé de sobra que a Oliver no le gustan las fiestas, pero ahora, mientras lo veo cómo recorre con calculada atención el mantel de margaritas, me empiezo a preguntar si no he cometido un error en invitarlo. Si ni siquiera me cae bien. Creo.

No me sorprendo cuando gira en mi dirección, con una sonrisa taimada estirando sus labios finos.

—No sabía que celebraras el cumpleaños de tu hermano pequeño. ¿Dónde has guardado los globos de colores?

—Pensaba que los traías tú —replico, sin pestañear.

Oliver arquea una ceja y su sonrisa se pronuncia solo un poco, pero lo suficiente como para que me percate de ello. Nos quedamos unos segundos así, quietos, observándonos en silencio. No me doy cuenta de que el tiempo continúa pasando hasta que, de pronto, Creta se cuelga a mi espalda y me pregunta por la botella que ha visto escondida en el jardín. Dice algo de emborracharnos a escondidas.

Desvío la mirada hasta Cam, que asiente, entusiasmado, mientras yo me pregunto por décima vez si todo esto ha sido buena idea.

Mis padres, como había supuesto, no se limitaron a quedarse en el piso de arriba. En el momento en que empezamos a formar alboroto, se asomaron desde la escalera, curiosos. Ignorando mi mirada asesina, terminaron por bajar a la planta baja y saludaron a todos, especialmente a Melissa y a Ibai.

—¿Cuánto hacía que no te veíamos? —pregunta mi madre, sonriendo a este último—. Antes pasabas mucho tiempo aquí.

Él asiente, y sus ojos se mueven por todo el recibidor, nublados por algo que se parece bastante a la nostalgia. Yo, si cierro los ojos, puedo sentirlo también. Nuestros pasos perdidos cuando éramos pequeños y jugábamos al escondite o a perseguirnos el uno al otro, a pesar de estar agotados de hacer el idiota con las bicicletas en el jardín.

—¿Todavía sigues jugando al fútbol?

El cambio es casi imperceptible, pero lo siento. Las conversaciones que mantienen los demás parecen disminuir de volumen, hasta Cam guarda silencio. Las cejas de Ibai se fruncen un poco. Cuando niega con la cabeza, el movimiento es rígido, seco.

—Es una pena. Alguna vez te vi jugar, y eras muy bueno.

—Ahora es bueno en atletismo —intervengo, atrayendo la atención sobre mí—. Deberíais verlo correr. Deja a todos atrás.

—No a *todos* —me corrige Oliver, cruzándose de brazos—. Habla por ti.

Se echan a reír, y yo siento cómo mi cara enrojece hasta tener el color de las malditas servilletas que decoran la mesa de las margaritas.

Después de esto, me apresuro a devolver a mis padres al segundo piso, recordándoles atropelladamente que prometieron no inmiscuirse en mi fiesta, o en lo que mierda sea esto. Ellos se marchan, a regañadientes, así que finalmente puedo mover a todo el grupo hasta la cocina, donde nos esperan las pizzas y el horno encendido.

Cam, enseguida, se ofrece como voluntario de la difícil tarea de sacarlas de sus envases y meterlas en el horno.

—Podríamos ponerles algo más —sugiere.

—¿Algo más? —pregunto, mientras me sirvo algo de refresco.

—No sé —contesta, encogiéndose de hombros—. A mí me gusta hacerme mis propias pizzas. Las de supermercado saben todas igual.

—Ah, es verdad. A ti te gusta cocinar —comento, sin pensar—. Había olvidado que abrirías un restaurante.

—¿Tu familia va a abrir un restaurante? —pregunta Emma, volviéndose en redondo hacia Cam.

Todos lo miran, sorprendidos, aunque él es el único que tiene la boca abierta de par en par por la incredulidad.

—¿De dónde has sacado eso? —me pregunta.

Me golpearía a mí mismo si no fuera porque Melissa me ha regalado un puntapié en el tobillo en el instante en que he terminado la frase. *Mierda. Mierda, mierda y mierda.* ¿Cómo puedo ser tan imbécil?

—Lo escuché —contesto, dando un trago tan largo a mi refresco que no sé cómo no me atraganto.

—¿De quién?

Me encojo de hombros, de repente atacado por una sed terrible. Melissa acude en mi auxilio, casi tan nerviosa como yo, y nos pide que metamos de una vez las pizzas en el horno antes de que se muera de hambre.

Cuando bajo por fin el vaso, vacío, mis ojos se encuentran con los de Oliver, que me observan fijamente. Por la forma en la que lo hace, adivino que sabe que el súbito cambio de tema de Melissa ha sido solo por desviar la atención de mí. Lo ignoro, y giro hacia Creta que, como siempre, habla en un tono de voz demasiado elevado. Hasta que no me doy cuenta de que todos la están mirando con atención, no la escucho.

—Eso estaría bien, pero tenemos la botella escondida en el jardín —dice Cam, mirándome de forma acusatoria—. Solo es divertido si se hace con alcohol.

—¿De qué estáis hablando? —pregunto, confundido.

—De jugar a Verdad, Mentira o Atrevimiento mientras esperamos a la cena —contesta Iraia, guiñándome un ojo.

Ibai tuerce los labios y se cruza de brazos, visiblemente incómodo, aunque tampoco dice nada para negarse. Oliver, como siempre, no decepciona.

—Eso es lo peor que podríamos hacer —resopla.

—Pues no juegues —replica Creta, sacándole la lengua.

—De todas formas, seguimos sin tener alcohol —insiste Cam, suspirando—. Si no hay un castigo o un aliciente, no es divertido.

Una idea se me enciende en la cabeza y, con una sonrisa en los labios, abro la nevera y saco de ella una botella metálica, que impide ver lo que hay en su interior. Todos fruncen el ceño cuando me vuelvo hacia ellos.

—¿Qué es eso?

—Agua de Aloe Vera —contesto, con los ojos brillantes—. La cosa más asquerosa que probaréis en vuestra vida. Mi padre, una vez, la confundió con agua normal y, cuando dio un trago, sintió tanto asco que terminó vomitando.

Desenrosco el tapón y lo coloco entre nosotros. Cam se acerca y olisquea, echándose de inmediato hacia atrás.

—Mierda, huele fatal.

—Y tiene cosas flotando —añade Creta, con la cara doblada por la repulsión—. ¡Es perfecta!

Algunos protestan, pero al final ninguno se echa atrás cuando Cam pregunta quién no va a jugar. Hasta Oliver, que se deja caer contra una de las paredes de la cocina, no separa los labios.

Utilizamos la misma botella para hacerla rodar y elegir a nuestra víctima. La primera a la que señala es a Melissa.

—Atrevimiento —dice, tras dudar un momento.

—Besa a Julen —salta Cam, antes de que nadie más tenga tiempo para hablar—. Siempre he tenido la teoría de que os gustáis en secreto.

Melissa me dedica una mirada de cansancio.

—No tienes ni idea —resopla.

—Soy gay, Cam —añado, recordando la conversación que tuvimos en mi sueño—. Y te aseguro que no es solo un rumor.

—Pues vaya. —Él se cruza de brazos, aburrido, y se recuesta sobre la encimera—. Si hubiera sabido eso antes, te habría dicho que te besaras con Oliver. Así al menos habría algo de emoción.

Él se sobresalta tanto que, el vaso de agua que lleva entre las manos está a punto de caer al suelo. Yo finjo no haberlo visto, pero el calor que me azota el rostro me delata.

Me giro hacia Melissa, y la miro con urgencia.

—Seamos lo que el mundo quiere que seamos —susurra, con voz cansada, antes de agarrarme por el cuello del jersey y atraerme hacia ella. Es apenas un roce, pero Cam y Creta gritan como si no hubiera un mañana—. Mis padres estarían muy contentos si nos vieran ahora.

Nadie la escucha más que yo, pero, cuando intento agarrarla de la mano, ella se zafa y recompone de nuevo su sonrisa, como si nada hubiera pasado, y se agacha para hacer girar de nuevo la botella.

Cuando esta se detiene, señala a Cam. Él termina eligiendo Verdad.

—Cuéntanos el mayor secreto que tengas —dice Oliver, entornando la mirada con malicia.

La amplia sonrisa que muestra cada uno de los dientes de Cam desaparece de pronto. Sus pupilas se dilatan y sus mejillas, siempre ruborizadas, adquieren una palidez cetrina. Intenta disimular, pero no puede. Es como si su cuerpo se revelase contra lo que sea que cruza por su cabeza ahora mismo.

—No puedo —murmura, con la voz súbitamente ahogada.

Nos reímos un poco, porque parece estar de broma, pero conforme los segundos pasan, su expresión no cambia. Intercambio una mirada con Melissa, atónito. Ella niega con la cabeza, como si tampoco entendiera nada.

El silencio embarazoso se resquebraja cuando Creta lanza un grito de triunfo y agita la botella frente a la mirada gacha de nuestro compañero de clase.

—Te toca beber, entonces.

Cam asiente, estirando un poco los labios, porque nadie puede resistirse a la sonrisa de Creta.

—No puede ser tan malo, ¿no? —pregunta, desenroscando el tapón con desconfianza.

—Mi madre se toma un vaso todas las mañanas —contesto, aunque normalmente, siempre que lo hace evito mirarla. Parece que se está bebiendo el agua estancada de un charco de lodo.

Cam toma aire bruscamente y da un largo trago. De golpe, abre los ojos de par en par y se aparta la botella con violencia. La deja sobre el suelo y se echa hacia atrás, con las manos en la garganta, tragando a duras penas.

—Esto... es...

Ni siquiera consigue terminar la palabra. Ahoga una arcada y se abalanza sobre el fregadero, con la piel ahora cubierta de sudor.

—¡*Vo—mi—ta*! ¡*Vo—mi—ta*! —canturrea Creta, acompañando con palmas cada sílaba.

Finalmente, Cam consigue poner orden en su estómago, aunque añade con un hilo de voz que no sabe si, después de esto, será capaz de cenar.

Volvemos a colocar la botella en mitad de la mesa y, esta vez, yo la hago girar. Esta da un par de vueltas y se queda quieta, con el tapón reflejando la expresión tensa de Ibai.

—Ahora te toca a ti —susurra Cam, con una voz que huele a venganza—. ¿Qué eliges?

Él suspira y se toma su tiempo en contestar mientras mi corazón, inexplicablemente, acelera el ritmo de los latidos. Las gafas se me resbalan por el puente de la nariz, pero no me las subo.

—Verdad —contesta, finalmente, con aburrimiento.

Un escalofrío me recorre y, antes de que nadie pueda decir nada, mi lengua se mueve sola y pronuncia esa pregunta que quise hacerle en uno de los primeros días del curso.

—¿Serías capaz de matar a alguien?

Todo se hunde en un silencio extraño. A mi lado, siento cómo Melissa se envara y me observa con pavor. Oliver me mira con interés y el resto me contemplan atónitos.

Yo los ignoro. Toda mi atención está puesta en Ibai, en cómo, con extrema lentitud, descruza los brazos, se toca distraídamente el pelo negro de su nuca, y clava sus ojos azules en los míos.

Cuando separa los labios, el mundo se resquebraja bajo mis pies.

—No.

El silencio se extiende un poco más antes de que todos estallen en carcajadas. Melissa sigue con las pupilas dilatadas por el espanto, pero yo le doy un codazo y ella sonríe débilmente, con una mirada que dice claramente: «¿Estás loco?». Yo me encojo de hombros, mientras mis carcajadas huecas se unen a las del resto.

—Joder, Julen. Ya podrías haberle preguntado alguna guarrada —resopla Creta, poniendo los ojos en blanco.

—Sí, menuda mierda de pregunta —corrobora Emma—. ¿Qué pensabas que te iba a contestar?

—Quién sabe —replico, con más vehemencia de la que pretendía.

No debo hacerlo, pero miro igualmente a Ibai a los ojos. Él se endereza, y me devuelve la mirada. No parece molesto por mi insinuación, pero sí intrigado. A mí me gustaría que pudiera estar dentro de mi cabeza, que fuese capaz de ver esas imágenes que grabará una cámara dentro de unos meses, en las que golpea sin piedad a un saco de sangre y huesos.

—La cena se va a quemar —interviene de pronto Melissa, colocándose entre los dos.

No sé si se está muriendo de hambre o no, pero cuando pasa por mi lado, me lanza una mirada que me advierte que no siga con el maldito tema.

El resto ni siquiera nos presta atención. Están demasiado ocupados con Cam y Creta, que están haciendo un concurso sobre quién aguanta más tiempo con los vasos de refresco haciendo equilibrio sobre su cabeza.

Cuando las pizzas están listas, pasamos a la mesa que preparamos entre Melissa y yo. Por suerte, mis padres mantienen su palabra y no vuelven a bajar en lo que queda de la noche, ni siquiera cuando apagamos las luces y ponemos una película de terror que nos hace gritar a todos.

Mientras me doblo de la risa, después de que Cam le haya dado un susto de muerte a Oliver que le hizo caerse del sofá, me pregunto si esta noche la habría vivido de no ser por ese sueño que ha puesto mi mundo patas arriba. Pero, mirando a los chicos y a las chicas de soslayo, comprendo al instante que no.

Si esto hubiese ocurrido, estoy seguro de que dentro de diez años lo recordaría.

La película ha terminado hace tiempo, pero nadie se mueve.

Melissa, Oliver, Cam y yo estamos en el sofá, mientras que los demás se encuentran sobre la alfombra y varios cojines que hemos desperdigado por el suelo. Apoyados sobre nuestras piernas, algunos parecen dormir.

Yo estoy sumido en un cálido estado de duermevela. Es tan agradable, que me quedaría así para siempre. Rodeado por todos ellos, escuchando sus respiraciones y sus murmullos, que colman toda la sala de estar.

Esbozo una pequeña sonrisa y deslizo la mirada por todas las cabelleras desordenadas que me rodean, desde la azulada de Creta, pasando por el pelo azabache de Ibai, el rojizo de Iraia, y terminando con el rubio de Oliver.

Cuando levanto un poco más los ojos, me encuentro con los suyos, que también me observan. Dejo de estirar los labios, pero no aparto la mirada, como si esto fuera una competición estúpida y yo quisiera ganar. Él tampoco la baja. No se mueve, en realidad, ni un milímetro. Sus ojos del color de los días nublados me observan por encima de los rizos alborotados de Cam, que se ha quedado dormido apoyado en su hombro.

Algo me dice que alguno de los dos debería apartar la mirada, pero, por algún extraño motivo, ninguno lo hace.

No tiene sentido, pero es como si solo estuviéramos él y yo en este sofá, sin Melissa y Cam interponiéndose entre los dos. Como si nos encontráramos completamente solos en el mundo. Y no sé si eso me gusta o me aterroriza.

—¡Joder, Creta! —exclama de pronto Iraia, sobresaltándonos a todos—. ¡Me estás babeando!

La conexión se rompe y, algo mareado por esta sensación, bajo los ojos hacia la chica, que sacude a su compañera del club por el cuello de la camiseta. Con la mano que tiene libre, se señala el cerco húmedo de la blusa.

—Quizás deberíamos irnos. Es tarde —comenta Melissa, desperezándose.

Aunque nadie contesta afirmativamente, poco a poco, todos nos vamos levantando. Arrastrando los pies, nos dirigimos hacia la puerta de entrada. Estoy a punto de abrirla, cuando una mano se apoya en mi hombro y tira suavemente de mí.

Noto un ligero calor en mis mejillas y me vuelvo. Parpadeo, sorprendido. No sé por qué, pero me esperaba la cara pálida de Oliver. Sin embargo, es Ibai.

—¿Puedo preguntarte algo? —dice, en un murmullo que solo puedo oír yo.

—Claro.

—¿Puedo quedarme a dormir?

El abotargamiento que siento desaparece de golpe. Abro mucho los ojos y lo observo, sin poder evitar que los labios se me abran un poco por la sorpresa. Él gira la cara, entre avergonzado e incómodo.

—Da igual —musita.

—No, no. Quédate —replico, sujetándolo del codo para que no salga al porche—. Yo también quiero que te quedes.

Los demás ya han bajado los escalones hasta el césped y están vueltos hacia nosotros, esperando. Oliver frunce un poco el ceño cuando ve cómo mis dedos tiran todavía del jersey de Ibai.

—¿No vienes? —pregunta Cam, al ver que su amigo sigue quieto a mi lado.

Yo también lo miro de reojo, expectante. Con suavidad, Ibai aparta el brazo y sacude la cabeza.

—No, me quedaré un poco más.

Cam se encoge de hombros y levanta la mano como gesto de despedida. La mayoría lo imita, pero Melissa me dirige una mirada larga antes de darse la vuelta. El último en moverse es Oliv3er, que permanece observándonos con atención, con las manos metidas en los bolsillos de su abrigo.

—Nos vemos el lunes —me despido, esbozando una sonrisa.

Él eleva los ojos al cielo negro y nos da la espalda sin pronunciar ni una palabra. Ya de camino a la puerta, mientras atraviesa el camino de baldosas coloradas, me mira por encima del hombro.

—Haz los ejercicios de Matemáticas. —Me parece que la comisura izquierda se alza un poco—. *Todos.*

—¡Ya los he hecho! —replico, levantando demasiado la voz.

Me parece escuchar cómo ríe entre dientes y agito las manos, frustrado. A Ibai, apoyado en la pared, se le escapa una carcajada.

—¿Qué? —pregunto, ceñudo.

Él se limita a negar con la cabeza, pero no contesta mientras yo cierro la puerta con suavidad.

—¿Crees que a tus padres les importará que me quede a dormir?

—Tengo que preguntar, pero no creo que den problemas. —Dudo durante un momento, pero finalmente le pregunto—. ¿Y a tu madre?

Él suspira y se limita a encogerse de hombros, pero no me contesta.

Si fuera otra persona, insistiría, pero me ciño a sacudir la cabeza. Preguntarle a Ibai es parecido a caminar por el borde de un acantilado. Un paso en falso y la piedra cederá y te hará caer. No sé qué ocurrió hace años, cuando él decidió alejarse de mí, pero esta vez no pienso permitirlo.

Al cabo de unos minutos, subimos las escaleras que comunican con el segundo piso. Mis padres siguen despiertos. Al final de la galería, puedo ver la luz que se cuela bajo la rendija de la puerta.

Llevo a Ibai a mi habitación y le dejo un pijama que seguramente le quedará pequeño. Mientras él se cambia, yo camino hacia el dormitorio de mis padres. No me equivocaba. No están dormidos, al menos, mi madre, que lee de medio lado en la cama. En el otro, mi padre ronca suavemente.

—¿Ya ha terminado la fiesta? —me pregunta, con una leve sonrisa.

Contesto afirmativamente, mientras doy un par de puntapiés sobre el suelo alfombrado y dejo que mi mirada vuele libre por la habitación hasta que consigo tener el valor de mirarla a los ojos.

—¿Puede quedarse Ibai a dormir?

Ella frunce un poco el ceño y deja el libro a un lado.

—¿Estáis saliendo juntos? —me pregunta, a bocajarro.

—¿Qué? ¡No, no! —respondo, en voz demasiado alta. Mi padre musita algo entre sueños, y me apresuro a añadir, susurrando—: No, por supuesto que no.

Ella me observa con las cejas arqueadas, como si estuviera preguntándose si debe creerme o no.

—Solo somos amigos. A mí no me gusta él, y a Ibai no le gustan los chicos, así que nuestra relación es bastante imposible.

—El otro día leí que no hay nadie completamente heterosexual... —murmura, pensativa. Noto el calor ascender por mi cuello y la miro con exasperación. Mi madre esboza una pequeña sonrisa burlona y vuelve a alzar el libro—. Está bien. Puede quedarse a dormir.

—Gracias.

Me doy la vuelta, pero cuando estoy a punto de rozar el picaporte con los dedos, ella me detiene.

—¿Julen?

—¿Sí?

—Deja la puerta entornada.

Me vuelvo hacia ella, exasperado.

—Mamá, *no vamos* a hacer nada. Y menos con vosotros aquí. Sería... enfermizo.

—Julen. —Su voz no admite réplica.

—Mierda —refunfuño, saliendo por fin del dormitorio.

Cuando llego a mi habitación, Ibai me espera en ella, sentado sobre mi cama. Parece algo incómodo mientras mira a su alrededor. Como pensaba, el pijama le queda demasiado pequeño, aunque a él no parece importarle.

—No se parece nada al dormitorio que tenías antes. Está muy cambia-do —observa, dejando quietos sus ojos sobre mí.

—Bueno, la última vez que estuviste aquí fue hace muchos años. No podía seguir teniendo a las Tortugas Ninja.

Él se ríe un poco, aunque sus carcajadas suenan un poco tristes.

—No debería haber dejado de venir —musita.

No tengo ni idea de qué responder a eso, así que le doy la espalda y me pongo el primer pijama que encuentro. Es el más viejo que tengo, y el estampado que lo decora no es quizás el más apropiado para esta situación, pero estoy cansado y quiero dormir.

Cuando me giro hacia Ibai, él me observa, divertido.

—Bonito dibujo. Me gustan los osos amorosos de colores.

—Cállate —replico, lanzándole un cojín.

Aguantando la risa, sacamos de debajo de mi somier la cama nido que hace años que no utilizo. La última que la ocupó fue Melissa. Desde que cumplió los catorce, su padre le prohibió quedarse a dormir en mi casa. Al parecer, teme que nos enrollemos o hagamos «cosas de mayores», como una vez mencionó delante de mí. Da igual que ella le repita mil veces que soy gay, pero él no cambia de opinión. Más de una vez me ha dicho que algún día dejaré de serlo. Que la homosexualidad no puede durar para siempre. Por supuesto, no tiene ni idea de que a su hija, a la que quiere pronto casada y con hijos, no siente ni la mínima atracción hacia los chicos.

Me dirijo hacia la puerta con intención de cerrarla, pero entonces recuerdo las palabras de mi madre. Resoplo y la dejo entreabierta. Cuando me doy la vuelta hacia Ibai, lo atrapo mirándome.

—No puedo cerrarla del todo. Órdenes de arriba. Mi madre cree que podríamos... Ya sabes. —El calor trepa por mi cara, así que me apresuro a desviar la vista—. Pero te prometo que jamás intentaría nada. Sé que a ti te gustan las chicas, y nunca...

—Julen —me interrumpe él, con firmeza—. Me da igual lo que haya dicho o lo que diga Saúl en un futuro. Ya sé que no te gusto, te conozco demasiado bien.

—Ah —murmuro débilmente.

Me dirijo hacia la cama y me meto bajo la manta. A algo más de un metro de distancia, Ibai me imita, colocándose boca arriba, con el edredón rozándole la barbilla. Apago la luz y, de pronto, la oscuridad y el silencio caen sobre nosotros, más pesados que nunca.

El sueño ha desaparecido de golpe de mi cuerpo. Ahora, mi cabeza busca temas de los que hablar. Estoy todavía pensando, cuando la voz de mi amigo resuena por todo el dormitorio.

—Parece como si hubiéramos vuelto atrás.

Sé a lo que se refiere. Sin luz, sin escuchar nuestras voces, es como si volviéramos a tener diez años, agotados sobre las camas, después de atiborrarnos de porquerías y jugar en el jardín. Con la piel algo quemada por las tardes de verano y deshaciéndonos del frío de los días de invierno.

Cierro los ojos e inspiro hondo, el aire me huele a nostalgia.

—Esta casa sigue siendo especial —continúa, con voz suave—. No sé qué tiene, pero cada vez que vengo aquí, me siento diferente.

Ibai dice la verdad. Algo cambia en él cada vez que cruza la puerta de entrada. Su expresión se ilumina, sonríe más. Deja de ser ese chico serio y misterioso del instituto, o ese otro que corre como un rayo porque necesita huir de lo que más teme.

—Quizás sea el jardín, no hay muchas casas en la ciudad que tengan jardín. O el océano, se puede ver desde mi ventana.

—Quizás —afirma él. La oscuridad me impide verlo, pero sé que está sonriendo.

—¿Te acuerdas de cuando íbamos con mis padres a la playa, durante las noches de verano? —le pregunto, recordando de pronto—. Estaba tan oscuro, que teníamos que llevar linternas. Era como si estuviéramos en mitad de un cuento de terror.

—Tú y tus historias —suspira él.

—Te encantaba escucharme, lo sabes —digo, y contengo las ganas de girarme en su dirección—. Fue culpa tuya que me empezara a obsesionar con los libros. Necesitaba leer para tener nuevas historias que contar.

Y no solo fue por esas noches. Cuando Ibai y yo nos peleamos, los libros siguieron siendo imprescindibles para mí. Ya no tenía a quién hablarles de ellos, pero se convirtieron en una forma de escapar de la realidad, de mi soledad.

Si no fuera por Ibai, por las memorias que él creó conmigo, por esas historias que le contaba a oscuras, con los pies hundidos en la arena, quizás no sería quién soy ahora.

Miro hacia un lado, pero la oscuridad me impide ver el perfil de Ibai.

Si esos recuerdos me construyeron tal y como soy ahora, ¿qué recuerdos tiene él que lo han convertido en quién es?

—Es una pena que las cosas cambien —murmura él, al cabo de varios minutos—. No sabes la de veces que deseaba, cuando estábamos en la playa en verano, jugando en la oscuridad, que esa noche no acabase, que durara para siempre.

—Yo a veces también lo deseaba.

A Ibai se le escapa una pequeña carcajada, y siento cómo se mueve sobre el colchón.

—Parecemos unos viejos hablando.

Sonrío, con los ojos clavados en un techo que no puedo ver.

—Hay cosas que todavía podemos seguir haciendo. Ir por la noche a la playa en verano, cenar en el jardín, ver películas infumables en el comedor mientras comemos porquerías que harán que nos duela la barriga después.

Espero a que se niegue, con el aliento contenido. Sin embargo, sus palabras son muy distintas.

—¿Por qué quieres pasar tiempo conmigo?

—¿Por qué no iba a querer? —pregunto, sacudiendo las manos, a pesar de que él no me puede ver—. Eres mi amigo.

Noto cómo se mueve sobre la cama y se vuelve en mi dirección. Su respiración llega levemente hasta mis mejillas.

—Julen, te traté mal. Te dejé de lado sin ninguna explicación y siempre que has tratado de acercarte, yo...

Se está agobiando, lo sé. Extiendo la mano y mis dedos tocan su cabeza, pero él se aparta de inmediato, como siempre.

—Sí, te portaste como un idiota. A veces, todavía te portas como uno —añado, sonriendo un poco—. Pero me importas. Mucho.

Y no quiero que te conviertas en ese hombre que vi aparecer la noche de la luna roja, añade una parte oscura de mi mente.

—¿Seguro que no te gusto?

Mi cara enrojece a la velocidad del relámpago. Mientras me giro sobre la cama y le doy la espalda, escucho las carcajadas de Ibai.

—Estaba de broma, Julen. Sé que no soy yo el que te gusta.

—No me gusta nadie —respondo, chascando la lengua.

—Ya.

—¿Por qué me parece que estás siendo irónico?

Ibai vuelve a reírse, pero no añade nada más. Pasan un par de minutos en el que nos mantenemos en completo silencio. Creo que está dormido, pero vuelve a hablar.

—¿Puedo hacerte una pregunta?

—Claro.

—Llegué a gustarte como más que un amigo, ¿verdad? Cuando éramos más pequeños.

Me cubro el rostro con las manos, como si así pudiera evitar que el maldito calor vuelva a mí. Sé a qué época se refiere. Yo jamás pronuncié su nombre, pero Ibai me conocía por aquel entonces mejor que nadie. Sabía de sobra lo que sentía por él.

—Ya sabes que sí —mascullo, con brusquedad—. Si la gente hubiese mantenido la boca cerrada, no hubiésemos dejado de ser amigos.

—¿Qué? —Ibai se inclina hacia mí y tantea hasta encontrar mi brazo. Creo que es la primera vez que me toca por voluntad propia—. ¿De qué estás hablando?

—Vamos, Ibai. Admítelo. No te voy a tachar de homófobo por eso. Éramos pequeños y...

—No fue por eso. En esa época... —Puedo escuchar cómo traga saliva con dificultad—. Pasaron muchas cosas. Cosas difíciles. No quería envolverte en toda la mierda.

—Podrías habérmelo contado —susurro.

—No quería hablar sobre ello, ni siquiera quiero hacerlo todavía —contesta, y vuelve a recostarse—. Además, pasó hace mucho.

Me gustaría preguntarle, llegar un paso más allá, pero sé que iría demasiado lejos. Conozco la tensión de su voz, entre agresiva y asustada, y no quiero que se encierre en sí mismo.

—Pues la próxima vez que suceda algo, cuéntamelo. Te puedo ayudar. —Intento devolverle el gesto, apretarle el brazo, pero él se mantiene alejado de mí—. Recuerda que soy el dueño de tu refugio secreto.

—Lo intentaré —responde, y creo percibir cómo su tensión se reduce.

Esta vez, el silencio se prolonga durante minutos. El cansancio me derriba, y me hunde en el colchón. Las mantas parecen aumentar de peso y me arrastran poco a poco a un sueño agradable, en el que camino por la playa, con Ibai al lado, guiados por unas viejas linternas, aunque no es lo único que nos ilumina. En el cielo, la luna resplandece con el mismo brillo sanguinolento con el que lo hará dentro de diez años.

Ibai, a mi lado, parece recubierto de sangre. Y, cuando gira hacia mí y me mira, casi puedo oler un perfume metálico.

—Antes mentí durante el juego. No respondí con la verdad a tu pregunta.

La linterna que sostengo se sacude por culpa de mi súbito temblor. Con el miedo corriendo por mis venas, la alzo un poco, iluminando la cara de mi amigo que, de pronto, se parece demasiado a la que vi en un sueño muy diferente.

Sus ojos azules parecen morderme, hundidos en un rostro demasiado consumido.

—Hay una persona a la que sí sería capaz de matar.

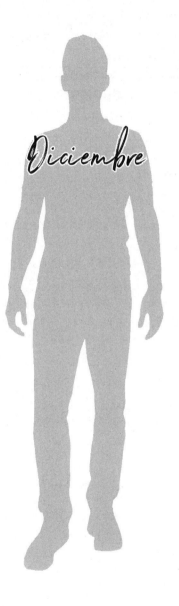

Diciembre

ACTIVIDAD DE CONOCIMIENTO PERSONAL
Número 4

Nombre del alumno/a: Saúl Rubio.

Curso: 2.° A bachillerato.

Nombre del compañero/a elegido: Cam.

NOTA: Recuerda responder con sinceridad. Esta actividad no contará para la calificación final.

A. Enumera las virtudes de tu compañero/a.

1. Es muy gracioso.
2. Nunca parece preocuparle nada.
3.
4.

E. Enumera algunos aspectos que consideres a mejorar.

SAÚL   SAÚL   SAÚL

SAÚL

SAÚL

Capítulo 17

Igual que ocurrió hace un par de meses, no pude apartar ese sueño de mi cabeza. Han pasado dos semanas desde entonces, y diciembre ha llegado con su viento helado, pero yo soy incapaz de olvidar esas palabras.

Cuando se lo termino de contar a Melissa en el recreo, ella me observa, pensativa.

—Era solo una pequeña pesadilla, Julen. Nada más.

—¿Cómo la que tuve antes de empezar el curso? —pregunto, susurrando.

—Quizás Ibai nunca llegue a hacer nada. Piénsalo. Hay cosas que han cambiado desde que tuviste ese sueño.

Estoy a punto de contestar, pero entonces, mis ojos se tropiezan con un par de figuras que acaban de aparecer tras las gradas del patio, despeinadas y con el uniforme arrugado. Abro la boca de par en par mientras, Melissa, extrañada, sigue el rumbo de mis pupilas. La arcada que escucho no sé si es real o fingida.

—Dime que es una broma —musita.

—Creo que tienes razón —contesto, boquiabierto—. Quizás estemos cambiando la historia. Demasiado, incluso.

Pestañeo, sin separar la mirada de Estela y Saúl, que no caminan dos pasos sin que la lengua de uno explore la del otro. Estoy seguro de que esto no tenía que suceder. En esa reunión que tendremos dentro de diez años, ellos apenas hablarán, apenas se acercarán el uno al otro. Ni siquiera sabía que a ella le caía bien él. Pensaba que tenía algo más de cabeza, Saúl es más que el típico chico malo que aparece en las novelas y en las películas. Es muchísimo peor.

Los dos caminan en nuestra dirección. Melissa y yo dudamos, pero finalmente nos quedamos quietos, y esperamos el encuentro. Sorprendentemente, no es Saúl quien pasa por mi lado con intención de molestarme, sino Estela.

—Maricón —me sisea, golpeando su hombro contra el mío con fuerza.

—¡Eh! —exclama Melissa, dando un paso adelante.

Estela frunce fieramente el ceño y le lanza una mirada de aviso, pero no vuelve a separar los labios. Sé que ya no se llevan tan mal, que incluso han quedado alguna vez a solas, a pesar de que la excusa fuera la dichosa actividad de Cruz. Ahora, sin embargo, la atmósfera enrarecida que flota entre ellas es igual a la que las envolvió en mi sueño. Saúl sonríe, como si estuviera disfrutando del espectáculo. Creo que espera que ella diga algo más, pero finalmente Estela tira de su brazo y los dos se alejan de nosotros, Saúl algo decepcionado. Supongo que quería más sangre. Él siempre necesita más.

Melissa me aprieta el brazo con las manos, mientras observa cómo se alejan de nosotros.

—Quiero preguntarte algo sobre tu sueño —dice de pronto, colocándose frente a mí.

—Claro —respondo, algo confundido.

—¿Me lo contaste absolutamente todo? ¿Dejaste de mencionarme algo por... por no herirme?

—¿Qué? —exclamo, cada vez más perdido—. No, por supuesto que no. Ya te lo dije, dabas clase en la universidad. Seguías sin contarle a tus padres que te gustan las chicas. Nuestra relación era la misma. Sonreías mucho, tu cara solo cambiaba cuando Estela cruzaba frente a nosotros. Pero no me extrañaba, eso siempre ha sido así. Vosotras dos nunca os habéis llevado bien.

—Ya —responde ella, torciendo el gesto—. Creí que estábamos cambiando un poco. Por culpa de esa actividad... no sé, no me parecía tan estúpida. —Hunde su mirada derrotada en la pareja, que siguen comiéndose a besos—. Supongo que me equivoqué.

Melissa se encoge de hombros, distraída, con los ojos clavados en la puerta del baño por la que han desaparecido los dos, seguramente, para continuar con lo que ya están haciendo.

—No sé cómo te ha podido llamar así.

—No es la primera vez y sé que tampoco será la última —respondo, encogiéndome de hombros—. Estoy acostumbrado.

Ella suspira, y me observa con tristeza. Yo la miro a su vez. Si su sexualidad no fuera un secreto, ¿la tratarían igual? ¿Sería peor? ¿Se callaría, como lo hago yo? Entorno la mirada con suspicacia.

—Melissa, yo no tengo nada más que contarte sobre el sueño, pero ¿tú tienes algo que decirme?

Mi amiga pestañea, y vuelve a la realidad de pronto. Al instante, afloja los brazos y los deja caer a ambos lados del cuerpo.

—No. Claro que no.

Melissa miente bien, pero la conozco demasiado como para no saber que me está ocultando algo.

Ese mismo día salimos quince minutos antes. Es viernes, y Cruz nos invita a irnos, harto de nosotros. Le obedecemos, encantados. Nos despedimos de él con una sonrisa mientras nuestro tutor nos dedica una expresión que destila veneno.

Melissa se adelanta. Como cada viernes, almuerza con su familia en casa de su abuela. Esa es su excusa, aunque sé que lo que realmente le pasa es que quiere salir de la clase lo antes posible. Le pregunto si quiere que la acompañe, pero ella niega con la cabeza y aparece una sonrisa falsa pintada en sus labios. La veo alejarse a toda velocidad, después de lanzarle una larga mirada a Estela, que está enredada entre los brazos de Saúl. Extrañamente, ella se la devuelve.

—¿Quedamos mañana? —me pregunta de pronto Ibai, que se encontraba a nuestro lado en silencio.

—Claro —respondo, sonriendo.

—A las siete, en casa de Cam. Creo que las chicas del club también se acercarán.

—Yo se lo comentaré a Melissa. —Dudo durante un instante, pero finalmente pregunto—. ¿Y Oliver? ¿Crees que vendrá?

—¿Estás de broma? —pregunta Ibai, entornando la mirada—. Tenemos examen de Matemáticas el lunes. Va a estar encerrado en su casa todo el fin de semana.

Cabeceo, sintiéndome algo decepcionado.

—Puedes preguntarle, por si acaso —añade él, tras un par de segundos en silencio, en los que no ha despegado su incisiva mirada de mí—. Quizás cambie de opinión.

—Lo dudo —contesto, esbozando una sonrisa falsa que me parece una copia perfecta de la de Melissa—. Además, no tengo su número de teléfono.

—¿Cómo no vas a tenerlo?

—¿Por qué pareces tan sorprendido?

Ibai se pasa las manos por el pelo, revolviéndoselo. Parece meditar durante unos instantes sus palabras.

—No lo sé. Creí que erais amigos.

Me echo a reír, aunque en mis oídos, las carcajadas suenan algo vacías.

—Vamos, Ibai. Oliver no tiene amigos.

Terminar la frase me cuesta horrores. Y, en el momento en que lo hago, me siento terriblemente mal. Aunque intento forzar una nueva sonrisa, los labios se me doblan en un ángulo extraño que mi amigo observa atentamente, antes de responder.

—No, supongo que no. —Me da la espalda, elevando una mano para despedirse—. Nos vemos mañana.

Salgo de la clase a paso rápido, ignorando la expresión burlona que me dedica Saúl cuando camino a su lado. Clavo la mirada en el suelo y no la levanto hasta que no paso junto al aula de al lado. Me detengo junto a ella, con las palabras que he dicho sobre Oliver resonando en el interior de mi cabeza. La profesora Ezquerra, la tutora de los de Ciencias, intenta hacerse oír, pero la mayoría la ignora. Ladeo un poco la cabeza y busco el pelo rubio de Oliver entre el resto de las cabelleras. Sin embargo, solo encuentro un pupitre vacío.

Frunzo el ceño y me aproximo un poco más a la puerta entreabierta.

—Por favor, chicos. Es su compañero. Alguien le tiene que hacer llegar los ejercicios de Física. Es importante —insiste la mujer, sin obtener ninguna respuesta—. No me hagan tener que acercarme de nuevo a su casa.

Paseo los ojos de nuevo, frenético, por toda la clase. El único pupitre vacío es el de Oliver.

—Profesora, no insista —dice uno de los chicos, con aspecto aburrido—. Una vez que podemos librarnos de él, nadie va a ir a verlo voluntariamente.

—Sí, ya podría haber enfermado el lunes —dice otra chica, mirando a los demás—. Así habríamos ganado un par de días más.

Siento un pequeño malestar aguijoneando mi estómago. Sé que debería irme, esto no va conmigo, pero mis pies se niegan a moverse, dejándome clavado junto a la puerta entreabierta. De acuerdo, Oliver nunca ha sido un buen compañero. Es frío y sarcástico, suele hacer sentir insignificantes a los demás y habla como si lo supiera todo.

Pero sé que hay otras cosas. Todavía recuerdo cómo sus brazos volaron hasta mí cuando me desmayé durante la prueba de atletismo. Y luego está ese momento de hace semanas. Cuando, medio dormidos, nuestras miradas se cruzaron y el tiempo se volvió infinito.

De pronto, la profesora Ezquerra gira la cabeza y me ve clavado junto a la puerta. Su expresión se ilumina de golpe.

—¡Bas! Entre, entre, por favor —dice, antes de que pueda huir. La obedezco a regañadientes, y siento la mirada de todos sobre mí—. Usted es el compañero de Montaner en Matemáticas, ¿verdad?

Asiento de mala gana, como si ella no lo supiera ya.

—Montaner no ha venido hoy a clase, y necesito que alguien le acerque los deberes de Física. ¿Podría encargarse usted?

Lo cierto es que no. Planeaba quedar con Melissa por la tarde y leer hasta quedarme dormido del cansancio. Pero ella continúa mirándome y las gafas se me resbalan por el puente de la nariz por culpa del sudor que me provocan tantos ojos sobre mí.

Carraspeo, pero eso no evita que mi voz no suene como la de un grajo.

—Claro, ¿por qué no?

La profesora Ezquerra me entrega una hoja manuscrita en la que se enumeran una serie de problemas que se parecen demasiado a los jeroglíficos de los egipcios.

—Es un buen compañero, Bas —me despide la profesora Ezquerra.

Hago una mueca exasperada y salgo de la clase a paso rápido, con la hoja pegada a mi pecho. Me apoyo en la pared, y levanto los ojos hasta el techo.

Genial. Ahora tengo un problema. ¿Dónde diablos vive Oliver?

Capítulo 18

Por suerte, Ibai sabía cuál era la dirección. Así que aquí estoy, con los ejercicios de Física bien aferrados entre mis manos, frente a una puerta de color negro.

El hogar de Oliver se parece un poco al mío. Es un adosado de muros blancos y altos setos verdes que impiden ver el interior. Está en las afueras de la ciudad, así que he tardado en llegar más de lo que creía. Ahora, el cielo que me cubre es tan oscuro como el alquitrán.

Hace un frío horrible, debería llamar al telefonillo que hay junto a la puerta, pero mi mano no sale del bolsillo de mi chaquetón, en donde la tengo enterrada. Debo parecer idiota estando aquí parado, sin tocar la maldita puerta. No parezco, *soy* idiota.

Sacudo la cabeza y doy un paso adelante. Mi mano se libera por fin de la calidez del bolsillo y, cuando se eleva, a punto de pulsar el timbre, la puerta negra se abre.

—¿Qué estás haciendo aquí?

Un Oliver en pijama me observa con evidente fastidio. Yo separo los labios para responder, pero entonces, reparo en algo.

—Llevas gafas —comento, sorprendido, rozando con mis dedos las mías—. No sabía que también usabas.

—Me alegra que seas tan observador —contesta él, con un resoplido—. ¿Qué diablos haces aquí, Julen?

La decepción me molesta, aunque no debería. Con exasperación, agito frente a sus ojos la carpeta en la que guardé el documento que me dio la profesora Ezquerra.

—Deberes de Física.

El fino ceño de Oliver se tuerce y sus ojos se deslizan con lentitud por el borde de plástico, mis dedos que la aferran, y suben por mi brazo hasta quedarse anclados en mis propias pupilas, que siguen bajas.

—Ah. —Oliver alarga la mano y, durante un corto instante, nuestros dedos se rozan cuando él sujeta la carpeta. Su piel caliente contra la mía helada me arranca un escalofrío que lucho por disimular—. Gracias —añade secamente.

Vuelvo a encogerme de hombros, sin ánimo para contestar. Sé que la conversación ha terminado, que debería dar la vuelta y regresar a mi casa. Al fin y al cabo, me espera un largo camino de retorno. Pero, de nuevo, no soy capaz de moverme.

Oliver sigue contemplándome con el rostro un poco ladeado, ceñudo, como si intentara averiguar qué está pasando en el interior de mi cabeza. Dios, ojalá yo lo supiera.

—¿Quieres pasar? —me pregunta, al cabo de unos segundos que parecen infinitos.

Mi corazón late de golpe con la intensidad de un tambor, mientras asiento con la cabeza. Demasiadas veces, creo.

Lo sigo, cerrando la puerta negra a mi espalda. Atravesamos una parcela de césped verde perfectamente recortado hasta la entrada de su casa, por la que escapa la cálida luz de las lámparas y el aire tibio de la calefacción.

Miro a mi alrededor, sin poder evitar la curiosidad. Todo está decorado de beige y blanco. Está tan impoluto, que temo rozar algo y ensuciarlo. La disposición es muy parecida a la de mi propia casa, pero a la vez resulta mortalmente diferente. Casi parece... antiséptico. Me recuerda un poco a las clínicas privadas que intentan hacerte sentir como en casa, pero sin conseguirlo en absoluto.

—¿Has terminado con el examen? —me pregunta Oliver, con aburrimiento.

—Perdón —contesto de inmediato, avergonzado.

Clavo la mirada en él. Ahora, bajo la luz dorada de las bombillas, puedo verlo mejor. Tiene el pelo rubio revuelto, levantado en todas direcciones. Me gustaría ponerme de puntillas y ordenárselo un poco. No sé si es el reflejo del cristal de sus gafas, pero sus ojos me parecen húmedos, y sus mejillas, demasiado rojas. El pijama que lleva es viejo, aunque no tiene ninguno de los estampados ridículos de los míos. Las mangas le quedan un poco cortas y muestran unas muñecas finas, el cuello, que está dado vuelta, revela parte de sus clavículas delicadas.

¿Quién diablos piensa en muñecas finas y clavículas delicadas?

—¿Cómo estás? —pregunto, carraspeando.

—Con fiebre —contesta, poniendo los ojos en blanco—. Creía que era por eso por lo que me habías traído los ejercicios de Física.

—¿Y tus padres? —añado, reparando de pronto en el silencio que nos rodea.

—En un congreso. Se fueron ayer por la tarde.

—¿Te han dejado solo? —pregunto, sorprendido.

—Ayer me encontraba bien.

—Pero ¿los has llamado? —insisto, dando un paso en su dirección—. ¿Saben siquiera que estás enfermo?

—Julen, solo es un poco de fiebre. Sé perfectamente qué hacer en casos así —contesta con cansancio, como si estuviera diciendo algo obvio—. Beber mucha agua, no abrigarme demasiado y un paracetamol cada ocho horas.

—¿Y si te desmayas?

—Yo no tengo tu facilidad para desmayarme —replica él, con sorna.

Frunzo aún más el ceño, ignorando el calor que trepa por mi rostro.

—No es solo eso. Si te ocurre algo, ¿quién...?

—Mis vecinos son compañeros de mis padres del hospital. Son enfermeros. Si me encuentro peor, solo tengo que avisarles, ¿está bien? —me interrumpe, crispado.

Tuerzo el gesto, pero termino por asentir.

—¿No me enseñas tu casa? —pregunto de pronto, cambiando de tema.

—¿Tienes interés en verla?

—No sé, es lo que se supone que debes hacer. Cuando alguien nuevo viene, tienes que hacerle un *tour* guiado.

—Sí, y organizarle una fiesta de cumpleaños con vasos de papel y manteles con flores —añade él.

Estoy a punto de mandarlo a la mierda, pero entonces, por debajo de su sempiterna frialdad, veo el asomo de una pequeña sonrisa y el tiempo se detiene para mí unos segundos.

¿Qué diablos está ocurriendo? ¿Qué me está pasando?

—Bueno, ven —dice, con los labios todavía estirados—. Te la enseñaré.

Le he pedido que me muestre la casa, pero lo cierto es que no presto atención. Al menos, a lo que debería. Mis ojos vuelan de su hogar ordenado a sus omóplatos, que se estiran bajo su pijama cuando señala algo con la mano, o a su nuca, donde el nacimiento de su pelo está húmedo por la fiebre.

Su dormitorio se encuentra en el segundo piso, al extremo del pasillo. Espero encontrarme muchos libros, una cama (porque hasta alguien como Oliver tiene que dormir) y un escritorio enorme, pero lo que veo no se ajusta tanto a la realidad que tengo en mi cabeza.

—¿Qué? —chista él, cuando me ve plantado en el umbral—. ¿Qué esperabas encontrarte?

—No lo sé... cualquier cosa, excepto una videoconsola —contesto, observando la imagen congelada en la pantalla de la pequeña televisión.

Oliver eleva los ojos al techo y se deja caer en el suelo, junto al mando de juego.

—Julen, soy un adolescente de diecisiete años. No un maldito científico loco que guarda cabezas en formol. Hago lo mismo que haces tú. Ni más ni menos.

Ladeo la cabeza y me imagino a Oliver repitiendo lo que yo hago en casa, cuando están y cuando no están mis padres. *Todo*. Pestañeo y me apresuro a girar la cabeza cuando una imagen flota nítida en mi mente, y consigue que me acalore.

Aprovecho para continuar observando mi alrededor. Es verdad que tiene un escritorio enorme, pero la cama no está pulcramente hecha como esperaba, y la mayoría de los libros que se abarrotan en su estantería son los mismos que guardo yo en la mía.

—*Preludio de invierno* —leo, en voz alta, acercándome para acariciar el viejo lomo—. Nunca lo había visto.

—Es que está descatalogado —contesta Oliver—. Lo encontré en una tienda de segunda mano hace bastante tiempo. Y antes de que preguntes, no. No te lo voy a prestar.

—Qué sorpresa. —Pongo los ojos en blanco y examino las estanterías. Mis ojos, de pronto, se topan con varios lomos negros, brillantes, con letras góticas de color rojo. Casi puedo sentir cómo Oliver se tensa a mi espalda—. Ajá. No sabía que fueras un fan de *Crepúsculo*.

—No son míos —replica de inmediato él. Algo nuevo que acabo de aprender de Oliver Montaner: miente fatal.

Intenta apartarme de la estantería, pero yo soy más rápido y saco el primer libro de la saga antes de que él atrape mis manos.

—¡Pero si tienes frases subrayadas! ¡Y *post-it*! Madre mía, pero si están señaladas casi todas las páginas.

Oliver me arrebata el libro con un gruñido y lo devuelve a la estantería.

—No tienes por qué avergonzarte, ¿sabes? Yo también me los he leído, aunque creo que no me gustaron tanto como a ti —añado, reprimiendo una carcajada entre los dientes.

—No estoy avergonzado —replica rápidamente él.

Ya. Por supuesto.

—¿Vas a ir a ver la película? La han estrenado hace poco en el cine. —Oliver ordena los libros de espaldas a mí, como si no me hubiera escuchado—. No, espera. Ya has ido, ¿verdad? ¿Cuántas veces?

—Lo que haga o deje de hacer en mi tiempo libre no es asunto tuyo —me contesta, y se gira bruscamente hacia mí.

La sonrisa burlona que tironeaba de mis labios desaparece de golpe. Ni siquiera sé qué hago aquí, en su habitación. Ni siquiera sé si soy su amigo.

Solo estoy aquí porque la profesora Ezquerra me pidió un favor, no porque yo hubiese querido venir. ¿No?

—Me voy, entonces. Venir hasta aquí no era *asunto* mío.

Sus largos dedos se enredan en mi muñeca antes de que dé el primer paso. Cuando lo miro, no sé cuál de los dos está más sorprendido por lo que acaba de hacer.

—No.

—No estás hablando en serio —murmuro.

—Sí que lo hago —contesta él, en voz todavía más baja.

Tragar saliva jamás había sido tan difícil. Hago rodar mis ojos hacia nuestras manos, hacia el pequeño punto donde se unen. Por algún motivo que no comprendo, él no me ha soltado, y yo tampoco me he apartado.

—¿Quieres que me quede un poco más?

Los ojos grises de Oliver se clavan en mí casi con rabia.

—Sí.

No sé si es la fiebre la que habla por él, o es la que hace que sus mejillas parezcan más rojas que hace segundos. Porque si he hecho sonrojar a Oliver Montaner deberían darme un Nobel, como mínimo.

—Está bien —contesto—. No me iré a ninguna parte.

Él asiente, pero me parece que tarda quizás un poco más de la cuenta en retirar su mano de la mía.

Capítulo 19

Al final acabamos cenando juntos. Si al principio del curso me hubieran dicho que Oliver y yo íbamos a compartir más de dos frases seguidas habría meneado la cabeza como respuesta. Si hubieran mencionado una cena, habría fingido una arcada y me habría dado la vuelta para no escuchar más estupideces.

Y, sin embargo, aquí estamos, juntos, uno frente al otro en una cocina demasiado perfecta como para ensuciarla. Oliver hace un par de bocadillos, ignorando mis intentos de ayuda. Cuando termina, toma dos botellas pequeñas de agua y lleva todo en una bandeja a la sala de estar. Mientras yo coloco las cosas en la pequeña mesa, él se traga un antitérmico. No se ha tomado la temperatura delante de mí, pero, cuando nuestra piel estuvo en contacto, la suya parecía en llamas.

Dejamos la televisión de fondo, aunque ninguno le hacemos mucho caso. Comenzamos a comer en silencio, cada uno perdido en sus pensamientos.

—Así que Ibai, ¿eh?

El comentario me pilla tan desprevenido, que me atraganto y estoy a punto de escupir la comida sobre la mesita de café.

—No, por favor —digo, con la voz ahogada—. Tú también, no.

—Sé que no te gusta —replica, poniendo los ojos en blanco, como si recalcara algo obvio—. Pero se me hace raro que seáis amigos.

—¿Por qué?

—De los cinco años que llevamos en el instituto, jamás le he visto dirigirse a ti ni una sola vez.

Me encojo de hombros, algo incómodo, y dejo el bocadillo a un lado.

—Fue mi mejor amigo cuando era pequeño. Siempre estábamos juntos.

—¿Y qué ocurrió para que todo cambiara? —pregunta, interesado, lo que es toda una novedad viniendo de él.

—No lo sé. Comenzó a actuar de forma... rara —musito, recordando a ese pequeño Ibai cabizbajo, que ni siquiera me miraba cuando pasaba a mi lado—. Poco a poco, dejó de dormir en mi casa, después dejó de venir y, por último, dejó de hablarme. Nos peleamos a gritos después de uno de sus partidos de fútbol y decidí olvidarme de él.

—Hasta este curso —añade Oliver, arqueando las cejas.

—Hasta este curso —corroboro, aunque aparto la mirada, para que no se dé cuenta de que miento—. Sé que después de este año cada uno seguirá su camino. Puede que vayamos a universidades distintas y... bueno, no quería que termináramos así.

—¿Por eso te apuntaste al Club Damarco? —Niego rápidamente con la cabeza, y siento cómo las mejillas me estallan por el calor. Oliver me dedica una sonrisa burlona que se apaga tan rápido, que casi parece un espejismo—. Puede que haya sido una buena idea.

—¿A qué te refieres?

—No sé, a que desde que tú no dejas de rondar a su alrededor, parece estar mejor. Más feliz. Y no es que me importe —añade rápidamente. Ahora es él quien aparta la mirada.

Sigo sus ojos, que se clavan en una de las paredes del comedor, repletas de marcos de madera. No me había fijado en un principio en ellos. Para qué mentir, no soy capaz de prestar atención a otra cosa que no sean las manos y los ojos afiebrados de Oliver, pero ahora me inclino ligeramente hacia adelante, ajustándome las gafas para ver mejor. Son diplomas y títulos.

—Ya no tienen sitio en sus despachos. Les han otorgado tantos premios, han recibido e impartido tantos cursos, que siempre les falta pared para colgar sus méritos. —Oliver se recuesta sobre el sofá y suelta una mezcla entre suspiro y bufido—. A mí también me gustaría conseguir algún día tanto como ellos.

Aprieto los dientes y bajo la cabeza para que él no pueda ver mi expresión. Me estoy empezando a encontrar mal. No puedo evitar recordar mi sueño, en el que nos encontramos cerca el uno del otro, en el patio del instituto, mientras Cam, a mi lado, le pregunta: «Al final no te llegó la nota, ¿verdad?».

—Estoy seguro de que serás un gran médico —digo, forzando una sonrisa, luchando porque mis palabras suenen verdaderas—. Aunque me dan un poco de pena tus futuros pacientes.

—Realmente, no es lo que me gustaría estudiar. Pero sé que, si no lo hago, los decepcionaré mucho. Les fallaré y me fallaré a mí mismo. —Oliver baja la cabeza, y se encoge levemente de hombros. Durante un instante, este chico frío construido a base de hielo, parece hecho de cristal—. Y esa es una de las cosas que más odio.

—¿Y qué es lo que te gustaría estudiar realmente?

—Filología.

Los labios se me separan, pero no llego a pronunciar ni una sola palabra. De todas las carreras que existen, esa se encontraba última en la lista de opciones.

—¿Tan raro es? —pregunta Oliver, frunciendo el ceño—. Bueno, escribo desde hace años, y... —Él arquea las cejas cuando ve cómo mi boca se abre un poco más, si cabe—. ¿Qué?

—¿Escribes? ¿En serio? —Oliver cabecea, visiblemente incómodo—. ¿Poesía? ¿Relatos?

—Novelas —contesta, con un hilo de voz.

—Así que eres escritor —exclamo, sin poder ocultar mi entusiasmo. No sé si es el antitérmico que no le ha hecho efecto, o si es que he conseguido hacerlo sonrojar por segunda vez—. Yo también escribo a veces, aunque me encantaría trabajar como editor. ¿Por qué no me dejas algún manuscrito? Me encantaría leerlo.

—Absolutamente no. —En su tono no hay lugar para la réplica.

—¿Por qué no? ¿Te da vergüenza?

—Julen, saco mejores notas que tú en Lengua. No sé quién debería corregir a quién.

—Mentira, es por vergüenza —insisto, con una sonrisa traviesa que parece ponerlo todavía más nervioso—. ¿Qué es lo que podría encontrar en tus historias? ¿Magia? ¿Amor?

—Sexo.

Me vienen a la cabeza más imágenes de las que puedo asimilar. Intento articular alguna palabra, la que sea, pero me he quedado en blanco. O, mejor dicho, en rojo. Todo mi cuerpo se acaba de transformar en una maldita olla a presión.

Oliver me observa fijamente durante un instante más hasta que, de pronto, se echa a reír.

—Era broma.

—¿Oliver Montaner sabe hacer bromas?

—Sí, soy toda una caja de sorpresas —contesta, entre carcajadas.

Solo por hacer reír a alguien como Oliver Montaner, deberían otorgarme otro Nobel más. Yo lo observo desde el otro extremo del sofá, apretando los labios para que no se me escape una sonrisa.

—Deberías hacer lo que realmente te gusta, y no lo que tus padres esperan de ti —digo, cuando él se calma—. Creo que podría soportar tenerte como compañero de carrera.

Oliver ladea la cabeza, y me observa de reojo.

—No sabes lo que dices.

Me encojo de hombros y, durante un largo momento, tengo de nuevo la sensación de que nos estamos mirando más de la cuenta. No separamos la vista el uno del otro hasta que, de pronto, el timbre de un teléfono móvil nos sobresalta.

—Mis padres —dice Oliver, silenciando la llamada.

No atiende, deja el teléfono a un lado, pero comprendo que es hora de volver a casa, aunque una parte de mí se resiste a ello.

Lo miro, dubitativo.

—¿Quieres que me quede a dormir?

Las pupilas de Oliver se dilatan de golpe, oscureciendo sus ojos.

—¿De qué estás hablando? —De pronto, su expresión se parece demasiado a esa que veré dentro de unos meses, después del examen de selectividad.

—Maldita sea, *Oliver*. ¿Y si la fiebre te sube de pronto? ¿Y si empeoras?

—Maldita sea, *Julen* —contesta él, imitando mi tono—. Si he podido aguantarte durante toda la tarde, puedo aguantar toda la noche solo. Además, mañana mis padres llegarán a casa pronto.

Yo lo observo, todavía dudando, pero se me escapa un suspiro cuando veo la decisión de sus ojos. En vez de insistir, agarro uno de los bolígrafos que reposan en el lapicero de la mesa y escribo una serie de números en la servilleta de papel que antes envolvía mi bocadillo.

—¿Qué se supone que es esto?

—Mi número de teléfono. Si empeoras, llámame.

Oliver pone los ojos en blanco, sin tocar todavía el papel que le tiendo.

—Julen, no eres mi padre.

—No, claro que no —replico, con el brazo todavía extendido—. Soy tu amigo.

Las palabras flotan entre nosotros, disolviéndose lentamente en el aire. Él tarda en reaccionar, pero cuando finalmente lo hace, toma la servilleta y la guarda.

—Te acompaño a la salida.

Él me abre la puerta, mirándome de reojo. Salgo al frío del jardín, y me subo la cremallera del chaquetón hasta la barbilla.

—El lunes volveré a traerte los ejercicios si mandan algo nuevo —digo, mientras giro hacia él.

—El lunes no tendrás más remedio que aguantarme en Matemáticas —me corrige, dedicándome un guiño tan rápido que parece un espejismo.

—Creo que lo soportaré.

Él me responde con una mueca y yo levanto una mano para despedirme. Sin embargo, antes de darle por completo la espalda, Oliver se inclina y me sujeta del codo, impidiéndome que dé el primer paso.

—Gracias por venir. —Sus palabras parecen decir mucho más—. En serio.

Yo musito una despedida y me apresuro a atravesar el jardín y la puerta que comunica con la calle. Cuando la cierro a mi espalda, me recuesto en ella, con una mano apoyada sobre el corazón.

Bajo las capas de tela, puedo sentir cómo late violentamente.

Capítulo 20

Noto humedad contra mi piel, estoy llorando. El corazón me late a toda velocidad, siento cómo martillea mi cabeza, y mi respiración bate descontrolada. No puedo estarme quieto, siento un deseo insoportable de destrozar algo.

Estoy enfadado, muy enfadado. Tanto que siento que voy a perder el control de un momento a otro. Mis manos empujan una puerta de color granate que se abre con violencia, y golpea contra la pared.

Parpadeo, y un par de lágrimas llenas de furia resbalan por mi cara. Miro a mi alrededor. El baño del polideportivo del Colegio Santa Clara parece vacío, pero yo sé que no lo está. Supuestamente, no debería haber nadie aquí. El partido de fútbol terminó hace horas, y la cena para celebrar el fin de temporada se celebra en el salón de actos, donde yo debería estar. E Ibai.

Lo vi escabullirse en la oscuridad, pero no se dio cuenta de que yo lo seguía. Ahora que estoy aquí, deslizo la mirada, que despide chispas y gritos silenciosos, por todas las puertas de los cubículos. Todas están abiertas, excepto una.

Me acerco. La luna que brilla a través de la ventana tiene un resplandor rojizo, como si estuviera empapada de sangre. Es extraña, da miedo, pero a mí solo me importa esa puerta cerrada que se encuentra frente a mí.

—¡Ibai! —grito—. ¡Sé que estás ahí!

No me contesta más que el silencio, pero sé que, en mitad de él, hay una respiración conteniéndose.

—¡Ibai! —vuelvo a chillar, agitando la puerta con el puño.

Esta vez, el silencio solo dura dos segundos antes de que la voz temblorosa de Ibai llene el baño.

—Julen, déjame en paz.

Mis dientes chirrían y me clavo las uñas con tanta fuerza en las palmas, que me hago daño, aunque ahora mismo no me importe.

—¡No! Estoy harto de que siempre digas lo mismo. ¿Por qué te tengo que dejar en paz? Yo no he hecho nada. ¡Nada!

Cinco jadeos más tarde, me llega la respuesta de Ibai.

—Lo sé.

Una parte de mí está enfadada, pero otra, me susurra que Ibai actúa así porque quizás se ha enterado de que me gustan los niños, y no las niñas, y eso no le gusta, igual que no le gusta a otros compañeros de mi clase. Pero necesito que me lo confirme él. Necesito ver su cara mientras lo dice.

—¡Sal de una vez!

—¡He dicho que te vayas! —aúlla Ibai, con un grito que me desgarra los oídos.

Retrocedo bruscamente, sobresaltado, y me clavo el borde del lavabo en la espalda. Ahora miro a la puerta como si se tratase de un monstruo.

—Si... si no sales ahora, dejaremos de ser amigos —pronuncio, muy lentamente. Me cuesta horrores decir esas palabras—. Te lo prometo.

No lo soporto más. Estoy harto. Harto de no comprender por qué, en apenas un par de meses, él se ha alejado de mí, ha dejado de venir a mi casa, de revolverme el pelo como siempre hacía, de abrazarme cuando marcaba un gol, incluso de hablarme. Hoy ni siquiera me ha dejado acercarme a él. Cuando metió el gol que había llevado a la victoria al equipo, corrí en su dirección, pero él se alejó y me dio un empujón tan fuerte, que caí de espaldas al suelo.

—Vete de una vez. —Es lo único que dice él.

Mi cabeza explota. La ira se derrama como sangre por las venas, constante, sin que pueda hacer nada para controlarla. Doy una patada al suelo y con la mano abierta, golpeo el lavabo. Me hago daño y ahogo un gemido lleno de dolor y desengaño.

Estoy a punto de darme la vuelta y salir del baño, pero entonces, escucho un ruido. El sonido de un pestillo al descorrerse.

Giro la cabeza, con el corazón latiendo apresuradamente, con la esperanza de que Ibai salga de una vez de ese cubículo. Pero la puerta no se mueve, el picaporte sigue en posición horizontal, sin temblar ni una sola vez.

Frunzo el ceño y me adentro en el cubículo de al lado. La puerta llega hasta el suelo, así que no puedo mirar por debajo de ella. Coloco una zapatilla en el retrete. Si me subo en él y coloco los pies sobre el dispensador de papel higiénico, quizás pueda asomarme. Doblo un poco las rodillas para tomar impulso, pero entonces, escucho el crujido de unas bisagras al moverse.

—¿Julen? —Salgo de un salto del cubículo, y veo en la puerta del baño a Cam. Me observa con los ojos entornados—. ¿Qué estás haciendo? No podemos estar aquí.

Me observa con atención. Sé que me ha visto subido en el retrete. Puedo decir la verdad, pero sé que mis compañeros dicen cosas a mis espaldas, y aunque sé que Cam no es «malo», que no se mete en peleas ni se ríe mucho de mí, es uno de los más populares de la clase. No quiero que diga por ahí que Julen, al que le gustan los chicos, se dedica a espiar en los baños.

—Nada —respondo, con la voz ronca—. No estoy haciendo nada.

Ni siquiera le doy tiempo a decir nada más. Prácticamente echo a correr y paso lo suficientemente cerca de él para que Cam pueda fijarse en las lágrimas que todavía escapan de mis ojos.

Me alejo corriendo de ese maldito baño y de Ibai, prometiéndome que nunca jamás volveré a dirigirle la palabra, que nunca más me importará lo que le pase, que nunca más volveré a ser su amigo.

Sigo corriendo, y me dirijo hacia el resplandor sanguinolento que llega desde el patio. Pero cuando llego hasta él, cambia, se transforma, se vuelve tan brillante que hasta me ciega. Y de pronto, me doy cuenta de que ese resplandor no pertenece a una luna de sangre, sino al sol que se cuela por la ventana de mi dormitorio.

Parpadeo, todavía cegado y, al hacerlo, siento los párpados húmedos e hinchados. Me paso las manos por la cara y me doy cuenta de que he vuelto a llorar mientras soñaba.

—Menuda forma de terminar el año —farfullo, mirando el calendario, que marca en rojo el 31 de diciembre.

Al incorporarme, el libro que había estado leyendo resbala por las mantas y cae al suelo. Estoy a punto de recogerlo, pero me detengo cuando veo cómo la pequeña luz rojiza del teléfono móvil, se enciende y se apaga desde la mesilla de noche. Ese resplandor sanguinolento me hace recordar de nuevo la luna del sueño, y un escalofrío me sacude.

Acerco el teléfono y observo la pantalla, en la que parpadea una señal que me indica que tengo un mensaje nuevo.

Los ojos se me secan al leer el nombre. Es de Ibai. Me lo envió ayer por la noche, cuando ya estaba durmiendo.

03:30 a. m.: ¿Tienes planes para Nochevieja?

No me lo pienso. Selecciono su número de teléfono y lo llamo. Espero en silencio, mientras cuento los tonos, temiendo que no atienda. Pero, justo cuando estoy a punto de colgar, escucho la voz de mi amigo llegar desde el otro lado de la línea.

—¿Julen?

—Hola, eh... ¿Qué tal? —Apenas he hablado con él por teléfono. Si cuando estoy frente a él temo acercarme demasiado, decir algo equivocado que lo retraiga y lo devuelva de nuevo a sus sombras, escuchar solo su voz me marea. Es como caminar por un terreno lleno de obstáculos con los ojos cerrados.

—Bien, supongo. Me acabo de despertar.

—Y yo acabo de ver tu mensaje. Estaba en la cama cuando me llegó.

—Ya, bueno... tengo problemas para dormir. No me di cuenta de la hora que era cuando te escribí. ¿Vas a salir este Fin de Año?

Nunca lo había hecho, aunque sabía que, desde el año pasado la mayoría de los compañeros de mi curso salían después de cenar, y celebraban la cuenta atrás en uno de esos locales que afirman no vender alcohol a los adolescentes pero que al final se terminan llenando los bolsillos, y precisamente no por despachar agua y refrescos. Sabía que Ibai había ido a lugares así. De casualidad había visto una foto del año pasado en la que aparecía él en mitad de la fiesta, aunque por su expresión, no parecía estar disfrutando mucho.

—Cam me llamó ayer para preguntármelo —continúa él—. Va a ir casi toda la clase, pero no sé si me apetece cargar con él toda la noche. La otra vez estuvo vomitando durante horas.

—Qué divertido.

—Ni te lo imaginas. —Se produce una pausa, pero, extrañamente, no me resulta incómoda. Casi puedo imaginar a Ibai torciendo los labios en una media sonrisa—. Yo... había pensado que quizás podíamos recordar viejos tiempos. No sé, ir a la playa o...

—¿Ir a la playa? —repito, alzando demasiado la voz.

Los paseos por la playa, prácticamente a oscuras, fueron una vez nuestra actividad preferida. Eran especiales porque solo podíamos hacerlo en verano, cuando no hacía frío, y no en muchas ocasiones, porque mis padres tenían que acompañarnos. Eso hacía que cada incursión fuera diferente. Era como encontrarse en mitad de una aventura peligrosa. A veces nos caíamos entre risas, a veces íbamos de la mano porque mi padre nos había estado contando un cuento de terror mientras caminábamos. A veces, incluso, nos bañábamos en el océano cuando estaba en calma.

—Lo sé, lo sé. Perdona. Es una idea estúpida, olvídalo —se apresura a replicar él, oscureciendo el tono de su voz por la súbita vergüenza.

—¿Qué? No, no. En absoluto. Me encanta esa idea.

—¿En serio?

—Pues claro, ¿con quién podría estar mejor?

—Con muchísima gente. Tus padres, Melissa, Oliv...

—A mis padres no les importará que los abandone por una vez. Melissa está en México con su familia y... ¿a quién más ibas a nombrar?

Ibai carraspea, como si estuviera atascado en mitad de una risa y una tos.

—A nadie, absolutamente a nadie. Entonces, ¿nos vemos a las once y media? Al final del paseo marítimo.

Sonrío, con el auricular pegado a mis labios.

—Allí estaré.

—Tendrías que habernos avisado con más tiempo —refunfuña mi madre, mientras observa la chaqueta que no me cierra—. Podríamos haberte comprado un traje nuevo.

—Lo siento, pensé que os había dicho que había quedado con los del club para celebrar el Fin de Año —contesto, alzando los ojos al techo, para que nadie pueda leer la mentira en mis ojos—. Pero no hace falta que lleve puesto... *esto*.

Esto es el traje de chaqueta que me obligaron a ponerme hace varios años, en la comunión de un primo lejano. He crecido un poco desde entonces, y ahora, el bajo de mis pantalones roza mis tobillos por mucho que mi madre se empeñe en tirar de ellos hacia abajo. Para abotonarme la chaqueta tengo que negarme a respirar.

—¿Y qué vas a ponerte entonces? ¿Una sudadera?

Me encojo de hombros. Desde luego, estaría más cómodo, pero sé que, si sigo insistiendo, quizás se haga demasiado obvio que no hay ninguna fiesta y que estaré con un solo miembro del Club Damarco.

—Vas a conseguir que todos te miren, Julen —dice mi padre, observándome con la risa contenida.

—Oh, acabo de acordarme. —Mi madre se aleja un instante de mí y se encamina hacia su mesilla de noche. Abre un cajón y extrae algo de él, no lo veo por completo hasta que no me lo extiende—. Ten. No los guardes en la cartera, se estropearán.

Abro los ojos de par en par, observando el paquete de preservativos que se agita bajo mi nariz. *Extra confort*, logro leer, antes de apartarme de un salto.

—Paso —digo, huyendo por el pasillo—. No hace falta.

—Julen, tu padre y yo no nos vamos a escandalizar —contesta, echando a andar tras de mí—. Sabemos lo que hacéis los adolescentes en fiestas como estas. Son de calidad, y es mejor que te lleves estos y no compres unos baratos.

—O no utilices —añade mi padre, alzando un dedo a modo de advertencia.

No tengo ganas de preguntarle a mi madre cómo sabe que esos preservativos son de *calidad,* así que les digo que voy a llegar tarde y me apresuro a despedirme y a desearles un feliz año nuevo, antes de que se les ocurra algo más.

La calle está desierta. Todas las ventanas de las casas que me rodean están iluminadas, y muestran siluetas tras ellas. Un coche pasa a toda velocidad a mi lado, pero nada más.

Intento cerrarme la chaqueta, sin conseguirlo, y echo a andar con rapidez hacia el paseo marítimo. A pesar de que estoy a unos minutos de camino, escucho el sonido de las olas al romper contra la playa.

Encuentro a Ibai en el punto donde habíamos quedado. Está de espaldas a mí, observando el océano a lo lejos, y está tan perdido en sus propios pensamientos que, cuando coloco una mano sobre su hombro, se sobresalta violentamente.

Él me empuja y yo trastabillo hacia atrás, deteniéndome cuando mis gemelos impactan contra el pequeño muro que separa la playa del paseo marítimo. Durante un instante, él me observa, en tensión, hasta que sus ojos se aclaran y una expresión derrotada se extiende por su cara.

—Julen, no... no sabía que eras tú.

—No pasa nada —contesto con rapidez, y me obligo a sonreír. Él asiente y, aunque parece abochornado por su reacción, no recorta la distancia que nos separa—. Vas muy elegante.

Ibai baja la mirada hacia su propio traje de chaqueta que, a diferencia de mí, le queda bien. Del hombro, lleva colgada su bolsa de deporte del Club Damarco.

—Tenía que buscar una excusa para que mi madre me dejara salir de casa —dice, encogiéndose de hombros—. Creo que prefiere que su hijo vaya a emborracharse en una fiesta de fin de año en vez de a una playa desierta en mitad de la noche. Eso me hace parecer normal.

—¿Es que no lo eres? —pregunto, mitad en broma. La otra mitad me produce un crepitar nervioso en el pecho.

—Más que tú, al menos —dice, observándome de arriba abajo. Intenta sonreír, pero su mueca se queda en un triste intento—. Bueno, vamos. Es casi medianoche.

Saltamos el pequeño muro de hormigón y caemos en la arena fría, que de inmediato se cuela en el interior de mis zapatos, lo cual los vuelve todavía más incómodos.

La marea está baja, tranquila, y en ella se refleja una luna que no está empapada en sangre. Caminamos hasta detenernos a un par de metros de la orilla. Ibai deja caer la bolsa de deporte en la arena y, de ella, extrae una vieja toalla de playa, que extiende y sobre la que nos sentamos. No es lo único que ha traído. Observo con los ojos como platos la botella de champán y los dos vasos de papel que ahora están entre nosotros.

—La he tomado de la despensa —explica, antes de que yo pueda preguntar nada—. Aunque deberíamos haber traído una radio, o algo. ¿Cómo vamos a saber cuándo es Año Nuevo?

Lo tenía pensado. Había dejado una vieja radio junto a la puerta principal para traérmela, pero cuando mi madre me ofreció los preservativos, me olvidé por completo y solo quise salir de casa lo antes posible.

—Quizás haya fuegos artificiales —comento, encogiéndome de hombros.

—Julen, no estamos en Nueva York —responde Ibai, meneando la cabeza—. Aquí nunca hay fuegos artificiales.

—Bueno, puede que esta vez sí los haya. Quizás este año es especial.

Él parece a punto de replicar cuando, de pronto, un eco llega hasta nosotros. Damos un salto sobre la toalla y miramos hacia el paseo marítimo, a pesar de que somos los únicos que estamos aquí. Sigue sin haber ni un alma, pero enseguida estamos rodeados de gritos y risas. En las ventanas de los pisos que colindan con el paseo marítimo, se pueden ver las sombras de decenas de figuras, que se levantan, se abrazan y se besan. En los balcones de los pisos inferiores, contemplamos cómo algunas personas salen, con el teléfono entre las manos, llamando a alguien, sin éxito porque seguramente la línea telefónica está saturada.

Ibai y yo nos miramos, a punto de sonreír.

—Bueno, supongo que ahora tenemos que decir: Feliz A...

Mi voz se extingue por debajo de un silbido agudo, que parece llenar toda la playa. Giro la cabeza con brusquedad y observo cómo una estela plateada, delgada y brillante, cruza el cielo hasta prácticamente quedar sobre nuestras cabezas.

Y de pronto, explota.

El mundo se hace de día cuando una flor dorada, de largos pétalos, devora el color oscuro del cielo y lo sacude. Abro la boca e inspiro el olor a pólvora, mientras los pétalos parecen deshacerse y convertirse en una lluvia de estrellas que parpadea solo para nosotros. El océano en calma refleja las chispas de colores, y las hace parecer infinitas.

Después, otra estela cruza la oscuridad, iluminándola, y después otra, y otra más. La gente que observábamos en sus casas, se asoma a sus ventanas y a sus balcones, y señalan al cielo, pero solo somos Ibai y yo los que estamos bajo las flores multicolores que explotan sin descanso sobre nuestras cabezas.

—¡Te lo dije, Ibai! —grito, cuando recupero el habla—. ¡Son fuegos artificiales!

Estoy dando saltos, pero, cuando me vuelvo hacia él, me quedo clavado en el suelo. Ibai sigue sentado sobre arena, con los brazos apoyados en las rodillas y mirando hacia arriba. Sus ojos están muy abiertos y de ellos caen lágrimas gruesas, que se deslizan por sus mejillas delgadas y terminan pendiendo de su barbilla. No se mueve, ni siquiera parece respirar. En sus ojos grandes se reflejan los fuegos artificiales, como si él mismo estuviera estallando por dentro una y otra vez.

Él siente que lo estoy mirando, porque de pronto baja la barbilla, me observa de soslayo y se apresura a apartarse las lágrimas a manotazos.

—¿Brindamos con el champán que has robado? —le pregunto, obligándome a seguir sonriendo.

Él sacude la cabeza y alza la botella, y se pone en pie para acercarse a mí. Me la tiende, pero, cuando estoy a punto de sujetarla, él la retiene entre sus manos un instante más.

Levanto la mirada hacia él, expectante.

—Gracias por haber estado conmigo esta noche.

La voz se le quiebra y en sus ojos vuelven a romperse las lágrimas. Yo siento un nudo en la garganta, así que carraspeo y le arrebato la botella de champán, para intentar abrirla.

Él, al instante, se echa hacia un lado, soltando una carcajada que se mezcla con un sollozo.

—¡No me apuntes a mí! ¿Es que no sabes que el tapón sale disparado?

Yo intento hacerle caso, pero no es fácil y, por mucho que tiro, el corcho no sale. Doy vueltas sobre mí mismo, sacudiendo la botella, mientras Ibai, entre risas entrecortadas, intenta huir de mí. De pronto, consigo descorchar la botella y el tapón sale despedido, golpeando a Ibai en el hombro. Él se echa a reír, mientras yo suelto improperios, intentando no mojarme con la espuma que no para de escapar de la botella.

Vertemos un poco en los vasos de papel, mientras los fuegos artificiales siguen explotando sobre nosotros. Apenas logramos dar más de un trago. Terminamos escupiendo sobre la arena

—Está asqueroso —farfullo—. ¿Quién puede pagar dinero por beber algo así?

—Puede que nosotros celebremos algo con una copa de champán dentro de varios años, cuando seamos adultos, y no nos parezca tan horrible.

Me vuelvo hacia Ibai, que observa el cielo, fascinado. La sonrisa se me quiebra y a mi cabeza vuelve esa imagen del sueño, en la que un Ibai de veintiocho años está con un diario apretado entre sus dedos. Había copas de champán en la reunión de antiguos alumnos, pero ninguna era para él.

Convierto las manos en puños y me coloco a su lado, mirando el cielo también. Y, con cada fuego artificial que estalla sobre nosotros, que se convierte en decenas de estrellas fugaces, pido el mismo deseo, y lo repito una y otra vez, hasta que el último explota y no deja más que un cielo negro cubierto por rastros de humo plateado.

Quiero reescribir la historia.

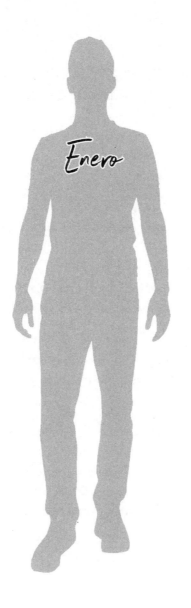

ACTIVIDAD DE CONOCIMIENTO PERSONAL
Número 5

Nombre del alumno/a: *Estela Ortíz.*

Curso: *2.° A bachillerato.*

Nombre del compañero/a elegido: *Melissa Bravo.*

NOTA: Recuerda responder con sinceridad. Esta actividad no contará para la calificación final.

A. Han pasado varios meses desde el inicio de la actividad. ¿Has conocido algo de tu compañera que te haya sorprendido?

La verdad es que cuando tuve que empezar a trabajar con Melissa, me enfadé. Estaba en una época difícil, y ella siempre me había parecido la típica repelente. Pero estaba equivocada.

Melissa es divertida. Me hace reír mucho y consigue distraerme cuando algo va mal. Es increíble, porque con una sola mirada sabe cómo me siento. Además, no le importa venir a casa a ayudarme con los deberes. Es una buena amiga. Solo siento no haberle dado una oportunidad antes.

Capítulo 21

Los últimos días de vacaciones se escapan como el agua del mar entre los dedos. El siete de enero llega y, con él, la vuelta al instituto.

Ese día camino solo, sin Melissa. Tenía muchas ganas de verla, pero me escribió a primera hora, para decirme que se había despertado tarde, lo cual es toda una novedad. Tampoco me encuentro con Ibai a mitad de camino. A quién sí veo cuando solo quedan cinco minutos para llegar al instituto es a Oliver.

Podría haber aligerado el paso y haberme acercado a él, pero mis pies deciden dejarme donde estoy, aunque no aparto la mirada de su cabellera rubia y retuerzo las asas de la mochila entre mis manos.

En Navidad deseé mil veces escribirle a Oliver. Me quedé con el teléfono móvil entre las manos, dudando si pedirle el número a Ibai, hasta que finalmente lo arrojaba a un lado. De todas maneras, no tenía ni idea de qué podía decirle. Cuando pensaba en mantener una conversación, las palabras se me atascaban en el cerebro.

Entro en el instituto detrás de él, manteniendo la distancia, pero sin dejar de observarlo. De hecho, después de subir las escaleras y llegar al pasillo donde se encuentran nuestras aulas, acelero el paso y me camuflo entre el resto de los estudiantes, con el corazón latiendo con fuerza. Al llegar a mi clase, me siento como el rey de los idiotas.

No miro a nadie cuando entro, me dirijo directo a mi pupitre, donde dejo caer la mochila. Cuando estoy a punto de abrirla, alguien se abalanza sobre mí, con tanta fuerza que me golpeo la cabeza contra la mesa.

—¡Julen! ¡Cuánto tiempo! Madre mía, ¿estás más bajito que el año pasado?

—Eres muy gracioso, Cam —mascullo, frotándome la frente con los dedos.

Lo fulmino con la mirada mientras él se ríe, pero entonces, otra figura más se acerca a nosotros.

—Con el bulto que te va a salir, vas a medir unos centímetros más —dice Ibai, con una pequeña sonrisa—. ¿Qué tal esta semana?

—Bueno, no ha habido fuegos artificiales.

Él deja escapar una risa entrecortada y se derrumba sobre el pupitre que se encuentra delante de mí.

—En la mía tampoco. Así que ha sido aburrido.

Cam nos mira a uno y a otro, con el ceño fruncido.

—¿Estáis hablando en clave, o qué?

Nos echamos a reír mientras Cam comenta que somos unos bichos raros. Las carcajadas se me atascan un poco cuando Ibai desliza su mochila por el respaldo de la silla donde se ha sentado. Frunzo el ceño, confundido. Ese no es su sitio.

—Le he pedido a Marta que me lo cambie —dice él, antes de que yo le pregunte. Sus ojos azules han vuelto a los míos, aunque parece inseguro—. ¿Te importa?

—¿Qué? No, claro que no —me apresuro a responder.

Cam, sin embargo, resopla con enfado.

—Eres un traidor, Ibai. Podrías haberme avisado.

Él se encoge de hombros, pero no responde. Cam parece a punto de volver a la carga, pero entonces, la puerta del aula se abre y aparece Melissa. Le hago un gesto con los brazos y ella me ve, sonriente. Se acerca a mí, algo acalorada, mientras tras ella entran Saúl y Estela, entrelazados.

Melissa me da un abrazo rápido mientras saluda a los demás. Sus dientes resplandecen en su cara morena. Sus ojos, sin embargo, me esquivan,

y se centran en Saúl y Estela, que se sientan en unos pupitres más alejados.

—Pensaba que terminarían durante las fiestas —comento.

Ibai aprieta los labios, pero no dice nada. Cam se ha dirigido como una
flecha hacia la pareja, y ahora no deja de dar vueltas en torno a ellos, moles-
tándolos a propósito.

—Ella sabe lo que hace —replica Melissa, encogiéndose de hombros.

La observo de reojo y detecto algo extraño en su tono. Estoy a punto
de separar los labios de nuevo, cuando de pronto, la cabeza de Amelia asoma por la puerta entreabierta. Con ella, trae ese olor tan característico a
tabaco que me hace arrugar la nariz.

—Pensaba que hoy no teníamos Lengua —comento, frunciendo el ceño.

—¡Chicos! ¡Chicas! ¡Sentaos un momento, por favor! —exclama, alzando la voz para que todos podamos escucharla—. Cruz ha tenido un problema y se retrasará unos minutos. Por favor, no salgáis de la clase y esperad a
que llegue, ¿de acuerdo?

Todos asentimos, pero en el momento en que la puerta se cierra, arras-
tramos las sillas y nos ponemos de pie, recuperando el jaleo que llenaba la
clase hacía segundos.

—Deberías aprovechar e ir a echarte un poco de agua —dice Ibai, mirando mi frente.

Siseo entre dientes, frustrado, y me vuelvo a rozar la zona palpitante,
que noto cada vez más hinchada. Maldito Cam.

—Vuelvo enseguida.

—Espera. Yo también voy al baño —dice Melissa, poniéndose en pie.

Atravesamos el griterío de la clase. No tenemos más remedio que pasar
junto a Estela y Saúl. Yo hago todo lo posible por no mirarlos, sobre todo a
él, pero Saúl parece demasiado entretenido con el cuello de Estela. Ella, sin
embargo, sí nos dedica un vistazo rápido.

En el pasillo, giramos a la derecha. En la clase de al lado tampoco ha
llegado el profesor y, junto a la puerta, se apostan algunos de sus alumnos,
mientras charlan. Solo hay uno que no separa los labios y que levanta la
mirada para clavarla en mí cuando me acerco.

Oliver.

Enlentezco mis pasos y Melissa me dedica una mirada de soslayo.

—Me voy adelantando.

Intento sujetarla de la mano para que no me deje solo, pero ella se escabulle y aprieta el paso en dirección a los servicios. Mientras Oliver se acerca, tengo tiempo de fulminar la espalda de mi amiga, que se aleja con rapidez.

Cuando vuelvo los ojos hacia el chico, el pánico ya ha corroído todo mi cuerpo.

—Feliz año nuevo —saludo, como el mayor de los imbéciles.

Una de las comisuras de su boca se estira, formando esa mueca socarrona que conozco tan bien y que, sorprendentemente, he echado de menos.

—Te va a salir un cuerno en la frente —me suelta, a bocajarro.

—Se llama chichón, idiota.

Con el insulto, solo consigo que su mueca se pronuncie un poco más.

—Con semejante bulto has crecido un par de centímetros. —Estoy a punto de volver a replicarle, pero de pronto, él se mueve con rapidez, con demasiada, y cuando quiero separar los labios está muy cerca de mí como para que recuerde el insulto que estaba pensando formular—. ¿Ha sido Saúl?

Sigue sonriendo, pero su expresión se ha vuelto lobuna y, su voz, más ronca. Sacudo la cabeza, algo aturdido por la intensidad de su mirada, pero termino negando con la cabeza.

—No, no. Claro que no. Ha sido Cam y su entusiasmo... exagerado —contesto, torciendo la boca—. Supongo que se alegraba de verme.

Él tensa los hombros, de pronto se ve incómodo. Suelto un suspiro y paso por su lado, en dirección a los baños.

—Yo también me alegro de verte.

Su voz es tan suave, tiene tan poco de ese tono arrogante que está pegado a su timbre las veinticuatro horas del día, que tardo mucho en girarme al darme cuenta de que ha venido de él. Cuando por fin lo hago, Oliver ya ha entrado en su clase.

Me doy un golpe con la palma abierta en el muslo para obligarme a reaccionar y, de nuevo, me pongo en marcha en dirección a los servicios. Paso junto a la puerta abierta del baño femenino y, con el rabillo del ojo, me parece ver un borrón oscuro moverse en el otro extremo del pequeño pasillo que conecta con los cubículos.

Sé que no debería mirar, pero mis ojos se mueven hacia ese movimiento antes de que pueda controlarlos. Y de golpe, mis pasos se cortan en seco.

La sombra oscura la conforman dos figuras. Una de ellas se encuentra frente a la otra, aprisionándola entre su cuerpo y la pared. Parpadeo, pero la visión no cambia. Son Melissa y Estela. Y se están besando. Aunque realmente, lo que están haciendo no es más que un eufemismo del verbo «besar».

Un ligero calor me trepa por el cuello y retrocedo, mientras tengo la terrible sensación de que no debería estar viendo esto. Por desgracia, no miro hacia atrás y, sin querer, mi codo golpea con el picaporte de hierro, y me arranca un grito cuando el relámpago de dolor atraviesa toda mi extremidad.

Me llevo las manos a la boca, pero es muy tarde. A la vez, las dos giran la mirada hacia mí y sus ojos se dilatan cuando me descubren junto a la puerta.

Intento decir algo, lo que sea, pero la culpabilidad y la sorpresa impiden que las palabras asciendan por mi garganta.

Estela es la primera en reaccionar. Cuando viene hacia mí, siento lo mismo que debe sentir una pobre cebra cuando una leona se abalanza sobre ella, con las garras descubiertas y las fauces abiertas. Antes de que me dé cuenta, me ha atrapado entre la puerta del baño y su cuerpo.

—Como le cuentes a alguien lo que has visto, te juro que te destrozaré la vida —dice, sin preámbulos.

—No creo que estuvieras haciendo nada malo —me apresuro a contestar. Dejando aparte del tema de los cuernos, claro.

La mirada de Estela se estrecha. Melissa se acerca, preocupada. Le pone la mano en el hombro, pero ella se aparta con hosquedad.

—No todo el mundo vive como tú, en una cabalgata eterna del orgullo gay.

—Yo no... —Pero Estela me interrumpe.

—Como abras la boca... —La amenaza se queda flotando en el aire. Yo no respondo, sé que habla en serio. La gente es capaz de hacer cualquier cosa, sobre todo cuando tiene miedo, y ella parece aterrorizada.

Pasa por mi lado, golpeándome con tanta rudeza que trastabillo y mi espalda golpea contra la puerta del baño, lo que la hace rebotar contra la pared. La veo alejarse, pateando el suelo más que caminando sobre él. Con los ojos abiertos como platos, me giro hacia Melissa, que tiene la cara y las orejas ardiendo.

—Pensé que no volvería a pasar —murmura, como si eso lo explicara todo.

—¿Volvería? —repito, abriendo todavía más los ojos.

—Fue durante la Navidad. Quedamos para hacer la nueva actividad para el trabajo de Cruz. Estábamos en su dormitorio, hablando y entonces... no sé, simplemente ocurrió.

La miro de soslayo, pero ella no me devuelve la mirada. Observa las puntas de sus zapatos como si encontrase algo fascinante en ellos. Sus mejillas parecen dos tomates maduros.

—Pensaba que odiabas a Estela. Pensaba que siempre la odiarías.

—Yo también lo pensaba —replica, encogiéndose de hombros.

Resoplo, llevándome las manos a la cabeza mientras me interno en el baño de las chicas. Melissa esta vez me sigue con la mirada, extrañada.

—¿Qué ocurre?

—¿Qué ocurre? —repito, alzando los ojos al techo—. ¿Cómo no lo supe? Vi el futuro. Soñé con él. Almacené de golpe verdades que tendría que ir descubriendo a lo largo de diez años. ¿Por qué no sabía esto?

—Quizás porque, hasta que Estela y yo nos decidimos a hacer el trabajo juntas, no podía ocurrir —contesta ella, acercándose hasta mí—. Piénsalo, tú y yo nos íbamos a poner juntos en ese trabajo, como siempre hacemos. Pero esta vez, tú elegiste a otro compañero.

Me recuesto contra la pared; los brazos cruzados y la mirada clavada en el techo.

—Debería haberme dado cuenta —murmuro, con un deje de culpabilidad—. Si no hubiera estado tan pendiente de Ibai...

—Bueno, mi final de curso no va a ser el de él —replica, esbozando una
media sonrisa—. Yo no voy a matar a nadie.

Sus palabras caen como piedras sobre nosotros. Trago saliva, incómodo, mientras su pequeña sonrisa termina por desaparecer. Transcurre un
minuto en completo silencio.

—Quizás ese sueño te ha dado la oportunidad de cambiar todo lo que
viste en el futuro y que supiste que estaba mal —dice de pronto Melissa,
elevando la mirada hasta mí—. No solo lo que le ocurre a Ibai. Mira a Saúl,
no cambia en diez años, sigue siendo un cabrón al que le gusta hacer daño
a la gente; Amelia está muerta; Oliver no consiguió entrar en Medicina y
sigue solo, sin que nadie lo soporte; yo soy incapaz de contarle a mis padres que solo me gustan las chicas y Estela... sigue siendo esa chica estirada a la que siempre he odiado.

No paso por alto cómo se le quiebra la voz al pronunciar esa última palabra.

—Ahora no parecía caerte muy mal. —Ella se ríe, y me da un pequeño
empujón con la cadera—. Sabes que estás jugando con fuego, ¿verdad? Si
Saúl se llega a enterar...

—Pero no lo hará. Puede tener la boca muy grande y las manos muy
largas, pero es un completo imbécil. No se daría cuenta ni aunque nos estuviéramos besando delante de él.

—Aun así, creo...

—Julen, tendremos cuidado, ¿vale? Nadie nos volverá a ver.

—Ese es precisamente el problema. ¿Por qué no dejáis de esconderos?
No estáis haciendo nada malo.

Melissa suelta un bufido y me observa con los ojos en blanco.

—¿Estás loco? Si en tu sueño no era capaz de contarle a mi familia que
estaba saliendo con una chica, es porque tengo motivos de sobra.

—Lo sé, pero...

—¡Chicos! —exclama de pronto una voz adulta, sobresaltándonos—.
¿Qué estáis haciendo? Sabéis muy bien que no podéis estar aquí, y menos
tú, Julen. Es el baño femenino.

Nos damos la vuelta a la vez, con el corazón desbocado. Cruz, nuestro tutor, está en el umbral de entrada, sin atreverse a pisar las baldosas deslustradas que recubren la estancia, como si hacerlo le condenase a una enfermedad larga e incurable.

—Nos estábamos enrollando —contesta Melissa, con una sonrisa burlona en los labios.

Yo enrojezco violentamente y le doy un codazo nada disimulado. Cruz, sin embargo, parece aburrido.

—Pues la próxima vez buscad otro lugar mejor. —Hace un gesto de cansancio en dirección al pasillo—. Venga, id a clase.

Melissa deja escapar una risa descafeinada y me lanza una mirada, antes de echar a andar.

—¿Cómo crees que reaccionaría si le hubiera dicho que había estado besando a una chica?

Aprieto los labios y la sigo sin contestar porque, seguramente, ella ya conoce la respuesta.

Capítulo 22

Me detengo, aunque no debería. Los músculos de mis piernas llevan gritando prácticamente desde que comenzó el entrenamiento de atletismo, pero ahora ya guardan un silencio sospechoso. Creo que los he matado.

Hoy, Mel quiere practicar la resistencia, lo que peor se me da sin duda. Todos han bajado el ritmo después de las vacaciones de Navidad, pero yo llevo arrastrando los pies desde hace casi una hora. Ni siquiera tengo fuerzas para alzar la mano y colocarme correctamente las gafas, que se han resbalado por el puente de mi nariz. Claramente, lo mío no es este deporte.

—Julen, si sigues así, no necesitaré ninguna excusa para excluirte de las listas de las competiciones —exclama Mel, desde el otro lado de la pista—. Hasta los niños de ocho años tienen más resistencia que tú.

Hago una mueca con los labios, porque si respirar está siendo una tarea titánica, hablar está descartado. Me limito a maldecir a los malditos niños de ocho años y ahogo un gemido, mientras obligo a mis pies a moverse, a colocarse uno delante del otro.

Creta, que corre delante de mí, aminora el ritmo y se coloca a mi altura. Delante de ella están Oliver e Ibai, tan alejados que, cuando giran la cara para mirarme, seguramente con burla, ni siquiera distingo los rasgos de sus rostros.

—Me he enterado de algo.

No sé cómo puede hablar con normalidad, mientras yo apenas acierto a meter el aire suficiente a mis pulmones, cuando se supone que de eso se encarga tu cuerpo de forma inconsciente. Un pestañeo es lo único que recibe como respuesta.

—Ibai me ha dicho que tu cumpleaños es el sábado que viene.

Asiento.

—¿Lo vas a celebrar? Y no me refiero a una merienda con tarta y cumpleaños feliz con tus padres en casa.

Sé por dónde va. La conozco desde hace solo tres meses, pero el brillo de su mirada la delata, así que niego con la cabeza, esta vez con cierta urgencia.

—Mientes fatal, Julen. Y, en el caso de que no lo estés haciendo, me da igual. —Creta sonríe de tal forma que un escalofrío me recorre la columna vertebral—. Tenemos que celebrarlo en condiciones. ¡Vas a ser mayor de edad!

Abro mucho los ojos y niego repetidamente. Pero ella se ríe y con una mano me revuelve el pelo empapado en sudor.

—Lo siento, ya está decidido. Este sábado vamos a salir.

¿Por qué esa frase me suena a sentencia de muerte? No me da opción a responderle. Aprieta el paso y acelera, y me deja rápidamente atrás.

Intento hablar con ella en lo que resta del entrenamiento, pero es una misión imposible. Las pocas veces en las que consigo que mi voz llegue hasta mis labios, Creta niega con la cabeza y me dedica una mirada llena de diversión.

Cuando por fin terminamos, estamos prácticamente tumbados sobre las gradas, yo a un paso del desmayo y el resto respirando agitadamente. Me doy la vuelta hacia Oliver.

Es una verdadera suerte que el rubor del cansancio esconda todo lo demás.

—¿Vas a venir el sábado?

Ibai baja la botella de agua de la que estaba bebiendo y me observa de soslayo, con los labios torcidos con diversión.

—¿Ya lo has aceptado?

—¿Tengo otra opción? —pregunto, resentido—. Si me niego, Creta vendrá hasta mi casa, me desnudará y me amarrará con una cuerda con la que me arrastrará hasta la calle.

Ella se echa a reír.

—Ni yo podría haberlo descrito mejor.

Resoplo, pasándome la mano por el pelo, tan húmedo por el sudor, que parece que acabo de salir de la ducha.

—No me gustan ese tipo de salidas —confieso.

—Maldita sea, Julen. ¿Cuántos años vas a cumplir? ¿Dieciocho o sesenta y ocho? —pregunta Iraia, echándose a reír.

—No, en serio —contesto, bajando los ojos para huir de las miradas burlonas—. Siempre suelen acabar mal. El portero de la discoteca se niega a dejarnos pasar. Uno siempre se emborracha más de la cuenta y termina vomitando en el lugar menos indicado. Alguien se besa y otro termina llorando.

—¿Es que tienes intención de besar a alguien? —pregunta Emma, arqueando las cejas.

—No. Claro que no —contesto de inmediato, sin entender por qué mis estúpidos ojos quieren deslizarse hacia la izquierda y observar el perfil de Oliver.

—Confía en mí, Julen —dice Creta, mientras me da una fuerte palmada en la espalda—. Todo saldrá bien.

No debería haber pronunciado esas palabras. Es el augurio que advierte que todo saldrá mal.

—¿No estoy ridículo?

Me vuelvo a mirar en el espejo, sintiéndome cada vez más inquieto. Melissa me observa con los brazos cruzados, apoyada en la puerta del dormitorio.

—Estás bien, Julen —suspira—. En serio, te queda bien.

—Parezco salido de una película americana de adolescentes. Una camiseta y una camisa de cuadros, ¿puedo ser más cliché?

—¿Desde cuándo te importa cómo ir vestido? —pregunta Melissa, arqueando las cejas con curiosidad—. ¿Esta noche vas a ver a alguien especial?

Con esa pregunta, siento de pronto un deseo irrefrenable de salir de mi dormitorio. El espejo ya no me resulta tan importante, así que murmuro algo entre dientes y salgo a paso rápido, arrastrando a Melissa conmigo, que no deja de contemplarme cada vez con más confusión.

—Deberíamos irnos. Ya tendríamos que estar en casa de Emma —murmuro.

Mi amiga se queda en el pasillo, y me observa fijamente.

—Julen, ¿puedo preguntarte algo?

—Mmm. —Eso puede significar tanto un sí como un no.

—En ese sueño que tuviste sobre el futuro, ¿recordabas haber salido con alguien? —Sacudo la cabeza, sin mirarla siquiera. Ella permanece un momento en silencio antes de volver a la carga—: ¿Recordabas haberte enamorado de alguien?

Cierro los ojos, y a mi cabeza vuelve la escena en la que salgo apresuradamente del salón de actos, con diez años más, acalorado y humillado tras la escena con Saúl, con el diario de Ibai apretado contra el pecho. De camino a la salida, me crucé con Oliver. Él no apartó sus ojos de mí hasta que no desaparecí por la puerta, pero yo apenas reparé en él. De no haber empezado a cambiar las cosas, no habría significado nada para mí. Se hubiera convertido en un compañero más del que no tendría deseos de saber nada.

Niego con la cabeza, con los labios apretados y el calor aguijoneando mi cara. Le doy la espalda a Melissa, evito así que observe mi violento sonrojo.

—Las cosas están cambiando mucho —dice, en un murmullo ronco que, súbitamente, baja varios grados la temperatura de la sangre que galopa por mis venas.

—¿Y eso es malo? —pregunto, todavía sin ser capaz de encararla—. Cuanto más distinto sea este último año, más distinto será el futuro.

—¿Cómo puedes estar tan seguro?

Esta vez el tono de su voz me obliga a observarla. La camiseta de Melissa está llena de lentejuelas que atrapan toda la luz del pasillo, pero su expresión es apagada, casi oscura. Hay una sombra en su mirada que termina por transformar los restos de mi rubor en trazas amarillentas de malestar.

—¿De qué estás hablando? Si consigo que este año sea distinto a cómo iba a ser, Ibai nunca irá a la cárcel y nunca intentará... —La voz se me entrecorta, y soy incapaz de continuar.

—No... no lo sé. Después de que nos vieras a Estela y a mí, he estado pensando. —Se apoya en la pared, de nuevo con los brazos cruzados, y observa a través de la puerta las estanterías repletas de libros de mi habitación—. Esto no es ficción. ¿Y si todos estos cambios solo hacen que...? —Traga saliva y esquiva las mismas palabras que yo he evitado—. ¿Y si todos estos nuevos sucesos solo consiguen acelerar lo que tanto temes?

—¿Acelerarlo? —repito, con un hilo de voz.

—Ibai asesinará a alguien al final del curso. Y si...

—¡Ibai no es un asesino! —la interrumpo, alzando la voz.

Melissa se echa abruptamente hacia atrás, como si acabara de abofetearla. Tarda mucho en volver a hablar. Demasiado. Casi parece que han transcurrido horas cuando por fin separa los labios.

—Solo estoy diciendo lo que tú me contaste, no lo olvides.

Me paso las manos por el pelo, revolviendo, sin darme cuenta, los mechones que ella me había moldeado con un poco de gomina. Yo había protestado, diciendo que me parecía a *Edward Cullen*, pero entonces había recordado los libros de Crepúsculo que guardaba Oliver en su dormitorio y había cerrado la boca.

—Si Ibai... hace daño a alguien, debe haber una razón.

Melissa menea la cabeza, consternada. Se separa de la pared y se acerca a mí, anclando sus manos en mis hombros. Me los sacude ligeramente, como si quisiera hacerme entrar en razón.

—Julen, un asesinato nunca está justificado. Nunca. —Intento separar los labios para replicarle, pero estos permanecen dolorosamente sellados. Ahora mismo quiero gritarle, aunque por dentro, saber que ella lleva razón, me destroza un poco—. Tienes que admitirlo. Ibai siempre ha sido un tanto...

Las palabras que parecían haberse desvanecido en la punta de la lengua regresan con tanta fuerza a mí que casi me arrollan.

—¿Qué? —exclamo—. ¿Qué vas a decir?

—¿De verdad piensas defenderlo? —me pregunta Melissa, alzando también la voz—. Sé que ahora es tu amigo, pero durante todos estos años se ha portado como un imbécil contigo. Hasta este curso ni siquiera te miraba. Ni siquiera sabía que existías. Maldita sea, Julen. Para él no existía más que él mismo. Siempre estaba callado, mirando a los demás por encima del hombro. No sé cómo Cam ha podido ser su amigo durante todo este tiempo.

—No sabía que pensaras eso de él —murmuro, con la voz ronca.

—¿Cómo te lo iba a decir? Sé que para ti es importante y después de lo que me contaste sobre tu sueño...

—Creo que Ibai tiene problemas —la interrumpo, con los dientes apretados.

—¿Problemas? ¡Todo el mundo tiene problemas, Julen! —explota ella, alzando los ojos al techo con exasperación—. ¿Cuáles son esos problemas tan especiales para que expliquen el motivo por el que te ha tratado como una mierda durante todos estos años?

Me gustaría contestarle, de verdad que me gustaría, pero no encuentro una respuesta a sus preguntas. Sé que ocurre algo con Ibai, algo que tiene que ver con eso que parece ver antes de comenzar una carrera. Pero no tengo ni idea de qué se trata. Sé que la distancia que nos alejaba ha disminuido, pero sigue existiendo una separación tan palpable como invisible que soy incapaz de hacer desaparecer. Es como si siempre estuviera extendiendo el brazo, tratando de llegar hasta él, pero ni siquiera fuera capaz de rozarlo con las yemas de los dedos.

—Él no me ha tratado como una mierda —susurro, con la ira burbujeando en cada una de mis palabras.

—Él te dejó de lado porque se enteró de que eras gay, Julen —contesta Melissa, la mirada entornada con dureza—. Sabía que te gustaba, así que en vez de hablar contigo, te dio la espalda y te dejó solo. Sabes muy bien que, si no hubieras tenido ese sueño, no habríais vuelto a acercaros el uno al otro. Si no hubieses luchado tanto, para él seguirías siendo invisible.

Ella no conoce la conversación que tuve con Ibai en esta misma habitación, mientras estábamos tumbados en camas contiguas, hace un par de meses. Está equivocada y yo debería hacérselo saber, pero con esas palabras, unas manos se han hundido en mi estómago y me han retorcido las entrañas, por lo que me dejaron sin respiración y sin autocontrol.

Cuando contesto, sé que la estoy estrujando por dentro tal y como ella ha hecho conmigo.

—Él no es como Estela.

Las manos de Melissa se convierten en dos puños tensos. Solo separa un dedo, tembloroso, y me señala con él. Su rostro se ha convertido en una máscara tirante.

—Esto no tiene nada que ver con ella —murmura, con un hilo de voz.

—Claro que sí. Condenas a Ibai, pero no la condenas a ella, cuando siempre te ha mirado por encima del hombro, cuando te ha ignorado. Y todavía sigue haciéndolo, aunque solo sea por fingir delante de Saúl, aunque después os beséis a escondidas en los baños. No sé por qué Ibai dejó de ser mi amigo, por qué quiso alejarme de él, pero tú y yo sí sabemos por qué Estela se comporta así. Y es por ti. Porque es una chica, y tú también. *Ese* es el problema para ella.

Hay un silencio tenso que llena todo el pasillo. Debería rectificar, dar un paso atrás para salvar la situación, pero no lo hago. La mirada espantada de Ibai mientras observa algo detrás de él justo antes de que Mel dé la señal de salida se mezcla con las palabras frías de mi mejor amiga.

—Eres una hipócrita —susurro.

Las pupilas de Melissa se dilatan, y hacen parecer sus ojos todavía más negros. Esta vez, no contesta. Se dirige hacia mi habitación, alza de la cama el pequeño bolso que había traído con ella y se lo cuelga al hombro. Con pasos veloces, sin mirar atrás, se dirige directamente hacia las escaleras que descienden hasta la planta baja.

—Que te diviertas en tu maldito cumpleaños.

El portazo parece hacer eco hasta en mis huesos. Yo me quedo quieto, con los ojos muy abiertos y el corazón bombeando violentamente, lo que hace que la sangre vuele por mis venas como un tren a punto de descarrilar.

—Mierda —siseo, dándole un golpe a la pared.

Capítulo 23

Ahora sí que soy un maldito cliché, pienso, mientras me obligo a tragar el líquido ambarino que tiembla en el pequeño vaso desechable que me ha pasado Emma.

Debí haber corrido tras Melissa, pedirle que me perdonara por soltar semejante estupidez. O quizás debería llamarla al móvil, sé que todavía estará despierta a pesar de la hora que es. Pero no hago ni una cosa ni la otra, y me limito a beber.

Cuando me abrieron la puerta del piso de Emma, que estaba vacío este fin de semana porque sus padres habían ido a visitar a su hermano mayor, me recibieron con gritos y aplausos, pero, aunque sonreí ante la nube de serpentinas y los aullidos descontrolados de Creta, sentí un agujero en mi estómago.

Como había llegado algo tarde, se habían terminado ya su primera bebida, y sonreían demasiado. Cam, que también estaba invitado a la fiesta, y Creta, los que más.

Ibai fue el único que captó el trasfondo de mi expresión. Sé que estuvo a punto de preguntar por Melissa, pero debió pensárselo mejor, porque apretó los labios y no dijo nada.

No es la primera vez que bebo, pero siento un calor agradable tras dar tres largos sorbos a la bebida. El mundo parece un lugar un poco mejor cuando termino el vaso en menos de cinco minutos. De pronto, me importa menos que Melissa se haya enfadado conmigo y que Oliver ni siquiera se haya molestado en decirme que no iba a venir. Porque no, el muy cabrón no está aquí y ni siquiera se ha molestado en avisarme.

—¿No vas un poco rápido? —me pregunta Ibai, acercándose con cautela.

—Tú ya vas por el segundo.

—Julen, yo llevo una hora aquí. Tú apenas diez minutos.

—Pero es mi cumpleaños, ¿no? —pregunto, hablando en voz alta para que todos puedan escucharme por encima de la música—. ¿No se supone que tengo que emborracharme?

—¡Esa es la actitud! —exclama Cam, dándome una palmada en la espalda que por poco me hace perder el equilibrio.

Ibai pone los ojos en blanco y se aleja de mí, meneando un poco la cabeza. Yo ni siquiera pierdo el tiempo en preguntarme si quizás tiene razón. Todavía estoy enfadado y, durante una noche, me gustaría olvidarme de ello, de lo que podría ocurrir con Ibai al final del curso, de la extraña sensación que me sacude cada vez que estoy cerca de Oliver. Sí, durante solo una noche quiero olvidarme de todo.

Así que eso es lo que hago.

Me uno a Creta y a Cam, y participamos en un juego estúpido sobre beber. Iraia y Emma se nos unen al rato, mientras Ibai nos observa sentado en el sofá, con las cejas arqueadas y desviando la mirada de vez en cuando hasta el techo. Creo que piensa que esto va a acabar mal, una parte de mí también lo cree, pero tras varias rondas, ese pequeño fragmento racional queda sepultado bajo risas histéricas y un mareo agradable que convierte el mundo en un carrusel de colores.

Pierdo la noción del tiempo. Al cabo de un rato, dejamos los juegos de beber y nos ponemos a bailar en mitad del salón, después de mover los muebles sin cuidado para no tropezar con ellos. Sin embargo, apenas podemos utilizar la improvisada sala de baile, porque alguien llama a la puerta a porrazos y, cuando Emma abre, escucho por encima de la música y de los gritos de Creta, que anima a Cam a beberse su copa de un trago, algo sobre que son las tres de la mañana, que hay niños pequeños dormidos, que alguien va a llamar a la policía. Así que no tenemos más remedio que salir de la casa de Emma, haciendo todo el ruido que podemos. Para despedirnos del vecino que nos ha arruinado la fiesta, Cam y yo llamamos convulsivamente a su puerta y al timbre, y, cuando por fin oímos sus pasos furiosos, nos abalanzamos al interior del ascensor, con más personas de las que admite. El cubículo se tambalea, pero cuando el vecino intenta abrir las puertas, el ascensor comienza a bajar. Todos estallamos en carcajadas, incluso Ibai, que lleva toda la noche sumido en sus propios pensamientos.

Caminamos dando tumbos por la calle desierta. Emma va cojeando, enganchada a Iraia para poder guardar el equilibrio. No se ha dado cuenta de que se ha puesto dos zapatos de tacón distintos, y ahora, parece un zombi borracho. Yo no puedo contener las carcajadas cada vez que la miro.

Creta nos dice de ir al Carpe Diem, una discoteca del centro. Realmente, no todos somos mayores de edad, pero el portero es el hermano mayor de un compañero de su clase, así que cree que no va a haber problema.

De hecho, no lo hay. Cuando llegamos, el portero nos deja pasar tras chocar con desgana la mano que le ofrece Creta. Aprieta un poco los labios cuando ve cómo no puedo dar más de dos pasos seguidos sin tropezarme y sin reírme. Estoy seguro de que piensa que somos unos chicos estúpidos, pero en este momento, no me importa.

La discoteca no es gran cosa, honestamente, un cuarto pequeño, negro y atestado de gente, pero a mí me parece un verdadero paraíso. A mi lado, Ibai avanza como puede, terriblemente incómodo. Intenta alejarse de todos, pero no puede evitar que brazos y piernas lo rocen. Tiene la cara cubierta de sudor, y no por el calor que hace aquí.

—¿Vamos a tomar algo? —le pregunto, sujetándolo por el brazo.

Él se aparta, con vergüenza, pero solo consigue pegarse más a un grupo de desconocidos que nos rodea. Me mira, respirando agitadamente, mientras yo señalo la zona de la barra, que está algo más despejada. Ibai se apresura a asentir con la cabeza mientras dejamos el resto del grupo atrás, que bailan y saltan como locos.

Él se pide una cerveza y yo lo más fuerte que se me pasa por la cabeza. Ibai frunce el ceño, pero no dice nada cuando le doy un largo trago a mi bebida. Llevo tanto alcohol en las venas que no me sabe a nada.

—Si... si no te gustaba este sitio, podríamos hab... haber ido a otro —digo, trabándome.

—No es *este* sitio. No me gustan los lugares en los que hay mucha gente —replica él, mirando alrededor—. Las personas siempre están muy cerca de ti.

—A veces eres muy... muy raro, Ibai —comento, dando otro largo trago a mi bebida—. ¿Sabes que la noche que te quedaste a dormir en mi casa, soñé contigo? Decías que... que serías capaz de mat... matar a alguien.

Con el alcohol corriendo por mis venas como un tren descarrilado, no puedo controlar mi lengua.

Él se gira hacia mí. No sé si es por la luz y la oscuridad que de vez en cuando estalla en el Carpe Diem, pero su mirada parece extraña.

—Todo el mundo tiene sus secretos.

Intento centrarme, enfocar mi mirada, pero el mundo cada vez da más vueltas a mi alrededor, y esta vez, la sensación no es tan agradable. Es como si fuera demasiado rápido y yo demasiado lento.

—Pues cuéntamelos.

Mi cuerpo se mueve solo, obedeciendo al alcohol antes que a mi cerebro. Coloco mi mano sobre la suya, y se la aprieto. No hay nada romántico o íntimo en el gesto, pero algunos de los que nos rodean se dan la vuelta y nos observan, algunos con asco, otros entre risitas.

Ibai no mueve la mano, pero sé que está incómodo. Sé que está haciendo un esfuerzo titánico para no apartarse de mí.

—Cuando los secretos salen a la luz, todo se estropea —contesta él, esbozando una sonrisa triste que me hace rechinar los dientes.

—¿Qué secretos? —le pregunto ansioso, inclinándome hacia él—. Mi... mira... sea lo que sea, puedo ayudarte. Confía en mí.

Ibai duda, lo veo en sus ojos, que resplandecen de forma extraña, en sus labios, que no dejan de abrirse y cerrarse. Creo que el conflicto lo está destrozando por dentro.

—Me dijiste que antes de empezar una carrera, imaginara lo que más miedo me diese —murmuro, de pronto con la voz más clara. Durante un instante, me parece que no soy yo el que habla, si no mi yo futuro, el mismo que dentro de diez años verá como su antiguo mejor amigo le deja un diario en las manos—. ¿Qué ves tú antes de empezar a correr? ¿Qué es lo que te da tanto miedo?

—No es *qué* —replica él, con los ojos clavados en los míos—. Es...

De pronto, un largo grito de Creta le hace girar la cabeza. Se le acaba de caer al suelo el vaso de cristal con el que estaba haciendo equilibrio sobre su cabeza. Uno de los camareros se acerca con una fregona, pero ella se la arrebata y se la coloca entre las piernas, como si estuviera montando en una escoba en un importante partido de *quidditch* en Harry Potter.

El momento ha pasado. Ibai se endereza en el taburete y aparta la mano con brusquedad. Mira a su alrededor, asustado de pronto, como si alguien hubiese estado escuchándonos. Más que respirar, parece estar jadeando.

Ya no se encuentra a solo medio metro de distancia, ahora parece mucho más lejos de mí. Yo sigo su mirada, frustrado, que se ha desviado de nuevo hacia nuestros amigos, pero de pronto, mis ojos se abren desmesuradamente cuando descubro a Oliver, cómo avanza hacia el grupo, con su altura, sus piernas y brazos demasiado largos, y su pelo rubio. Ah, y sus gafas. Lleva puestas las gafas.

Al final ha venido.

Es estúpido, pero siento cómo algo disipa el frío que siento por dentro. Lo miro fijamente durante mucho tiempo, tanto que hasta que Ibai no roza la manga de mi camiseta, no me doy cuenta de que él ya está en el suelo, a unos pasos de mí, y espera que lo siga.

—¿Vamos?

Lo miro durante un instante a los ojos, pero sé que el momento no regresará ahora, ya no hablará aunque yo lo presione. Una pequeña parte de mí se revuelve en mi interior, transformando el alcohol en algo nauseoso, y me pregunto si no he dejado pasar la única oportunidad que tenía de arreglar el futuro, la historia.

—Vamos —susurro.

El olor a viernes invade mis fosas nasales, y el alcohol convierte las luces confusas de la discoteca en estrellas fugaces que vuelan sobre mi cabeza.

Inspiro hondo y salto del taburete.

Apenas soy consciente de cómo Ibai se coloca detrás de mí. Aunque intenta tocarme lo menos posible, me obliga a caminar directamente hacia Oliver, que intenta apartarse de los abrazos demasiado efusivos de las chicas, que saltan e intentan quitarle sus gafas de pasta.

El mundo se tambalea un poco más cuando me detengo y lo encaro.

—¿Qué haces aquí? —pregunto.

—Pensábamos que ya no ibas a venir —añade Emma, sin dejar de bailar.

—Mis padres no me dejaban salir. Tenía que esperar a que se durmieran, y hoy han tardado más que nunca —contesta él.

Sus ojos descienden hasta los míos y, de pronto, recorta la distancia que nos separa con brusquedad.

—¡¿Qu...?! —Ni siquiera soy capaz de pronunciar un simple monosílabo.

—Estás muy borracho.

—¡Es que Julen lo está dando todo en su cumpleaños! —grita Cam, con tanta fuerza que algunos de los que están a nuestro alrededor, se alejan un poco—. ¡Hay que estrenar el hígado como se debe!

Oliver pone los ojos en blanco. Yo lo intento imitar, pero me encuentro tan ebrio que bizqueo.

De pronto, una nueva canción hace eco por toda la discoteca, arranca algunos gritos y hace que la gente que nos rodea se acerque más a nosotros, mientras dan saltos y elevan las manos en el aire.

Emma me toma de las manos y me hace girar con ella, y me arranca una sonrisa. Pero de pronto, cuando doy una vuelta completa, me doy cuenta de algo.

—¿Dónde está Ibai? —Miro en todas direcciones, pero no encuentro su pelo negro entre tantos fogonazos y oscuridad.

—Creo que se ha ido. Cuando venías hacia aquí, vi cómo se dirigía hacia la salida —responde ella, observándome detenidamente—. No te lo tomes a mal, a veces desaparece. Ibai es así.

De inmediato, dejo de dar vueltas. Mis ojos se escurren sin querer hasta la puerta de metal que hay al fondo, que no deja de abrirse y cerrarse, pero no veo ninguna cara conocida. La frustración me ahoga de golpe y, apretando los dientes, vuelvo a mirar a mis amigos. De camino, me encuentro con los ojos de Cam. Sonríe, como siempre, pero la expresión de sus ojos se parece demasiado a la mía. Durante un instante, nos vemos reflejados en la mirada del otro, como si un vínculo invisible nos uniera en mitad de toda esta gente, pero, con la velocidad de un parpadeo, este se rompe cuando él suelta una carcajada forzada y se vuelve hacia Creta para murmurarle algo al oído.

Sacudo la cabeza. Maldita sea, estoy demasiado borracho. Ni siquiera sé en qué estoy pensando.

—Eh, ¿a dónde vas? —me pregunta Creta cuando ve cómo me alejo de ellos.

—A casa.

—¿Qué? —Ella me detiene, pero al que realmente veo es a Oliver, que se gira de golpe hacia mí. Siento el peso de su mirada sobre la mía, pero no tengo fuerza para devolvérsela—. ¿Por qué?

Me encantaría explicárselo. Gritar a los cuatro vientos que he estado a punto de averiguar el secreto de Ibai, porque sé que tiene uno. Y algo, muy dentro de mí, me dice que tiene relación con lo que ocurrirá al final del curso. El alcohol solo consigue que la frustración y la impotencia crezcan en mí como una marea que me ahoga y que me impide respirar.

Tengo que salir de aquí. Tengo que salir ya.

—Lo siento —farfullo.

Me alejo trastabillando, pero hay demasiada gente y, a cada paso que doy, el mareo que me embarga aumenta cada vez más. ¿Qué hora es? Miro el reloj de pulsera, pero, aunque veo los números, no los entiendo. Parece que han perdido todo el significado para mí. Dios, ¿cómo puedo estar tan ebrio? Ni siquiera sé cómo puedo seguir en pie. Mi vista está borrosa, mis piernas tiemblan, mis dedos apenas sienten cuando tocan algo.

De pronto, entre esta multitud, tengo unas ganas insoportables de llorar.

La chica que está a mi derecha me da un fuerte empujón, entre risas, quizás tan borracha como yo, pierdo el equilibrio, y caigo de espaldas. Tanteo desesperado con las manos y, entonces siento cómo unos dedos largos se enredan en mi muñeca, tirando hacia arriba. Pateando con torpeza, consigo afianzar las plantas de mis pies sobre el suelo resbaladizo de la discoteca e incorporarme.

No sé si es el impulso o la gente que nos rodea y nos empuja a uno contra otro, pero de súbito me encuentro con el pecho hundido en el cuerpo de Oliver. Mi pelo, húmedo de sudor, le roza las mejillas. Sobre la piel siento un corazón latir desbocado y con violencia. No sé si es el suyo o el mío.

—Te acompaño a casa —murmura.

Capítulo 24

El aire fresco me sentará bien. Sí, estoy seguro de que me despejará un poco. Sin embargo, nada de eso sucede cuando salgo a la calle, y el portero observa de reojo cómo avanzo, dando traspiés.

—Eh, si vas a vomitar, escóndete detrás de algún coche —me advierte.

Oliver, que está a mi lado, gira hacia él. No sé con qué expresión lo mira, si muevo la cabeza con demasiada rapidez, el mareo volverá a atacarme y esta vez, sin la mano de Oliver sujetándome, caeré al suelo.

Las luces de las farolas son demasiado intensas y me deslumbran. Parece que tengo docenas de soles brillando sobre mi cabeza, desestabilizándome cada vez más. Dar un paso delante de otro es peor que caminar sobre la cuerda de un equilibrista.

—¿Tienes… tienes dinero para que volvamos en taxi? —consigo preguntar.

Oliver niega con la cabeza y yo me siento morir. Estoy lejos de casa, y los autobuses urbanos ya no circulan, es demasiado tarde. No puedo evitar que se me escape un gemido de frustración. Le daría una patada a algo, pero no estoy seguro de acertar y de mantenerme en pie mientras lo hago.

Mierda, otra vez tengo ganas de llorar. Maldito alcohol.

Oliver desliza mi brazo por sus hombros y hace lo mismo con el suyo, afianzando su mano sobre mi cintura.

—¿Qué estás haciendo? —le pregunto, entre hipidos.

—Llevarte a casa.

—¿Qué? —retrocedo abruptamente, y me deshago de sus manos, y no caigo al suelo porque mi espalda da contra el mástil frío de una farola—. No, no, no. La gente nos mirará y dirá cosas.

—Julen, eres incapaz de colocar un pie delante de otro y pareces a punto de llorar. Además, ¿desde cuándo me importa lo que digan los demás? —contesta, sin moverse ni un centímetro.

—No estoy a punto de llorar —replico, aunque siento los ojos cargados, volviendo mi mundo sin sentido en un borrón negro y plateado.

Oliver me mira por encima del hombro con las cejas arqueadas. Suspira, y vuelve a acercarme a él, cruzando su brazo por mi espalda estrecha, aferrándome de la cintura.

Esta vez acepto sin replicar. Alzo mi brazo izquierdo y lo paso por sus hombros, rozando su cuello con mis dedos. Es tanta la diferencia de altura que, si quiero seguir sujeto a él, no tengo más remedio que acercarme a su pecho. La tela áspera de su abrigo me roza la mejilla. Doy las gracias en silencio, porque de no estar tan borracho, estoy seguro de que todas las partes de mi cuerpo se encenderían. *Todas.*

Oliver comienza a andar, alejándose del Carpe Diem y de su portero, que nos observa con el ceño fruncido. Algunos chicos y chicas que han salido a fumar nos observan sin disimulo y nos señalan mientras se ríen. No digo nada, pero siento cómo sus índices se clavan en mi piel. Aprieto la cara contra el pecho de Oliver, deseando desaparecer de aquí. Noto cómo él se tensa ligeramente, pero no pronuncia palabra.

Las risas desaparecen cuando doblamos la esquina y nos adentramos en las calles desiertas. Solo somos nosotros quienes la recorremos y los pasos de Oliver hacen eco en cada rincón. A pesar de encontrarnos en pleno invierno, no hace frío. Aunque quizás sea el alcohol, o el cuerpo de Oliver, que está tan caliente que casi quema.

—¿Qué estamos haciendo? —pregunto de golpe, sin fuerzas.

—Yo te estoy llevando a casa. Tú seguramente me estás babeando el abrigo.

Estoy tan borracho, frustrado, nervioso y confuso que no puedo controlar mi lengua cuando se mueve sin que mi cerebro se lo ordene.

—Esto no tiene ningún sentido. No debería estar ocurriendo. No, ni siquiera estaba destinado a suceder.

Oliver baja la barbilla y, de pronto, nuestras caras están tan próximas, que puedo tragar su respiración. Yo estoy seguro de que lo abofeteo con mi aliento, pero él no se aparta ni un centímetro. Tengo que hacer un esfuerzo titánico para no mirar sus labios.

—Desde luego, si me hubieran dicho hace unos meses que iba a estar en mitad de la calle a las cuatro y media de la madrugada, llevándote a rastras mientras tú no dices más que tonterías, no lo creería, desde luego.

Aparta la cara, y yo siento una mezcla de alivio y abandono que me rompe un poco por dentro.

—Todo esto es por mi culpa —murmuro, sin fuerzas.

—Y yo que pensaba que Cam te había puesto un embudo en la boca y te había obligado a beber —contesta, con sarcasmo.

—No, no. Tú no lo entiendes. Yo no debería haber tenido ese maldito sueño. Yo no debería haber visto el futuro. Porque eso me ha obligado a cambiar las cosas y ahora todo me importa demasiado.

Oliver baja la cabeza de nuevo, con el ceño firmemente fruncido. Me observa confuso, con una expresión que nunca antes le había visto, porque él siempre parece saberlo todo.

—¿De qué estás hablando?

—De ti, de Melissa, de Ibai, de mí, y de esa maldita Luna de Sangre. Se suponía que este iba a ser un año más. Estaba destinado a serlo. Melissa y yo continuaríamos siendo los mejores amigos, Ibai seguiría siendo un extraño, y tú continuarías siendo ese idiota de la otra clase que no me importaba una mierda.

Oliver no se detiene, sus pisadas resuenan en la calle vacía, pero él no aparta la mirada de mí. Hay algo oscuro y tenso que brilla en sus ojos. Y cuando habla, lo hace con una voz tan baja, que apenas llego a escucharlo.

—Ah, ¿es que ya no es así?

—No, claro que no es así. Ahora Ibai y yo hemos vuelto a ser amigos, pero me da la sensación de que, cada vez que yo recorto distancias, él se aleja un poco más. De que por mucho que me acerque, él siempre dejará un espacio entre nosotros que jamás seré capaz de acortar. Melissa y yo nos hemos peleado, y no debería ser así, porque ella y yo nunca discutimos. Y lo hemos hecho por un motivo que ni siquiera debía existir. Y luego, tú... —Me atraganto porque estoy sin aliento. Él sigue mirándome, pero yo no puedo soportar más el peso de sus ojos, así que cierro los míos y hundo la frente en su abrigo grueso—. No es justo. No deberías haberme importado, pero ahora sí me importas, y no puedo ayudarte. Por mucho que quiero, por mucho que intento pensar en una manera para solucionarlo, no se me ocurre nada.

Transcurren unos segundos en silencio en el que se escuchan los pasos de Oliver sobre el pavimento y mi respiración acelerada. Clavo los dedos con tanta fuerza en el hombro que sujeto que no sé cómo no le estoy haciendo daño.

Debe pensar que estoy loco. O que no hago más que decir tonterías por el alcohol. Sin embargo, cuando separa los labios, solo pronuncia una palabra.

—¿Ayudarme?

—No quiero que tengas que pasar por eso.

—Julen, ¿de qué...?

—Porque en junio, en mitad de un examen, tendrás un ataque de ansiedad. —*Cállate, cállate, cállate.* Pero no me callo—. Te quedarás en blanco y suspenderás. Y todos te veremos desde el otro extremo del pasillo, hecho pedazos. No conseguirás la nota suficiente para Medicina. Y te presentarás después, una y otra vez, pero finalmente abandonarás sin ser capaz de conseguirlo. Todo lo que te estás esforzando no servirá de nada. Sufrirás durante meses y te quedarás un año encerrado en tu maldita casa llena de títulos.

Oliver se detiene pero no me suelta. Siento su cuerpo rígido debajo del mío, y sé que no tiene que ver nada con mi peso. Respira hondo, una, dos, tres veces, y yo hago amago de alejarme.

—Déjame aquí —murmuro—. Puedo volver solo.

—No digas tonterías —replica él, sujetándome con más firmeza de la cintura.

Un escalofrío me recorre la espina vertebral, y todo mi cuerpo se agita. Si Oliver lo nota, no dice nada. Toma de nuevo aire y continúa caminando, sin pronunciar ni una sola palabra que tenga relación con lo que acabo de confesar. Sin decir nada, en realidad.

—Debes pensar que estoy loco —murmuro, incapaz de soportar tanto silencio.

—Debería —contesta él, al cabo de unos segundos, sin girar la cabeza para mirarme.

—Me gustaría saber cuáles eran las preguntas de ese examen —continúo, con frustración—. Pero, maldita sea, aunque recuerde ese sueño, no viene a mi memoria ni una maldita palabra, ni un maldito ejercicio.

Oliver sacude un poco la cabeza, pero no dice nada más. Seguimos avanzando durante casi veinte minutos hasta llegar a mi calle. Cuando doblamos la esquina, pienso que me soltará por fin. Sin embargo, me lleva hasta la misma puerta de metal verde que separa la parcela de la calle, y extiende la mano.

Confuso, rebusco en el bolsillo trasero de mis pantalones y le paso las llaves. Con un movimiento brusco y preciso, hace girar la cerradura y ambos nos adentramos en el jardín. Al llegar al porche, me deja de aferrar por la cintura, aunque no suelta por completo mis brazos.

Da igual que la oscuridad reinante esconda su rostro entre penumbras. Soy incapaz de mirarlo a la cara.

—¿Podrás hacer el resto tú solo? —pregunta.

—Claro que sí.

Él deja sobre mis palmas abiertas las llaves de mi casa y, durante un instante, me dejo llevar por el alcohol, que me hace creer que ha rozado sus dedos con los míos a propósito. Oliver no se mueve de mi lado mientras yo peleo contra la cerradura durante unos interminables segundos. Cuando suelto un bufido de resignación, él se acerca a mí y entonces, el contacto de su mano con la mía no es solo producto de la bebida. Apoya todos y cada uno de sus dedos sobre los míos, y su mano, más grande, envuelve la mía, haciéndola girar con suavidad.

El *clic* que escucho no sé si proviene de la cerradura o de mi pecho, que acaba de romperse.

La puerta se abre ante nosotros y la negrura que nos rodea, apenas iluminada por las farolas de la calle, parece intensificarse. Oliver y yo avanzamos. Él con lentitud, sujetándome de los brazos, mientras yo me esfuerzo por no arrastrar los pies y no tambalearme demasiado.

Por supuesto, no lo consigo.

Entre las sombras, acierto a ver cómo Oliver se lleva el índice a los labios. Yo apenas consigo asentir. Ahora mismo, no puedo articular ni una maldita sílaba.

Subimos por la escalera con lentitud, yo cada vez más consciente de su cercanía y de sus dedos, que se hunden en mi costado. No sé si es el alcohol, que por fin se está rebajando de mi cuerpo, o de lo que sea que estoy sintiendo, que está arrasando con todo lo demás.

Llegamos al piso de arriba. En el interior de mi casa no se escucha nada, solo el arrastrar torpe de mis pies. Oliver nunca ha estado en mi habitación, así que señalo a la puerta entornada más cercana y él entiende la indirecta.

Tanteo con la mano y acciono el interruptor. La luz de mi dormitorio jamás me había parecido tan insoportable, pero me obligo a parpadear y a acostumbrarme a la luminosidad. Con una extraña sensación de pérdida, me separo por fin de Oliver y me dirijo hacia la cama. Con el rabillo del ojo, veo cómo no me quita la vista de encima.

—¿Necesitas que te ayude a ponerte el pijama?

Debería estar bromeando, o sonar sarcástico al menos, pero Oliver está hablando completamente en serio, y yo no puedo evitar que un violento rubor me contamine. Casi tengo que sacudir la cabeza para apartar la imagen de sus manos desnudándome.

—Estoy perfecto —miento, porque la habitación no deja de temblar bajo mis piernas de gelatina.

Oliver arquea las cejas y me da la espalda. Creo que se va a marchar, pero lo que realmente hace es dirigirse hacia mi escritorio desordenado y revolverlo aún más. Veo cómo garabatea algo en un trozo de papel. Gira bruscamente y me lo coloca en las manos. Entorno los ojos para intentar distinguir los nueve números que se agitan delante de mí.

—¿Qué se supone que es esto?

—Mi número. Si te pones peor, llámame.

Pongo los ojos en blanco, sin agarrar el papel que me ofrece, y señalo vagamente a la puerta cerrada de mi habitación

—Mis padres están durmiendo en el otro extremo del pasillo.

—Ya lo sé, pero esto es lo que hacen los amigos —replica, con el brazo todavía extendido—. Y yo soy tu amigo.

La voz le sale rasposa, como si no fuera lo que realmente quisiera decir o como si se estuviera obligando a decirlo. Parece frustrado de pronto, así que recorta abruptamente la distancia que nos separa y prácticamente me presiona a sujetar el pequeño trozo de papel.

Ni siquiera dice nada más. Tampoco se despide. Me deja ese pequeño fragmento arrugado entre los dedos y sale de mi habitación, sin cerrar la puerta. Oigo sus pasos perderse escalera abajo y, después, el crujido de la puerta principal al cerrarse. Debería bajar para echar la llave, pero no sé si seré capaz de descender más de dos peldaños yo solo.

Estoy a punto de empezar la titánica tarea de desnudarme, cuando escucho de nuevo pasos. Me quedo quieto, envarado, con las manos aferrando desesperadamente el cabecero de la cama. Quizás Oliver no ha llegado a cerrar la puerta, quizás esté regresando hacia mí, quizás tiene mucho más que decirme.

Pero entonces, asomando por el borde de la puerta, aparece el rostro adormilado de mi padre. Sus ojos brillantes de sueño se deslizan por todo mi cuerpo.

—¿Con quién estabas hablando?

Separo los labios para contestar, pero entonces, vomito sobre mis propios zapatos.

Capítulo 25

La cabeza me arde, y no solo por la maldita resaca. No recuerdo haber soñado nada, pero me siento como si acabara de despertar de una pesadilla. A decir verdad, parte de anoche fue un mal sueño. Primero, la discusión con Melissa. Si cierro los ojos puedo recordar la forma en la que me miró, en cómo se rompió un poco por dentro cuando hablé de Estela, en cómo se fue sin mirar atrás. Jamás nos habíamos peleado así, apenas habíamos discutido desde que nos conocimos el primer día de instituto, cuando teníamos doce años y nosotros éramos demasiado pequeños y el mundo demasiado grande.

Pero esta sensación que me retuerce el estómago no tiene que ver solo con Melissa. De nuevo, los ojos tristes de Ibai, repletos de sombras, me observan desde mi interior. Ayer estuve muy cerca. Lo pude sentir. Él estaba a punto de quebrarse, de contarme algo importante y al final, la distancia de nuevo. Si hubiera elegido un lugar mejor para hablar con él, si no hubiese estado tan borracho...

Ahogo un gemido y entierro un puño en mi almohada.

—Vaya, así que estás despierto.

Desvío la mirada hacia la cara de mi madre, que asoma por la puerta entreabierta de mi dormitorio. Cuando veo su expresión, me olvido de la resaca, de Ibai y de la discusión con Melissa.

—Dado el estado en el que te encontrabas ayer, pensé que hoy no serías capaz de despegar los párpados.

—No estaba tan mal —miento, ruborizado. Por lo menos, tengo la decencia de no mirarla a los ojos.

—¿Qué no estabas tan mal? —repite ella, entrando en la habitación para que no pueda escapar de su mirada—. Julen, parecías un grifo abierto, llegó un momento en el que pensamos que tendríamos que llevarte al hospital.

Arrugo los ojos y me cubro la boca con las manos, no sé si sentirme asqueado, avergonzado, o espantado de la que se me viene encima. Mi madre me mira con una mezcla entre enfado y compasión, y de pronto, suspira.

—Valió la pena, ¿al menos?

—¿Qué?

—La borrachera de anoche. ¿Te lo pasaste bien?

Esta vez sí la miro a los ojos, y me veo reflejado en ellos. ¿Valió la pena? Discutí con Melissa, me acerqué un par de centímetros a los secretos de Ibai para después alejarme kilómetros, y después, Oliver...

Me incorporo de golpe, con el corazón atronando en mis oídos. Oliver. Dios mío, Oliver. Se lo conté todo. Le hablé sobre el sueño, sobre su futuro. *Mierda, mierda, mierda.* Salgo de un salto de la cama y me arrastro como puedo hacia mi escritorio, donde está mi teléfono móvil. Y el trozo de papel que Oliver dejó en mi mano antes de salir de casa.

—¿Qué ocurre? —pregunta mi madre, frunciendo el ceño.

—Tengo que llamar a alguien... no, no, *necesito* ver a alguien —respondo atropelladamente, desbloqueando la pantalla del móvil.

—¿Qué? Julen, estás castigado después de la que formaste ayer. ¿Sabes que vomitaste encima de la bata de tu padre? Él estuvo a punto de vomitar también. Dios, fue como sumergirme en una piscina de bilis y alcohol.

Clavo los dedos en la pantalla del teléfono y elevo trabajosamente la mirada hacia ella.

—Mamá, ¿puedes dejar de hablar sobre vómitos? Sé que los sanitarios habláis de esas cosas mientras coméis, pero de verdad, mi estómago no soportará una palabra más. —Ella separa los labios para replicar, pero yo la interrumpo—: No lo entiendes. Necesito ver a alguien *de verdad*. Es importante.

—¿Metiste la pata ayer por culpa de la borrachera? —pregunta, al cabo de un momento.

—Hasta el mismísimo infierno.

Ella suspira, observando mi cara demacrada y mis ojos, que todavía están húmedos e hinchados.

—Está bien. Hablaré con tu padre, aunque no te prometo nada.

Me abalanzo sobre mi madre, la abrazo diciéndole que es la mejor del mundo, y después prácticamente la echo del dormitorio, luego cierro la puerta tras ella. Sé que dice algo, pero mis oídos no la escuchan. Ahora mismo, tengo los cinco sentidos centrados en el teléfono móvil y en el trozo de papel que me dio Oliver.

Estoy a punto de añadir las cifras escritas, cuando me doy cuenta de que tengo un mensaje de ese mismo número, sin un nombre de contacto junto a él. Con los dedos temblorosos, lo abro.

> 12:04 p. m.: ¿Sigues vivo?

Es Oliver, sin duda. A ningún otro adolescente de mi edad se le ocurre escribir un mensaje de texto con los signos de interrogación completos. Tecleo rápidamente la respuesta.

> 12:04 p. m.: + o –
> 12:05 p. m.: ¿Qué se supone que significa eso? ¿Y tú quieres
> ser editor?

Pongo los ojos en blanco mientras respondo.

> 12:05 p. m.: Que estoy vivo.
> 12:05 p. m.: Eso está mejor.

Espero con el móvil entre las manos, pero no llega ningún mensaje más. El corazón vuelve a retumbar contra mis oídos, y mis manos tiemblan un poco, mientras vuelvo a escribir.

12:08 p. m.: Creo que tenemos que hablar sobre lo de ayer.

Me gustaría tener tiempo para prepararme para su respuesta, pero el teléfono móvil vibra apenas unos segundos después, consiguiendo que esta vez sea mi respiración la que se acelere.

12:08 p. m.: Yo también lo creo.

Podría decirle que lo que ocurrió no fue más que una broma, una estupidez que se me ocurrió por culpa del alcohol. Si lo hiciera, no habría necesidad de quedar con él, de enfrentarlo, pero sé que no serviría de nada. Por mucho que intentase huir, habría un momento que tendría que detenerme y mirar atrás.

12:10 p. m.: Podemos quedar a las 5, al final del paseo marítimo.

De nuevo, apenas pasan un par de segundos hasta que recibo la respuesta de Oliver.

12:10 p. m.: Allí estaré.

Sé que ya no dirá nada más. Ni siquiera se ha despedido. Dejo escapar un suspiro de exasperación antes de dejar el teléfono sobre el escritorio.

Retrocedo arrastrando los pies hasta la cama, y me dejo caer de nuevo en ella, rebotando sobre el colchón. Cuando vuelvo la cabeza y me observo en el espejo de mi armario, me parece que es el Julen de dentro de diez años, el que ya no lleva gafas y es un poco idiota, el que me devuelve la mirada.

Ser mayor de edad es una mierda, ¿verdad?, me susurra dentro de la cabeza.

Le arrojo la almohada y le doy la espalda a la imagen, cerrando los ojos con fuerza, aunque por mucho que lo intento, no me vuelvo a quedar dormido.

Capítulo 26

Salgo de casa con las manos hundidas en los bolsillos del chaquetón. Estoy muerto de frío, aunque creo que parte de la culpa lo tiene el malestar que todavía me sacude con cada paso que doy.

Salir de casa ha sido difícil, a pesar de que mi madre utilizó sus conocimientos de enfermera para tranquilizar a mi padre sobre lo de ayer «que no había sido para tanto». Creo que algunas de las cosas que dijo se las inventó, pero yo no abrí la boca para contradecirla, y permanecí en silencio durante la hora y media que duró la discusión.

Estoy castigado, por supuesto. Mis padres me han impuesto el mismo horario de llegada que tenía cuando estaba en sexto de primaria, pero después de ver cómo ha quedado la bata de mi padre tras vomitarle encima, he tenido la decencia de no quejarme. Realmente, no hacía falta que me castigaran. Creo que he vetado las fiestas y el alcohol en lo que me resta de vida.

Camino por el paseo marítimo, mirando de vez en cuando de soslayo la playa desierta. Con la luz del atardecer, la arena parece más dorada que nunca, y el color del océano adquiere un turquesa intenso. Ni siquiera el recuerdo del fin de año junto a Ibai, mientras los fuegos artificiales florecían sobre nuestras cabezas, me distrae. Estoy muerto de miedo. Me encantaría darme la vuelta y volver a casa. Prefiero mil veces soportar la mirada enojada de mi padre que enfrentar la conversación que tendré con Oliver. Pero el viento me empuja con fuerza hacia el final del camino, igual que aquel día me empujó a la salida del instituto, en dirección a la editorial Grandía, cuando descubrí que mi sueño había sido real.

Y, además, él ya está ahí. Todavía está lejos, pero su figura es inconfundible. Alto y tan estirado que, de un momento a otro, parece que se romperá por la mitad.

Alzo un brazo, dubitativo y, sorprendentemente, a pesar de la distancia, él me ve y sacude el suyo por encima de la cabeza. Trago saliva y acelero el paso, incapaz de mirar de frente. Mis pupilas no se despegan de la espuma blanca que crean las olas al derrumbarse contra la playa, hasta que no me encuentro a un par de metros de distancia. Solo entonces me atrevo a levantar los ojos y clavarlos en la cara pálida de Oliver.

No lleva puestas las gafas y su expresión parece tan hosca y distante como siempre. No sé si eso debería alegrarme o preocuparme más de lo que ya estoy.

—Tienes una cara horrible.

—Por lo visto, ayer vomité todo el líquido que contenía mi cuerpo, y para almorzar, mi padre me ha preparado sesos. Sesos. —Ahogo una mueca de asco al recordar su sonrisa de satisfacción mientras ponía el plato frente a mí—. Creo que lo ha hecho como venganza por vomitarle encima.

Oliver ladea la cabeza, pero no dice nada. En vez de eso, me da la espalda y comienza a descender por la escalinata que conduce a la arena. Yo no tengo más remedio que seguirlo. Pienso que se va a detener en la pequeña explanada donde están las duchas que se utilizan en verano, pero en vez de ello, se adentra en la arena y camina firmemente por ella, llegando hasta la misma orilla, donde la marea baja la deja dura y húmeda.

No sé si es la resaca o los nervios por lo que estoy a punto de decir, pero siento las náuseas acariciarme la boca del estómago.

—Siento lo de ayer —susurro, con una voz que no parece mía.

Oliver sacude la cabeza, pero tiene los ojos claros clavados en el agua, que se acerca y aleja suavemente de nosotros en forma de pequeñas olas. Caminamos en silencio, sin mirarnos el uno al otro. Realmente, no queda mucho de playa. Un poco más adelante, un espigón de rocas afiladas y cubiertas de verdín se adentra en el mar y nos separa de unas salinas inundadas. Aun así, Oliver continúa andando y no se detiene hasta que sus botas de invierno no se encuentran más que a centímetros de las primeras rocas.

—Ese sueño del que me hablaste —dice de pronto, sobresaltándome ligeramente—, en el que aparecía yo. ¿Por qué te importa tanto? Hablabas de él como si fuera...

—Real —termino por él, consiguiendo que hunda sus ojos grises en los míos—. El día antes de comenzar este curso, hubo una Luna de Sangre. Una misma luna que se repetirá dentro de diez años y que, extrañamente, también apareció en el sueño que tuve esa noche. Sé que no tiene ningún sentido lo que digo, pero creo que hubo una conexión... algo que me permitió llegar hasta un momento concreto, un momento que no sucederá hasta dentro de diez años.

—¿Estás... diciendo que viste el futuro? —Ahora mismo su expresión es inescrutable.

No le contesto con un sí ni con un no, simplemente, empiezo a relatarle cómo empezó el sueño. Le hablo sobre la editorial Grandía, sobre Sergio Fuentes, que en un futuro será mi jefe pero que ahora no es más que un pobre becario que trabaja más horas de las que debería. Le hablo sobre la amistad que todavía me unirá con Melissa, sobre esa maldita reunión de antiguos alumnos, sobre nuestra profesora, Amelia, que habrá muerto por un cáncer de pulmón, del encuentro con Cam, del momento incómodo con Saúl, pero, sobre todo, le hablo de Ibai. De lo que ocurrirá, de que nadie sabrá nunca por qué golpeó a una persona hasta matarla.

—Es un zumbido incansable y violento que me retumba en la cabeza —musito, llevándome las manos a la frente—. Es como si supiera todo, pero a la vez no supiera nada.

—Porque ahora las cosas están cambiando —murmura Oliver, que me ha estado prestando atención en completo silencio.

—Yo solo quería volver a ser amigo de Ibai, impedir que al final del curso él... —La voz se me atasca en la base de la garganta y, cuando trago saliva, me parece que una piedra afilada se desliza por ella—. No sé si estoy haciendo lo correcto. No sé si solo estoy empeorando las cosas. ¿Y si lo único que consigo es que eso que tanto temo suceda antes de lo previsto? ¿Y si solo acelero las cosas? ¿Y si... consigo que suceda algo peor?

Una ola rompe con fuerza contra la arena y la espuma del océano me lame las puntas de mis deportivas. Siento cómo el agua helada me muerde la punta de los pies, lo que me produce un escalofrío, pero no me muevo.

—¿Y si esa persona que matará Ibai tiene que morir de todas maneras? —murmuro débilmente.

De pronto, me siento como aquel día de prueba en el Club Damarco, cuando me desmayé por el agotamiento. En esa ocasión, los brazos de Oliver me sostuvieron a tiempo. Ahora, sus dedos pinzan la manga de mi chaquetón, y tiran ligeramente de mí.

—Ven, vamos a sentarnos.

Caminamos, de nuevo en silencio, hasta el muro alto que separa la playa de un paseo marítimo que muere un par de metros más adelante. Él, con un suspiro, se deja caer sobre la arena blanda y apoya la espalda en el cemento estropeado por el salitre y el paso del tiempo. Yo lo imito, dejando apenas distancia entre los dos.

—Crees que estoy loco, ¿verdad? —musito, al cabo de un minuto en completo silencio.

—Si te soy sincero, una parte de mí se lleva preguntando desde hace media hora qué diablos hago escuchándote. —Asiento, mientras algo produce un crujido que hace eco por todo mi pecho—. Pero otra, por increíble que parezca, te cree.

—¿Y cuál de las dos va ganando?

—Todavía no lo sé —contesta Oliver, aunque sus labios se curvan ligeramente. Sus ojos se desvían del océano a mi cara—. ¿Era feliz?

—¿Qué?

—En esa reunión que se celebrará dentro de diez años, ¿era feliz?

—Sí, bueno... Parecías estar como siempre —contesto, encogiéndome de hombros.

—No entiendo en qué diablos estaré pensando como para ir a una estupidez así. Odio ese tipo de cosas.

—Quizás tenías hambre y no te quedaba nada en la nevera —aventuro.

—O quizás quería ver a alguien —contesta él, en una voz tan baja, que el viento que sopla apenas me deja escucharlo.

Giro la cabeza con rapidez, pero no lo suficientemente como para pillar a Oliver observándome de soslayo. Trago saliva con dificultad y me reclino, hundiendo la espalda en el cemento mientras entierro las manos en la arena. Estamos tan cerca que solo tendría que estirar el meñique para tocar uno de los dedos de su mano.

—¿Crees que ahora cambiará? —pregunto, desesperado por olvidar ese deseo irracional que siento de que nuestras pieles se toquen—. Si sabes que en un examen no te irá bien, quizás...

—No lo sé. ¿Crees que podrás detener a Ibai sabiendo lo que ocurrirá? Yo no sé cuál es esa pregunta que veré en el examen que me desestabilizará tanto, aunque puede que, no sé, ni siquiera se trate de una pregunta. ¿Y si me ocurre algo antes de ese examen? ¿Y si... no sé, sucede algo que pone mi vida patas arriba?

Oliver me observa de soslayo y, de pronto, su mano se posa sobre la mía, medio hundida en la arena. Un escalofrío me recorre la columna vertebral, es tan brutal que zarandea cada una de las partes de mi cuerpo. Sé que él lo nota, pero no dice nada; yo ahora mismo, no puedo hacer otra cosa que respirar.

—Creo que no es tan sencillo como lo quieres creer, Julen. Es... como ese proverbio. Cuando una mariposa mueve sus alas...

—En la otra parte del mundo estalla un huracán —susurro. El viento, como si me escuchara, arremolina la arena en torno a mis deportivas mojadas.

—Entiendo que no recuerdes nada sobre lo que entrará en un examen de selectividad del que ni siquiera te examinarás, pero ¿no tienes ninguna pista sobre esa persona a la que atacará Ibai? ¿Edad? ¿Trabajo? ¿Es un hombre o una mujer?

—Sé que veré el video, al menos, una parte. Pero la persona estaba de espaldas, no se le veía por completo, y llevaba una sudadera con la capucha puesta. Podría ser un hombre o una mujer. Ni siquiera iba vestida de una forma que pueda darme una pista sobre a qué se dedica. Sé que luego hablarán de él o de ella en las noticias, de que dirán a qué se dedicaba, pero cada vez que intento recordar, es como si una niebla me envolviera. —Aparto mi mano de la suya para llevármela a la cabeza y recolocarme las gafas. Los cristales se me llenan de arena, pero me da igual—. Creo que esa noticia será demasiado para mí, que me dejará en shock. Creo que me negaré a saber nada de lo que tenga que ver con ella y me obligaré a olvidarla una vez que condenen a Ibai.

—¿Por qué? —La voz de Oliver es apenas un murmullo sepultado por el viento.

—Porque creo que me sentiré culpable. Porque creo que pensaré que podría haberlo ayudado, y que, sin embargo, no lo hice.

Ahí está otra vez, la misma frustración que me atacó ayer de madrugada, cuando Ibai desapareció de la discoteca. No se marchó porque estaba cansado o demasiado borracho para continuar, se fue porque huyó de mí, de la misma forma que huye de algo cada vez que en los entrenamientos de atletismo comenzamos una carrera.

¿Qué ves antes de empezar a correr?

Esto que me retuerce por dentro se parece demasiado a aquel día en los viejos cuartos de baño del Colegio Santa Clara. Cuando yo aporreaba una puerta de color rojo, pero esta nunca se abría.

—A veces, la diferencia entre hacer y no hacer nada, lo es todo. Lo que has hecho ya es más que suficiente. —Se inclina hacia mí y, cuidadosamente, me quita las gafas. Con delicadeza, limpia la arena de los cristales.

—Eso no lo sabes —resoplo, mientras se las arrebato de un tirón y las hundo en el puente de mi nariz.

—Claro que lo sé —replica él, con su maldita sonrisa pretenciosa—. Soy Oliver Montaner.

Se me escapa una carcajada y le intento dar un pequeño codazo en las costillas que él esquiva con facilidad. Sus largos dedos atrapan mi brazo y no lo sueltan. La sonrisa se me congela en los labios, e intento decir algo, lo que sea, pero mi lengua se ha pegado al paladar y parece incapaz de moverse.

—Te voy a ayudar —dice. Su voz, de pronto, ronca y temblorosa.

—¿Por qué? —consigo articular. Parece que las palabras me arañan la garganta—. ¿Porque soy tu amigo?

Los ojos de Oliver se entornan y se desvían de los míos, empequeñecidos por los gruesos cristales, a mi brazo, que aún sujeta entre sus dedos. Hace una mueca, como si de pronto algo le doliera, y murmura:

—Sí, porque eres mi amigo.

Ojalá esa maldita mariposa mantuviera sus alas quietas y el mundo dejara de agitarse. Es lo que pienso cuando, al lunes siguiente, entro en clase y veo a Melissa en su sitio, con el cuaderno de Lengua abierto de par en par, escribiendo frenéticamente sobre él. Se le ha debido olvidar la redacción que nos pidió Amelia, lo cual es extraño, cuanto menos. Hasta ahora, a Melissa nunca se le había olvidado hacer los deberes.

Me acerco a mi pupitre, pasando a un metro de distancia de donde ella se encuentra. Las filas entre las mesas son estrechas y sin querer, mis pies golpean contra una de las patas. El repiqueteo del tablero hace que ella desvíe sus ojos oscuros de la hoja que escribe y levante la mirada hacia mí.

Me quedo paralizado al instante. Melissa tampoco se mueve. Me observa intensamente, con el bolígrafo sujetado con fuerza entre sus dedos. No la he llamado durante el fin de semana, ni siquiera le envié un mensaje, aunque estuve tentado en hacerlo durante horas.

Debería decir algo. Disculparme por mis palabras, hablar, lo que sea. Sé que ella está deseando hacer lo mismo, puedo leerlo en esa expresión, que conozco tan bien.

Estoy a punto de dar un paso adelante, pero de pronto, la puerta se abre con brusquedad, y entran Saúl y Estela, abrazados, riéndose entre dientes. Melissa, al momento, desvía su atención de mí y la clava en ella, que, entre mechones oscuros, le dedica una mirada velada.

Yo no puedo evitar resoplar, frustrado, y mis ojos se desvían de una a otra.

—Eh, ¿qué estás mirando?

Estela sigue mirando a Melissa, pero Saúl me observa a mí con el ceño fruncido. Ella ni siquiera me había prestado atención, pero ahora me observa muy intensamente, y puedo sentir cómo el aire tiembla y se electriza entre ella, Melissa y yo.

—Nada —me apresuro a replicar, dándoles la espalda.

Pero ni siquiera he alcanzado mi mesa cuando unos dedos aferran el asa de mi mochila y tiran violentamente de mí hacia atrás. Casi tropiezo y caigo de espaldas, pero una mano aterradoramente fuerte se enreda en mi brazo y lo aprieta demasiado.

El olor agrio de Saúl me marea cuando se acerca demasiado a mí.

—Me da igual si te has pensado mejor lo de ser maricón o no, pero no vuelvas a mirar a mi novia así.

Lo observo, con los dientes apretados por el dolor del brazo. Podría decirle muchas cosas, como que el hecho de ser gay no se «piensa mejor», o que los celos y la posesión son la peor estrategia para conservar su tóxica relación, pero antes de que sea capaz de despegar los labios, los delgados dedos de Estela se enredan en Saúl y tiran de él con suavidad, alejándolo de mí.

—Pasa de él —dice, aunque me dedica un vistazo fugaz que yo finjo no ver.

Saúl gruñe algo así como «maricón de mierda» y me deja libre, empujándome cuando pasa por mi lado. Me estremezco violentamente. Muchos de mis compañeros me contemplan, Melissa también, pero todos giran la cabeza cuando les devuelvo la mirada.

Trago saliva y me dirijo lo más rápidamente que puedo a mi pupitre. Me hundo en el asiento, aferrando la mochila con demasiada fuerza. Una parte de mí se pregunta si algún día seré capaz de plantarle cara a Saúl, pero otra solo quiere olvidar y pasar desapercibida. Últimamente, parece que me presta demasiada atención, y eso es algo que no me conviene en absoluto.

Respiro hondo y, de pronto, con el rabillo del ojo, veo cómo una cabellera rojiza que se levanta en todas direcciones se acerca a mí.

—Hola, Cam.

—Vas a tener que hacer algo —dice, sin rastro de su habitual sonrisa—. Está empezando a tomarla contigo, y ya sabes lo que eso significa.

Aprieto los labios, observando de reojo la espalda de Saúl, que se cierne sobre Estela. La abraza con tanta fuerza, que no sé cómo no le hace daño. A un par de metros de ellos, Melissa parece a punto de partir en dos el bolígrafo que sostiene.

—Hay veces que es mejor mantener la boca cerrada —murmuro.

Un relámpago de terror sacude el rostro de Cam. Su piel morena palidece hasta extremos inimaginables y sus pecas, repartidas por toda su cara, son más visibles que nunca. Lo observo, confuso, sin entender a qué viene esa expresión.

—No, te equivocas —dice, separándose de mí abruptamente—. No siempre es lo mejor.

De pronto, la puerta de la clase se abre y Amelia aparece tras ella, con varios libros de las lecturas obligatorias del curso, precariamente sujetos entre sus brazos. Por detrás de la montaña que sostiene, su boca exclama que guardemos asiento.

Entonces, me doy cuenta de que hay alguien que todavía no ha llegado a clase. Cam también parece haberse percatado de ello.

—Eh, Julen —dice, con una sombra oscura velando su mirada—. ¿Sabes si Ibai está enfermo?

—No lo sé. La última vez que hablé con él fue el sábado, cuando estábamos todos juntos.

—Ya. —Cam chasquea la lengua y se inclina hacia mí. Su sonrisa sigue sin aparecer—. Estuvisteis un buen rato en la barra, ¿de qué hablasteis?

No sé por qué su pregunta me suena como una amenaza. Supongo que todos tenemos nuestras luces y nuestras sombras; nuestros secretos y nuestras verdades, pero nunca habría imaginado que Cam guardara algo oscuro en su interior. Siempre ha sido demasiado risueño, demasiado luminoso.

—Ni siquiera me acuerdo —contesto, rogando por que la mentira no suene muy evidente—. Estaba demasiado borracho.

Todos mis compañeros se han sentado. El único que sigue de pie es Cam. Amelia, que ha dejado los libros sobre su mesa, tosiendo por el esfuerzo, le dirige una mirada cansada que él ni siquiera ve.

—Cam, por favor, vuelve a tu sitio.

No sé si la escucha o no, pero continúa sin moverse.

—Sé que este año habéis vuelto a uniros, o algo así —dice en voz baja, para que solo pueda oírlo yo—. Pero recuerda que es mi mejor amigo. Sé que para los dos es alguien especial, pero yo he sido el que siempre ha estado ahí.

—¡Cam! —exclama Amelia, alzando la voz—. ¡Te he dicho que te sientes!

Pero Cam se queda frente a mí hasta que no asiento con la cabeza, cada vez más confuso. No son celos lo que noto en su voz, es algo más, o quizás, algo distinto. Él se aparta finalmente cuando la profesora hace amago de dirigirse hacia nosotros para arrastrarlo ella misma hasta su asiento.

Cuando Cam se gira hacia el resto de la clase, vuelve a ser el mismo.

—¡A sus órdenes, señora! —exclama, sobresaltando a Amelia y haciendo reír al resto de mis compañeros.

Como si estuviera esquivando balas en mitad de una batalla, Cam se desliza hasta su pupitre, rodando por varias mesas y escondiéndose entre las sillas. Cuando finalmente se sienta, Amelia está sujetándose una carcajada y toda la clase está riendo.

Bueno, casi toda.

Saúl, con los labios apretados, balancea la mirada de Cam hasta mí. No ha dejado de mirarme en ningún momento.

Durante el recreo me escondo en un cubículo de los baños masculinos, algo que no había hecho desde la primaria, cuando Ibai y yo habíamos dejado de ser amigos y no tenía a nadie con quién jugar.

Saco el teléfono móvil del bolsillo trasero de mis pantalones y observo la pantalla. No tengo ni un solo mensaje, ni una sola llamada perdida. Aprieto los labios y tecleo un número que me he aprendido de memoria.

Respiro hondo y me echo hacia atrás, mientras los tonos de la línea resuenan en mis oídos. Al tercero, descuelgan.

—¿Julen?

—¿Te encuentras bien? —pregunto, en cuanto Ibai termina de pronunciar mi nombre—. ¿Por qué no has venido al instituto?

—No estoy enfermo ni nada parecido. Simplemente... bueno, no me apetecía ir.

Aprieto los dientes con fuerza. Ibai siempre había faltado mucho durante toda la secundaria y parte de bachillerato, pero este curso apenas lo había hecho un par de veces, y solo al principio.

—¿Por qué no me has avisado? —digo, intentando que mi voz no suene temblorosa—. Podríamos haber faltado los dos.

—Julen, a ti esto no te va.

—Bueno, no me hubiese importado hacerlo una vez —replico, casi con enfado.

Escucho a Ibai suspirar al otro lado de la línea.

—Me apetecía estar solo, nada más.

Sus palabras me duelen más que los dedos de Saúl sobre mi brazo. Me hace volver a principios del curso, a la primera tutoría de Cruz.

¿Por qué faltas tanto a clase?

A veces me gusta estar solo. Nada más.

En ese momento, su respuesta me intrigó, ahora me asusta. Y lo peor es que sigo tan perdido como al principio, sin una maldita pista que seguir.

Este muro que nos separa no hace más que crecer.

—¿Es por lo que dije en la discoteca? —susurro entonces, con una voz que no parece mía—. ¿Por lo que te pregunté?

Hay un silencio tenso al otro lado de la línea. Casi puedo sentir cómo Ibai aprieta el teléfono entre sus dedos, haciendo crujir el plástico entre ellos.

—Los dos estábamos borrachos. Ninguno teníamos ni idea de lo que hablábamos.

—Puede que lo estuviéramos, pero yo sí sabía de lo que estaba hablando —replico con firmeza—. Y sé que tú también.

De nuevo, otro silencio.

—¿Por qué no me contestas a esa simple pregunta? ¿Qué ves antes de empezar una carrera?

—Julen, no tengo ganas de hablar —contesta Ibai, con voz ronca.

—¿Pero por...?

—¡TE HE DICHO QUE NO QUIERO HABLAR!

La voz de Ibai me revienta los tímpanos y, durante un instante, solo escucho un ligero pitido en mis oídos, que se mezcla con las palpitaciones de mi pecho. Las rodillas me fallan, me dejo caer sobre el retrete cerrado, con esa voz desgarrada, dolorida, resonando con la fuerza de una campanada hasta en la misma médula de mis huesos.

Jamás he escuchado a alguien sonar tan desesperado. Jamás.

—Lo siento —murmuro, con un hilo de voz.

Ibai boquea al otro lado de la línea y tarda varios segundos en responder.

—No, soy yo quién lo siente. No quería... no debería... Olvida lo que te he dicho. —Casi parece chirriar los dientes—. Mira, tengo que colgar. Nos vemos mañana, no faltaré.

Ni siquiera me da tiempo de despedirme, la llamada se corta y yo me quedo sumido en un silencio extraño, que también parece gritarme.

Con las rodillas todavía temblorosas, me levanto y salgo del cubículo. Frente a mí, me encuentro de pronto con Cam y Saúl. El primero me dedica una mirada esquiva, pero el segundo me dedica una sonrisa de tiburón.

—Eh, Julen. Llevas un buen rato ahí adentro, ¿estabas haciendo cosas sucias?

Murmuro algo como respuesta y me apresuro a salir de los baños masculinos, antes de darle la oportunidad de continuar la conversación. Llego al pasillo y camino con rapidez, pero un par de figuras surgen tan abruptamente en mi camino, que tengo que detenerme de forma brusca para no chocar contra ellas.

Son Melissa y Estela. Una agarra a la otra por la muñeca y tira con prisa hacia los servicios femeninos. Cuando nuestras miradas se encuentran, Estela deja caer la mano de mi amiga, pero se adentra en los baños.

No hay palabras, solo una última mirada antes de que cierren con firmeza la puerta a sus espaldas.

—Maldita sea —farfullo, andando de nuevo en dirección a la clase.

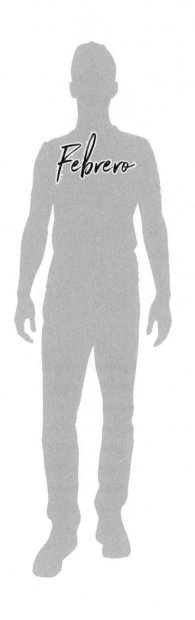

Febrero

ACTIVIDAD DE CONOCIMIENTO PERSONAL
Número 6

Nombre del alumno/a: Julen Bas

Curso: 2.º A bachillerato..

Nombre del compañero/a elegido: Ibai Ayala

NOTA: Recuerda responder con sinceridad. Esta actividad no contará para la calificación final.

A. ¿Hay algo que siempre has querido preguntarle a tu compañero/a, pero nunca te has atrevido o nunca has recibido la respuesta?

~~¿Qué ves, Ibai, antes de comenzar una carrera? ¿Una persona, un recuerdo, una situación, un monstruo? ¿Por qué faltas al instituto? ¿Por qué quieres estar solo? ¿Por qué no puedo acercarme lo suficiente a ti? ¿Por qué no duermes bien? ¿Por qué necesitas un refugio? ¿A quién serías capaz de matar? ¿Por qué apenas sonríes? ¿Por qué dejaste de ser mi amigo? ¿Qué ocurrió? ¿Cuál es tu secreto? ¿Por qué no abriste esa puerta roja cuando te lo supliqué a gritos? ¿Por qué? ¿Por qué? ¿POR QUÉ?~~

No, la verdad es que ahora mismo no tengo nada que preguntarle.

Capítulo 28

Debería concentrarme en respirar, porque sé que, si no, de un momento a otro caeré rendido al suelo. Tengo el pelo tan empapado como si estuviera bajo un aguacero, y las gotas de sudor penden de mis pestañas, a veces emborronándome la visión. ¿Los párpados sudan? Creía que era imposible, pero después de cuarenta minutos de carrera continua, comienzo a sospechar que llevaba equivocado toda mi vida.

He perdido la cuenta de las veces que me ha gritado Mel. Todavía soy demasiado lento, todos mis compañeros me han superado al menos en una vuelta, y sé que el dolor que tengo en el costado es solo culpa mía por respirar de pena. Solo debo centrarme en inhalar y exhalar cada dos pisadas, pero mi cabeza está en otro lugar, en otras personas.

Realmente, nada ha cambiado desde esa llamada en el cuarto de baño del instituto y, desde entonces, han pasado ya dos semanas. Como prometió, Ibai fue al día siguiente al instituto. Yo no mencioné nada sobre nuestra conversación ni sobre lo que hablamos en la discoteca, y él tampoco lo hizo. Sin embargo, desde ese día no dejo de mirarlo a hurtadillas. No sé, es como si tuviera la sensación de que desaparecerá de un momento a otro. Como yo no soy demasiado disimulado y Saúl que suele estar centrado en cualquier cosa que no tenga que ver con la clase o los profesores, también se ha percatado de mis miradas intensas, de la forma en que me tenso cuando Ibai parece incómodo o molesto. No hace más que lanzarme miradas extrañas, dedicarme gestos obscenos y susurrarme cosas que consiguen que mis mejillas ardan al rojo vivo, por mucho que intento controlarlas.

Cada vez, esos gestos, esas palabras, son más frecuentes. No es que nunca me haya dicho nada, pero en los últimos días, lo que antes eran comentarios sin gracia, homófobos la mayoría, se está transformando en frases desagradables y en palmaditas en la espalda que siempre están a punto de tumbarme.

Cuando Estela está cerca, siempre consigue alejarlo de mí. No sé si lo hace por Melissa, o porque sabe que si Saúl me convierte en su muñeco al que vapulear, me destrozará. Ya lo ha hecho con otros. Ocurrió con Melinda, cuando tuvo que cambiarse de instituto tras no soportarlo más. Terminó sin un solo libro, sin un solo bolígrafo, y se cortó el pelo casi como un chico porque estaba harta de llegar a casa con chicles pegados en sus mechones. Y eso fue solo una pequeña parte de todo lo que le ocurrió.

Nadie hizo nada, por supuesto, incluido yo. Pero lo observé todo, como el resto de mis compañeros, y sé cómo empieza. Un comentario de más. Una pierna puesta a propósito para tropezar. Un tirón de orejas que pasa de molesto a doloroso. Y Estela no siempre estará ahí para salvarme, aunque ni siquiera sé si le caigo bien o no. De lo que sí estoy seguro es de que sus encuentros con Melissa son cada vez más frecuentes y menos precavidos.

Más de una vez las he visto juntas, en la puerta de clase, con los labios hinchados y los ojos brillantes.

Ya no solo es el muro de Ibai. Estoy rodeado por una muralla completa que no hace más que crecer en altura, y tengo miedo de que llegue el día en que el peso sea demasiado y se derrumbe, sepultándonos a todos.

—¡JULEN BAS! —La voz atronadora de Mel por poco me hace tropezar—. ¡¿Vas a terminar la carrera continua en los baños?!

Me detengo de golpe y miro a mi alrededor. Me he distraído tanto que he salido de la pista y he atravesado la mitad del ancho pasillo que comunica con los servicios. Intento recuperar el aliento mientras mis piernas no dejan de temblar.

—Solo necesito respirar un poco —contesto, boqueando, pero ella ni siquiera me escucha.

—¡Si sigues así, no podrás participar en ninguna competición! —me advierte, antes de darse la vuelta y comenzar a gritar a Creta que, aprovechando la distracción de la entrenadora, ha intercalado volteretas laterales en su carrera.

De repente, unos dedos se enroscan en uno de los rizos de mi pelo y me dan un ligero tirón. Es suave, casi travieso, nada que ver con los jalones violentos que últimamente me da Saúl. Giro y, con el rabillo del ojo, consigo captar la figura de Oliver al pasar por mi lado. Se ha desviado a propósito del camino y, aunque sus ojos no me miran, su boca está doblada en un ángulo socarrón.

Es una suerte que tenga ya la cara al rojo vivo.

Sacudo la cabeza, y me obligo a retomar la carrera, aunque no sé cómo mis piernas me mantienen todavía en pie. A mi lado, aparece Ibai. Si me supera, me llevará dos vueltas de más. Sin embargo, aunque no parece cansado, reduce el paso y se queda a mi lado.

Sus ojos azules se clavan en los míos con curiosidad.

—¿Qué te traes con Oliver?

—¿Qué? Nada, nada en absoluto —replico entre jadeos.

Ibai no es hablador, pero su cara es demasiado transparente. Está más que claro que no se cree ni una sola de mis palabras. A decir verdad, empiezo a darme cuenta de que yo tampoco me las creo. Aún así, intento cambiar desesperadamente de tema.

—Tenemos que quedar para hacer el trabajo de Cruz.

—Mierda, las malditas actividades de conocimiento personal. Es verdad. Hay que entregarlo esta semana, ¿no? —Asiento, mientras una idea empieza a crecer dentro de mi cabeza—. Podríamos ir después a tu casa.

—Imposible —respondo, desviando la vista para que Ibai no pueda leer en mis ojos la mentira—. La casa está hecha un desastre. Están pintando las paredes. Hay sábanas llenas de pintura por todas partes, y el olor es insoportable.

—Podemos quedarnos en el jardín, entonces.

—También están arreglándolo.

Ibai frunce el ceño y gira la cara en mi dirección, y yo siento cómo el sudor me cae mientras no aparto la vista de las líneas blancas que forman caminos en el suelo.

—Podríamos ir a la tuya —sugiero—. Solo será un rato.

Él duda durante un instante, sin quitarme la vista de encima, pero finalmente suspira.

—De acuerdo.

Está a punto de acelerar y dejarme atrás de nuevo, pero lo sujeto de la muñeca. Ibai se envara, como ocurre cada vez que lo toco, pero no aparta al brazo.

—¿Podrías quedarte conmigo? Solo deben quedarnos unos minutos más.

Él mira mi rostro enrojecido, el pelo empapado de sudor, las gafas que me subo continuamente y cómo apenas puedo seguir el ritmo. Esboza una pequeña sonrisa.

—Claro. —Aparto la mano, pero Ibai no se aleja ni un centímetro de mí—. Siempre.

El recuerdo del hogar de Ibai es un borrón confuso del pasado. Se encuentra en pleno centro, en un bloque enorme, gris y relativamente nuevo, que tiene a demasiada gente viviendo en su interior.

Ibai está más inquieto de lo habitual cuando salimos del ascensor que comunica con el piso donde vive. Apenas ha separado los labios desde que salimos del Club Damarco. No deja de mirar a un lado y a otro, como si alguien nos estuviera persiguiendo, aunque nadie, en todo el camino hasta aquí, nos ha dedicado una mirada siquiera.

—¿Estás bien? —le pregunto con suavidad.

—Sí, solo... —Sacude la cabeza y traga saliva—. Quiero que terminemos pronto, antes de que llegue mi madre.

—¿Por qué? —pregunto, acercándome un poco más—. ¿Tienes algún problema con ella?

El vello de los brazos se me eriza un poco. Quizás tenga algo que ver con eso que esconde Ibai; quizás por eso siempre la ha mantenido tan alejada. Incluso cuando éramos unos niños, apenas visité su casa un par de veces.

—No, claro que no —suspira—. Pero siempre... siempre está encima. Y no lo soporto. Me hace sentirme enfermo.

Hurga en su bolsa de deporte y, justo cuando encuentra las llaves, la puerta de entrada se abre de golpe. Tras ella, aparece la madre de Ibai, sonriente. Él, por el contrario, termina por convertirse en una estatua de hielo.

—¡Hola, chicos! Oh, Dios mío. Cuánto tiempo, Julen. Estás enorme. —Habla tan sonriente y a tanta velocidad, que no tengo tiempo de pensar si eso último es sarcasmo—. No sabía que ibais a venir. Si no, hubiera preparado algo para comer.

—Pensaba que estabas trabajando —dice Ibai, en voz baja.

—Me he tomado la tarde libre. Necesitaba descansar un poco.

La sonrisa de la mujer no cambia, pero su mirada sí. Parece que quiere decirle algo a Ibai, aunque él aprieta los labios y me hace un gesto con la barbilla para que entre en la casa. Él entra con prisa detrás de mí.

—Tenemos que hacer un trabajo —dice, sin mirar hacia atrás—. No tardaremos mucho.

Apenas puedo dedicar un breve saludo a su madre antes de que él me arrastre por el pasillo, en dirección a una puerta entreabierta que se encuentra en el fondo. No se molesta en enseñarme su hogar, me empuja directamente a su habitación.

—Tu madre es muy simpática —comento, mirando por encima del hombro a la mujer, que se ha quedado en el umbral de entrada.

—Sí, bueno. Es su forma de llenar lo que a mí me falta.

No me deja contestar. Señala hacia la habitación y yo me adentro en ella.

Al principio no veo nada. La persiana está totalmente echada y el exterior ya está cubierto de negro, aunque todavía no es muy tarde. Después, cuando Ibai tantea en la pared y escucho el crujido del interruptor, la luz se enciende e ilumina la habitación. Inmediatamente me doy cuenta de que algo va mal, aunque tardo en descubrir de qué se trata.

La habitación está vacía.

Quiero decir, tiene una cama, por supuesto, una mesa y unas estanterías, pero ya está. No hay fotografías, cuadros o un maldito póster de alguna revista cutre. Solo tiene una pequeña televisión sobre un hueco del armario. Las mantas de la cama son los únicos puntos de color en toda la estancia. Es un lugar tan impersonal que da escalofríos.

—Por eso no quería venir aquí —dice él a mi espalda, sobresaltándome—. Sé que soy aburrido.

—No eres aburrido —contesto, soltando una risita nerviosa que suena como una exclamación ahogada.

Él me mira con las cejas fruncidas antes de dejar caer la bolsa de deporte en el suelo. Se sienta en la cama deshecha y, con el índice, me indica que ocupe la única silla que hay. Yo lo obedezco, sin dejar de mirar a mi alrededor.

Vine poco a su habitación cuando estábamos en primaria. Ibai prefería el jardín de mi casa y el hecho de que estuviéramos cerca de la playa, pero las pocas veces que vine aquí, recuerdo juguetes, alguna pelota de fútbol, pósteres libros. ¿A dónde ha ido a parar todo eso?

—¿Nos ponemos con lo de Cruz? —me pregunta, haciéndome volver a la realidad.

—Claro, ¿podrías dejarme algún cuaderno? No he traído nada.

—En el cajón de la izquierda tiene que haber alguno —contesta, mientras se inclina para agarrar el suyo, que está tirado en el suelo, junto a la cama.

Camino hacia la estantería y me agacho. Sujeto el tirador y, al instante, el cajón se abre y me muestra su interior, repleto de cuadernos de todas formas y tamaños; todos parecen usados. Estoy a punto de elegir cualquiera, pero entonces, uno de ellos me llama la atención. Las cubiertas son duras, negras, y parece más nuevo que el resto. Tiene un marcador rojo hilado en un extremo, que asoma por encima de sus páginas blancas.

Mi corazón se olvida de latir un par de veces, antes de reanudar el ritmo con cierta desesperación. Me quedo en blanco. Me olvido incluso de cómo respirar. Yo conozco este cuaderno, aunque no debería. El propio Ibai me lo entregará dentro de diez años, antes de desaparecer.

Extiendo la mano, con los dedos temblorosos. Pero antes de que pueda rozar el lomo, Ibai me sujeta la muñeca violentamente.

El dolor me hace regresar a la realidad. Levanto la mirada, con los ojos muy abiertos, y la mirada azul de Ibai me apuñala. Me está apretando la muñeca con tantísima fuerza que empiezo a notar mi mano entumecida.

—Te he dicho el cajón de la izquierda, no el de la derecha —sisea, con los dientes apretados. Estamos tan cerca el uno del otro, que puedo ver la ligera pátina de sudor que le cubre ahora la cara—. Eso es privado.

Tardo unos segundos en encontrar las palabras.

—Lo... lo siento —tartamudeo—. No... no me he dado cuenta.

Los ojos de Ibai son implacables. Y tardan un segundo más en retirarse de los míos que lo que lo hacen sus manos, que dejan una marca alargada y rojiza en mi muñeca. A continuación, abre el cajón de mi izquierda y saca de él un pequeño cuaderno. Me lo lanza sin mirarme y regresa a la cama.

Apenas ha sacado la ficha con las preguntas que ha elaborado Cruz, cuando de pronto, la puerta de la habitación se abre de par en par y, tras ella, aparece de nuevo la madre de Ibai, con un cuenco enorme de palomitas entre las manos.

El olor a mantequilla y sal me satura la nariz.

—He pensado que os gustaría recordar los viejos tiempos —comenta ella, dejando el recipiente humeante junto a mí.

Me observa fijamente, sonriendo, ignorando la mirada congelada de su hijo. No tengo más remedio que meter la mano en el cuenco y agarrar un par de palomitas, que me abrasan los dedos. Prácticamente me las meto en la boca e intento tragármelas sin apenas masticarlas. En mitad de este incómodo silencio, puedo escuchar los latidos de mi corazón, turnándose con el ruido que hacen mis dientes al masticar.

—Están muy buenas —comento, con las palomitas atascadas en mitad de la garganta.

—Cuánto me alegro, hacía mucho tiempo desde la última vez. —La madre de Ibai no aparta la vista de mí ni por un segundo. No parece ser consciente de la incomodidad que crece en el ambiente, o quizás simplemente la ignora—. Ahora que lo pienso ¿por qué no te quedas a cenar?

Esta vez no tengo tiempo de contestar. Ibai se levanta con brusquedad de la cama y camina hacia su madre. No la toca, pero con su sola presencia, sin decir palabra, la hace retroceder hasta el pasillo.

—Ahora vengo —me dice, antes de cerrar la puerta a su espalda.

Me quedo solo en el dormitorio, inmóvil. Rezando por tener algo de agua cerca, termino de tragar como puedo las palomitas mientras oigo las voces amortiguadas de Ibai y su madre. La de él suena algo elevada.

Miro a mi alrededor, incómodo, y mis pupilas se detienen sin querer en el cajón de la derecha. Trago saliva de nuevo y, esta vez, solo siento miedo y nerviosismo aguijoneando mi lengua. Me inclino un poco, desviando momentáneamente la vista hacia la puerta cerrada. Sigo escuchando las voces de Ibai y su madre, pero parecen lejanas. Demasiado como para que alguno de los dos pueda ver lo que estoy a punto de hacer.

Me arrodillo en el suelo y abro el cajón con brusquedad. No me hace falta rebuscar. El diario está aquí, frente a mis ojos, colocado sobre el resto de los cuadernos que parecen usados. No me lo vuelvo a pensar. Cierro los dedos en torno al lomo y tiro con fuerza de él.

Tengo poco tiempo y debo aprovecharlo.

Las voces se convierten en una suave letanía mientras inhalo y abro el diario. Durante un instante, pienso que no estará escrito, que no me encontraré más que páginas en blanco, pero mis ojos caen de golpe sobre las letras picudas e irregulares de Ibai, que forman largas oraciones y completan la primera página que tiembla entre mis dedos.

El terror me retuerce por dentro cuando leo la primera frase.

A veces me gustaría reescribir esa historia.

—Dios mío —jadeo.

Me sacude un escalofrío tan violento, que el diario resbala de mis manos y cae al suelo, abierto por la mitad. No me inclino de inmediato a recogerlo, mis ojos se quedan atascados en una de las páginas. En ella, no hay palabras escritas, solo un dibujo.

Frunzo el ceño, confundido. No, ni siquiera parece un dibujo, más bien un simple garabato. Un rectángulo rojo con un pequeño círculo en medio y, sobre él, cubriéndolo a medias, una maraña de líneas entrecruzadas, como si Ibai hubiese apretado el bolígrafo sobre la figura, como si quisiera borrarla bajo la tinta negra. Podría ser una puerta, una ventana, no tengo ni idea.

Estoy a punto de pasar la página, pero entonces, el picaporte se encuentra frente a mí se mueve, e Ibai entra en la habitación antes de que tenga tiempo de esconder el diario.

—Le he dicho a mi madre que nos deje tranquilos —dice, con la mirada clavada en el suelo—. Como no suelo invitar a nadie a casa, cree que...

Sus ojos pasan de largo, pero sus pies tropiezan con el cajón abierto, y esta vez, sus pupilas oscuras sí reparan en él.

Se queda paralizado. Con un pie delante de otro, sin dar otro paso más, las manos un poco alzadas, los labios entreabiertos en una palabra que nunca pronunciará.

No se mueve, ni siquiera parece respirar. Y, en mitad de ese silencio tan opaco, sé que acabo de destruir ese nuevo vínculo que había conseguido crear de nuevo después de estos últimos meses. Lo escucho derrumbarse en mi cabeza, dejándome sordo. El sonido que produce es tan atronador, que no escucho el grito ahogado que deja escapar Ibai cuando se abalanza sobre mí.

Mi espalda se golpea contra la estantería, y esta se agita violentamente por el impacto. Yo me retuerzo de dolor mientras Ibai cae hasta el suelo, sujeto el diario, lo cierra y lo arroja al otro extremo de la habitación.

Apenas tengo tiempo de respirar antes de que sus manos aferren el cuello de mi sudadera del club y me zarandeen.

—¿Lo has leído? —pregunta, en un susurro espeluznante—. ¿Has leído algo?

Niego con la cabeza. La voz se me ha perdido en algún lugar de la garganta.

—¡Di la verdad! ¿Qué es lo que has leído?

—¡Nada! —consigo articular, todavía ahogado.

Los ojos de Ibai resplandecen como nunca lo han hecho. Sus pupilas parecen dos espejos oscuros en los que me veo reflejado, con la misma expresión de terror que se derrama por su propio rostro.

Sus manos tiemblan tanto, que sus nudillos golpetean contra mi cuello arrítmicamente.

—¿Por qué mierda has tenido que abrir ese maldito cajón? —Su voz destrozada me recuerda, de golpe, a aquel día hace años, cuando él se escondía en un cuarto de baño. Aunque ahora no estamos allí, puedo sentir cómo esas puertas rojas surgen del suelo y se interponen entre nosotros, cerrándose para siempre, dejándonos a los dos en lugares distintos—. ¿Por qué lo has hecho?

—Porque quiero ayudarte. —La voz escapa de mí como un jadeo.

Ibai exhala, y su respiración parece convertirse en un gruñido bajo, amenazador. Sus nudillos dejan de temblar y se aprietan más contra mi piel. Ahora mismo, no hay más que una rabia ciega e incontrolable.

—No hay nada que puedas hacer —sisea, antes de empujarme hacia un lado.

Trastabillo y agito los brazos en el aire, intentando encontrar el equilibrio. Pero no lo consigo, y me intento sujetar a lo primero que llego a ver antes de que el suelo venga a mi encuentro.

La mesita de noche se vuelca a mi lado, arrojando al suelo la pequeña lámpara gris, y los cajones, que desparraman todo su contenido a mi alrededor.

Me froto el brazo que me he golpeado y arde de dolor. Me gustaría levantarme y echar a correr, o encontrar alguna forma de pronunciar una palabra que calme toda esta maldita locura, pero soy incapaz de reaccionar. Solo puedo mirar a Ibai, que se desliza a un lado y a otro de su habitación, como un loco. Cuando pasa al lado del cuenco de palomitas, le da un manotazo que lo envía al otro lado de la habitación, por lo que lo hace añicos.

El sonido de la porcelana rota lo hace detenerse en seco. Está tan tenso, que parece que, si vuelve a moverse, se romperá en pedazos. Hay tantas emociones tirando de los ángulos de su rostro, que crean una máscara desgarradora.

Su dedo índice no tiembla cuando me señala.

—Largo de aquí —susurra, ronco, con una voz que parece provenir del lugar más lejano del mundo.

Ahora mismo siento que, por mucho que respire, nunca conseguiré el oxígeno que necesito.

—Ibai, yo...

—¡Lo has roto todo! —aúlla él, con la mirada desorbitada.

Me encojo. Sé que no se está refiriendo al cuenco de palomitas ni a su mesilla de noche.

—¡No quiero volver a verte!

No sé cómo tengo la fuerza para incorporarme. Ibai sigue gritándome, pero me cubro los oídos con las manos y avanzo a trompicones, sintiendo cómo el mundo se desestabiliza bajo mis pies. Estoy viviendo una pesadilla.

Paso junto a Ibai. Él no me toca, pero siento cómo su propia ira me empuja aún más, y yo tropiezo al acercarme a la puerta justo en el momento en que se abre con brusquedad.

—He escuchado gritos, ¿qué...? —La madre de Ibai se queda estupefacta cuando me ve pasar por su lado, con los ojos cargados de lágrimas y sin una sola gota de sangre en las mejillas.

Sé que dice algo más, pero ahora no puedo escuchar nada. A tientas, me deslizo por el pasillo y abro la puerta de entrada de par en par. Ni siquiera me molesto en esperar al ascensor. Bajo los siete pisos de dos en dos y, hasta que no salgo al exterior, donde el frío de la noche me recuerda que me he olvidado el chaquetón en casa de Ibai, tengo la sensación de que no soy capaz de respirar.

La cabeza me hierve. El cerebro me va a explotar. Necesito esconderme en mi hogar.

Me parece que el Julen de dentro de diez años me observa correr, con la mirada desolada, mientras niega pesadamente con la cabeza. Parece preguntarme lo mismo que me pregunto yo: ¿Qué has hecho?

¿Qué he hecho?

Capítulo
29

Es como si todo, al recuperar el sentido, lo perdiera a la vez.

No sé cuántas veces llamo a Ibai esa noche. Después de colgarme las primeras diez veces, termina por apagar el teléfono. Escuchar la voz de la teleoperadora es más doloroso que recibir otro empujón. Me dejaría vapulear por solo escuchar alguna palabra suya.

Todo, todo lo que he luchado durante estos meses, ese muro que había estado escalando y tratando de destruir, piedra a piedra, ha crecido hasta el infinito, y yo tengo los pies y las manos en carne viva de tanto intentarlo.

—Por qué me hiciste soñar eso —mascullo, con los dientes apretados, a la luna, que está a punto de desaparecer con el amanecer—. ¿Para qué?

Pero no hay respuesta. No se tiñe de rojo, como esas dos noches que conectaron dos momentos tan alejados en el tiempo, sigue brillando con palidez, hasta que el sol la devora.

Lo peor no es que mi pregunta solo sea recibida con silencio, lo realmente nefasto es cuando me topo con Ibai el lunes siguiente de clase. Nos encontramos cara a cara de golpe, mientras entro corriendo al aula.

Nos quedamos inmóviles durante un par de segundos. Me zambullo en su mirada en busca de algo, porque sus labios no parecen dispuestos a moverse, pero no encuentro nada. Vacío. Negrura. Lo mismo que llevaba viendo hacía muchos años, desde ese día que decidí cortar nuestra amistad en unos viejos baños de colegio.

Cuando pasa junto a mí, tiene cuidado de no rozarme. Un empujón con el hombro me habría dolido menos.

Yo me quedo clavado en el lugar, temblando, y siento cómo algunos de mis compañeros nos observaban de reojo. Uno de ellos es Cam, que me contempla con los ojos llenos de acusación. No obstante, quien no me quita ojo durante todo el día es Melissa. Antes de que aparte la cara, puedo ver su expresión de preocupación.

En el recreo, yo permanezco escondido en una de las gradas, huyendo de todos, incluso de Oliver, y me siento como un idiota. Desde donde estoy, observo cómo Melissa se acerca a Ibai, que también se encuentra en un rincón del patio, hundido en sus pensamientos, alejado de todos. No sé qué le dice ella ni qué le contesta él, pero al final, Ibai se echa a un lado bruscamente, dejando a Melissa lívida, con las manos convertidas en puños.

Creo que le grita algo, pero él ni siquiera se da la vuelta para responder.

En el Club Damarco, durante los entrenamientos, nada mejora. Ibai tiene cuidado en colocarse en la posición más alejada de mí y, aunque durante la carrera continua de calentamiento, no desvío los ojos de su nuca, no mira ni una sola vez en mi dirección. Creta intenta aliviar el ambiente con un par de bromas, pero lo único que recibe es una mirada asesina por parte de Ibai y un suspiro quejumbroso por la mía. Ni siquiera Oliver me hace rabiar. Sus ojos, llenos de una desazón que no había visto antes, se deslizan entre los dos.

Al día siguiente decido faltar. Curiosamente, es el cumpleaños de Ibai, el día que lo convierte oficialmente en un adulto que puede ser condenado por sus actos. Hacía semanas había pensado en buscarle un regalo, en celebrar una pequeña fiesta (sin alcohol, gracias), pero ahora nada de eso tiene sentido. Solo es un peso más sobre mi espalda, que me recuerda constantemente que estará condenado si yo no logro reescribir el final de esta historia. Podría haber ido al instituto, intentar felicitarlo al menos, pero no puedo soportar más la tensión que ya me ha derrotado los días anteriores. Les digo a mis padres que me encuentro mal, y me meto en la cama, fingiendo un dolor de barriga terrible.

Y me quedo ahí, sin moverme durante horas.

El viernes, mi padre y yo salimos juntos de casa. Él camina unos pasos por delante de mí, balanceando su maletín, mientras yo reviso mi mochila, y compruebo que no he olvidado nada.

Cuando él se detiene de golpe, levanto la mirada.

—¿Qué ocurre?

—Parece que alguien quiere que no te pierdas de camino al instituto.

Frunzo el ceño mientras observo su sonrisita burlona.

—¿De qué estás...?

La voz se me pierde en algún hueco entre mis cuerdas vocales cuando los ojos claros de Oliver caen sobre mí. Está apoyado sobre el muro que separa el jardín de la calle, con los brazos cruzados y la mochila colgando de un hombro. Su abrigo gris hace qué su mirada resulte casi plateada.

A pesar de que hace frío, siento de pronto la necesidad insoportable de quitarme mi chaquetón nuevo. El viejo continúa todavía en el dormitorio de Ibai.

—¿Qué haces aquí? —consigo articular, mientras ignoro el guiño de mi padre, que se marcha al trabajo agitando su mano libre en el aire.

—Es lo que me llevo preguntando desde hace media hora —contesta él, inclinando la cabeza hacia mí—. No sé de qué me sorprendo, en realidad. Últimamente siempre llegas tarde a clase.

Sí, es cierto, llego tarde porque hace semanas que no comparto camino con Melissa. Hacerla enfadar a ella era peor que enojar a la profesora Ezquerra. No me atrevía a llegar tarde. Pero ahora, no hay nadie que me espere en la puerta de casa.

—Lamento haberte hecho perder el tiempo —contesto, con frialdad, mientras retomo el paso con rapidez.

Oliver arquea las cejas y se apresura a seguirme, aunque en un par de zancadas me alcanza. Malditas piernas largas.

—En realidad, he venido porque echaba de menos tus mensajes mal escritos.

Sus palabras casi me hacen detenerme. Lo miro de soslayo, sintiendo de nuevo cómo ese calor que ya empieza a ser conocido, me abrasa por dentro. Clavo las uñas en las tiras de la mochila, intentando construir alguna frase coherente en mi cabeza.

—No sabía que te gustaba hablar tanto conmigo.

—Ya, yo tampoco. —Oliver resopla, como si le hubiera hecho gracia—. Parece que ese sueño tuyo ha cambiado muchas cosas.

Esa frase enfría de golpe la sangre que burbujea en mis venas. Esta vez, no contesto, y me limito a asentir con la cabeza. A pesar de que no lo miro, siento los ojos penetrantes de Oliver sobre mí.

—Ibai y tú lleváis muchos días sin hablaros —musita, y no es una pregunta.

Lo miro fijamente unos segundos, antes de asentir.

—¿Recuerdas el diario del que te hablé? ¿El diario que me entregará Ibai dentro de diez años? —contesto, con un hilo de voz—. Lo he encontrado.

—Eso es bueno, ¿no? Podría ayudarnos.

No se me escapa el plural y, aunque una pequeña sonrisa amenaza con estirar mis labios, la expresión destrozada de Ibai me golpea desde mis recuerdos, convirtiéndola en una mueca apretada.

—El problema es que él me vio leyéndolo.

—Vaya —murmura, apesadumbrado—. ¿Conseguiste averiguar algo?

—Apenas nada. Estaba esa frase, la que ya pude leer durante mi sueño —digo, sacudiendo la cabeza—. Y luego... no sé, lo abrí al azar y me encontré con una especie de dibujo. Dios, ni siquiera sé lo que era. Estaba tachado, como si Ibai se hubiera arrepentido de dibujar algo así.

Oliver asiente, pensativo.

—¿Crees que es relevante?

—No lo sé. Yo... yo no entiendo nada —contesto, apretando los dientes con rabia—. Sé que algo ocurre con Ibai, algo malo, y creo que tengo las piezas para llegar a descubrirlo, aunque no tenga ni idea de cómo. Pero entonces, ¿por qué tuve ese sueño? ¿Qué relación tienen esas piezas con lo que sucederá al final del curso?

De pronto, noto un picor en los ojos, el mismo que lleva atacándome durante días. Me muerdo los labios con fuerza, intentando evitar que las lágrimas vuelvan a correr por mis mejillas, y giro la cabeza hacia otro lado.

El silencio crece entre nosotros. Quema, pesa y hace que me resulte todavía más difícil respirar y controlar la humedad que, poco a poco, se va adueñando de mis ojos. Pero de pronto, Oliver apoya su largo brazo sobre mis hombros, y me atrae suavemente hacia su cuerpo. El sobresalto me hace levantar la mirada hacia él, a pesar de que siento los párpados cargados y brillantes. Jamás habría imaginado que los mismos labios de Oliver Montaner, que siempre se estiraban con ironía o burla, podrían sonreír con tanta dulzura.

—Estoy seguro de que lo resolverás, Julen —susurra, y su voz me parece como un líquido caliente derramándose por el interior de mi cuerpo, devolviéndole la temperatura correcta—. Créeme.

Asiento, porque soy incapaz de articular ni una maldita palabra. Espero que su mano se aparte, que se aleje de mí, pero Oliver permanece con su brazo alrededor de mis hombros, cerca de mi cuello, pero no lo noto como una soga a punto de ahorcarme, no. Lo siento como si fuera el único lugar al que sostenerme mientras pendo de un abismo. Así que cierro las manos en torno a su antebrazo y hundo la nariz en la tela de su abrigo, dejando que las lágrimas escapen de mis ojos.

Caminamos así hasta el instituto. Algunos nos miran, pero a ninguno de los dos nos importa. No nos separamos hasta que nos detenemos junto a la puerta abierta de mi clase.

Cuando su brazo abandona mi espalda, un escalofrío me agita, robándome parte de esa calidez que, últimamente, solo puede darme Oliver.

Nos quedamos frente a frente, mientras el resto de mis compañeros entran en el aula. Algunos nos echan miradas furtivas, pero yo estoy tan concentrado en no balbucear que apenas les hago caso.

—¿Nos... nos vemos después?

Oliver sonríe con esa expresión arrogante tan suya, que antes odiaba y que ahora me hace temblar.

—Nos vemos después —afirma.

Estoy a punto de moverme, pero entonces, él mueve su brazo y apoya la mano sobre mi cabeza, revolviendo mis rizos castaños.

—Tranquilo, hoy será un buen día —dice, con una seguridad irresistible.

—¿Cómo lo sabes? —pregunto con sarcasmo, mientras intento controlar a duras penas los estremecimientos que me producen sus dedos perdidos en mi pelo.

Oliver me guiña el ojo y, cuando aparta la mano, siento, durante apenas un instante, cómo sus nudillos me rozan la mejilla. No estoy muy seguro de que haya sido sin querer.

—Porque siempre tengo razón —contesta, antes de darme la espalda.

Me quedo ahí plantado, como un idiota, y tardo mucho tiempo en volver a hacer uso de mis piernas. Entro en clase y llego hasta mi asiento, mientras dejo caer la mochila en el suelo, junto a los pies. Apoyo la cara sobre el pupitre, observando el tumulto de la clase.

Ibai sigue en su antiguo asiento, varios lugares por delante de mí. Debe percibir mi mirada, porque sus ojos se encuentran durante un instante con los míos, pero rápidamente cambian el rumbo, clavándose en la pizarra vacía.

Él no es el único que me aparta la cara. Cam también me dedica una larga mirada, sin su sonrisa de siempre, antes de soltar un largo suspiro y darme la espalda.

De Melissa no hay ni rastro. Últimamente, como yo, apura los minutos hasta llegar a clase, pero por motivos claramente diferentes. Esta vez, como en las últimas semanas, ni ella ni Estela están.

Respiro hondo, me incorporo y recuerdo la sonrisa de Oliver.

—Hoy va a ser un buen día —repito, en voz baja—. Hoy va a ser un buen día.

Pero en el preciso momento en que la última sílaba escapa de mi boca, la puerta de la clase se abre con violencia, y una figura entra tan a trompicones, que gira sobre sí misma y se derrumba contra un par de sillas. Estas caen al suelo con estrépito, junto a ella, que suelta un alarido desgarrador.

Levanto la cabeza de golpe.

Melissa.

La puerta, que se había quedado entreabierta, vuelve a sacudirse con violencia. Los cristales tiemblan, a punto de quebrarse, y tras ellos aparece Saúl. Avanza, enorme, ruborizado, con las pupilas dilatadas y clavadas en ella. Parece a punto de devorarla.

Y yo sé por qué.

Capítulo 30

—¡HIJA DE PUTA!

La voz de Saúl hace eco por el aula, penetrando en nuestros oídos. Todo el mundo se queda inmóvil, en silencio, con los ojos clavados en Melissa, que de pronto parece a punto de vomitar. El único que hace ruido soy yo, cuando me levanto abruptamente de la silla.

Saúl da un paso hacia ella y, entonces, otra figura aparece corriendo, atravesando la puerta que se ha quedado abierta. Es Estela. Logro ver su cara, arrasada por las lágrimas, antes de que aferre el brazo de su novio y tire con fuerza de él, para intentar alejarlo de Melissa.

—Por favor, por favor. No hagas esto —murmura, aterrada, mirándonos con el mismo estupor con el que todos la contemplamos—. Ven, habla conmigo. Podemos solucionar esto.

Los ojos de Saúl escupen balas cuando se gira para mirarla durante un instante.

—No hay nada que hablar, zorra.

Se la quita de un empujón que la lanza hacia atrás con tanta fuerza que, de no ser por un par de chicas que la atrapan entre sus brazos, habría caído de espaldas al suelo.

—¡Saúl! —exclama Cam y da un paso hacia él—. ¿Qué diablos te pasa?

Sé que no va a parar, y que nadie va a detenerlo. Llevamos demasiados años así, mirando para otro lado cuando Saúl se excede. O te ríes de sus «bromas» o das gracias en silencio por no ser objeto de ellas. Para derrotarlo, no solo hace falta ser valiente. Hace falta estar unidos.

Como esperaba, Saúl avanza hacia Melissa, que retrocede por el suelo, arrastrándose. Cam no vuelve a dar otro paso. Se queda helado, tragando saliva, mirando a un lado y a otro. Sé que se está preguntando dónde está Amelia, por qué no ha llegado ya.

Estela está llorando, muerta de miedo. Es la única que quiere abalanzarse contra Saúl, pero las chicas la sujetan, y le murmuran algo en sus oídos que ella no parece escuchar.

Yo siento un zumbido en el interior de mi cabeza, intenso y regular, que parece crecer a medida que la distancia que existe entre Melissa y Saúl se acorta.

—¿Cómo te has atrevido a robarme lo que es mío, puta sudaca? —brama, acercándose lenta, pero inexorablemente—. ¿Crees que soy imbécil? ¿Creías que no me iba a dar cuenta?

Melissa niega sin parar con la cabeza. Intenta echarse hacia atrás, pero su espalda golpea contra un par de pupitres, y se queda quieta, temblando y pequeña frente a las enormes piernas de Saúl.

Él se inclina y engancha sus dedos en el cuello de su camisa. La balancea con tanta violencia que veo cómo su cabeza vuela a un lado y a otro sin control.

—¡Saúl! —grita Cam. Él ni siquiera gira la cabeza—. ¡Para o avisaré a alguien!

Pero no hay respuesta a la amenaza. Saúl sigue zarandeando a Melissa. Durante un segundo, Cam me dirige una mirada entre impotente y desesperada antes de salir corriendo por la puerta del aula.

—No te he escuchado, puta lesbiana. ¿Creías de verdad que alguien como tú iba a engañarme? —Melissa balbucea algo, mareada, pero sus palabras son ininteligibles—. ¡Contesta!

Mis piernas, que se habían quedado congeladas en el momento en que Saúl había entrado en clase, recuperan de pronto el calor. Y con ellas todo mi cuerpo. El zumbido de mi cabeza explota, y yo dejo de tener miedo.

De un violento empellón, aparto a Saúl de Melissa y la coloco bajo mis brazos escuálidos. Ella hunde su cara en el hueco de mi cuello, temblando incontrolablemente. Sus lágrimas me mojan la piel.

Saúl parpadea, sorprendido por mi aparición, pero entonces, una sonrisa bravucona tironea de los extremos de sus labios.

—Tenías que ser tú —murmura, aunque sus palabras me desuellan los tímpanos como gritos—. Otro puto degenerado.

Yo no respondo. Tengo la mandíbula rígida, los dientes apretados. Siento sesenta ojos sobre mí, taladrándome, sorprendidos, asustados.

—Tú tenías que saber lo que hacían las dos, ¿verdad? Estoy seguro de que estabas al corriente de que se estaban riendo en mi PUTA CARA. —Eleva tanto la voz en esas dos últimas palabras que me quedo sordo durante un instante—. Respóndeme, Julen, ya que la zorra de tu amiga no se atreve. ¿Desde cuándo se comen la boca en los putos baños?

Se oye una exclamación coral y, de reojo, veo cómo Estela cierra los ojos. Yo apenas puedo respirar. No sé en qué clase de mundo vivimos para que la gente se escandalice porque dos chicas se quieran y se besen, pero apenas parpadeen cuando alguien golpea a otra persona.

—Déjalo ya —susurro, con la voz ronca.

Saúl inclina la cabeza, y deja escapar una carcajada que parece un graznido.

—¿Qué lo deje? Joder, Julen. ¿Quién eres tú para decirme que lo deje? ¿Eh? —Sus manos me empujan. Yo me siento de nuevo como en el sueño, con diez años más, junto a Melissa; mientras Saúl nos contempla, sabiendo que tiene el control, que va a ganar, como siempre hace—. No eres más que un saco de mierda que me provoca arcadas.

—No.

Saúl y yo volvemos la cabeza en dirección a Melissa. Tiene los ojos muy abiertos y despiden tanta fuerza y tanto veneno que me quedo sin respiración.

—Tú eres el único saco de mierda que hay aquí, Saúl —murmura—. Pero te juro que esto no durará para siempre. Porque cuando perdamos el miedo, tu reinado se va a ir a la misma basura de la que procedes.

El oxígeno parece haberse desvanecido de la clase. Nadie respira, nadie parpadea, mientras las palabras van cayendo una a una, como piedras en una laguna, creando ondas que, sin que nadie pueda impedirlo, se extienden y empapan a todos.

Es justo lo que necesita Saúl para explotar.

Se abalanza contra Melissa, pero ella esquiva su puño con una velocidad sorprendente. Escucho el grito de Estela, la mano de Saúl cambia de dirección y se estrella en mi rostro, y me parte los labios.

El dolor me ciega y caigo hacia atrás, sujetándome la boca entre las manos. Oigo aullar a Melissa a mi lado, con una mezcla de rabia y dolor, y con el rabillo del ojo, veo cómo se arroja contra Saúl, mientras el caos, por fin, estalla en la clase.

Intento detenerla, desesperado, pero antes de que ella roce la piel de ese monstruo disfrazado de adolescente, un borrón oscuro aparece a nuestro lado, y esta vez, es Saúl quién cae hacia atrás.

Yo jadeo, llevándome las manos al pecho, manchándome de sangre la camisa del uniforme. Sin poder creerlo, alzo la mirada y la clavo en Ibai, que ha creado un muro humano entre nosotros.

Aferro a mi amiga del brazo. Su mirada pasa por encima de Ibai. Es implacable, se hunde en Saúl con una ira que jamás he visto en sus ojos, mientras nuestros compañeros nos rodean, creando una burbuja palpable que ninguno se atreve a romper.

Saúl se incorpora a medias, manoteando como un niño que empieza a nadar. Parece desorientado, pero cuando su mirada se tropieza con la de Ibai, casi puedo escuchar cómo todo su cuerpo cruje.

—Apártate —sisea.

Ibai mira un instante hacia atrás. El encuentro de sus pupilas con las mías ni siquiera dura un segundo, pero adivino lo que va a hacer. Cuando gira hacia Saúl, lo observa de la misma forma en la que siempre mira por encima de su hombro, enfrentándose a su monstruo particular, a su peor pesadilla. Solo que ahora, no parece asustado.

Se abalanza contra él, y lo tumba en el suelo con todo el impacto de su cuerpo. Saúl no tiene ninguna oportunidad. Lo sé cuando Ibai se coloca a horcadas sobre él, con las piernas apretadas contra su cintura. Puede que Saúl sea más alto, más fuerte, pero Ibai lleva en su interior una rabia ciega, incontrolable, que lo hace imparable.

La misma rabia que lo hace ser el más rápido. La misma rabia que lo hará matar a una persona antes de que termine el curso.

—¡Ibai! —grito, pero él ya no me escucha.

Sus puños se mueven arriba y abajo, sin descanso, siguiendo el ritmo de un latido descontrolado. Apenas veo a Saúl, está cubierto por el cuerpo de mi amigo, y solo acierto a ver sus manos, que intentan apartar a Ibai, sin éxito.

Cuando me parece ver algo rojo cubrir los dedos de Ibai, consigo moverme. Me arrastro por el suelo y tomo sus hombros con las manos, intentando hacerlo a un lado, pero su cuerpo parece haberse convertido en roca, y sus puños llevan una cadencia que parece imposible de detener. Parece inhumano que tenga tanta fuerza, que esté tan desconectado de la realidad. Parece perdido en un mundo en el que golpear es tan importante como respirar.

Por encima de su hombro, puedo ver la cara de Saúl, que se ha convertido en una masa roja y violeta. El miedo me muerde por dentro, y tiro de sus hombros con más fuerza.

—Ibai, para, por favor.

En el sueño, Saúl no era la persona que moría al final del curso, pero ahora todo ha cambiado. Y no quiero, no quiero que Ibai pierda el control de esta manera delante de toda una clase. No quiero que esto acabe incluso peor.

Agarro su brazo y tiro de él con todas mis fuerzas, apoyando los pies en el suelo. Melissa me ayuda, sujetando a Ibai por la cintura y jalando de él hacia atrás. Suelta un gruñido ahogado por el esfuerzo.

—Por favor, por favor —susurro, intentando hacerlo entrar en razón—. Es suficiente. Déjalo ya.

La puerta de la clase se abre en ese preciso instante, y Cam aparece tras ella, jadeando por la carrera. Por encima del tumulto, me parece ver sombras altas que se acercan por el pasillo con prisa.

Abre los ojos de par en par, horrorizado, cuando ve a Ibai sobre Saúl, que ya ni siquiera intenta defenderse. Permanece tendido, con los ojos medio cerrados y los brazos laxos a ambos lados del cuerpo.

Esta vez, no duda en actuar y corre a mi lado, tirando del otro brazo de mi amigo, que baja y sube sin descanso. Se inclina hacia él, pegando sus labios prácticamente a su oreja. Ibai está tan alejado de todos y de todo, que ni siquiera parece sentirlo. Me acerco, intentando oír algo, pero las palabras que pronuncia Cam solo las escucha Ibai. Son solo unas pocas, pero es como si abrieran un cerrojo en su cerebro, porque de pronto, gira el rostro hacia Cam y se queda paralizado, con las manos alzadas. Bajo ellas, Saúl gime de dolor.

Los observo a ambos, estremecido, sin entender absolutamente nada, aunque ellos, de pronto, parecen comprenderlo todo.

Ibai cae hacia atrás, sobre nosotros, y Saúl intenta levantarse a duras penas. Su cara atractiva está hecha una pena y, cuando escupe al suelo, me parece ver un diente.

—¡¿Qué diablos está pasando aquí?!

Agotado, alzo la mirada hacia Cruz, que se ha detenido, respirando agitadamente en el umbral de la clase. Frente a él, solo un par de pasos por delante, está Amelia. Tiene los nudillos blancos, enroscados en el respaldo de la silla más cercana.

Cruz está fuera de sí. Se acerca dando zancadas a nosotros, mientras desvía los ojos de Saúl, que yace medio tirado en el suelo, con la cara destrozada, a Ibai, que está prácticamente tumbado sobre nosotros, con las manos salpicadas de sangre y algo hinchadas por los golpes.

Separo los labios, adivinando lo que cruza por la mente de mi tutor.

—Él no...

—¡Silencio! —La voz que escapa de la garganta de Cruz suena demasiado aguda, casi disonante. En otra ocasión, todos nos habríamos reído, Cam habría hecho alguna broma o lo habría imitado, pero ahora no se escucha más que los gimoteos de Saúl y un puñado de respiraciones agitadas—. No quiero escuchar ni una sola palabra. Vosotros dos, seguidme. Vamos a hablar ahora mismo con la directora.

No tiene más remedio que ayudar a Saúl a levantarse. Está mareado y renquea un poco cuando se pone en pie. Sus ojos se están inflamando y tiene la nariz tan roja e hinchada, que creo que está rota. De ella, y de la comisura de los labios, brotan un par de hilos de sangre.

Soy yo el que consigue incorporar a Ibai. Al contrario que Saúl, no está herido, pero parece perdido en su propio mundo. Con cautela, le aprieto la mano, y eso lo hace reaccionar un poco. Desvía sus ojos negros de Melissa, a Cam, para finalmente dejarlos quietos en mí.

—¿Estás bien? —murmura, con la voz hecha pedazos.

—¿Y tú? —susurro, a mi vez.

Ibai apenas puede sacudir la cabeza antes de que Cruz se coloque a su lado. No pronuncia ni una sola palabra, con el gesto torvo señala a la puerta de la clase y espera a que Ibai comience a caminar delante de él. Trastabillando, Saúl los sigue a duras penas.

Se va a cometer un error, pienso con pánico. Esto no va a acabar bien.

Hago amago de seguirlos, pero cuando estoy a punto de cruzar la puerta, Amelia se coloca frente a mí, interrumpiéndome el paso. Me observa con el ceño fruncido y los brazos cruzados.

—Julen, ¿a dónde crees que vas?

Estamos cerca, y puedo oler a la perfección el aroma dulzón y agrio del tabaco, impregnado en su ropa y en sus manos. Eso me enciende todavía más.

—Yo...

—A tu asiento. Ahora.

—Joder —exclamo, soltando un bufido.

Amelia abre los ojos de par en par, sorprendida. No es la única que lo hace. Algunos de mis compañeros se giran en mi dirección, boquiabiertos. Creo que, en los seis años que llevamos juntos en clase, nunca me han escuchado levantar la voz y, mucho menos, responder así a un profesor.

—Por favor, Julen, no me hagas echarte de clase —insiste Amelia, suavizando el tono de voz—. Por hoy ya hemos tenido suficiente.

Aprieto los dientes y los puños, pero no puedo hacer otra cosa que mirar hacia el pasillo y ver cómo Cruz, Ibai y Saúl desaparecen en las penumbras.

Camino arrastrando los pies hasta mi pupitre y, durante un momento, me parece que me he equivocado. El asiento que se encuentra a mi lado, el mismo que había quedado vacío después de que Ibai se hubiera cambiado de sitio, está de nuevo ocupado.

Por Melissa.

Ella no dice nada, solo me observa. Tras ella, se ha colocado Estela, que también mantiene los ojos fijos en los míos.

Casi con timidez, la mano de Melissa se desliza por la superficie del pupitre hasta mi propia mano, que reposa, tensa. Con una caricia, la cubre y me la aprieta. Entonces, Amelia carraspea y la clase comienza, pero ella no me suelta y yo no me aparto.

Capítulo 31

La hora transcurre en un extraño silencio. Nadie separa los labios apenas, pero tampoco se presta atención a las palabras de la profesora, que flotan huecas en el aula.

Quien no susurra con su compañero de pupitre, está perdido en sus propios pensamientos. Muchos, de reojo, nos observan a Estela, a Melissa y a mí. Nosotros dos aún seguimos agarrados de la mano. Sé que Amelia se ha dado cuenta, pero ha decidido no decir nada.

Es extraño, pero a pesar de todo lo que ha ocurrido, nadie, ni ningún profesor, ni ningún compañero, les ha preguntado a Melissa y a Estela si se encuentran bien, aunque es obvio que no. Estela tiene los ojos constantemente humedecidos y sé que Melissa se ha hecho daño en el brazo izquierdo, porque cada vez que lo mueve, hace una mueca de dolor.

Trago saliva y dirijo una mirada amenazadora a mi alrededor. La mayoría tiene la decencia de apartar los ojos, avergonzados, pero otros siguen observando con descaro, juzgándonos, como si todo esto no fuera nada más que algo que nos hubiéramos buscado.

Melissa aprieta mis dedos, llamando mi atención, y sacude ligeramente la cabeza. «No importa», parece decir. Yo entrecierro los ojos «Claro que importa», me gustaría gritar. Porque ahora, su secreto ha salido a la luz, el mismo que guardaba y solo conocía yo.

Me muerdo los labios con fuerza, frustrado. Sé que es difícil para ella, sé que lo será, porque si esto no hubiera ocurrido, si ella no hubiera sido la compañera de Estela en el trabajo de Cruz, dentro de diez años, me recogería en la puerta de la editorial Grandía y me diría en voz baja que aún no había sido capaz de contarle a ellos que tenía novia.

Ella temía enfrentarse a sus padres y ahora no tiene alternativa.

De pronto, el sonido de las bisagras al girar me hace levantar la vista.

En la puerta está Saúl, con el rostro todavía maltrecho, aunque se ha limpiado la sangre de la cara. Ya parece andar sin problemas, y esa maldita sonrisa suya ha vuelto a sus labios, como si nada hubiera pasado.

—Voy a recoger mis cosas —dice, antes de que a Amelia le dé tiempo de preguntar—. Mi padre vendrá a recogerme y después iremos a la policía a poner una denuncia.

Lo dice para provocar, lo sé, pero no puedo evitar sentir cómo una cascada de agua helada e invisible cae sobre mí. La profesora también está un poco pálida, pero asiente y señala con la barbilla su pupitre vacío. Saúl se dirige hacia él con lentitud calculada, disfrutando de las miradas y murmullos de toda la clase.

Cuando está guardando uno de los libros en la mochila, alza la barbilla y clava los ojos en Melissa y Estela.

—Van a llamar a vuestros padres —dice, con una sonrisa horrible—. Les informarán de que habéis tenido una conducta inmoral y obscena en el centro escolar —añade, aguzando la voz para imitar a la directora.

No miro hacia ellas, sigo con los ojos fijos en la expresión retorcida de Saúl, mientras los cuchicheos ascienden y Amelia empieza a pedir silencio.

—¿Por qué no cierras la puta boca? —susurro, de golpe, casi sin darme cuenta.

—¡Julen! —exclama la profesora, escandalizada.

—Nos está provocando —protesto, sintiéndome de pronto, terriblemente cansado—. Siempre lo hace. Cuando no es él quien ataca, provoca, para que sea el otro quién lo haga. Siempre está buscando hacer daño.

La expresión de Saúl no se ha modificado, pero ahora sus pupilas están hundidas en las mías.

—Julen, por favor, siéntate —dice Amelia, con un dejo de súplica.

Ni siquiera me he dado cuenta de que me he puesto de pie y he soltado la mano de Melissa para aferrarme con desesperación al borde del pupitre.

Saúl se coloca la mochila al hombro y me observa por encima de este, sonriendo, siempre sonriendo con crueldad. Con esa misma expresión con la que me contemplará dentro de diez años.

—Sí, Julen, siéntate —repite él, con calma—. No querrás que te ocurra como tu novio y te expulsen, ¿verdad?

—¿Qué? —murmuro, sintiendo cómo la vista se me emborrona. Los susurros dejan de serlo para convertirse en un cacareo de voces que me marean—. ¿Qué has dicho?

—Saúl, sal de una vez de la clase y espera a tu padre en el pasillo —interviene Amelia, levantando la voz. Se ha separado de su mesa y se ha colocado en uno de los pasillos que conforman los pupitres, creando un muro entre los dos—. Julen, por favor.

Pero yo ya no la escucho. No pueden expulsar a Ibai. Si lo hacen, se sumergirá todavía más en su burbuja oscura, se alejará todavía más de todos y ya no habrá forma alguna de llegar a él. He estado muy cerca, lo he sentido cuando se ha puesto frente a Melissa y a mí, pero si lo repudian, todo empeorará, será más complicado, y habrá más posibilidades de que dentro de diez años, aparezca con su viejo diario, solo, en mitad de una reunión de antiguos alumnos.

Sorteo el cuerpo de Amelia, que me pregunta a dónde voy, pero su voz suena demasiado lejana. Algunos de mis compañeros giran las cabezas a mi paso, puedo sentir las miradas de Melissa y Estela clavadas en mi nuca, quizás no tan confusas como las del resto.

Paso junto a Saúl, tan cerca, que la tela gruesa de mi jersey roza con la suya. Me encantaría abalanzarme sobre él, terminarle de romper esa maldita nariz que tiene, hacerlo sufrir como él hace sufrir a los demás, pero no tengo tiempo.

Cuando llego a la puerta, antes de que a Amelia le dé tiempo a alcanzarme, echo a correr. De inmediato, escucho sus gritos, sus advertencias, pero no me detengo.

Las sillas se arrastran y mis compañeros se ponen de pie a toda velocidad, pegando sus caras al cristal. Todos me observan, expectantes, llevados por el morbo. En una esquina, consigo ver a Cam algo más alejado, con una sonrisa extraña dibujada en sus labios, como si supiera exactamente lo que voy a hacer.

Paso junto al aula de Oliver. De soslayo, veo cómo la profesora Ezquerra, que también está dando clase, gira la cabeza bruscamente en mi dirección. Cuando escucho la puerta abrirse a mi espalda, giro en la siguiente galería y desaparezco de su vista.

Corro como si me fuera la vida en ello, como creo que realmente es. Me cruzo con un par de profesores, que intentan sujetarme y detenerme, pero yo soy más rápido y los esquivo. Subo las escaleras de los tres pisos que me separan de la sala de profesores y el despacho de la directora, sin disminuir el ritmo.

Cuando paso junto a la sala de profesores, la observo de soslayo. La puerta está entreabierta. En ella puedo ver a Cruz, de espaldas a mí, leyendo algo en unas hojas de papel. A su lado, sentado y cabizbajo, está Ibai.

Tiene los ojos brillantes, pero no parece haber llorado. Pálido, con el pelo negro arremolinándose en sus mejillas, mantiene las manos unidas con fuerza sobre los pantalones del uniforme. Sus nudillos están más blancos que las paredes que lo rodean. Parece haberse rendido.

No te pienso dejar solo, pienso, mientras lo observo. *Mírame, Ibai.*

Y él lo hace. Como si me hubiera escuchado, levanta la mirada y mis ojos castaños se hunden en los suyos azules. Parece leerme la mente, porque sus labios finos se curvan sutilmente.

Su movimiento parece arrastrar a Cruz, que levanta súbitamente la vista de los papeles y se da la vuelta con brusquedad hacia mi dirección. Me parece oírle pronunciar mi nombre con asombro.

Sé lo que va a intentar, pero yo soy demasiado rápido. Me abalanzo contra la puerta cerrada del despacho de la directora, ese mismo que nunca he visitado, y giro el pomo con violencia, arrastrando la puerta con un movimiento veloz.

Entro en la pequeña estancia jadeando. Apenas tengo tiempo para observar las cortinas corridas, que atenúa la luz del lugar, las flores mustias en un jarrón, el viejo ordenador que traquetea y el teléfono descolgado que descansa sobre un escritorio de caoba. A ambos lados de la habitación hay un par de estanterías repletas de papeles desordenados, ficheros y libros de texto.

La directora se encuentra frente a mí, sentada en su viejo sillón. Debe rondar los sesenta. Viste sobriamente con una camisa blanca y una falda oscura que asoma por debajo de la mesa. Su pelo gris, rizado, apaga un rostro ya de por sí cetrino. Tiene el auricular del teléfono pegado a la oreja, pero se ha quedado atascada en mitad de una palabra cuando me ha visto entrar.

—¡Julen! —grita la voz de Cruz, detrás de mí—. ¿Qué diablos crees que estás haciendo?

Ni siquiera me giro para contestarle.

—Arreglar las cosas.

La directora parpadea, y balancea la mirada entre mi tutor y yo antes de volver a acercar los labios al teléfono.

—Discúlpeme, lo llamaré en un momento. —Cuelga con cierta brusquedad, y se vuelve hacia mí, con el ceño fruncido—. ¿Qué está pasando aquí?

Cruz da un paso adelante, pero yo soy más rápido que él.

—¿Es verdad que van a expulsar a Ibai?

La mujer tuerce los labios y le dedica una mirada rápida a mi tutor, antes de echarse ligeramente hacia adelante y apoyar las manos en la mesa.

—Ese chico, su amigo, me imagino —añade, arqueando una ceja gris—. ha atacado violentamente a otro compañero sin motivo alguno. Van a tener que llevarlo al hospital. Ha estado a punto de romperle la nariz y...

—¿Sin motivo alguno? —bramo, dando un manotazo en el escritorio. La directora aparta sus propias manos con rapidez, y esta vez, Cruz me sujeta del hombro y tira de mí hacia atrás, intentando apartarme.

—¡Contrólate! —exclama—. Como no vuelvas a clase ahora mismo...

—¡Saúl ha sido el que ha comenzado todo esto! —vocifero, levantando la voz por encima de sus palabras—. ¡Siempre lo ha hecho, joder! ¡Es su diversión! Es un racista y un homófobo, siempre ha sido así, y nunca nadie ha dicho nada o le ha intentado parar los pies, y hoy, simplemente, no lo hemos soportado más. Hemos respondido.

—Una paliza nunca es la respuesta —replica la directora, impertérrita.

—¿Y qué debemos hacer entonces? —pregunto, inclinándome hacia delante—. ¿Esperar a que hagan algo los profesores?

—Por supuesto.

Pero yo noto la incomodidad de Cruz. Me ha soltado el hombro, pero siento cómo se remueve a mi espalda, nervioso. Sé que tanto él, como muchos, supieron lo que ocurrió con Melinda el año pasado, se enteraron, en mayor o menor grado, de todo lo que tuvo que aguantar. No solo el vacío de gran parte de la clase, sino también las palabras continuas de Saúl, sus «bromas». Todavía recuerdo cómo la profesora Ezquerra la mandó al baño después de que ella le enseñara entre lágrimas cómo tenía el libro de Matemáticas salpicado con un extraño líquido blanquecino.

Pero no fue solo ella. Durante el día, decenas de veces, Saúl insulta, se ríe de alguien, aparta la silla justo en el momento en que la persona se va a sentar. «Bromas», no para de decir él, con una sonrisa, que siempre se solucionan con un «Guardad silencio, chicos».

Y era lo que había hecho toda mi vida. Era lo que hubiera seguido haciendo si no hubiera tenido ese sueño el último día de verano. Pues bien, yo ya estaba harto de guardarlo.

Había llegado el momento de gritar.

—¿Entonces me está diciendo que debería actuar como usted? —pregunto, señalándola con el índice—. ¿Debería exponer la sexualidad de dos chicas a sus padres sin el consentimiento de ellas?

La directora carraspea y, esta vez, desvía la mirada hacia Cruz. Parece pedirle alguna clase de ayuda.

—Esas chicas, al parecer, estaban teniendo una conducta impropia. Los servicios de este centro no son... un dormitorio —pronuncia esas palabras muy deprisa, como si le dieran vergüenza. O asco.

Mis manos vuelven a sacudir el escritorio antes de que consiga controlarlas, aunque, a estas alturas, no quiero controlar nada.

—¡*Todo* el mundo se besa en el baño! Y *todo* el mundo lo sabe —exclamo—. ¿Sabe la de veces que he ido a beber agua y he escuchado cómo una puerta cerrada se agitaba a mi espalda? Joder, ¿cuánta gente se besa en la misma clase?

Miro a Cruz por encima del hombro. El primer día de curso tuvo que ver cómo Estela estaba encima de Ibai, besándolo, abrazándolo, y no hizo más que dedicarle una mirada aburrida, porque para él, en el fondo, el hecho de besarse no era el verdadero problema.

—Quizás, lo que no le gusta no es que hayan tenido una conducta *impropia* en su centro —añado, sintiendo cómo el veneno suaviza mi voz—. Quizás, lo que no le gusta es que se trate de dos chicas.

Con una tristeza profunda, desgarrada, que me aguijonea el estómago, adivino que he dado en el clavo. Lo adivino por la forma rápida en la que el rubor se adueña de la cara de la directora.

—No permitiré que un... adolescente —pronuncia esa palabra, pero en mi cabeza suena algo completamente distinto—, me acuse de algo que no soy.

La directora vuelve a mirar a Cruz, esta vez con más urgencia, pero mi tutor parece haberse convertido en una estatua a mi espalda.

—Entonces, no llame a sus padres, no las exponga. Ese momento les pertenece a ellas, no a usted. Tienen que ser las que elijan el cómo y el cuándo.

La mujer parece perder la paciencia y se pone bruscamente en pie, empujando su sillón de ruedas, que termina por estrellarse contra la pared. Yo, por el contrario, no me muevo.

—No sé ni siquiera qué hago perdiendo el tiempo con un alumno —sisea, rodeando la mesa para acercarse a mí—. Salga de aquí inmediatamente, sin decir ni una palabra más, o me encargaré de que a usted también lo expulsen.

Cruz vuelve a poner la mano en mi hombro, esta vez, con mayor suavidad. Sin embargo, es como si sus dedos encendieran el último cartucho que me queda por gastar.

—Expulsar a Ibai no es la solución. Llamar a los padres de unas chicas y crear un conflicto no es la solución. —La mano de Cruz recupera fuerza en mi hombro y jala de mí—. Él no debería haber golpeado a Saúl así, pero esto no ha sido más que la consecuencia de todo. Ibai estaba harto de Saúl, como nosotros, estaba harto de mirar hacia otro lado, de esconderse, de guardarse sus palabras. Porque si los que tienen autoridad para detenerlo no hacen nada... —Mis ojos se clavan en el rostro tenso de Cruz—... ¿Cómo vamos a hacerlo nosotros? Joder, ¿cómo no se van a besar Estela y Melissa, a escondidas, en un baño? ¿Dónde van a hacerlo si no? Ellas saben muy bien que no podrían estar juntas como una de esas parejas a las que no parece importarle tanto que se besuqueen y tengan «una conducta impropia».

Tengo que clavar los pies en el suelo prácticamente porque mi tutor me arrastra fuera del despacho. Antes de que la puerta se cierre, acierto a observar por última vez la cara de la directora, todavía roja por la ira y, espero, la vergüenza.

—¡Cálmate de una vez, Julen! —exclama, sacudiéndome—. Ya has hecho suficiente. Vuelve a clase. Y en silencio —añade, cuando ve que estoy a punto de replicar de nuevo.

Siento una piedra afilada bajar por mi garganta cuando trago saliva y desvío los ojos durante un instante hacia la puerta entreabierta de la sala de profesores, desde donde Ibai ha tenido que escucharlo todo. Tengo ganas de gritar hasta destrozarme la garganta, pero creo que ni siquiera eso me aliviará.

Le doy la espalda a Cruz y comienzo a caminar por el pasillo. Sin embargo, cuando paso junto a la sala de profesores, me detengo. Ibai está mirándome, con una expresión extraña en la cara que, por mucho que me esfuerzo, no logro desentrañar.

—Julen. —La advertencia de Cruz suena afilada a mi espalda.

Suelto un bufido por lo bajo y avanzo de nuevo, más que andando, dando patadas contra el frío suelo de baldosas. Estoy a punto de bajar las escaleras, cuando escucho de pronto unas pisadas aceleradas y veo cómo, por el recodo, aparece Amelia, respirando trabajosamente.

—¡Dios mío, Julen! —exclama, llevándose la mano al pecho—. Te he estado buscando por todos lados.

—Pues ya me ha encontrado —replico, seco, pasando por su lado para descender las escaleras.

—Espera. —Amelia me sujeta del codo, con delicadeza—. ¿Qué ha pasado? ¿De dónde vienes?

—De hablar con la directora.

—¿Te... te has colado en su despacho? —me pregunta, atónita.

Me encojo de hombros, con desgana, y creo que durante un instante tiene que controlar un amago de sonrisa.

—Julen, las cosas no funcionan así. No puedes salir corriendo de la clase sin más e irrumpir en el despacho de alguien al que debes respetar —dice, observándome con seriedad.

—Pues entonces las cosas deberían cambiar —replico, empezando a bajar los peldaños.

—No es tan sencillo.

Ella me sigue a duras penas, todavía boqueando por la carrera. Cada vez que respira, un ligero pitido parece brotar de sus pulmones. Escuchar ese sonido, lo que significará en un futuro, me enfurece todavía más.

—¡Pero puede serlo! —exclamo, volviéndome tan bruscamente hacia ella, que Amelia tiene que frenar para que no choquemos el uno con el otro—. Por ejemplo, podría dejar de fumar.

Amelia pestañea, estupefacta.

—¿De... de qué...?

—Es un cambio. Algo que podría hacer. Difícil, pero sencillo a la vez —digo. Noto las palabras pesadas en mi boca, y siento cómo caen sobre mi profesora, cómo hacen agujeros en ella—. Ese pequeño cambio podría suponer muchas cosas. Como por ejemplo, que no estuviera sin respiración después de subir unos pocos tramos de escalera. Como por ejemplo, seguir viva dentro de diez años, cuando los alumnos acudan a una de esas estúpidas reuniones que se celebran, donde ofrecen una comida horrible y enseñan unas fotos aún peores, y la encuentren con una sonrisa, en vez de enterarse de que esa única profesora que les parecía decente, ha muerto años antes por un puto cáncer de pulmón.

Amelia me observa con las pupilas dilatadas, los labios entreabiertos, aunque ninguna palabra escapa de ellos. Hay tanto terror en sus ojos que de pronto percibo cómo la culpa me destroza por dentro, haciéndome sentir aún peor.

—Lo siento —musito, girando la cabeza—. Lo siento muchísimo.

Bajo los escalones a toda velocidad, pero esta vez, ella no me sigue. Se ha quedado congelada en mitad de la escalera y yo no tengo valor para mirar atrás.

Llego a la planta baja respirando agitadamente, y no por la carrera. Todo lo que siento por dentro se ha mezclado tanto, que no logro entender nada. No sé qué gana. Si la impotencia, la rabia, las ganas de gritar, o el arrepentimiento. Intento respirar hondo, calmarme.

—Te has equivocado por una vez, Oliver —murmuro, en voz baja—. Este no va a ser un buen día.

Y entonces, la voz que menos desearía escuchar ahora mismo llega hasta mis oídos.

—¿Estás preocupado por tu novio?

Me incorporo, envarado, y me giro con lentitud hacia la figura que se aproxima arrastrando los pies.

Ahora que tiene la cara medio destrozada, la sonrisa de Saúl es todavía más repulsiva. Espera que le responda, pero yo mantengo los labios apretados, observándolo en silencio.

—Ahora que estamos a solas, déjame decirte una cosa, Julen —dice, pasándome el brazo sobre los hombros, estrechándome contra él como si fuera mi mejor amigo—. No te he molestado en todos estos años porque Ibai habló conmigo, ¿sabes? Hace un tiempo, después de una clase en la que casi te hice llorar, se acercó a mí y me pidió que te dejara tranquilo. «Es mi amigo, así que déjalo en paz», eso fue lo que dijo.

Esta vez, un escalofrío recorre mi columna vertebral, aunque la sensación que lo provoca no tiene que ver nada con el miedo.

—Yo lo hice por él. Ibai me caía bien, era un buen chico. —Saúl se coloca frente a mí, tan cerca, que puedo observar las delimitaciones perfectas que los puñetazos han dejado sobre su piel—. Pero ahora las cosas han cambiado,

Julen. Y, cuando vuelva el lunes a clase, te juro que voy a convertir tu vida en un puto infierno. Tú, maricón de mierda, y tus dos amiguitas degeneradas, vais a desear moriros.

Lo observo, sin pestañear, dándome cuenta de que hay algo extraño en todo esto. Algo que falta. Él también se percata, porque de pronto frunce el ceño.

Entonces, descubro qué es.

El miedo.

—Saúl —digo, dando un paso hacia atrás—. Ibai no ha conseguido romperte la nariz, ¿verdad?

Él abre la boca y la vuelve a cerrar, confuso.

—No, claro que no. Ese cabrón no tiene fuerzas para...

—De acuerdo —lo interrumpo, echando el puño hacia atrás.

Y esta vez, su nariz sí se rompe.

Capítulo 32

Mis padres abren la puerta frente a mí, pero no para dejarme entrar primero, si no para asesinarme una vez más con la mirada.

Ni siquiera separo los ojos del suelo. Cuando le di el puñetazo a Saúl y supe que le había terminado por destrozar la nariz, estaba seguro de que lo menos que iban a hacer era llamar a mis padres. Lo que quizás no me había esperado era que a mí también me expulsaran. Al menos, solo será una semana.

Me hubiese gustado preguntar si Ibai iba a compartir mi destino o si de verdad lo iban a expulsar definitivamente del instituto, pero después de golpear a Saúl, nadie se molestó en contestar a mis preguntas. Tampoco puedo preguntárselo a nadie a través del teléfono, mis padres me lo confiscaron en cuanto salimos a la calle.

—Siéntate —sisea mi madre.

—¿Vosotros también me vais a echar una bronca? —suspiro, observando el sofá como si se tratara de un artilugio de tortura.

—No, Julen. Nosotros te vamos a echar *la bronca* —responde mi padre, sentándose frente a mí.

Me dejo caer entre los cojines y me cruzo de brazos frente a ellos. Los veo intercambiar una mirada, casi nerviosos, antes de que mi madre carraspee y se eche ligeramente hacia adelante.

—La verdad es que nunca pensé que tendríamos que hablar de algo así —dice, con el ceño fruncido. Está muy enfadada, pero creo entrever algo más en su expresión. Desconcierto, asumo—. No creía que fueras unos de esos chicos que se meten en peleas.

—No solo en peleas —añade mi padre, con un gruñido—. A ese compañero tuyo ya lo habían golpeado. Y tú lo volviste a hacer, le quisiste hacer más daño. Eso es horrible, Julen.

—La directora nos dijo que antes habías irrumpido en su despacho y habías tenido una actitud vergonzosa y violenta. ¿Es verdad que le gritaste?

Respondo con un largo bufido que hace que mis padres vuelvan a intercambiar una mirada.

—Julen. Julen, mírame, por favor. —De mala gana, me yergo y observo a mi madre. Ahora, la confusión ha ganado al enfado—. Tu padre y yo... nos hemos dado cuenta de que este año has cambiado mucho. Hay veces que ni siquiera pareces tú.

—Es que quizás no quiero ser yo —replico, con rabia—. Es que quizás estoy cansado de quedarme mirando y no hacer nada.

Se produce un minuto de completo silencio, en el que el reloj de la cocina marca un *tic—tac* que resuena en cada rincón de la sala de estar.

—Los dos sabemos que hubo un motivo para que atacaras a ese chico. Tú no harías daño a nadie que estuviera desprotegido y...

—¿Desprotegido? —lo interrumpo, con una carcajada nada divertida—. Saúl es la persona más protegida que conozco. ¿Sabéis por qué? Porque es guapo, su familia tiene dinero, es hetero y es hombre. Tiene todos los privilegios de su lado, así que, por favor, no digáis que estaba «desprotegido». Los que realmente se encuentran fuera de esa protección somos todas esas personas que no entramos en el sistema, que no tenemos ni la identidad, ni la orientación sexual, ni el color de piel necesario.

Mis padres se han quedado mudos. Me miran como si no me conocieran, como si el que está delante de ellos, retorciendo un cojín entre las manos, no fuera su hijo, sino un completo desconocido.

—No espero que lo entendáis. —Me pongo de pie y, sorprendentemente, ninguno de los dos dice que me vuelva a sentar—. La directora no lo entendió.

Cruz, mi tutor, tampoco lo hizo. Tienen que cambiar muchas cosas para que el mundo entienda cuál es el verdadero problema aquí.

Me dirijo a mi habitación, caminando con firmeza, pero a mitad de camino, la voz de mi madre me detiene en seco.

—Julen, puede que tengas razón en lo que dices. Pero lo que ha ocurrido hoy no es la forma de defenderlo.

Mis pies se quedan clavados en la alfombra que cubre la sala de estar, pero mi cuerpo se dobla por completo para mirar a mi madre a los ojos.

—No puedes luchar por lo que quieres a golpes. La violencia solo genera más violencia. Es un círculo que no tiene fin.

Cierro los ojos durante un instante y, detrás de los párpados, puedo ver ese vídeo que contemplaré dentro de unos meses, en los que Ibai atacará sin piedad a alguien, alzando y bajando un bate sin descanso. Golpeando, golpeando, golpeando.

Noto cómo la respiración se queda atrapada en mi garganta.

—¿Y qué ocurre si los que realmente pueden solucionar los problemas no lo hacen? —pregunto, con la voz entrecortada.

—Entonces, tendrás que seguir buscando otra solución. Por desgracia, Julen, en la vida los malos a veces no reciben su merecido, y a veces los buenos no se salvan. No siempre se imparte justicia —dice mi padre, torciendo los labios en una mueca triste—. Y esa justicia hay ocasiones en que no la puedes impartir tú, por mucho que lo desees. Porque entonces, no serás muy diferente a ese problema que quieres cambiar.

Las manos se me convierten en puños que aprieto contra los costados. El corazón late como loco en mis oídos y tengo que respirar hondo para calmar mi respiración. Echo a andar, arrastrando los pies, y subo las escaleras hasta mi habitación.

Esta vez, nadie me detiene.

Paso el resto de la mañana en la cama. Intento leer un poco, pero ni siquiera las palabras de la página consiguen distraerme de otro tipo de palabras que llenan mi cabeza. Todas conforman un alambre de espino que no hace más que cortarme y enredarme más en él.

Las palabras de Saúl.

Las palabras de la directora.

Las palabras de mis padres.

La ausencia de palabras de Ibai.

Arrojo el libro contra mi escritorio y doy vueltas por la cama deshecha, cubriéndome la cabeza con el edredón. Estoy revolcándome bajo él, cuando la puerta de mi habitación se abre con suavidad.

Asomo la cara y mi madre echa un vistazo rápido a la estancia desordenada antes de clavarla en mí.

—Han venido a traerte la tarea para toda esta semana —anuncia, aunque su tono parece esconder una advertencia—. En cuanto te den los deberes, la visita acabará, ¿de acuerdo? Recuerda que estás castigado.

Aprieto los labios, pero no tengo más remedio que asentir de mala gana. Ella desaparece antes de echar un último vistazo reprobatorio a mi cuarto. Estoy a punto de quitarme de encima las sábanas y el edredón bajo el que estoy enterrado, cuando Oliver entra en mi habitación.

No sé muy bien a quién esperaba encontrarme, pero desde luego, no a él.

Intento ponerme en pie con rapidez, pero mis pies se enredan con la tela y acabo cayendo de bruces al suelo. El calor que había empezado a sentir se convierte en un infierno insoportable cuando escucho cómo se le escapa una carcajada.

Por fin, consigo erguirme y, a toda prisa, me coloco bien la sudadera que me he puesto encima de ese maldito pijama de Pugs que no habría utilizado por nada del mundo si hubiese sabido que Oliver Montaner iba a pisar mi dormitorio.

Él, al principio, no dice nada. Se queda mirándome, con los brazos cruzados y su mochila colgando del hombro. Y entonces, suavemente, apoya el talón en la puerta y la cierra a su espalda.

Ese simple gesto consigue que mis entrañas se contraigan un poco.

—A mi madre no le gusta que cierre la puerta cuando hay un chico en mi habitación —digo, intentando ignorar el sofoco que corre como sangre por mis venas—. Cree que es peligroso.

—Hace bien en preocuparse. —Los labios de Oliver se estiran en una mueca ambigua, mientras que yo tengo que girar la cabeza para esconder a medias mi violento sonrojo—. Bonito conjunto —añade, acercándose con lentitud a mí.

—¿Tú te vistes con traje de chaqueta para estar en tu casa? —replico. Intento que la voz no me tiemble, pero fracaso estrepitosamente.

Oliver esboza una sonrisa a medias y permite que la mochila resbale por su hombro hasta dejarla depositada en el suelo, junto a mi escritorio. Observa el desastre de papeles pintarrajeados, cuadernos y libros que hay sobre él antes de clavar sus ojos claros en mí.

—Vaya, sí que te has convertido en un rebelde —comenta, arqueando una ceja—. Los rumores son ciertos.

Suelto un pequeño gruñido y me siento en la cama, con los brazos cruzados. Puedo imaginarme a qué clase de rumores se refiere.

—Entonces, ¿es verdad que has asaltado el despacho de la directora? —Como respuesta, me limito a encogerme de hombros—. ¿Y que le has roto la nariz a Saúl?

—¿Crees que no debería haberlo hecho? —pregunto, con un hilo de voz.

Tengo los ojos clavados en mis rodillas, así que noto cómo Oliver se sienta a mi lado cuando el colchón se hunde un poco y me inclina en su dirección.

—Yo soy de los que piensan que las palabras pueden hacer más daño que los puñetazos. Y si no lo crees, solo tienes que mirarme. Más de la mitad del curso me odia y nunca he levantado una mano contra nadie —comenta, arrancándome una pequeña sonrisa—. Pero supongo que ahora tendré que tener cuidado. No me gustaría que me rompieras la nariz, la aprecio bastante.

Me río un poco por lo bajo, porque sé que solo está intentando hacerme sentir bien, aunque eso sea algo completamente extraño en Oliver Montaner.

—Hace tiempo podría habértela roto, ¿te acuerdas cuando nos encontramos en el Club Damarco por primera vez?

Él sonríe y sus rasgos afilados se suavizan un poco cuando lo observo recordar. Al girar su cara hacia mí, me doy cuenta de pronto de la poca distancia que nos separa.

—Yo te dije que nunca entrarías en el club, porque tienes las piernas demasiado cortas —dice. Su voz, de golpe, ha bajado una octava.

—Y yo te dije que no me dijeras lo que era o no capaz de hacer.

Oliver sacude la cabeza y sus ojos grises recorren cada línea de mi cara. No intenta disimularlo. Soy plenamente consciente de cómo sus pupilas bajan por los rizos oscuros de mi pelo, pasean por mis gafas y mi nariz respingona, y se quedan atascados en mis labios.

El aire se vuelve denso. Difícil de respirar.

—Creo que me equivoqué contigo, Julen —murmura, en voz baja—. Nunca he conocido a nadie que sea capaz de cambiar tanto las cosas.

Niego, incapaz de soportar más el peso de sus ojos. La falta de oxígeno, el mismo ambiente que parece estar en llamas, me hace difícil ordenar los pensamientos.

—Yo no he hecho nada, Oliver —articulo, a duras penas—. Solo trato de impedir que Ibai cometa una locura, y ni siquiera eso está saliendo bien.

Él suelta algo parecido a un gruñido y se levanta con tanta brusquedad de la cama que me desestabiliza. Parece exasperado de golpe. Se comienza a pasear a un lado y a otro, con las manos convertidas en puños y el rostro tenso.

—A veces haces las cosas un poco difíciles, ¿sabes?

—Y me lo dices tú —replico, poniendo los ojos en blanco.

Él se gira bruscamente hacia mí y se inclina hasta tener su cara a la altura de la mía. Intento echarme hacia atrás, pero mis músculos se niegan a obedecerme. Al contrario, casi me empujan a acercarme más a él.

Creo que este tira y afloja me va a volver loco.

—¿Por qué crees que estoy aquí? —pregunta a bocajarro.

—No lo sé, quizás quieres devolverme el favor. Yo también te llevé los deberes en una ocasión, cuando estabas enfermo.

Oliver suspira y frunce el ceño.

—Julen, no te he traído los deberes.

—Ah. —Mi voz se rompe con ese solo monosílabo—. ¿No?

—No, le he mentido a tus padres porque sabía que era la única manera de verte. Y créeme. *Necesitaba* verte.

El mundo parece emborronarse a su alrededor. Él ahora es el único color que hay en mi dormitorio, todo lo que se encuentra a su alrededor es gris y está desdibujado.

—¿Por qué? —Mi voz es apenas un murmullo, pero Oliver me escucha.

—¿Tú por qué crees?

No puedo contestar porque sus dedos están trepando de pronto por el dorso de mi mano, trazan una línea recta y lenta por mi antebrazo, y suben por el hombro, una caricia suave pero intensa, que muere en el borde de mi sudadera. Las yemas de sus dedos rozan la piel de mi cuello y, esta vez, no puedo reprimirme. Me sacudo violentamente frente a sus ojos y el fuego que siento en mi estómago, crece tanto, que me devora desde el interior.

—Porque soy tu amigo —respondo. De pronto, esas palabras no parecen tener sentido.

A él se le escapa una pequeña carcajada y su aliento impacta contra mis labios, ardiendo.

—Cuando viniste aquella tarde a mi casa, a traerme los malditos ejercicios de Física, me di cuenta. No podía negarlo. Y, cuando me dijiste que eras mi amigo, tuve ganas de corregirte —dice, con una lentitud insoportable, teniendo cuidado de que yo entienda todas y cada una de sus palabras—. No, Julen, tú no eres solo mi amigo. Tú eres el chico del que estoy enamorado.

La Tierra entera se sacude cuando los labios de Oliver rozan los míos. Es solo eso, apenas una caricia, antes de apartarse y apoyar su frente contra la mía. No puedo moverme. Mis huesos no son más que hierro fundido.

—Pensaba que... no te gustaban...

—¿Los chicos? —me ayuda él. Su sonrisa no es como siempre, lo ilumina de una forma indescriptible, y es especial, porque es una sonrisa que solo me dedica a mí. No sé cómo he tardado tanto tiempo en darme cuenta de ello.

—En realidad, pensaba que no te gustaba nadie.

Oliver resopla, aunque sus labios siguen curvados en esa sonrisa que hace que mis costillas sean demasiado débiles como para soportar el eco de los latidos acelerados de mi corazón.

—Bueno, ya ves que no. —De pronto, frunce el ceño, como si acabara de reparar en algo—. ¿Yo... yo a ti...? —Calla, visiblemente incómodo, y desvía la vista.

Lo estudio durante un minuto, preguntándome lo mismo. Pero conozco la respuesta, la conozco incluso antes que él, durante aquella fiesta que hicimos en mi casa, en la que estuvimos en el sofá, separados por Melissa y Cam, mirándonos fijamente. En aquella ocasión fue la primera vez que lo sentí. Su calidez, llegando hasta mí. Su contacto, aunque estuviéramos separados. Daba igual que varios cuerpos estuvieran entre nosotros, que algunos más nos rodearan, era como si Oliver y yo fuéramos los últimos habitantes de este mundo. En ese instante, no sabía si esa sensación me fascinaba o me aterrorizaba.

Ahora lo tengo claro.

Cierro los dedos alrededor del cuello de su camisa y tiro con firmeza. Él pierde el equilibrio, sorprendido, y cae sobre mí. Cuando nuestros labios vuelven a encontrarse, puedo sentir cómo sonríe.

El mundo parece estallar en llamas. El aire quema cuando entra en mis pulmones y nunca parece suficiente por mucho que respiro. Es como si perdiera el control de mi cuerpo, como si tuviera vida propia y mi cabeza no fuera más que algo extraño. Y me rindo a Oliver, sin poder y sin querer hacer nada. Mi piel está dolorosamente tirante, como si fuera insuficiente para cubrir todo lo que guarda en su interior. Y, cuando separo los labios para recibir su lengua, todo mi ser reverbera con el latido frenético de mi corazón.

—Si... si viene... alguien... —consigo decir, mirando a la puerta con los ojos entrecerrados.

Oliver se separa un instante de mí, dedicándome esa expresión hastiada que siempre adquiere cuando alguien dice alguna estupidez. Coloca una mano sobre mi cabeza y, con un movimiento rápido, jala del edredón, resguardándonos bajo él, bajo su oscuridad.

Jadeo cuando los dedos de Oliver vuelven a encontrarme y lo acerco más a mí. Estamos encajados en las costillas del otro, pero, aun así, siento que no es suficiente, que quiero más, muchísimo más. Porque es como si me estuviera ahogando y él fuera lo único a lo que agarrarme, él único que es capaz de llevarme de nuevo hasta la superficie.

Pero de pronto, a pesar de nuestra respiración agitada, del susurro de las sábanas a nuestro alrededor, escuchamos los pasos y nos miramos con pánico en la penumbra creada por el edredón.

Alguien llama un par de veces con suavidad y, sin esperar respuesta, escuchamos el crujido del picaporte y el sonido de las bisagras al girar.

Nos levantamos a toda prisa. Yo me quedo sentado a los pies de la cama, porque no estoy muy seguro de que mis piernas me sostengan, con el edredón cubriendo inteligentemente mi regazo. Oliver, sin embargo, se ha puesto en pie y ha llegado hasta mi escritorio, sobre el que se reclina con cierta indolencia cuando mi padre termina por abrir la puerta.

Pestañea, se queda mudo por un instante y pasea su mirada por mí, por mi pelo revuelto, mis gafas caídas y mis labios hinchados, para fijarla después en Oliver que, por el contrario, parece como si acabara de entrar en clase. Solo un ligero rubor en las mejillas lo delata.

—Hola, papá —saludo, con una voz dos octavas más aguda—. Cuánto tiempo.

Mi padre hace una mueca, y se hace a un lado para que la puerta quede libre.

—Creo que te hemos dado tiempo de sobra para que te entreguen los deberes de esta semana —dice, arqueando las cejas mientras observa la mochila de Oliver, olvidada en un rincón—. ¿Os queda todavía algún ejercicio por explicar?

—No, no, por supuesto que no —replico a toda prisa, sintiendo cómo el calor vuelve a trepar por mí, aunque se trate de uno totalmente diferente—. Oliver ya se iba, ¿verdad?

Él me dirige una mirada irónica.

—A decir verdad, todavía necesitamos...

—Oliver se marcha —lo interrumpo, fulminándolo con la mirada—. A. Su. Casa.

Él se ríe, y sus carcajadas me producen un breve estremecimiento. Recoge su mochila y se acerca a mí para despedirse. Demasiado. Más que demasiado. No pensaría que se atrevería a besarme de nuevo delante de mi padre, pero es Oliver Montaner, y lo que opinen los demás le trae sin cuidado. Sin embargo, aunque no nos separan más que unos centímetros, él inclina el rostro y coloca su mano sobre mi cabeza, aplastándome un poco los rizos revueltos.

—A Ibai solo lo han suspendido una semana —susurra, antes de guiñarme un ojo—. Pensé que te gustaría saberlo.

Le contestaría algo si mi a mi cerebro se le diese por funcionar, así que parpadeo como un estúpido y observo cómo Oliver se despide de mi padre con un ligero asentimiento y desaparece por el pasillo, sin mirar ni una sola vez atrás.

Yo sigo congelado en la misma postura cuando mi padre se gira de nuevo hacia mí.

—Deberías arreglarte un poco el pelo antes de bajar y… por Dios, Julen, súbete un poco los pantalones.

Asiento con las venas ardiendo, y observo cómo él suelta un suspiro y desaparece por el pasillo. Cuando sus pasos se convierten en un eco lejano, me llevo las manos al pecho y caigo de espaldas a mi cama.

Capítulo 33

Son las dos de la mañana, y sé que debería dormir, pero no puedo dejar de pensar en todo lo que ha ocurrido. En cómo Saúl trató a Melissa, cómo me golpeó, cómo Ibai se colocó delante de nosotros, protegiéndonos con su cuerpo. Las palabras de la directora todavía me golpean, tan afiladas como ignorantes, y la forma en la que Cruz se deshizo de mí todavía me duele. La expresión de Amelia, la nariz rota de Saúl. La discusión con mis padres, el beso interminable de Oliver.

Son demasiadas emociones contradictorias. Demasiada frustración, demasiada rabia, demasiado amor. Las tres son intensas, pero no sé cuál pesa más.

Suelto un largo suspiro y me cubro con el edredón. Eso tampoco me ayuda, porque en el momento en que lo siento sobre mi cabeza, recuerdo las manos de Oliver, y la adrenalina vuelve a dispararse por mi cuerpo, apartando a manotazos el poco sueño que podía tener. Me llevo las manos a la boca y la aprieto con fuerza, intentando controlar una risita que crece dentro de mí. Estoy a punto de dejarla ir, cuando escucho un ruido.

Me quedo inmóvil bajo el edredón, aguzando el oído. Ha sido un golpe seco.

Lo oigo de nuevo. No viene desde el interior de mi casa, pero ha sonado extraordinariamente cerca de mí. Mi corazón acelera su ritmo mientras asomo el brazo por debajo del edredón y tanteo hasta que consigo encender la lámpara de mi mesilla de noche. La luz parpadeante me da algo de valor para asomar la cara. Miro a mi alrededor con ansiedad, pero no veo a nadie.

Y de pronto, el sonido llega de nuevo. Pero esta vez, localizo de dónde viene.

—No me lo puedo creer —murmuro, saliendo de la cama.

Reprimo el escalofrío cuando mis pies descalzos tocan el suelo y se deslizan hasta el borde de la ventana cerrada. La abro con rapidez y me inclino hacia la noche, aunque apenas veo nada por la oscuridad reinante.

—¿Oliver?

Desde varios metros por debajo de mí, me llega una carcajada suave.

—No sabía que Oliver llamara a tu ventana por las noches.

Mi cuerpo se sacude por la sorpresa al reconocer esa voz. Me inclino un poco más, y entonces, pegado a la pared de casa, puedo ver a Ibai. Su cara es el único color claro que existe entre tanta negrura. No sé si me lo imagino, pero me parece que sonríe.

—¿Qué estás haciendo aquí? —pregunto, entre susurros.

—Había pensado en ir a dar un paseo a la playa, por la noche, como cuando éramos pequeños —dice, como si fuera lo más normal del mundo. Levanta el brazo y sacude algo que no alcanzo a ver—. He traído linternas. Sé que esta vez no habrá fuegos artificiales.

Me quedo un instante en silencio, con los dedos helados y aferrados con fuerza en el marco de la ventana.

—No puedo bajar. Mis padres me escucharán cuando abra la puerta —susurro, mirando hacia atrás, esperando que la puerta de mi dormitorio se abra de un momento a otro.

—Pues entonces salta.

Lo miro, con los ojos muy abiertos.

—¿Qué? No puedo. ¿Y si me rompo algo?

Ibai menea la cabeza y se mueve unos pasos. Está prácticamente debajo de mí, con el pelo revuelto por el viento y una leve sonrisa en los labios.

—No sabía que tuvieras miedo a las alturas.

Hago una mueca y desaparezco en el interior de mi dormitorio. Me pongo el chaquetón encima del pijama de invierno, y después me coloco unos calcetines gruesos y mi calzado deportivo. Ya medianamente vestido, con torpeza, trepo por mi escritorio y me siento en el marco de la ventana. Realmente, no estoy tan alto. Si Ibai levanta los brazos, sus dedos rozan mis pies.

—Si quieres, puedo atraparte.

Trago saliva, todavía dudando.

—Confía en mí.

Resoplo y me balanceo hacia adelante, mientras el miedo y los nervios me carcomen por dentro.

Cuando era pequeño, Ibai vino con mi familia durante el verano para pasar un día en la playa. Nos alejamos un poco y, entre las rocas de la costa, él encontró una gruta marina. Sin avisar a nadie, nos metimos dentro y nos quedamos durante horas chapoteando en la pequeña balsa de agua que se había formado en su interior. Cuando finalmente nos encontraron, mis padres estaban furiosos. Ibai se apresuró a explicar que había sido idea suya, pero eso no quitó que me castigaran durante unos días. Cuando llegamos a casa, mi padre me preguntó, enfadado: «Si Ibai te pide que saltes desde un precipicio, ¿tú lo harías, Julen?».

Miro hacia abajo, a los brazos abiertos de mi amigo.

Sin ninguna duda.

Con un impulso, despego mi cuerpo del cemento blanco que recubre la fachada y siento durante un instante cómo el estómago se eleva hasta mi garganta. No es más que un segundo, antes de que un golpe me sacuda y me deje medio atontado sobre el césped frío.

Más que sujetarme, los brazos de Ibai han chocado con mi cuerpo, y ahora los dos, como consecuencia del impacto, yacemos tumbados sobre la hierba húmeda, sin respiración. Por debajo de su abrigo, él también lleva puesto el pijama.

—¿Estás bien? —me pregunta, con la voz entrecortada.

—Creo que sí.

Me incorporo, con una mano apoyada sobre el estómago, intentando volver a respirar con normalidad. Ibai me imita, mientras se aparta algunas briznas de hierba que se le han quedado pegadas en el pelo.

—Si mis padres se enteran, me matarán —digo en voz baja, mirando hacia la ventana que comunica con el dormitorio principal. Por suerte, la luz permanece apagada.

—Nadie se va a enterar de esto —contesta Ibai, pasándome una de las linternas—. Venga, vamos.

Asiento, siguiéndolo hacia la calle. La puerta de la parcela está cerrada, así que tenemos que saltar por encima del muro de cemento blanco. Ibai lo hace con facilidad, pero yo arrastro la ropa sobre los ladrillos y siento cómo el pantalón del pijama se me rasga al saltar al asfalto.

A pesar de que es viernes, no hay nadie en los alrededores. Lo único que se escucha es el eco de nuestras pisadas mezclándose con la brisa nocturna y el sonido de las olas del océano, que ruge a tan solo unos metros de distancia. El silencio no es incómodo, pero sí pesado. Me encuentro buscando algo que decir, cuando Ibai habla primero. Lo cual es extraño. Y reconfortante.

—Así que... Oliver —dice, y sonríe. Hacía mucho tiempo que no veía a Ibai sonreír tantas veces seguidas—. Supongo que ya era hora.

—No tengo ni idea de lo que estás hablando —respondo, evitando su mirada.

Él pone los ojos en blanco, pero continúa con los labios estirados. Su expresión sigue ahí, intacta, durante todo el camino que nos lleva hasta el paseo marítimo. Como suponía, está completamente desierto. Los edificios tienen las ventanas cerradas con persianas y cortinas. Los restaurantes de la playa que solo abren en verano ahora no son más que unas sombras de maderas y metal en mitad de la arena, y la luz de las farolas apenas alcanzan a acariciarlas. El océano se escucha, pero no se ve.

Ibai salta por encima del pequeño muro de cemento que separa el paseo marítimo de la playa. Yo lo sigo, y en el momento en que aterrizo, siento cómo mis deportivas se llenan de arena fría.

Encendemos las linternas y, tras mirarnos un instante, nos adentramos en la playa.

Aunque todavía estamos en invierno y el viento corta nuestras mejillas, puedo volver al pasado cuando cierro los ojos y noto el peso de la linterna en mi mano.

Hubo una noche, durante el verano antes de que Ibai y yo dejáramos de ser amigos, en el que los dos habíamos flotado bocarriba en el agua, con los brazos extendidos. Nuestros dedos casi se tocaban. Había habido un fallo en la electricidad del paseo marítimo y, durante unos minutos, todo estuvo a oscuras. Había sido como nadar en el cielo. En cada gota de agua se reflejaban las estrellas.

Fue solo un instante. Recuerdo que miré a Ibai, que flotaba a mi lado, con los ojos muy abiertos, observando el universo estrellado, cuando hablé:

«Prométeme que siempre seremos amigos».

Él me miró. Solo tenía ocho años, pero no pareció sorprendido o avergonzado. Sonrió y extendió un poco más los dedos, atrapando mi mano entre ellos.

«Siempre», prometió.

Pero unos meses después, una noche en un viejo baño de colegio nos separó para siempre.

—Hoy no podemos bañarnos.

La voz de un Ibai más adulto me devuelve a la realidad. Recupero el aliento y miro a mi alrededor, mientras flexiono y estiro esa misma mano que él agarró con fuerza hace tanto tiempo.

Nos hemos detenido junto a la orilla. Las olas caen con fuerza sobre la arena, creando muros de espuma que casi llegan a lamer nuestro calzado. El aire huele a algas y a agua revuelta.

—Nos lo pasábamos muy bien —suspiro.

Ibai asiente y se acuclilla, extendiendo la mano frente a él. Esta vez, cuando los últimos restos de la ola llegan, no aparta la mano y deja que el agua la empape.

—A veces me gustaría reescribir la historia, ¿sabes? —susurra, irguiéndose con lentitud.

Yo me estremezco.

—Nos lo pasábamos bien —repito, con cautela, tragando en seco—. Pero, aunque algunas cosas hayan cambiado, hay otras que no. Míranos, aquí estamos de nuevo. Tú, yo, las linternas y la playa.

Esta vez Ibai no contesta. Permanece erguido, con los dedos todavía mojados por el agua del océano, y el calzado de deporte peligrosamente cerca de la orilla. El viento nocturno le agita violentamente el cabello, sepultando su mirada bajo él.

—Creo que te debo una disculpa —murmura de pronto, en voz tan baja, que durante un momento dudo si he imaginado sus palabras.

—Ibai...

Me acerco consternado a él, pero levanta una mano para detenerme.

—No, escúchame un momento. Necesito... necesito hablar sobre lo que ocurrió el otro día. Sé que no deberías haber leído el diario a escondidas. —Me encojo de vergüenza, pero Ibai ni siquiera me mira—. Pero yo no debería haber reaccionado así. Te hice mucho daño.

Niego con la cabeza, pero él sigue con la mirada perdida en el océano que se agita frente a nosotros y se funde con la noche.

—Escribo desde hace mucho —dice, respirando hondo—. Cuando tú y yo dejamos de ser amigos empecé a hacerlo. Me ayudaba a... desahogarme, supongo.

—Y... lo que escribiste en ese diario ¿tiene que ver con lo que estuviste a punto de contarme en la discoteca? —contesto, consiguiendo que sus ojos viren hasta mí—. Sé que tienes problemas, Ibai.

Él se muerde los labios y echa la cabeza hacia atrás, observando el cielo. Unas lágrimas comienzan a acumularse en el borde de sus ojos.

—Supongo que sí, que tengo problemas —dice, con la voz estrangulada—. Y a veces no sé qué hacer con ellos, a veces me pesan demasiado. Sé que no soy una persona fácil con la que tratar —añade, esbozando una sonrisa amarga—. Mi madre ya no sabe qué hacer conmigo, sé que no le caigo bien a Melissa, y Cam solo sigue siendo mi amigo por lástima.

—¿Lástima? —repito, sacudiendo la cabeza—. No digas tonterías.

—Julen, sé que me quieres ayudar, pero no puedo decirte lo que hay en ese diario. Todavía no. —Esboza una sonrisa que me parece un tanto forzada—. Quizás algún día, cuando consiga olvidar, te lo podré contar.

Suspiro, aunque asiento con la cabeza. Sé que está equivocado. No se puede olvidar. Hablar de ello puede ayudar a comprenderlo, a aceptarlo, pero el silencio jamás es la solución. Huir de tus problemas solo los hace más fuertes.

—¿Sabes? Cuando era pequeño, siempre quería ir a tu casa —dice, volviendo a mirarme—. Te lo he dicho muchas veces. Sentía que era como mi refugio, como si esos muros que rodean la parcela me protegieran de todo. Pero me equivocaba. No era la casa. Ni siquiera era ese muro. Eras tú, siempre fuiste tú. Porque cada vez que estoy contigo, sé que estoy a salvo. —Levanta el brazo con lentitud y coloca una de sus manos sobre la mía, presionándola suavemente—. Ahora me da igual el diario. Ahora me dan igual mis problemas. Ahora me siento a salvo.

Aprieto los labios mientras noto cómo mi mirada se vuelve vidriosa. Me gustaría preguntarle de quién o de qué le gustaría estar a salvo, pero en vez de eso, susurro:

—Si eso es verdad, entonces acude a mí. Si sucede algo, si sientes algo... parecido a lo que sentiste cuando golpeaste a Saúl, si crees que no puedes más, si piensas que todo ha acabado, ven a mí. Habla conmigo. Cuenta conmigo.

Ibai no responde, pero su mano aprieta con más fuerza la mía.

—¿Me lo prometes? —murmuro.

—Te lo prometo.

Capítulo 34

La semana transcurrió con una lentitud interminable, y eso que estuve liado con la cantidad interminable de deberes que se encargaron de enviarme los profesores. Al final, no tuve más remedio que decirles a mis padres que Oliver no había traído ninguna clase de tarea. Ellos hablaron con Melissa por teléfono y consiguieron una lista con todos los ejercicios. Por haberles mentido, me gané tres días más castigado sin móvil.

Jamás habría pensado sentir tantos deseos de ir al instituto. El lunes siguiente me despierto demasiado temprano, todavía no ha amanecido, pero a mí me trae sin cuidado. Me visto con rapidez y bajo a la cocina a desayunar. Cuando termino, mi madre se acaba de despertar para ir al centro de salud.

—¿A qué viene tanta energía? —me pregunta, con un bostezo.

—¿Qué energía? —replico, mientras me levanto de la silla de un salto.

Ella pone los ojos en blanco y me revuelve el pelo cuando paso corriendo a su lado.

No voy a mentir, no tengo ni idea de qué va a suceder cuando me encuentre cara a cara con Saúl, pero al menos, no me siento solo. Tengo a Ibai y a Oliver a mi lado. Y sé que, al menos, Melissa y yo tendremos oportunidad de hablar para intentar arreglar nuestra estúpida discusión.

Ahora mismo, es todo lo que necesito.

Me calzo a toda velocidad, agarro mi mochila, cargada con los deberes hechos, y bajo de nuevo las escaleras en el momento en que mi padre abre la puerta de su dormitorio. Me dice algo sobre no golpear a nadie y pensar antes de hablar, pero yo me despido con una sonrisa y salgo, después de una semana de encierro, a la calle.

Cuando los fríos rayos del sol me dan en la cara, alzo los brazos y respiro hondo. Todavía no hay coches circulando en los alrededores, así que puedo escuchar las olas de la playa.

—Pareces un preso que acaba de salir de la cárcel.

Bajo los brazos de pronto y giro, sorprendido, hacia la figura que me espera apoyada contra el muro que cerca el jardín. Es Melissa. Separo los labios, sin saber muy bien qué decir, aunque por suerte, ella se me adelanta.

—Espero que no te importe que le haya dicho a Oliver que se marchara sin nosotros.

—¿Oliver estaba aquí? —pregunto, boquiabierto.

Melissa asiente, esbozando una sonrisa tímida.

—Creo que me ha amenazado de muerte cuando me ha dedicado una de sus típicas miradas, pero sobreviviré —dice, antes de añadir con cautela—: No le conviene molestar a la mejor amiga del chico que le gusta.

Esas palabras me hacen suspirar. Pronuncio su nombre y me acerco, con los brazos alzados, pero apenas doy un par de pasos cuando ella se arroja contra mí con tanta fuerza que ambos trastabillamos y nos golpeamos contra el muro de mi casa. Nos reímos, doloridos, pero no nos separamos.

—Te he estado llamando toda la semana —susurra ella contra mi cuello.

—Mis padres escondieron muy bien mi teléfono móvil. Por mucho que lo busqué, no lo encontré. Cuando quieren castigarme de verdad, saben cómo hacerlo.

Melissa cabecea, separándose un poco para mirarme a los ojos. No me había dado cuenta hasta ahora de lo que había echado de menos su mirada dulce y oscura, su sonrisa inteligente. No sé cómo he podido estar sin ella durante tanto tiempo.

—Me habría gustado acercarme, pero las cosas en casa estaban... revueltas.

La sonrisa desaparece de mis labios cuando adivino de pronto a qué se refiere.

—Siento que la directora...

—Julen —me interrumpe ella, alzando un poco la voz—. Nadie llamó a casa al final.

—¿Qué? —jadeo, sorprendido.

—Al parecer, el escándalo que armaste en el despacho sirvió de algo.

—¿Entonces? —Ladeo la cabeza, confundido.

—Hablé con mis padres, se los conté —dice, con los ojos fijos en mí—. No tenía miedo de que se enteraran de lo que había ocurrido con Estela. Trabajan mucho y, desde que terminé la primaria, no han vuelto a ninguna reunión de padres. No tenían por qué enterarse, pero yo decidí contarles la verdad.

—¿Por qué?

Melissa me sonríe tan ampliamente como no he visto en mi vida.

—Porque estoy harta de besarme a escondidas en un baño, como si estuviera haciendo algo horrible. Estoy harta de obligarme a no mirar cuando me gusta alguien, por miedo a que me descubran. ¿Me descubran haciendo qué, mierda? Tengo el mismo derecho que cualquiera a enamorarme, tengo el mismo derecho que cualquier otra pareja que se besa en clase, antes de que entre el profesor. —Melissa sigue sonriendo, pero sobre su rostro se ha instalado una expresión dura, firme—. Lo que ocurrió la otra semana no se repetirá. La próxima vez, porque sé que habrá próxima vez, no me quedaré quieta cuando alguien levante la voz o la mano delante de mí.

El orgullo que siento por ella es tan abrumador que casi no puedo hablar. No me hace falta esforzarme para recordar esa escena del sueño, en la que Melissa seguía manteniendo su secreto y apenas era capaz de hablar de él. Ahora ese futuro se borrará, nunca mantendremos esa conversación incómoda.

—Solo espero que no le rompas la nariz a nadie —comento, burlón.

Melissa se echa a reír y me da un último abrazo antes de encaminarse en dirección al instituto.

—¿Cómo se lo han tomado tus padres?

—Regular —contesta ella, con la tristeza menguando un poco su sonrisa—. Ya los conoces, Julen. Son muy tradicionales. Querían que me casara con un buen hombre, tuviera una gran casa y algún día formase una familia. Y da la casualidad de que ninguno de sus deseos está en mi lista.

—Lo siento —murmuro.

—No, no. Está bien. Sé que mejorará —contesta ella, volviendo a estirar su sonrisa—. Puede que nunca vuelva a ser como antes, pero si eso significa que puedo ser yo misma o agarrar a quién quiera de la mano sin tener que esconderlo, habrá valido la pena.

—Madre mía, Melissa, ¿sabes que estoy muy orgulloso de ser tu mejor amigo?

Ella se sonroja un poco y me da un ligero empujón antes de aferrarse a mi brazo, como hacía antes de que nos peleásemos.

Seguimos caminando, esta vez en silencio. A nuestro alrededor, el mundo empieza a despertarse. El olor a café brota de las cafeterías cuando personas enchaquetadas salen a toda prisa de ellas, dejando las puertas abiertas a sus espaldas. Algún chico pasa corriendo a nuestro lado, con la tostada apretada entre los labios. Varias chicas de cursos inferiores caminan delante de nosotros, cuchicheando entre sí.

—¿Estela también...? —Soy incapaz de terminar la pregunta. En primer lugar, porque tengo miedo de que al nombrarla, terminemos como la última vez, y en segundo, porque sé que realmente es algo que no me incumbe.

—No. Ella todavía quiere esperar. Y yo lo respeto —añade, en tono de advertencia—. Así que...

—Sí, sí. Lo entiendo. Si tú lo respetas, yo lo respeto.

Ella asiente, pero continúa mirándome, de pronto dubitativa. Adivino lo que va a decir antes de que llegue a separar los labios.

—¿Tú e Ibai...? Sé que os peleasteis.

—Estamos bien —contesto, sonriendo—. Hicimos las paces.

—¿Averiguaste...?

—No. Todavía no. —Sacudo la cabeza con pesar—. Pero creo que estoy cerca.

Melissa asiente y apoya la mejilla en mi hombro.

—Sé que lo conseguirás. Sé que reescribirás esta maldita historia. Y ese horrible encuentro de antiguos alumnos nunca llegará a suceder. Ibai no aparecerá de la nada, con un diario en la mano, después de salir de la cárcel.

—Y tú no esconderás ninguna relación a tus padres —añado, dándole un pequeño empujón.

—Y tú dejarás de lamentarte de que ni siquiera durante tu último curso tuviste una historia de amor.

Sigo sonriendo, pero el calor sube hasta mis orejas, haciéndome desviar la mirada mientras Melissa se aguanta las carcajadas. Caminamos un poco más hasta llegar a la puerta del instituto, donde los alumnos se apelotonan. Entre ellos, soy capaz de distinguir a Oliver, que parece preguntarse qué diablos está haciendo; a Ibai, que está apoyado tranquilamente sobre la cerca, con la vista clavada en el cielo; y a Estela, a la que se le iluminan los ojos cuando ve a Melissa.

Se adelanta unos pasos, pero no se detiene frente a mi amiga, si no justo delante de mí.

—Hola —saludo, dubitativo.

—Hola, Julen —contesta ella. El brillo de sus ojos se ha apagado un poco.

Me quedo un instante quieto, sin saber qué hacer. Nunca nos hemos llevado especialmente bien, pero después de lo que ocurrió el otro día, eso cambia las cosas, ¿no? Extiendo la mano frente a ella, con una sonrisa idiota plantada en mi cara.

—¿Ahora somos amigos? —pregunto.

Estela ladea la cabeza, como si no viera bien mis dedos, que empiezan a moverse en el aire, nerviosos ante tanta espera. Parece que va a estrechar mi mano, pero resopla, conteniéndose la risa, y me da un empujón suave para hacerme a un lado.

—Pues claro que no, perdedor.

Me saca la lengua antes de darme la espalda y girarse hacia Melissa. Esta vez no hay besos desesperados en los servicios. La besa suavemente en los labios, y la piel morena de mi amiga se vuelve violeta.

Algunos de los que nos rodean las miran de reojo y cuchichean, pero las dos se encuentran demasiado ocupadas observándose la una a la otra como para percatarse de ello.

—Ahora mismo me estoy preguntando cómo diablos he acabado dentro de este grupo tan pintoresco.

Me vuelvo hacia Oliver, que se ha acercado a mí. Tiene el ceño fruncido, pero su expresión es suave, casi cálida.

—Te preguntas demasiadas cosas —contesto, intentando controlar el súbito temblor de mi voz.

—Tú también. —Él se inclina hasta dejar su mirada a la altura de la mía—. Ahora mismo, de hecho, estás haciéndolo.

—Ah, ¿sí? —Tengo la boca tan seca por su súbita cercanía, que soy incapaz de tragar saliva.

—Te estás preguntando si te voy a dar un beso de buenos días.

—Mentira —replico, pero me acerco inconscientemente más a él.

—Yo nunca he sido un mentiroso —contesta Oliver, convirtiendo la voz en un susurro.

Se inclina tanto hacia mí, que su flequillo rubio me roza la frente y mis párpados caen automáticamente, sin que pueda hacer nada por evitarlo. Pero entonces, siento una corriente de aire en la cara y, cuando abro los ojos, Oliver se encuentra de espaldas a mí, a varios pasos de distancia.

—¡Eres un imbécil! —exclamo, mientras mi vergüenza se transforma en ira.

—Dime algo que no sepa. —Sin embargo, se detiene y me lanza una sonrisa burlona por encima del hombro.

Ibai ha dejado de mirar al cielo para contemplarnos a nosotros y, aunque tiene la cara medio oculta por la bufanda, sé que está haciendo un terrible esfuerzo para no reírse. Sus ojos vidriosos, su cara roja por contener las carcajadas, casi me hacen llorar.

—No te atrevas a decir nada —le advierto, con la voz un poco ronca.

Él levanta las manos en son de paz, pero cuando paso por su lado, coloca su brazo sobre mis hombros. Es una postura extraña, porque su cuerpo sigue alejado del mío, pero sé que es un paso. Jamás habíamos estado tan en contacto.

Oliver intenta ocultar una sonrisa incipiente bajo una máscara de exasperación.

—¿Vamos? No quiero llegar tarde —dice, antes de echar a andar.

Ibai, Melissa, Estela y yo lo seguimos. Cuando nos acercamos a la puerta de entrada, veo a Amelia. Está apoyada en la pared y parece buscar algo desesperadamente en su bolso. Tabaco, quizás.

Suspiro. Supongo que hay cosas que no pueden cambiar.

Pero entonces, ella levanta los ojos y se encuentra con los míos. No sonríe, ni frunce el ceño, tampoco separa los labios, pero me da la sensación de que quiere decirme algo. Bajo un poco la mirada. Parece que ha encontrado lo que buscaba: un pequeño paquete blanco de cartón. Estoy a punto de sacudir la cabeza con frustración, cuando veo cómo ella lo abre y se lleva algo a la boca.

Es un paquete de chicles.

Abro los ojos de par en par, mientras ella me dedica un mínimo asentimiento. Yo se lo devuelvo y aparto por fin la mirada. Los labios me duelen de tanto sonreír.

Creo que nunca he entrado al instituto tan rodeado. Es extraño el instante en que cruzo las puertas y mis amigos caminan a mi lado, creando una burbuja invisible que puedo sentir, pero no tocar. Con ellos junto a mí, me siento invencible, infinito.

Cuando llegamos al final del pasillo del primer piso, Oliver se acerca un poco más a mí. La puerta de su clase se encuentra tras él.

—Luego nos vemos —dice.

Y, antes de que pueda responderle, desliza su mano disimuladamente por la mía y nuestros dedos se entrelazan. Es un instante fugaz, pero sigo sintiendo la calidez de su mano aún después de que la aparte.

Cuando Oliver desaparece en el interior de su clase, veo cómo le da los buenos días con una sonrisa radiante a unas chicas que se encuentran junto a la pizarra. Ellas intercambian una mirada, confundidas, y le preguntan si está enfermo. Oliver vuelve a ser Oliver, y les responde con un corte de mangas que parece tranquilizarlas un poco.

Cuando me doy la vuelta, Ibai está a mi lado.

—Dios mío, hay tanto amor flotando en el aire que me voy a asfixiar.

Pongo los ojos en blanco y le doy un ligero empellón que lo obliga a entrar en clase. Él contraataca, poniéndome una zancadilla que casi hace darme bruces con un cuerpo que se interpone en mi camino.

Es Saúl. Sobre la nariz, lleva un apósito blanco, gigantesco, que se extiende hasta casi rozar sus mejillas. Tiene la cara un poco hinchada y parches de distinta coloración por todas las mejillas, que van desde el violeta intenso al amarillo.

Trago saliva, sintiendo una profunda punzada de culpa. Jamás habría pensado que yo podría participar en dejar un rostro así, aunque esa cara pertenezca al mayor imbécil que conozco. Observándolo, me doy cuenta de que esta ha sido la primera y la última vez. No puedo golpear a nadie más. Una parte de mí siente vergüenza y asco.

—Yo...

Saúl gira la cabeza sin pronunciar palabra y sale de la clase, pasando junto a Ibai sin mirarlo siquiera.

—¿Qué ha sido eso? —murmuro, persiguiéndolo con la mirada.

—Eso se llama miedo —contesta Ibai, clavando la mirada en mi expresión confusa—. No volverá a molestarte.

Asiento, en silencio. Pensé que el día en que Saúl dejase por fin de molestarme sería el más feliz de mi vida, pero ahora solo siento vergüenza, incomodidad. No quiero que nadie me tema.

—¿Nos sentamos?

Ibai tira del asa de mi mochila y se deja caer en el asiento que ocupaba antes de pelearnos. Melissa y Estela se han sentado frente a nosotros, y hablan entre risas de algo que no logro escuchar. Yo estoy a punto de seguirlos, pero entonces, una mano se apoya en mi hombro y tira de mí.

Me doy vuelta, sobresaltado, pensando durante un instante que Ibai se ha equivocado y que Saúl ha regresado para devolverme el golpe. Pero no se trata de él.

—Cam —digo, sorprendido.

—¿Podemos hablar? —pregunta él. Parece nervioso.

—Claro.

Miro un instante hacia atrás. Ibai se ha inclinado para hablar con Melissa, mientras Estela los escucha con atención. Es una escena extraña, que nunca habría imaginado al principio del curso, pero que me reconforta.

Cuando escucho el carraspeo de Cam, me giro hacia él.

—Mira... quería disculparme —comienza, esbozando una mueca—. He sido un idiota durante las últimas semanas, pero estaba preocupado por Ibai.

—No pasa nada.

—Sabía que lo entenderías —dice, relajando la expresión—. Tú y yo conocemos a Ibai mejor que nadie y sabemos por... ya sabes, por todo lo que tuvo que pasar.

Estoy asintiendo automáticamente cuando el movimiento se me corta en seco. Intento controlar mi expresión forzando una pequeña sonrisa cómplice.

—Por supuesto —contesto, luchando por borrar el súbito temblor de mi voz.

—Bien. —Cam mira por encima de mi hombro, comprobando que Ibai no nos presta atención, y me dedica entonces una de sus sonrisas deslumbrantes—. Entonces está todo bien entre nosotros, ¿verdad?

Sacudo con rigidez la cabeza y él me da una ligera palmada en la espalda antes de trotar hasta su asiento.

Yo me he quedado lívido en el sitio. Ahora mismo, soy incapaz de moverme.

Miro a Ibai y, después, con lentitud, deslizo los ojos hasta la cabellera rojiza de Cam, que se agita en todas direcciones. Unas palabras resuenan en el interior de mi cabeza con la fuerza de un grito.

Cam solo es mi amigo por lástima.

La voz de él se superpone, mareándome.

Tú y yo conocemos a Ibai mejor que nadie.

Sabemos por todo lo que tuvo que pasar.

Dios mío. Cam conoce su secreto. Sabe lo que hay escrito en ese diario.

Lo sabe desde siempre.

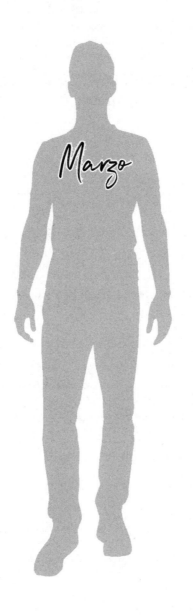

ACTIVIDAD DE CONOCIMIENTO PERSONAL
Número 7

Nombre del alumno/a: *Ibai Ayala.*

Curso: *2.º A bachillerato.*

Nombre del compañero/a elegido: *Julen Bas.*

NOTA: Recuerda responder con sinceridad. Esta actividad no contará para la calificación final.

A. Copia la redacción sobre tu compañero que realizaste en la actividad número 2.

> *Julen Bas fue mi mejor amigo cuando éramos pequeños. Ahora somos compañeros, sin más. Lo que recuerdo de él es que era cabezota, algo tímido, y que se le daban fatal las matemáticas.*
>
> *La verdad es que fue un buen amigo para mí.*

B. ¿Qué ha cambiado en vuestra relación desde entonces?

> *Todo.*

C. ¿Qué le dirías ahora después de todos estos meses?

> *Gracias por intentar salvarme. Aunque todavía no sepa de qué.*

Capítulo 35

Febrero pasa y llega marzo, calentando las temperaturas. La primavera está cerca y el fin de curso también. Con todo lo que ello conlleva.

Todo parece ir mejor que nunca. Jamás había tenido un grupo de amigos, de gente que se preocupara de mí, con la que quedar por las tardes. Desde ese día en el que Ibai y yo regresamos de la suspensión, no nos separamos. Y es extraño, porque seguimos siendo nosotros mismos, ninguno ha cambiado. Estela continúa siendo la chica popular de la clase, a la que persiguen demasiadas miradas, aunque ahora los cuchicheos que se oyen tras ella son muy diferentes a los de antes. Melissa sigue sacando las mejores notas, a pesar de que ahora, sus sesiones de estudio cuentan con alguien aparte de mí. Oliver sigue comportándose a veces como un trozo de hielo con piernas, prepotente, e Ibai continúa siendo un chico taciturno, de pocas palabras, aunque ahora sonríe más.

Yo debería sentirme feliz, pero no puedo olvidar lo que ahora sé. Llevo meses detrás de Ibai, detrás de eso que lo atormenta tanto y que ayudará a que un día mate a golpes a una persona, y Cam lo sabe desde el principio.

Y cree que yo también lo sé.

Estoy perdido. No puedo decirle la verdad, confesarle que no tenía ni idea de qué estaba hablando cuando me dijo eso, pero tampoco puedo forzarlo a contármelo. Sé que no me lo dirá.

Por el rabillo del ojo, puedo ver la cabellera negra de Ibai antes de que me sobrepase con facilidad, como sigue ocurriendo en cada entrenamiento del club. Él me observa por encima del hombro y me dirige una mirada de ánimo antes de acelerar. Yo apenas le respondo con una sonrisa, y no solo porque no tenga fuerzas ni para estirar los labios.

Sacudiendo la cabeza, intento calmar mi respiración y, durante el resto del entrenamiento, corro como no lo he hecho en toda mi vida. Al menos, eso me aísla durante un buen rato de todo.

Cuando Mel hace sonar su silbato, indicando que el último ejercicio ha llegado a su fin, yo me dejo caer en el suelo, con los brazos y las piernas extendidos, jadeando ruidosamente. Me quedo ahí, quieto, mientras escucho las voces de Creta, Iraia y Emma a lo lejos.

Cierro los ojos y, de pronto, unos dedos me acarician los rizos. Cuando aparto los ojos, veo el rostro de Oliver, bocabajo, demasiado cerca como para que mi corazón no vuelva a acelerarse.

—¿Vas a desmayarte de nuevo entre mis brazos?

Sonrío y, con el puño cerrado, intento golpearlo. Él me atrapa la mano con facilidad, y no la deja ir.

—Los del club van a ir a tomar algo después del entrenamiento —dice, poniendo los ojos en blanco mientras señala a las gradas—. Para mí será una tortura, pero fingiré pasármelo bien si tú también vas.

—Sé que para ti no es una tortura, aunque te esfuerces en demostrar lo contrario —y añado, antes de que él me replique—, me encantaría ir con vosotros, pero tengo que terminar los ejercicios de Ezquerra.

—Eso suena todavía peor —contesta, mientras traza una expresión burlona.

Niego con la cabeza, pero él esboza una media sonrisa y se inclina una última vez para rozarme la mejilla con los dedos antes de alejarse de mí.

Permanezco tumbado después de que todos se despidan y mis compañeros de club vayan a la ducha. Allí me quedo, hasta que el sudor se me enfría y Mel me gruñe que voy a pescar una maldita pulmonía.

Me ducho solo en el vestuario y cuando salgo, el frío de la noche me obliga a subirme la cremallera del chaquetón. No hace viento y la luna blanca brilla entera en el cielo. Debería ir por la avenida para llegar pronto a casa, pero huele a océano, y el paseo marítimo está vacío, así que camino por él, con las manos hundidas en los bolsillos.

Paso por delante del Colegio Gadir. Su fachada gris está envuelta en la penumbra del anochecer y todas sus ventanas están a oscuras, menos una que se encuentra en la planta baja. La observo, pero no veo a nadie tras los cristales.

Estoy tan ensimismado observando ese pequeño rectángulo de luz que tropiezo con alguien, y hago que lo que lleva en brazos caiga por el golpe al suelo.

—¡Lo... lo siento! —exclamo, inclinándome de inmediato.

—No te preocupes, chico.

Levanto la mirada, y me encuentro frente a una cara redonda y aniñada, aunque pertenece a un adulto que debe alcanzar los cincuenta. Él me sonríe y sus ojos castaños se guiñan con el gesto. Es extraño, pero me recuerda a alguien.

Él sigue sonriéndome mientras yo me apresuro a recoger las dos bolsas que han caído al suelo. Parte de lo que contenían se ha desparramado por el suelo. Es material deportivo. De hecho, reconozco unas tiras elásticas, infernales, que a veces Mel me obliga ponerme en las piernas para «desarrollar mi musculatura inexistente».

Le paso las bolsas al hombre, que se dobla hacia adelante por culpa del peso. Me da las gracias y da un par de pasos tambaleantes.

Lo miro dubitativo, sin darle todavía la espalda.

Este instante me recuerda a otro de hace mucho tiempo, en la que yo caminaba por los pasillos del colegio Santa Clara, después de clases, y me cruzaba con los profesores que caminaban en dirección contraria, listos para prepararse las actividades extraescolares de la tarde.

Casi estoy seguro de que esta cara me la he encontrado en varias ocasiones, y no solo en los pasillos. La veía cada vez que acudía a mirar a Ibai en uno de sus partidos de fútbol.

—Usted es profesor, ¿verdad? —Mi lengua se mueve antes de que yo pueda controlarla.

El hombre se gira hacia mí, sorprendido, y deja las bolsas en el suelo. Parece que no puede hablar y cargarlas al mismo tiempo. Me recuerda un poco a mí en el entrenamiento del club, cuando no puedo contestar a las bromas de Creta porque necesito el oxígeno para correr.

—Per... perdone si le he molestado —me apresuro a añadir—. Creo que nos cruzamos varias veces cuando usted era el entrenador de fútbol del colegio Santa Clara.

—Oh, vaya —dice, frunciendo el ceño—. Siento no haberte reconocido.

—No, no. Yo no estaba en el equipo. Pero mi mejor amigo sí. Seguro que lo recuerda, se llama Ibai. Ibai Ayala.

El hombre frunce el ceño durante un instante, pensativo, pero de pronto se le ilumina la mirada.

—Ibai, sí, claro. Cómo olvidar a ese chico. Corría como un auténtico demonio. No había quién lo alcanzara. —Suspira, nostálgico, y su sonrisa se amplía un poco más—. Si lo ves, envíale un saludo de mi parte. Fue una verdadera lástima que perdiéramos el contacto cuando me mudé de ciudad. Me hubiese gustado recomendarlo para algún club importante.

Asiento, pero no le cuento que Ibai abandonó el fútbol hace años, aunque sigue corriendo sin que nadie lo alcance. A pesar de que sea por un motivo distinto.

Lo observo de nuevo, con más atención, con los ojos clavados en las bolsas llenas de material deportivo.

—¿Va a algún lugar cercano?

—Ahí mismo —contesta, señalando con un dedo delgado al Colegio Gadir—. Me han contratado para cubrir una baja —explica—. Y es más fácil trasladar el material cuando no hay alumnos.

—Oh, ya veo. —Me acerco a él, con una sonrisa tentativa—. ¿Quiere que lo ayude?

Él abre los ojos de par en par, sorprendido, pero se apresura a asentir con rapidez.

—Te lo agradecería mucho.

Agarro la bolsa más pesada y lo sigo, cruzando la carretera en dirección al colegio. No entramos por la puerta principal, si no por una lateral, que está medio escondida en un costado del edificio, pegada al muro que separa el recinto de la calle. Cuando esta cede, me encuentro de pronto en un pasillo a oscuras, frío y repleto de taquillas plateadas.

No puedo evitar estremecerme.

—¿Sucede algo? —me pregunta.

—Sí, es solo que... bueno, no me gustan mucho los colegios por la noche. Salen demasiado en las películas de terror —contesto, soltando una risita nerviosa.

El hombre ríe, mirándome divertido por encima del hombro.

—Sí, estoy de acuerdo. Aunque tú ya eres mayor como para asustarte con esas cosas. ¿Cuántos años tienes? ¿Catorce? ¿Quince?

Los dedos se me crispan en torno a la bolsa que sostengo.

—Dieciocho.

—Oh, vaya. Lo siento.

Seguimos caminando y pasamos junto al servicio de los chicos. La puerta está abierta y las ventanas del interior también. Por ellas se cuela la luz de las farolas, y baña la estancia de un tinte amarillento.

Frente a un espejo escoltado, coronado por un par de lavabos a ambos lados, hay una inmensa hilera de cubículos, separados por planchas de maderas.

Me quedo clavado en el sitio, con la boca seca. Este baño es idéntico al del polideportivo del Colegio Santa Clara. Hasta las puertas son de color rojo.

—¿Te encuentras bien?

Me sobresalto, volviéndome hacia el antiguo entrenador de Ibai, que me espera un poco más adelante, junto a una puerta abierta. La luz que se cuela por el resquicio lo hace resplandecer de una forma especial, y se refleja en el corredor, creando sombras largas que parecen tinta derramada.

Sacudo la cabeza y me apresuro a acercarme a él. Entro en la habitación, que ahora mismo, no es más que un almacén muy desordenado. Hay material deportivo aquí y allá, algún diploma y un par de trofeos.

—Suelta la bolsa donde puedas, este sitio está hecho un desastre.

Dejo el material en el suelo, junto a una caja abierta y a medio vaciar.

—Muchas gracias por ayudarme —dice—. Has sido muy amable...

—Julen.

—Bonito nombre. Significa «raíces fuertes», ¿lo sabías?

—Eh... no, la verdad es que no. —Sonrío, a modo de disculpa—. Espero que le vaya bien.

Él asiente, sin perder la sonrisa, y me pregunta si necesito que me acompañe fuera. No me gusta pasear a oscuras por los pasillos de un colegio que no conozco, pero no quiero parecer un cobarde, así que niego con la cabeza, le doy las gracias, y salgo del almacén.

La galería parece más oscura que antes. Reprimo un escalofrío y me obligo a apretar el paso. Cuando paso junto a la puerta de los baños, me parece sentir una ligera brisa fría que me acaricia el cuello. Casi parece querer que gire la cara hacia su interior. Hacia esa estancia que me recuerda a otra de hace muchos años.

Pero yo trago saliva y echo a correr, en dirección a la salida, sin mirar atrás.

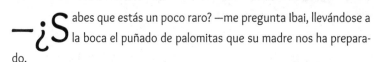

—¿**S**abes que estás un poco raro? —me pregunta Ibai, llevándose a la boca el puñado de palomitas que su madre nos ha preparado.

—Es por la selectividad —miento, mirando de reojo el cuenco que mi amigo sostiene entre sus piernas. Todavía no lo he tocado, a pesar de que está medio vacío—. Estoy agobiado, nada más.

—Anda ya, Julen. Tienes nota de sobra.

—Bueno, puede que la fastidie con la selectividad, nunca se sabe —replico, brusco.

Ibai deja el recipiente a un lado y se vuelve por completo hacia mí, con el ceño algo fruncido. Estamos sentados en el suelo de su habitación, con la espalda apoyada en los pies de la cama. Junto a nuestros pies, está la última parte del trabajo de Cruz, todavía en blanco. Se inclina hacia las hojas y las barre del suelo, apartándolas de nosotros. En su lugar, me pone el cuenco de palomitas entre las piernas y el mando de la televisión. Le regalo una sonrisa de agradecimiento y me recuesto contra el colchón. La tele se enciende con un ligero destello y, al instante, la voz de un locutor invade la habitación. Un momento después, aparece la imagen de un partido de fútbol. Estoy a punto de dejar el mando a un lado, pero la voz de Ibai me detiene.

—¿Puedes cambiar de canal?

—Creía que te gustaba el fútbol —comento, observándolo de reojo.

—Sí, bueno. —Ibai hace una mueca y me arrebata el cuenco de palomitas. Cuando mete la mano dentro de él, lo hace casi con rabia—. Ya no me gusta.

—Pero se te daba bien —insisto, todavía sin comprender—. En el Santa Clara eras como una especie de mini celebridad.

—Me exigían demasiado y me harté. ¿Puedes cambiar el canal?

Asiento, y pulso un número al azar. La voz del locutor cambia por una música acelerada, que hace eco en nuestros oídos mientras una sucesión de imágenes absurdas aparece una detrás de otra.

—Pues vaya, y yo que quería contarte algo especial —digo, deseando cambiar la expresión de Ibai.

Él se gira hacia mí, con una media sonrisa torciendo sus labios.

—Julen, se te da fatal hacerte el misterioso.

—El otro día, después del entrenamiento de atletismo, pasé por delante del Colegio Gadir. El edificio estaba oscuras, pero había una sola ventana con la luz encendida. Estaba tan distraído mirándola, que me tropecé con un hombre. Iba muy cargado con unas bolsas, casi no podía ni andar, así que me ofrecí a ayudarle.

Ibai se ríe y me revuelve el pelo con las manos. Su expresión parece haberse relajado.

—Eres todo un samaritano.

—Tuve que entrar en el Colegio Gadir a oscuras y en silencio. Te juro que era como estar en una película de terror. Pensaba que de un momento a otro iba a aparecer un chico fantasma detrás de las puertas cerradas.

—¿Y eso es lo que querías contarme?

—No —replico, aunque el recuerdo de las puertas rojas del baño todavía me provoca escalofríos—. Lo especial es que ese hombre al que ayudé era tu antiguo entrenador de fútbol.

El ceño de Ibai se frunce ligeramente y me observa con más atención. Su sonrisa se ha acalambrado un poco.

—¿En serio?

—Sí, incluso me dijo que te saludara de su parte. Creo que le dio pena haber perdido el contacto contigo —digo, mientras me llevo un par de palomitas a la boca—. Me dijo que mi nombre significa «raíces fuertes». No tenía ni idea.

—Ah.

Esta vez frunzo el ceño y me giro para mirarlo. Él tiene la mirada clavada en la televisión, pero no parece verla.

—¿Ibai?

—Por su culpa dejó de gustarme el fútbol —suspira Ibai, al cabo de unos segundos que me parecen interminables—. Decía que era bueno, que podía rendir por encima de la media, y no hacía más que pedirme más y más. Era... agotador. Así que decidí dejarlo.

—Vaya —murmuro, apretando los labios—. Lo siento. No lo sabía.

—A mí también me dijo una vez qué significaba mi nombre —susurra, con una expresión extraña titilando en las pupilas—. Río.

No puedo evitar pensar en mi sueño, en lo que sentí cuando mi madre me dijo que Ibai se había arrojado al Aguasquietas. Ahora parece una ironía muy cruel. Lo observo de cerca, pero él no reacciona, demasiado perdido en sus pensamientos, así que, con tal de alejarlo de ellos, le doy un suave empujón con el hombro y le arrebato el cuenco de palomitas.

—El mío definitivamente tiene más estilo.

Ibai se echa a reír y me devuelve el empujón con más fuerza, aunque sus ojos se vuelven inconscientemente hasta la televisión, donde durante unos momentos vimos el partido de fútbol. Yo, en un gesto que intenta ser disimulado, me pongo delante de ella y comento, echando un vistazo al reloj de su mesilla de noche:

—Deberíamos ir al club. No quiero que Mel me odie más de lo que ya lo hace.

—Mel no te odia.

—Una vez me hizo subir y bajar las gradas veinte veces porque llegué solo dos minutos tarde. Si eso no es odiar a alguien...

Ibai me observa, risueño, mientras me pongo el chaquetón y me coloco cruzada la bolsa de deporte del club. Extrañamente, él no se mueve ni un centímetro. Permanece sentado, con la espalda apoyada en el colchón de su cama. Cuando me giro hacia él, algo confundido, suspira.

—¿Por qué no vas andando tú?

La confusión se transforma en algo más. Frunzo el ceño y me acerco a él.

—¿Por qué? ¿Te encuentras mal?

—No, no. —Ibai sacude la cabeza. Está sonriendo, pero algo me dice por dentro que esa no es la mueca que le gustaría esbozar—. Solo quiero comprobar una cosa antes. Te alcanzaré enseguida, antes incluso de que llegues al club.

No parece nervioso, ni triste, ni siquiera preocupado, pero hay algo que no me gusta. Lo siento latir en el aire, enrareciéndolo. Dejo la bolsa de deporte sobre el suelo y me acuclillo para quedar frente a él.

—¿Recuerdas lo que me dijiste en la playa? —pregunto, en un murmullo.

—Claro que sí —contesta él, aunque desvía la mirada hacia sus piernas flexionadas—. ¿Cómo iba a olvidarlo?

—Me dijiste que yo era tu refugio —continúo, observándolo sin pestañear—. Y prometiste que, si algo ocurría, vendrías a mí, contarías conmigo. ¿Verdad?

—Verdad —contesta, al cabo de unos segundos de tenso silencio.

Sé que no me está mintiendo, puedo verlo en sus ojos, pero entonces ¿por qué me siento así? ¿Por qué creo, de pronto, que si me alejo de él estaré cometiendo un error terrible? Mientras lo miro, la expresión de Ibai se suaviza, y de alguna manera, logra sonreír y revolverme el pelo.

—Oye, en serio, deja de preocuparte. No tardaré nada.

—Está bien.

Me aparto, con los labios apretados. Mi amigo se pone de pie de un salto y me acompaña a la puerta. El sonido que hace al girar sobre las bisagras me provoca un escalofrío.

—Nos vemos después —dice, apoyándose en el marco.

Lo miro durante un instante de arriba abajo, antes de cabecear y darle la espalda.

—Hasta luego.

Ibai no espera a que tome el ascensor. Cierra la puerta tras de mí y yo siento frío en mitad del descansillo envuelto en las tinieblas. Mis pies resuenan cuando camino hacia el ascensor y entro en él. Bajo hasta la calle. A pesar de que la primavera está cerca, parece que hoy hace más frío que nunca. Me subo la cremallera del chaquetón y aprieto el paso para recuperar el calor.

No camino mucho hasta que un ligero susurro me hace girar. Oliver se encuentra un par de metros por detrás de mí, apoyado en el muro de un edificio, con los brazos cruzados. He debido pasar a su lado, pero ni siquiera lo he visto.

—¡Eh! —exclamo, acercándome a él—. ¿Qué haces aquí?

Oliver me sonríe, se separa con impulso de la pared y se acerca a mí. En vez de contestarme, coloca una mano detrás de mi nuca y me atrae hacia sus labios. Su boca está helada y me arranca un escalofrío, pero no precisamente por la diferencia de temperatura. Debe llevar esperándome un buen rato.

—Pensaba que vendrías con Ibai —dice, todavía muy cerca de mi boca.

—Quería que me adelantara.

Estoy a punto de retomar el paso, pero él me sujeta suavemente del brazo y vuelve a aproximarse a mí, esta vez sin intención de besarme.

—¿Qué ocurre?

Vacilo, y mi mano se aferra automáticamente a la suya, que todavía me aprieta el brazo con suavidad. Yo, por el contrario, lo sujeto con demasiada fuerza.

—¿Nunca has tenido la sensación de que todo va mal cuando, realmente, va bien?

—Es Ibai, ¿verdad? —pregunta Oliver, frunciendo el ceño.

—No lo sé. Puede que sí, pero... —Sacudo la cabeza, dejando que este sentimiento helado me haga tiritar—. Íbamos a ir juntos al entrenamiento, pero de pronto, ha cambiado de opinión y me ha dicho que fuera andando. Que él tenía que comprobar una cosa.

Oliver frunce el ceño, pensativo.

—Quizás... quería darnos intimidad —dice, apartando la mirada con algo de vergüenza—. Le dije hoy en el instituto que os esperaría cerca de su casa antes de ir al club.

Del bolsillo de su abrigo, extrae la misma bebida energética que me dio el día que me desmayé mientras corría junto a él. Agarro la botella entre mis manos, agradecido, y aunque está muy fría, siento cómo una pequeña calidez me invade por dentro.

La bebida es dulce, como la recordaba de aquella vez. Con el azúcar chispeando en mi lengua, consigo relajarme un poco.

—Quizás sea solo eso —contesto, esbozando una sonrisa verdadera—. Quizás solo quería darnos tiempo.

—Es un chico inteligente —añade Oliver, acercándose a mí con la mirada entornada.

No sé cómo llegamos a tiempo para el entrenamiento del club, porque nos besamos en cada esquina. Y, entre suspiros y risas entrecortadas, Oliver me hace olvidar un poco el agujero negro que siento en el estómago.

Solo cuando cruzamos las puertas del polideportivo, y Mel dedica una larga mirada a nuestro pelo revuelto y a nuestros labios hinchados, vuelvo a sentir frío. Creta nos da la espalda y hace como si se estuviera besando apasionadamente con alguien, mientras Iraia y Emma nos dedican sonrisas juguetonas.

Ibai no está.

—Tranquilo —me susurra Oliver, apoyando su mano en mi hombro, esa misma mano que no he soltado ni un segundo durante todo el camino—. Llegará.

Pero los minutos pasan y el entrenamiento comienza, e Ibai sigue sin aparecer.

Jamás he deseado tanto que el tiempo no avance. No sé cuántas veces miro a las puertas del polideportivo, deseando que aparezca corriendo, pidiendo perdón por llegar tarde. Estoy tan distraído, que me salgo de la pista varias veces y no soy capaz de saltar ni un solo obstáculo correctamente.

Las tres horas de entrenamiento llegan a su fin con el silbato de Mel. Por primera vez, no me dejo caer al suelo, a pesar de que estoy agotado.

Las voces de mis compañeros me rodean, pero para mí no son más que una cacofonía desagradable que me altera todavía más. No dejo de mirar una y otra vez hacia la puerta, pero por ella no entra más que el viento frío que se cuela desde el paseo marítimo.

—¿Vienes?

—¿Qué?

Me vuelvo hacia Creta, con los ojos muy abiertos, los latidos me golpean la garganta. Todo el sudor que recubre mi cuerpo, empapando el uniforme del club, está a punto de convertirse en hielo.

—Menuda cara, Julen. Cualquiera diría que te acabo de hacer una proposición indecente —comenta ella, dándole un codazo juguetón a Oliver.

Él levanta la mirada hasta el techo, pero cuando centra su atención en mí, aprieta los labios con preocupación. Me roza el brazo con las yemas de los dedos, pero aparta de inmediato la mano, como si lo hubiera quemado.

—Estás congelado —murmura.

—Ibai no ha venido —digo, como si esa fuera la respuesta correcta.

—Puede que esté enfermo —interviene Iraia, encogiéndose de hombros.

—No te preocupes, seguro que está bien. —Emma me da una palmada en la espalda y se vuelve hacia el resto—. ¿Quién se apunta a tomar algo?

Yo sacudo la cabeza y me aparto de todos con cierta brusquedad. Nadie contesta a la pregunta de Emma, todos clavan la mirada en mí, extrañados. Oliver ya no es el único que parece preocupado.

Con rapidez, me dirijo hacia las gradas, donde dejé mi bolsa de deporte, y hurgo en los bolsillos con desesperación hasta que doy con el móvil. Mientras busco entre los contactos, me vuelvo hacia Mel, que está terminando de recoger el material deportivo que ha utilizado durante el entrenamiento de hoy.

—¿Ibai te ha llamado para avisarte de que iba a faltar? —Mi voz parece que va a romperse de un instante a otro.

—No, aunque debería haberlo hecho —contesta, con un gruñido, mientras se coloca un par de conos bajo los brazos. Está a punto de añadir algo más, pero entonces me observa—. ¿Sucede algo, Julen?

—Espero que no —musito, dándole la espalda cuando selecciono el número de teléfono de Ibai y presiono la tecla de llamada.

Me llevo el móvil al oído y espero. Por cada tono sin respuesta, mi corazón se acelera todavía más.

—Vamos, Ibai —farfullo, con la boca pegada al auricular—. Atiende el maldito teléfono. Responde.

Pero no lo hace, y cuando los tonos dan paso al buzón de voz, ahogo un gemido de frustración. Siento un miedo atroz, y todavía no sé por qué. O quizás, sí que lo sé, pero me aterroriza aún más decirlo en voz alta. Porque eso significaría que estoy admitiendo mi peor pesadilla.

Doy una patada rabiosa al suelo y, cuando me inclino para recoger la bolsa de deporte que he dejado abandonada, me encuentro cara a cara con Oliver.

—Julen, tienes que calmarte —dice, sosteniéndome por los hombros—. Parece que va a darte un ataque.

—No lo entiendes —murmuro, haciendo crujir el teléfono entre mis dedos—. Creo... creo que es el sueño.

—¿El sueño? —repite él. Está confuso, pero una sombra de inquietud oscurece sus ojos grises.

—Creo que esta noche se cumplirá. —Parece que me estoy comportando como un loco, pero Oliver no se burla, no duda, ni siquiera pestañea mientras me escucha atentamente—. Sé que el ataque de Ibai, durante el sueño, sucede bien entrada la primavera. Estamos en las clases de repaso para la selectividad cuando nos cuentan lo que ha sucedido.

Oliver asiente, siguiendo el hilo de mis pensamientos.

—Pero las cosas han cambiado —susurra.

—Sí, y aunque he descubierto cosas, puede que no haya hecho más que adelantar otras. —El corazón bombea demasiada sangre, todo va demasiado rápido para mí—. Dios, no puedo respirar.

—Salgamos fuera.

Oliver se cuelga mi bolsa de deporte junto a la suya y me arrastra hacia el exterior. Creta, Iraia y Emma se quedan atrás, observándonos con la intranquilidad pintada en sus caras. Jamás he visto a Creta fruncir tanto el ceño.

En el exterior casi ha anochecido y se ha levantado un viento huracanado que trae hasta el paseo marítimo la arena blanca y fina de la playa. Las olas se desploman con violencia sobre la orilla, mezclándose con el aire, creando un ruido ronco y potente de fondo, que se parece demasiado al que producen mis pensamientos en el interior de mi cabeza.

La luna comienza a ascender en el cielo, después de que el sol le haya pasado el relevo. Tiene un color extraño, anaranjado, casi rojizo. Apenas puedo mirarla, me recuerda demasiado a la noche del sueño, cuando brillaba roja como la sangre.

La arena se clava en nuestras caras y manos, pero Oliver y yo no nos resguardamos en ningún portal, como sí hacen el resto de los peatones que pasean cerca de nosotros.

—Llama de nuevo a Ibai. Inténtalo.

Y yo lo hago, porque prefiero pensar que quizás antes no ha levantado el teléfono porque se ha quedado dormido, se está duchando, o está sentado en el retrete. Dios, ojalá no haya atendido porque estaba sentado en el retrete.

Marco el número a toda velocidad y me llevo el teléfono a la oreja, esperando. De nuevo, los malditos tonos. Uno, dos, y al tercero, escucho la voz de alguien.

—¿Sí?

Estoy a punto de gritar de alivio, pero esa voz no es la de mi amigo. Ni siquiera es masculina.

—¿Ibai? —pregunto, balbuceante, aunque sé perfectamente que no se trata de él.

—Oh, no. Lo siento. Soy su madre, ¿quién...?

—Soy Julen —la interrumpo, con impaciencia—. ¿Está Ibai en casa?

—¿En casa? —repite ella, con lentitud—. Yo... pensaba que estaba en el entrenamiento de atletismo, contigo.

—No ha venido —contesto, con los dientes apretados.

En otra ocasión lo habría cubierto, pero ahora no puedo permitírmelo. Si tengo que ser el peor amigo del mundo, lo seré. Quizás así sea la única forma de salvarlo.

—Pero entonces, ¿a dónde ha podido ir? —Su voz suena casi asustada—. Cuando se ha despedido de mí, estoy segura de que llevaba su bolsa de deporte consigo.

Oliver me pregunta algo, pero yo no puedo escucharlo. Ni siquiera sigo oyendo a la madre de Ibai, que continúa hablando. Su bolsa de deporte, que es lo suficientemente grande para guardar un neceser, ropa de recambio, el calzado de deporte y...

—¿Ibai tiene un bate? —pregunto, aunque la voz parece provenir de otra persona.

Dentro del sueño, recuerdo un fragmento del vídeo en el que Ibai aparecía sujetando uno entre las manos, era el que utilizaba para golpear. Una y otra vez, arriba y abajo, como hizo con sus propios puños cuando atacó a Saúl. Nunca vi el rostro de la persona a la que mató, pero sí recuerdo a la perfección el bate.

—Eh... sí. Se lo regalé hace un par de años, por su cumpleaños. Vio una película sobre béisbol y...

—¿Sabe dónde está? —la interrumpo.

—Creo... creo que él lo guarda en su armario.

—¿Y sigue ahí? —La voz se me rompe cuando vuelvo a separar los labios—. Necesito... necesito saberlo. Por favor.

La madre de Ibai apenas duda.

—Espera un segundo.

Se escucha un crujido cuando deposita el teléfono móvil de su hijo sobre una superficie dura. Yo espero, con el corazón retumbando como golpes de tambor.

Por favor, encuéntralo. Pienso, con el pánico corriendo por mis venas. *Encuéntralo. Encuéntralo. Encuéntralo.*

Pasos que regresan y un suspiro que me aguijonea los oídos. Ya sé cuál va a ser la respuesta antes de que la madre de Ibai vuelva a separar los labios.

—No está. Quizás lo haya guardado en otro lugar, pero estaba segura de haberlo visto ayer cuando...

—Lo siento —la interrumpo, mi voz es tan rasposa como una lija—. Tengo que cortar.

Ella sigue hablando, alza un poco la voz, pero yo ya no puedo escucharla.

Capítulo 37

—¿Julen? —Oliver me observa, esperando.

Yo apenas puedo levantar la mirada hacia él.

—Va a suceder —susurro.

A él no le hace falta preguntar el qué. Palidece y, de pronto, parece perdido, y eso me asusta todavía más, porque Oliver Montaner nunca está perdido y siempre sabe lo que hay que hacer. Pero ahora, solo parece tan aterrorizado como yo.

Sacudo la cabeza, incorporándome poco a poco, mientras él golpetea sus largos dedos contra la barbilla.

—De acuerdo, piensas que hoy es el día —dice, reflexivo. Casi puedo ver cómo su cerebro trabaja a toda velocidad—. Las cosas han cambiado, y eso ha podido modificar el día en que Ibai va a cometer el peor error de toda su vida. Pero además de todo lo que ha cambiado, ha debido suceder algo significativo. Algo que ha tenido que pasar en estos últimos días.

—De acuerdo, de acuerdo. —Me llevo las manos a la cabeza. Los recuerdos se apelotonan unos contra otros, se empujan, se sepultan, haciéndome casi imposible distinguirlos. Se mezclan entre sí, todos aquellos que debían haber sido y que nunca fueron después del sueño.

El viento aúlla cada vez más embravecido. A pesar de que la marea está baja, la espuma llega hasta el muro del paseo marítimo con cada ola. Es como si el propio tiempo rugiera con viento y agua todo lo que yo rujo por dentro.

—Piensa —insiste Oliver, anclando sus manos en mis mejillas. Ahora, él está tan helado como yo—. Quizás no era algo importante para ti. Pero sí para él, sí para Ibai.

Hundo los dedos en mis sienes, me clavo las uñas en mi piel. Ni siquiera sé qué es lo que oculta en las páginas de su diario, ¿cómo voy a saber entonces a quién va a...?

De pronto, separo los labios con sorpresa.

—Su entrenador —murmuro.

Y en el momento en que lo pronuncio, algo me dice que no hay duda. De que no me estoy equivocando.

—¿Te refieres a Mel? —pregunta Oliver, confuso.

—No, no. Su entrenador de fútbol. Ibai estuvo en el equipo de fútbol del Santa Clara cuando estaba en primaria —respondo, a toda prisa. Me paso las manos compulsivamente por el pelo—. Lo reconocí cuando me lo encontré hace unos días. Iba muy cargado y lo ayudé a llevar unas bolsas al Colegio Gadir.

El mundo tiembla bajo mis pies. Todo se vuelve borroso, excepto Oliver, que parece lo único estable a lo que puedo sostenerme. Y eso hago, agarrarme a él como si fuera lo único que se interpusiera entre el borde y abismo.

—Ibai me dijo que lo trató mal.

—¿Mal? —repite Oliver, tragando saliva, porque esa palabra puede esconder mucho más.

Piensa, piensa. Doy una vuelta sobre mí mismo, pensando en todo lo que ha ocurrido hasta ahora, en todo lo que he cambiado de ese futuro que vi en el sueño hasta este momento. En mitad de todo ese caos hay varios elementos claros: Ibai, el diario y Cam. Y los tres están relacionados conmigo. Si hubiera leído algo más... si no hubiera perdido el tiempo con ese maldito dibujo mientras observaba el diario a escondidas...

Dios mío. El dibujo.

La primera vez que lo vi pensé que podía ser una ventana. O una puerta. Una maldita puerta coloreada de color rojo. Una puerta como las que había en los baños del polideportivo del Colegio Santa Clara, en el que, durante un instante, estuvimos Cam, Ibai y yo juntos, hace muchos años.

Las rodillas me tiemblan cuando comienzo a comprender.

—Si Ibai va a matar realmente a su antiguo entrenador, solo puedo hacerlo en el Colegio Gadir —susurra Oliver. Tiene las pupilas tan dilatadas, que su iris es apenas un fino anillo plateado que las rodea—. Es la única referencia que tiene.

—Pero podría haber buscado información, podría haber averiguado dónde vive...

—Julen, se lo has dicho hace apenas tres horas. No ha tenido tiempo.

Asiento, sacudiendo la cabeza espasmódicamente. Tengo que centrarme, respirar hondo e introducirme en la mente de Ibai. Imaginar en qué está pensando ahora mismo.

Oliver se reacomoda las bolsas de deporte sobre el hombro y me da la espalda.

—Iremos al colegio y...

—No. —Mi voz es apenas un jadeo ronco.

—¿Qué? —Él se vuelve con brusquedad hacia mí, el viento empuja sus mechones rubios contra su mirada—. Me acabas de decir que...

—Puede que Ibai vaya al Gadir —digo, con un hilo de voz que arrastra rápidamente el aire—. Pero puede también que vaya a otro lugar.

—¿De qué estás hablando? ¿A qué otro lugar...?

—Oliver —lo interrumpo, sujetándolo por la pechera de su chaquetón—. Confía en mí. Puede que antes de matar a ese hombre, haga otra cosa.

Él me observa sin entender, pero, aun así, cabecea con lentitud. Yo dejo caer las manos y me alejo un par de pasos de él.

—Llamaré a Melissa —dice—. Puede que a Estela también.

—¿Por qué? —pregunto, sorprendido.

—Hasta yo sé que hay momentos en los que hay que pedir ayuda. —Oliver consigue esbozar una sonrisa—. Tranquilo, no dejaremos que Ibai cruce la puerta de ese colegio.

Asiento y, a pesar de todo, yo también le devuelvo la sonrisa.

Ninguno de los dos miramos hacia atrás cuando echamos a correr. Él, de camino al Colegio Gadir. Yo, en dirección contraria.

Espero no estar equivocado, Dios. Espero de verdad no estar equivocado. Porque, si meto la pata con mi suposición, todo estará perdido. Y significará que no hice lo suficiente. Todo lo que he luchado no habrá servido absolutamente de nada.

Sin dejar de correr, alzo el teléfono móvil que no he soltado desde que salí del polideportivo, y busco entre la lista de contactos. Mis ojos recorren los pocos que tengo, así que no es difícil dar con él.

Sin dudar, lo selecciono y presiono la tecla de llamada.

—¿Julen? —pregunta una voz sorprendida al otro lado de la línea.

—Cam. —Jadeo por el alivio—. Tengo que hablar contigo. Ahora.

—¿Qué estás haciendo? Te escucho raro. —Suelta una risa que suena hueca en mis oídos—. ¿No estarás realizando actos impuros con Oliver?

No tengo tiempo ni ánimo para sonrojarme.

—Necesito hablar sobre Ibai.

Su risa se corta en el acto, como supuse que ocurriría. Lo siento vacilar al otro lado de la línea y escucho cómo algo cruje, como si estuviera sentado en algún lugar, se incorporara y se volviera a sentar.

—Mira, Julen, si necesitas saber algo, es mejor que se lo preguntes directamente a él. —Su tono, de pronto, no se parece en nada a ese mismo que utiliza para hacer reír a la clase durante las mañanas—. A mí no me metas en vuestros problemas.

—Eso tendría sentido si no estuvieras metido desde el principio —replico, casi con fiereza.

Hay un instante de silencio, en el que casi puedo sentir cómo la saliva se desliza por su garganta, mientras él comprende poco a poco el significado de mis palabras.

—No sé qué es lo que piensas, pero no me importa. Voy a colgar ahora y...

—Ibai va a matar a su antiguo entrenador —lo interrumpo.

El jadeo de Cam coincide con el mío.

—¿Qué? ¿De qué estás hablando?

—Cam, escúchame —digo, intentando calmar mi voz—. Sé que tú sabes algo sobre Ibai y sobre ese hombre, algo que yo sospecho, pero necesito confirmarlo. Necesito hacerlo para impedir que haga una locura.

—Yo no sé na...

—¡No me mientas! —aúllo, consiguiendo que una pareja que pasa a mi lado se vuelva para observarme, asustada.

Él suelta un quejido, casi doloroso, y escucho de nuevo crujidos, como si volviera a levantarse de donde se encuentra sentado. Sus pasos, son tan fuertes y vibrantes como los latidos de mi corazón.

—Qué le hizo su entrenador. Por qué querría matarlo.

—Bech —responde Cam, pronunciando esa palabra como si se tratase de un insulto—. Realmente se llama Antonio Bech, pero siempre tuvo cierta obsesión con los nombres y su significado, y nunca dejaba que lo llamásemos por su nombre de pila, era demasiado normal y corriente para él.

Entrecierro los ojos. Todavía puedo recordar con total claridad la forma en la que se iluminó su rostro cuando escuchó mi nombre, lo satisfecho consigo mismo que parecía cuando me contó lo que escondían sus letras.

—Me encontré con él por casualidad hace unos días, y esta tarde, antes de venir al Club Damarco, se lo conté a Ibai. —Cam permanece en un silencio terco. La impotencia me hace apretar el móvil con tanta fuerza, que lo escucho crujir peligrosamente entre mis dedos—. Desde entonces ha desaparecido.

—Por Dios, Julen —me suplica Cam—. Sabes de sobra lo que ocurrió. No me hagas decirlo.

—Lo único que me ha contado Ibai es que comenzó a odiar el fútbol por culpa de ese hombre. Le exigía excesivamente, y eso fue demasiado para él.

No sé si Cam resopla o controla una súbita arcada.

—¿Estás de broma? —pregunta, amenazador—. No te hagas el idiota. Tú también estabas en el baño del polideportivo, aquella noche, en el Santa Clara.

El móvil está a punto de resbalar de mi mano por culpa del espeluznante escalofrío que recorre mi cuerpo. Estoy muy cerca de mi destino, pero me tengo que detener. Apoyo la espalda contra la fachada de un edificio, intentando calmar en vano mi respiración. El teléfono pesa como plomo entre mis dedos.

El dibujo de Ibai. Mi mano golpeando una puerta roja sin que esta se abra. La sorpresa de Cam cuando me encontró subido en el retrete, a punto de asomarme al otro cubículo. Los recuerdos me sepultan, me matan.

—No juegues conmigo, Julen, o te juro que colgaré.

—No estoy jugando. Sí, yo estaba en ese baño, me estaba peleando con Ibai. Le pedía a gritos que saliera a hablar conmigo, pero él seguía detrás de esa maldita puerta roja, diciéndome que me fuera, que lo dejara solo.

—¿Y qué más? —insiste Cam, con crudeza.

—¿Qué más? ¡No sucedió nada más! —bramo, exasperado.

—Cuando entré en el baño, te encontré asomándote al otro lado.

—Sí —admito a regañadientes—. Estaba desesperado, quería hablar con él como fuera, hacerle entrar en razón, pero cuando te vi... tuve que echar a correr.

La respiración atragantada de Cam me sacude por dentro tanto como lo hace el viento huracanado por fuera.

—¿Y no lo viste? ¿No llegaste a ver nada? —Ahora no hay rastro de amenaza en su voz. Solo mucho dolor y un cansancio casi infinito, impensable en alguien que todavía no ha cumplido los dieciocho.

—Ya te he dicho que...

—Mierda. Maldita sea. —Callo de pronto, con el pelo de punta. Cam está llorando, y eso me aterroriza todavía más—. Mierda. Mierda.

—¿Cam? —murmuro débilmente.

—Pensaba que tú lo sabías. ¡MIERDA! Durante todos estos años creí... De verdad que creí que tú también lo sabías. —Se escucha un ruido atronador al otro lado de la línea, como si algo se hubiera roto o él lo hubiese destruido de un golpe.

—Cam, por favor...

El viento aúlla ensordecedor, pero, aun así, las palabras que pronuncia mi compañero de clase suenan perfectamente nítidas en mis oídos.

—Yo también miré, Julen. Me subí el retrete y miré al otro lado. Y vi a Ibai junto a Bech.

Algo se rompe dentro de mí, aunque no sé si se trata de mi corazón, mi cerebro, o mi estómago. La mano que tengo libre tantea a su alrededor y clavo las uñas en las líneas que separan los ladrillos de la pared, como si fuera el único sitio del que poder sostenerme. Porque ahora mismo, no sé cuánto tiempo podré seguir en pie.

—Vi algo más, pero... me niego a recordarlo, Julen. En ese momento no lo entendí. Me quedé helado, mientras Ibai me observaba con unos ojos muertos y el entrenador Bech se subía la cremallera de sus pantalones. Sabía... sabía que algo iba muy, muy mal, pero mi cerebro no era capaz de comprenderlo. O quizás sí lo entendía, pero una parte de él se negaba a ello para protegerme, para que no enloqueciera.

No puedo hablar. No puedo pensar. Casi me es imposible respirar. Lo único que puedo hacer es seguir escuchando, aunque ahora mismo tengo deseos de arrancarme los oídos.

—Él abrió la puerta y yo retrocedí, me arrastré por el suelo. Bech salió junto a Ibai del servicio, agarrándolo de la mano. Y no sé por qué, pero ese gesto casi me hizo vomitar. Recuerdo que se inclinó para decirle algo a Ibai y salió corriendo. —La voz de Cam suena temblorosa por los sollozos que no dejan de sacudirle—. Tuve mucho miedo cuando Bech se acercó a mí. Se me pasaron muchas cosas por la cabeza. Pero no me pegó, ni siquiera me gritó. Solo me dijo que, si me atrevía a contarle a alguien lo que había visto, se encargaría de hacerme a mí lo mismo que le había hecho a Ibai.

Cam deja de hablar y lo escucho derrumbarse al otro lado del teléfono. La voz brota sin fuerza, disonante, mientras los gimoteos hacen difícil que pueda entenderlo.

—Fui un cobarde, Julen. No debería haber guardado el secreto, pero lo hice. Lo hice porque estaba muerto de miedo. Y todavía lo estoy, porque cada vez que pienso siquiera en ir a la policía, en hablar con Ibai, ese cabrón aparece de nuevo en mi cabeza, amenazándome. Y yo no puedo hacer otra cosa que huir, como hice ese maldito día. —Un nuevo torrente de lágrimas lo ahoga, y yo permanezco inmóvil, mientras el aire me zarandea con violencia—. ¿Julen? Por favor, dime que sigues ahí.

El sonido de mi nombre me hace reaccionar. Respiro, y es como si respirara por primera vez, como un recién nacido o un ahogado al que acaban de sacar del agua. Me separo de la pared, con la mano que tengo libre hundida en el pecho, lucho por centrarme, e intento que la sospecha que me ha confirmado Cam no me haga volverme loco, volver al Colegio Gadir y matar a ese maldito hombre yo mismo.

No puedes luchar por lo que quieres a golpes. La voz de mi padre suena lejana en el interior de mi cabeza. Pero no, es una voz grave, aunque no es suya. Cierro los ojos. Inhalo. Exhalo. Y la reconozco. Es mía. Es la voz que tendré dentro de diez años. *Esa justicia, por mucho que la desees, no siempre la puedes impartir tú, porque entonces, no serás muy diferente a ese problema que quieres cambiar.*

—Maldita sea, Julen. ¡Contéstame! —clama Cam, histérico.

—Estoy aquí.

—¿Qué... qué vas a hacer?

—Lo que necesita Ibai.

Y cuelgo la llamada antes de que Cam responda.

Sin darme la oportunidad de pensar nada más, echo a correr de nuevo, esta vez a más velocidad, con más fuerza, como si el Julen de mi sueño me sostuviera de las manos y me ayudara a avanzar más veloz de lo que yo podría hacerlo solo.

Capítulo 38

Cinco minutos después, llego a mi destino.

La playa donde Ibai y yo despedimos el año entre fuegos artificiales.

Esta vez no traigo linternas, pero el viento huracanado ha arrastrado todas las nubes del cielo, dejando la luna limpia y libre, aunque su color sigue sin ser normal. Parece que el plateado lucha contra la sangre.

La marea está subiendo, aunque todavía deja libre una gran explanada de arena, cubierta en un principio por algunos matorrales polvorientos. En la parte dura, donde la arena está mojada y no se levanta por el viento, hay una figura sentada.

Atravieso la playa paso a paso, dolorosamente consciente de lo que está a punto de ocurrir. Cuando me encuentro a tan solo un metro de distancia, la figura gira la cabeza y me mira.

—Hola, Ibai.

—Hola, Julen.

Aunque el tono y el volumen de su voz es normal, hay algo que no va bien. Lo siento. Casi puedo palparlo en el aire. Echo un rápido vistazo a nuestro alrededor, y mis ojos se tropiezan con la bolsa de deporte de Ibai, colocada a su lado. Está llena, así que no sé si el bate se encuentra en su interior.

—Me has engañado. —Mi amigo arquea una de sus negras cejas, pero no despega los labios—. Me dijiste que vendrías al entrenamiento. Te he estado esperando.

—No tenía ganas de ir —contesta, con su mirada fija en la mía.

Es extraño observarlo. Casi parece que se encuentra en un estado de trance. La forma en la que mueve su cuerpo con lentitud, la forma en la que me contempla, sin apenas parpadear. No necesito preguntar para saber que lo que tiene en la cabeza ya no es solo una idea. Piensa hacer que mi sueño se haga realidad.

Me dirijo hacia él con mucha lentitud, deseando retrasar el momento en que todo estalle, porque sé que la onda expansiva nos alcanzará y nos dejará hechos pedazos.

Esto iba a suceder tarde o temprano. Yo solo lo he acelerado, a pesar de que deseaba con todas mis fuerzas que nunca ocurriera. En mi sueño yo no tenía relación con Ibai, apenas intercambiaba palabra, pero yo no necesitaba decirle nada sobre que su antiguo entrenador había regresado a la ciudad. Si cierro los ojos, lo imagino a la perfección. Un paseo, quizás regresando del Club Damarco, quizás yendo hacia el instituto, y un encuentro fortuito. Por mucho que yo luchara, Ibai se habría encontrado con Bech tarde o temprano.

Lo vuelvo a mirar, y siento cómo me muero un poco por dentro. Todo encaja con tanta perfección que hasta da escalofríos. Su cambio repentino de actitud, su súbita frialdad, la forma en la que se aleja o se estremece cada vez que alguien lo toca, lo roza incluso.

Una náusea repentina me hace llevarme la mano a los labios.

Me siento en la arena, a su lado. Él no se mueve. Está tan envarado, que me da la sensación de que, si lo toco, si intento doblar uno de sus brazos, se lo romperé en dos como una rama seca.

—¿Por qué estás aquí, Ibai? —murmuro.

Él gira la cabeza y me vuelve a observar. Su movimiento es tan robótico, que casi da miedo.

—Por lo que te prometí. Eres mi refugio, y te dije que acudiría a ti cuando sintiera que las cosas van mal.

—¿Y van mal? —pregunto, con voz ronca.

—Sí. —Ibai asiente con la cabeza, desviando los ojos hasta la bolsa de deporte—. Van peor que nunca. —Estoy a punto de responder, pero él se adelanta—. He estado esperándote durante... horas, y eso me ha dado tiempo para pensar.

—Ah... y... ¿en qué has estado pensando?

Si Ibai se percata del temblor de mi voz, no me lo hace saber. Continúa con los ojos quietos en la bolsa de deporte.

—En lo que tengo que hacer. —Sus puños se crispan, apoyados sobre sus pantalones de atletismo—. Y en lo que *voy* a hacer.

—¿Qué? —boqueo, con pánico.

Pero Ibai no responde. Se pone de pie con tranquilidad, levantando algo de arena. Está a punto de inclinarse a por su bolsa de deporte, cuando hablo, deteniéndolo en el acto.

—¿Por qué llevas un bate escondido?

Un relámpago de sorpresa sacude todos y cada uno de sus rasgos. Levanta la mirada, todavía inclinado, y me observa con los ojos entornados.

—¿Cómo sabes que llevo un bate dentro de la bolsa?

Me obligo a no tiritar mientras contesto.

—Porque sé lo que vas a hacer con él.

Los labios de Ibai se tuercen en una sonrisa sarcástica, que no me tranquiliza en absoluto. Para mi horror, sujeta el asa de la bolsa de deporte y se la coloca sobre el hombro.

—Eso es imposible.

Me levanto con brusquedad de la arena, deteniéndole antes de que dé un solo paso.

—Entonces, ¿no vas a matar a Bech?

Sus pupilas se dilatan de golpe, tragándose su iris oscuro, dándole a su mirada un aspecto inquietante. Veo cómo palidece y su rigidez cede un poco. Su confusión resulta casi dolorosa cuando se gira por completo hacia mí.

Ni siquiera le permito hablar. No puedo hacerlo.

—Sé lo que ocurrió. Sé lo que te hizo ese hijo de puta. Pero lo que estás a punto de hacer no solucionará nada.

Ibai separa los labios por la sorpresa. Su cara es un cuadro de borrones blancos, amarillos y morados.

—La noche antes de empezar el curso tuve un sueño sobre ti. Una pesadilla que me enseñó todo lo que va a ocurrir ahora y lo que ocurrirá dentro de diez años. Sé que atacarás a Bech a la vista de todos, puede que alguien te grabe o que alguna cámara de seguridad lo haga, y entonces no tendrás escapatoria. Te juzgarán y te considerarán culpable, porque, por mucho que me duela decirlo, *serás* culpable. —La voz se me quiebra en mitad de la última frase, pero me obligo a continuar hablando—. Pasarás diez años en la cárcel, y mientras estés en ella, terminarás de escribir tu historia en ese diario que quise leer cuando estuve en tu casa. Cuando salgas, vendrás a una reunión de antiguos alumnos de nuestro instituto. Estarás muy enfermo, muy cansado, y me entregarás el diario para que publique tu historia.

Parece una locura todo lo que escapa de mis labios, pero Ibai no replica, solo me escucha, con las pupilas todavía dilatadas y un extraño brillo titilando en ellas.

—Hablas como si hubieses tenido una premoni...

—Después —lo interrumpo, mientras su figura se emborrona por culpa de las lágrimas que no pueden soportar mis ojos—, después irás a las afueras, te dirigirás a un puente, y saltarás sobre el Aguasquietas. Un tiempo después, alguien te encontrará y llamará a una ambulancia, y tú entrarás en el hospital, donde reconocerás a mi madre, que trabajará como enfermera en urgencias. Ella me llamará y yo saldré corriendo para verte antes de que sea demasiado tarde, y dejaré tu diario abandonado junto a la ventana. El problema... —Sorbo con fuerza para apartarme después las lágrimas de un manotazo—. El problema es que creo que no llegaré a tiempo. Que por mucho que corra, que por mucho que le suplique al tiempo que no avance, este lo hará, y yo no volveré a verte nunca.

El silencio se extiende como agua derramada.

—¿Me estás diciendo que soñaste con el futuro? —susurra Ibai, dejando escapar una risa oscura—. Lo que dices no tiene ningún sentido. Lo sabes, ¿verdad?

—Quizás no —contesto, encogiéndome dolorosamente de hombros—. Pero sé que ocurrirá.

Ibai tensa la mandíbula y observo cómo los nudillos de la mano que sujeta la bolsa de deporte se vuelven blancos.

—Puede que esto no acabe bien, pero me da igual. Me da exactamente igual si consigo lo que quiero.

—¿Cómo puedes decir que da igual? —pregunto, con un hilo de voz—. Estamos hablando de tu vida.

—¡Mi vida no vale nada! —grita de pronto Ibai, con la voz enronquecida—. Bech se encargó de que así fuera. Mi vida dejó de tener valor hace años.

Ha tomado una decisión. Puedo verlo en sus ojos, que han vuelto a enfocarse. Está sufriendo, puedo sentirlo, pero no hay vuelta atrás. Al menos, no para él.

Me da la espalda, con la bolsa bien aferrada, y se vuelve hacia el paseo marítimo, que se encuentra a varios metros de distancia.

Me muevo con rapidez, sorteándolo y colocándome frente a él. Tiemblo, respiro fatigosamente, indefenso ante los afilados ojos azules de Ibai.

—Julen —sisea—, apártate.

Nunca he estado tan seguro de algo en mi vida.

—No —susurro.

La mirada de Ibai se transforma al ver la decisión en mis pupilas. Sus ojos se estrechan y entorna la mirada con crueldad. La mandíbula se le tensa, y los dientes le asoman por encima del labio inferior, como un lobo amenazando a su presa.

—No hagas esto —susurro, con la garganta seca.

—Eres mi refugio, Julen. No te conviertas en un muro —contesta. Cuando su cara se acerca un poco más a la mía, veo cómo sus ojos despiden un brillo húmedo de locura.

Pero yo no me muevo. Mi corazón late lento, pesado, contra mi pecho. Es como si me estuvieran golpeando con un mazo desde el interior.

—¿Es que crees que… ese monstruo no lo merece? —pregunta él, en un susurro helado.

—Una parte de mí querría sujetar otro bate y acompañarte, y golpearle hasta que me dolieran los huesos. Me gustaría destrozarlo por haberte hecho tanto daño. —Respiro hondo, porque sería tan fácil, tan, tan fácil dejarse llevar por ese sentimiento oscuro que me recorre desde que escuché a Cam llorar al otro lado del teléfono. Si cierro los ojos y dejo correr mi imaginación, sé qué pensaría en cosas peores que cualquiera de esas que se pueden encontrar en las películas de terror, o en las pesadillas. Es curioso que ahora mismo existan tantas formas de matar a ese hombre, y solo una para salvarle la vida—. Pero yo soy mejor que él. Y tú también. Y la forma de demostrarlo es hacer esto de la manera correcta. No pienso permitir que mates a Bech.

Esa última frase cala hondo en Ibai. Veo cómo palidece. Baja la vista con premura en mi dirección, con los ojos muy abiertos por el estupor. Nunca he visto tanta oscuridad en una mirada, tanta brutalidad, tanto desconsuelo. Me parece que me arrugo frente a su mirada y me hago pequeño, mucho más pequeño de lo que ya soy.

Mis dedos arañan las palmas de mis manos. Estoy mareado. Quiero vomitar.

—No piensas permitirlo. *Ya* —canturrea, en un pésimo intento por parecer despreocupado—. ¿Y qué vas a intentar, Julen? Venga, ¿de qué vas a ser capaz?

Da un violento tirón del asa de la bolsa de deporte y con brusquedad la deja en el suelo, frente a su calzado de deporte, creando un pequeño muro que nos separa.

No parece encontrarse bien. Toda la palidez ha desaparecido. Las mejillas le arden afiebradas y gotas de sudor le brillan en la sien. Es como si la propia locura fuera ahora su esqueleto. Así, frente a mí, con la barbilla alzada y los ojos brillando como dos estrellas oscuras, parece invencible, casi un dios. Pero sus manos tiemblan descontroladamente y él no puede hacer nada por evitarlo. A pesar de todo, ahora no es más que un débil junco sacudido por la tormenta. Y yo tengo miedo de que se rompa de un instante a otro.

Clava sus pupilas en mí y hace un gesto brusco con la cabeza. Parece a punto de perder el juicio si no me aparto de su camino y lo dejo marchar.

—Aléjate de una puta vez —sisea con voz cavernosa, fulminándome con la mirada.

—Ni lo sueñes —respondo, retador, aunque la voz me tiembla.

Un cruce de miradas estrangula el espacio que existe entre nosotros.

—¡Aléjate o te juro que te arrepentirás! —vuelve a gritar Ibai, cada vez más irritado. Me quedo estático, sin dejar de mirarlo. El corazón me hace trizas los oídos—. ¡HE DICHO QUE TE ALEJES!

Con un movimiento rápido, balancea la bolsa de deporte y la impulsa contra mí. Yo no reacciono a tiempo y, cuando salto para apartarme, siento cómo el bate que se esconde en el interior me da de lleno en un costado, haciéndome soltar una exclamación de dolor. Caigo hacia un lado, doblado por la súbita falta de aire.

Ibai no pierde el tiempo. Toma impulso y salta por encima de mí. Se echa hacia atrás solo lo justo para alcanzar la bolsa que ha resbalado de sus manos cuando me golpeó con ella. En cuanto sus dedos se afianzan sobre el asa, da un violento tirón y la arrastra junto a él.

A pesar del dolor que todavía me late en el costado, logro sujetar a Ibai por su chaquetón, deteniéndolo durante unos segundos.

—¡Déjame ayudarte, Ibai! ¡Por favor! —grito, consiguiendo aferrarme a su cintura. Cargo todo mi peso sobre él—. Podemos solucionarlo de otra forma, pero para eso tienes que confiar en mí. ¡Soy tu amigo, maldita sea, y quiero que esto acabe tanto como tú!

—¡Suéltame, Julen! —ruge, y su voz se quiebra en un gemido de desesperación—. ¡Suéltame o... o...!

Pero en mi cabeza aparece de nuevo la imagen de esa puerta roja que no fui capaz de abrir, de la que me alejé, y en la que se escondía más de lo que puedo soportar ahora.

—¡NUNCA!

Forcejeamos durante unos segundos, sujetándonos, pellizcándonos, empujándonos e incluso golpeándonos. Yo tiro de su pelo, con la suficiente fuerza como para hacerle daño, y él, desesperado por que lo deje ir, me da un puñetazo en el estómago. Un calambre de dolor me arquea, pero no lo suelto, a pesar de que la vista se me nubla.

La cremallera de su chaquetón se rompe cuando le doy un brusco tirón, y mi otra mano se separa de su cabeza, con mechones negros entre los dedos. Jamás nos habíamos peleado así, ni siquiera de niños. Pero esta pelea es diferente. No es como pelearse con Saúl. Nada que ver.

Mis ademanes son torpes y violentos, desgarrados y desalentados. Él me golpea una y otra vez con fiereza, descargando todo su ahogo y frustración en cada bofetada o arañazo que me da.

Ibai logra librarse de mí tras darme un fuerte cabezazo que me deja desorientado durante unos segundos. Alza las manos hacia mí en un gesto amenazante, con una mirada peligrosa brillando en sus ojos. Bajo la luz de la luna tienen un resplandor metálico, como el filo de un arma blanca.

Yo retrocedo a trompicones, luchando desesperadamente por volver a centrarme. Miro sus manos, en las que hay restos de mi propia sangre, y después dirijo mi mirada hacia él. Me obligo a respirar hondo, a tragarme con ella toda la frustración. Con lentitud, me enderezo y entorno los ojos con algo que intenta aparentar malicia.

—¿Es que me vas a hacer lo mismo que le hiciste a Saúl? —siseo, intentando imponerme a pesar de la debilidad con la que brota mi voz.

Ibai se estremece y retrocede un par de pasos, como si acabase de darle un fuerte empujón. Se encoje sobre sí mismo. Está asqueado de sí mismo, de lo que está haciendo. Puedo verlo escrito en sus ojos, tras ese muro de rabia y brutalidad.

—Déjame en paz —murmura entre dientes.

Me da la espalda, listo para reanudar su huida. No parece importarle que, en el paseo marítimo, algunos peatones se hayan detenido y nos observen, algunos señalándonos con las manos. Su mente solo tiene un objetivo: Llegar hasta Bech, y para eso, tiene que irse, tiene que alejarse de mí.

—¡QUIETO!

Me arrojo contra él, y logro que mis brazos envuelvan sus piernas antes de que dé un paso más. Él consigue mantener precariamente el equilibrio, pero no puede dar ni un paso más.

—¡Suéltame de una maldita vez! —ruge Ibai con la voz desgarrada—. ¡TE HE DICHO QUE ME SUELTES!

—¡NO! —grito, reventado por la desesperación—. ¡No vas a cometer ese error! ¡No después de todo lo que ha pasado, de lo que ha cambiado! ¿¡Me oyes!? ¡No vas a cometer ese error!

El miedo crece, crece tanto que me enturbia mis cinco sentidos. Nunca he sentido un terror así, tanto espanto. No puedo permitir que se vaya. No puedo hacerlo. Tego que retenerlo como sea necesario.

Ibai levanta el talón y me golpea con fuerza en uno de mis brazos, y logra por fin que lo suelte. Estoy tan dolorido, que cuando caigo, no soy lo suficientemente rápido y mi cara se estrella contra la arena dura.

Ibai mira por encima de su hombro, pero apenas un instante. Sujetando la bolsa de deporte, echa a correr velozmente, atravesando la playa, consiguiendo que la arena seca se levante con cada pisada, mezclándose con la que ya arrastra el viento de por sí.

El pequeño muro de cemento que delimita la playa y el paseo marítimo es lo único que lo separa de lo que está a punto de hacer. Estoy seguro de que, si lo cruza, ya no habrá forma de detenerle.

—¡Ibai! —chillo, poniéndome de pie de nuevo y echando a correr—. ¡IBAI!

Él me observa por encima de su hombro, con la expresión fracturada por el dolor y, de pronto, tropieza.

Si no hubiera pasado meses luchando por él, si no hubiese sido su mejor amigo, si yo no le importara, jamás habría mirado una última vez hacia atrás. Pero lo ha hecho y, sin quererlo, me proporciona la última oportunidad que me queda.

Y yo no pienso desaprovecharla.

Ibai cae de bruces contra la arena blanda, y deja escapar la bolsa de deporte, que aterriza lejos de sus dedos.

Él escucha cómo me acerco y, durante un instante, parece casi asusta-do. Suelta un gemido entrecortado de impotencia y se incorpora con rapi-dez, pero yo estoy casi sobre él.

Con las pocas fuerzas que me quedan, me abalanzo contra su cuerpo, sujetándolo por el chaquetón. Ambos resbalamos por una duna de arena, de vuelta a la arena mojada. Acabamos tumbados boca arriba, con los ojos clavados en un cielo repleto de estrellas.

Era extraño, porque habíamos caído en esa misma postura cientos de veces, cuando jugábamos de niños en esta misma playa. Él también parece recordarlo, porque de pronto, deja de oponer resistencia. Me quedo quieto, jadeando, aún con los dedos entrelazados en la manga de su chaquetón.

—¿Qué estamos haciendo? —murmuro, sin fuerzas—. Los amigos no se pelean.

—Yo no te tocaría si me dejaras ir de una vez —contesta él. Apenas queda cólera en su voz. Parece tan extenuado como yo.

—Ya te fallé una vez en ese maldito baño. No puedo volver a fallarte.

Ibai me observa, con los músculos de su cara más tirantes que la piel de un tambor. Ha empezado a llorar en silencio, intentando tragarse los sollo-zos, pero no aparta su mirada de mí. Y, por algún motivo, creo sentir un atisbo de esperanza en ese gesto.

Le devuelvo la mirada, y no me percato de que yo también tengo los ojos llenos de lágrimas hasta que siento algo caliente resbalar por mis mejillas.

—Estuve tan cerca... tan, tan cerca. Y sin embargo, no hice nada. —Ca-rraspeo, sintiendo mi garganta en llamas—. Si solo hubiera forzado la puer-ta, si hubiese llamado a mis padres... pero fui un idiota, estaba tan enfada-do que ni siquiera me detuve a pensar en qué estaría ocurriendo para que actuaras así.

Ibai traga saliva con dificultad. A pesar de la negrura, veo cómo su nuez se mueve arriba y abajo, mientras sus ojos se separan de mí y se alzan hacia el cielo. La luna, por fin, parece estar recuperando su antiguo color pálido y brillante. Los restos anaranjados forman una corona a su alrededor, crean-do una especie de ojo extraño y gigantesco, que nos observa con atención.

—Yo no rezo —dice, de pronto, con una voz extrañamente suave—. Mi madre me obligaba a rezar antes de irme a la cama cuando era un niño, pero yo nunca he creído en esas cosas. Ese día, sin embargo, recé sin parar. Mientras estaba frente a esa puerta roja, contigo tras ella, con Bech a mi lado, abu... abusando de mí, haciéndome todas esas... cosas, recé y supliqué que no te fueras, que no escucharas mis palabras. Pero lo hiciste.

Ibai deja caer los párpados, y dos anchas lágrimas ruedan de nuevo por sus mejillas. El vaho escapa de sus labios cada vez que su respiración fatigada lo hace de sus pulmones.

—Te odié en ese momento. Pensé que tú eras el único que podía ayudarme. Ni siquiera... —Sacude la cabeza, con los dientes apretados contra los labios—. Mi madre ni siquiera lo sabe. Jamás se lo conté a nadie.

Asiento con la cabeza, con los dedos todavía aferrados al chaquetón de Ibai. Él deja de observar el cielo, para mirarme de nuevo a mí.

—¿No me vas a preguntar por qué?

Le devuelvo la mirada, con las lágrimas transformando la cara de mi amigo en un borrón pálido en mitad de tanta oscuridad.

—Para cuestionarte algo así tendría que haber vivido todo lo que tú has vivido. Tenías tus motivos, para el resto del mundo podían ser erróneos, pero eran tuyos. Ni tú ni yo podemos cambiar lo que te sucedió. —Separo la mano de su chaquetón y me arrastro un poco, colocándome a su altura en la arena mojada, hombro contra hombro—. Pero sí podemos evitar que guardes silencio de nuevo. Tú no necesitas matar a nadie para vengarte, Ibai. Tú necesitas hablar con alguien, recuperarte, y buscar justicia de la forma correcta. Esa será tu mejor venganza: Vivir.

Ibai se rompe. Casi puedo escuchar el crujido que hace su interior cuando se vuelve hacia mí. Sus brazos me rodean rabiosamente mientras hunde su cara en mi pecho, dejando escapar todas esas lágrimas que llevaba guardando durante tantos años. La bolsa de deporte está muy cerca de nosotros, pero él ya no tiene interés en ella.

Yo le devuelvo el abrazo con toda la fuerza que puedo, para demostrarle que estoy aquí, a su lado, y que ninguna puerta volverá a separarnos jamás.

La marea que sube llega hasta nosotros y nos rodea durante unos segundos, mojándonos. Y, por un instante, estamos juntos como en aquel verano. Él aferrado a mí, rodeados de un mar que refleja miles de estrellas.

—Como si estuviéramos nadando en el cielo —susurra Ibai débilmente.

Antes de que pueda contestar, mi móvil comienza a sonar de pronto en el bolsillo de mi chaquetón. Estoy a punto de apagarlo, pero entonces, leo el nombre de la pantalla.

—¡Julen! —La voz de Melissa estalla en mis oídos cuando atiendo—. Estamos junto a la puerta del Colegio Gadir, Oliver apenas me ha contado nada. ¿Qué diablos está...?

—Tranquila —contesto, con una serenidad que parece irreal—. Se ha terminado.

—¿Qué? —Sé que sabe a qué me refiero, porque la escucho jadear al otro lado de la línea—. ¿Hablas... hablas en serio?

—Sí. —Sonrío y, a través de mis ojos entrecerrados, miro a la luna, más blanca y llena que nunca—. Hemos reescrito el final de la historia.

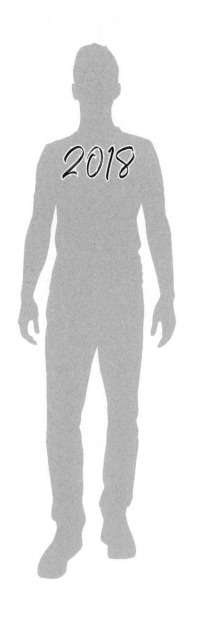

Epílogo

—Ha llegado otro.

El paquete inmenso que cae sobre mi escritorio y agita violentamente el café que se me ha quedado frío, me hace regresar a la realidad.

Parpadeo, balanceando la mirada del sobre marrón apagado, tan ancho como la palma de mi mano, a Sergio, mi editor jefe, que se aleja a pasos rápidos de mí y me observa por encima del hombro.

—Es el último este mes —aclara, antes de que yo pueda decir nada—. Te lo prometo.

Abro el sobre y lo vuelco sobre mi mesa. El manuscrito cae con fuerza sobre mi escritorio. Por el tamaño, debe tener cerca de mil páginas. Mierda. Mil.

—¡Este vale por dos! —exclamo, antes de que Sergio desaparezca por la galería.

Ladeo un poco la cabeza para leer el título: *La insoportable historia de un ser demasiado pequeño en un mundo demasiado grande.*

Estoy a punto de pasar la primera página, pero mis ojos tropiezan con el reloj digital que cuelga de la pared. Es la hora.

Ordeno con rapidez mi escritorio, dejo el nuevo manuscrito a un lado y tiro el café frío. Me pongo la chaqueta oscura e intento ordenar un poco mi pelo rebelde mientras me despido a media voz del resto de mis compañeros, que siguen con sus cabezas pegadas a las pantallas del ordenador o en manuscritos que esperan una respuesta.

—¿A dónde vas tan arreglado? —me pregunta Marta cuando paso por delante de su mesa, de camino a la salida—. ¿Tienes una cena romántica?

—Una reunión de antiguos alumnos —respondo.

—*Agh*. Buena suerte, entonces.

Bajo la escalera de piedra de la editorial Grandía de dos en dos. Cuando salgo a la calle, no encuentro a nadie esperándome. Sonrío, para mí mismo, y me recuesto contra la pared. Alzo la mirada y contemplo la luna que brilla por encima de los tejados de la ciudad. No es una luna normal. Parte de ella está empezando a cubrirse con un color oscuro, sanguinolento. Muchos peatones que caminan delante de mí se detienen y la señalan, sorprendidos. Yo no lo estoy. La llevo esperando más de diez años.

—No me lo puedo creer —dice una voz a mi espalda, unos minutos después—. Julen Bas está siendo puntual.

—Bueno —contesto, girándome hacia Melissa—, hoy es un día importante.

Ella me sonríe y se aferra a mi brazo, tirando de mí para que comencemos a andar. Se ha arreglado tanto como yo, aunque sé que el reencuentro de esta noche no es el único culpable de ello.

—¿Cómo ha ido la cita? Pensé que vendrías acompañada.

Le doy un ligero empujón con la cadera y ella se echa a reír, girando la cabeza para que no pueda ver el rubor que ha coloreado sus mejillas.

—Es pronto, todavía. Nos estamos conociendo. Aunque, ¿sabes qué? El otro día mis padres me vieron con ella.

—¿De verdad? —pregunto, abriendo los ojos de par en par—. Bueno, no pudo ser peor que aquella vez que te pillaron en la cama con…

—Dios, calla. Creo que ellos lo pasaron peor que yo —contesta Melissa, echándose a reír.

Sin dejar de hablar, caminamos con lentitud, mientras disfrutamos de la noche templada de julio. El aire agita un poco las copas de los árboles, trayéndonos el olor de la playa. El resplandor rojizo que derrama la luna se refleja en las fachadas. Parecemos atascados en un atardecer permanente.

—¿No es sorprendente? —murmura de pronto Melissa, con sus ojos clavados en el cielo.

—Es como si estuviera en mitad de un sueño —contesto, siguiendo su mirada.

—Pero no lo estás, Julen. Esta vez no se trata de ninguno.

Sacudo la cabeza, sonriendo, pero no aparto los ojos de la luna. No, sé que esta vez no habrá un encuentro incómodo entre compañeros, sé que no faltará la cara de alguien en la orla de la promoción del 2008, sé que no aparecerá nadie a mitad de la noche con un diario secreto entre sus manos.

Muchas veces me quedo ensimismado y a mi cabeza vuelve todo lo que ocurrió aquel año, en el que intenté cambiar el curso de la historia.

Pero con el cambio no llegó el final.

Ojalá la vida real se pareciera a las historias de los manuscritos que corrijo. Así podría decir que Ibai se recuperó después de contar lo sucedido a su madre y de denunciarlo a la policía, que Bech fue condenado y pasó el resto de sus días en la cárcel. Si alguna vez escribiera un libro sobre todo lo que ocurrió, así sería su final.

Por desgracia, las semanas siguientes a la declaración de Ibai fueron muy complicadas. Para nadie es fácil sentarse en una silla, detrás de un escritorio, y hablar de algo que quiere olvidar, de sus inseguridades, de lo que más miedo le da. Para Ibai fue una tortura. A veces me llamaba, medio llorando, lamentándose por haberme hecho caso, por no haberlo dejado acabar con Bech. Para él, matarlo significaba terminar con todo, aunque eso estuviera muy lejos de ser verdad. Realizó los exámenes finales, pero después dejó de venir a las clases de repaso y tardó un par de años en hacer la selectividad. Aun así, yo hacía lo posible por verlo todos los días. Había veces que estaba bien, había otras en que casi se negaba a mirarme, y había otras que nos escapábamos a la playa con linternas, como hacíamos de niños.

En otras ocasiones, aparecía en la ventana de mi dormitorio a las tantas de la madrugada. Yo no decía nada. Simplemente le abría la cama de abajo y me dormía escuchando su respiración a mi lado. Al día siguiente, su madre llamaba a la puerta y lo encontraba desayunando con nosotros.

Sus heridas eran demasiado profundas, demasiado complicadas, demasiado invisibles para que se cerrasen en segundos. Necesitó muchos años, mucha ayuda, para que los bordes se unieran y dejasen de sangrar.

A día de hoy, creo que de vez en cuando todavía lo hacen.

Ibai Ayala no fue la única víctima de Antonio Bech. Cuando Ibai lo denunció ante la policía, con el apoyo del testimonio de Cam, aparecieron más. Muchas más. Desde mujeres que habían sido madres, hasta niños que acababan de empezar la secundaria.

El juicio fue largo y complicado. Y muy doloroso. ¿Se hizo justicia? Bueno, Bech fue condenado a algunos años de cárcel, pero no cumplió tantos como merecía. En primer lugar, porque la sentencia no fue lo suficientemente dura; y segundo, porque le detectaron un cáncer que lo terminó matando varios meses después del diagnóstico.

Pero después de aquello, las cosas, poco a poco, mejoraron. Ibai logró una estabilidad suficiente como para acceder a una carrera y terminarla. No fue sencillo, pero lo consiguió, y ahora guardo en mi cartera su foto de graduación, en donde aparece sonriente, con el birrete torcido y la banda morada del Grado de Psicología sobre sus hombros.

—Ey, ya hemos llegado. —La voz de Melissa me hace volver a la realidad. Me detengo de golpe junto a los ladrillos rojizos que conforman el muro de entrada al recinto del Instituto Velázquez.

Miro a mi alrededor. A diferencia de ese sueño que tuve hace diez años, el porche que antecede a la entrada principal está lleno de antiguos compañeros. En una de las esquinas, hay un par de personas que hablan entre sí. Una voz sobresale por encima de la otra.

—A Cam se le puede oír desde el otro extremo de la calle —ríe Melissa, ante de encaminarse hacia él.

No es el único que se da la vuelta cuando nos ve acercarnos. Estela, tan preciosa como siempre, me rodea el cuello con los brazos y abraza a Melissa después con fuerza. Aunque su relación no se prolongó más allá del instituto, nunca dejaron de ser amigas. Ni siquiera cuando Estela se tuvo que mudar al extranjero, en busca de un trabajo que no encontraba aquí.

—¡Julen! ¡Qué elegante! —exclama Cam, dándome una palmada en la espalda que casi me derriba—. ¿Estás preparándote para la boda?

Me echo a reír, pero, antes de que pueda contestar, un brazo largo y delgado me envuelve los hombros. Giro la cabeza y encuentro el rostro de Oliver a centímetros de distancia.

—Quién sabe —susurra, guiñándome un ojo—. Puede que ahora tenga un anillo guardado en el bolsillo.

—Oh, no. Por favor, vosotros también no —se queja Cam, haciendo amago de taparse los ojos mientras Oliver se inclina hacia mí para besarme—. Estoy harto de bodas y niños. Melissa, por favor, dime que tú sigues soltera.

—Estoy conociendo a alguien —contesta, encogiéndose de hombros.

Cam ahoga un suspiro de frustración y se gira de inmediato hacia Melissa, que pone los ojos en blanco y lo ignora por completo. Su atención se centra en mi novio.

—Oliver, ¿cómo va el libro? Me dijo Julen que se publicaría en un par de meses.

—Mal. Terriblemente mal. Tengo un editor que es un inepto y me propone unos cambios absurdos —contesta él, haciendo una mueca—. De hecho, debería estar en casa, corrigiendo. Odio este tipo de reuniones. A vosotros os veo casi todas las semanas, así que no sé exactamente qué hago aquí... —Ladeo la cabeza, fulminándolo con la mirada, y a él se le escapa una pequeña risita—. Bueno, puede que sí lo sepa.

—Algún día Julen podría ser tu editor —comenta Melissa, con una sonrisa burlona—. Sería algo interesante de ver.

—Oliver no me deja leer sus manuscritos desde que le intenté corregir un *fanfic* de *Crepúsculo* sobre Edward Cullen y Jacob Black —respondo, suspirando.

—¿Has escrito un *fanfic* sobre Edward y Jacob? —repite Estela, sorprendida.

—¿Qué es un *fanfic*? —pregunta Cam, totalmente perdido.

Estoy a punto de contestar, mientras Oliver me aniquila con la mirada, rojo por la vergüenza, cuando mis ojos se tropiezan con alguien que acaba de cruzar el muro del recinto.

—Ibai —murmuro.

Mi voz parece llegar hasta él, porque de pronto, se da la vuelta y su mirada se encuentra con la mía. Y me sonríe, con una sonrisa que no tiene nada que ver con aquella otra de hace diez años.

Mis pupilas se deslizan por su camisa oscura, por su mano, que está enredada en otra. A mi espalda, mis amigos callan, tan sorprendidos como yo. Ibai no viene solo.

—Hola, hola —saluda, subiendo los escalones con rapidez—. Madre mía, ¿por qué os habéis arreglado tanto?

Hay una chica a un par de pasos de distancia, sonriéndonos tímidamente. Tiene una mirada inteligente enmarcada por una melena de rizos negros. De su cuello, cuelga una pequeña estrella de plata.

—Ella es Laia —dice, propinándole un suave empujón para que se acerque a nosotros.

La sonrisa de ella se pronuncia, pero nosotros nos quedamos un tanto paralizados, observándola.

Estela no fue la única novia de Ibai. Tuvo más relaciones, pero ninguna fue bien, ninguna duró demasiado. El abuso que sufrió de niño constituyó una barrera no solo para que yo, su propia familia, sus amigos, pudiéramos acercarnos a él. Pero ahora, aferraba con fuerza la mano de esa mujer y no había rastro de su antigua incomodidad.

Cuando reaccionamos, lo hacemos todos a la vez, y prácticamente nos abalanzamos sobre ella para presentarnos. Creo que la abrumamos un poco, pero la sonrisa cómplice que comparte con Ibai cuando por fin nos separamos de ella, me calienta por dentro.

—Bueno, no sé vosotros, pero yo voy a entrar —dice Cam, al cabo de un par de minutos—. Me muero de sed y, si recordáis la invitación, decía que el alcohol era gratis.

Lo seguimos, adentrándonos en el oscuro y fresco recibidor. En él, hay tres figuras que nos esperan, con algo que parecen listas entre las manos.

—Hola, profesora Ezquerra —saluda Melissa, deteniéndose frente a la primera de ellas.

—¡Oh, querida, qué alegría verte! —exclama, sonriendo.

Después, se gira hacia mí y parece dudar. Por supuesto, no recuerda mi nombre. Yo uso toda mi fuerza de voluntad para no poner los ojos en blanco.

—Julen, hacía mucho que no te veía —dice entonces otra voz, haciendo que dé la vuelta hacia la izquierda.

Cerca de Ezquerra, están Cruz y Amelia. Él está igual de siempre, aunque su pelo, antes negro, está ahora cubierto de vetas plateadas. Amelia, por otro lado, no parece ni ella.

Está bastante más delgada de lo que recuerdo y se mantiene aferrada al brazo de mi antiguo tutor. Aunque sonríe, su palidez la apaga un poco. Su pelo, antes largo y ondulado, ahora es más corto que el mío.

Trago saliva, y la sonrisa se me quiebra un poco, pero ella no cambia su expresión.

—Me... me alegra verla —balbuceo, con sinceridad.

—¿Cómo se encuentra? —pregunta Ibai, poniéndose a mi lado. Su mano, durante un instante, me aprieta el hombro.

—Bien. Luchando —contesta ella, encogiéndose ligeramente de hombros—. Lo importante es que sigo aquí.

—Sí —corrobora Ibai, mientras me dedica una larga mirada de soslayo—. Lo importante es seguir aquí.

Me esfuerzo y le dedico una última mirada a Amelia, antes de girarme hacia Cruz, que está hablando con Oliver sobre el libro que publicó el año pasado. Cuando me atrapa observándolo, me dedica una pequeña sonrisa.

—Es curioso el grupo que habéis formado, chicos —comenta, dando un paso atrás para abarcarnos a todos con su mirada—. Llevo siendo tutor del último curso de bachillerato desde que terminasteis, pero vuestro año fue un tanto especial. Me enseñasteis muchas cosas, aunque a mí, en un principio, me haya costado aprenderlas. —Sus ojos se deslizan de unos a otros, pero se quedan clavados en Ibai y en mí—. Me hace pensar que vuestra generación tiene todavía salvación. Y que la mía también.

—Disfrutad de esta noche —añade Amelia, que no ha dejado de sonreír en un solo momento—. Estoy segura de que va a ser muy especial.

Asiento, dedicándole una última mirada. Estoy a punto de seguir a los demás, que se dirigen hacia el patio, cuando unos dedos aferran la manga de mi chaqueta y jalan de ella hacia atrás.

Es Ibai.

Me detengo, mientras todos atraviesan la puerta de cristal. Oliver y Melissa, que avanzan junto a Laia, son los únicos que se detienen en el umbral y miran hacia atrás, sintiendo nuestra falta. Pero al encontrarnos juntos, intercambian una mirada cómplice.

—Os esperamos dentro —dice Oliver, antes de dedicarme un guiño.

Ibai y yo nos quedamos quietos, muy cerca, en silencio. Al cabo de casi un minuto, nos miramos de frente.

—Laia. —Pronuncio el nombre con lentitud, como si fuera la única respuesta a una pregunta que nadie ha formulado.

Sonrío con burla cuando veo cómo se ruboriza violentamente.

—Quería que fuera una sorpresa —contesta, desviando la vista hacia la puerta de cristal—. Ella es... increíble, de verdad. Me gustaría que la conocieras, sé que te caería bien.

—Estoy seguro de que sí.

—Y también deberías conocer a su mejor amigo. Es... un poco raro, pero está obsesionado con los libros, como tú.

Yo asiento, incapaz de apartar la mirada de la cara brillante de Ibai, de sus ojos resplandecientes y de sus mejillas, que parecen contener más vida que nunca. Parece a punto de añadir algo más, pero entonces, sus ojos se encuentran con nuestra orla, que han colocado junto a la entrada del patio.

En ella aparecen nuestras fotografías. Una junto a la otra. Los dos sonrientes, él menos que yo, pero intentándolo. Es extraño porque, desde la distancia, da la sensación de que nos estamos mirando el uno al otro.

—Qué diferente podría haber sido este día —susurra, deslizando sus ojos hasta mí.

—Créeme, lo habría sido —contesto mientras dejo escapar un largo suspiro.

—Pero no ha sido así. Y ahora estamos aquí, los dos juntos, diez años después. —Ibai parpadea y a mí me parece ver la sombra de una lágrima—. Gracias a ti.

Sacudo la cabeza y me acerco un par de pasos. Estamos muy cerca el uno del otro, pero ya no existe la vergüenza, la desconfianza, el miedo. La amistad lo llena todo.

—No, gracias a todos. Gracias a Melissa, porque me dio la oportunidad de acercarme de nuevo a ti. A Estela, a las chicas del club que me llevaron a rastras hasta esas fiestas locas, a Oliver, del que después me enamoré. Gracias a Cam, porque estuvo contigo todos esos años en los que yo me ausenté, y se quedó a tu lado, testificando en el juicio. —Me río de pronto—. Gracias a Saúl.

—¿A Saúl? —repite Ibai, entre carcajadas.

—De no ser por él, quizás no habríamos vuelto a ser amigos. —Me inclino, observando el patio repleto de nuestros antiguos compañeros—. Fuimos todos nosotros los que reescribimos la historia.

Ibai respira hondo y sigue mi mirada.

—Es extraño. —Sus labios se retuercen en una sonrisa melancólica—. Esto se parece al final de uno de tus libros.

Meneo la cabeza y me aparto solo un poco de él para poder abrirme la chaqueta y sacar algo que guardaba en sus bolsillos interiores.

Ibai baja la mirada hasta mis manos y ahoga una exclamación de sorpresa. Cuando vuelve a alzar la vista hacia mí, sé que no me puede ver. Hay demasiadas lágrimas nublando sus pupilas.

—Un regalo atrasado de graduación. —Sonrío, sin dejar de mirarlo.

El diario que sujeto es más pequeño que el que me hubiese entregado mi mejor amigo si todo hubiese acabado mal. Sus páginas están en blanco y la cubierta es roja, como esa luna que en un sueño nos cambió a todos la vida, como esa luna que brilla ahora por encima de nuestras cabezas.

Ibai lo sujeta con manos temblorosas y lo aprieta contra su pecho, de la misma forma en la que lo hice yo en una pesadilla, hace ya diez años. Pero en esta ocasión, no hay extrañeza, no hay miedo, no hay dolor.

Solo felicidad. Una felicidad que siempre llenaba a un chico de pelo negro y ojos azules, al que le encantaba pasear por la playa a oscuras y escuchar mis historias, escondido en su pequeño refugio.

—No, Ibai, este no es el final —susurro, dedicándole una última mirada antes de caminar hacia esas puertas abiertas que nos están esperando, hacia nuestros amigos, hacia nuestra vida—. Ahora es el momento de sujetar de nuevo el bolígrafo y empezar a escribir la primera línea de una nueva historia.

Nota de la Autora

Decidí que tenía que escribir una historia así durante un día de primavera, después de un turno de hospital. Yo trabajaba en ese momento en un servicio de urgencias de Obstetricia y Ginecología y, cuando apenas llevaba un mes, llegó el primer caso de violación.

Recuerdo que me quedé completamente en blanco. Por supuesto que había muchos casos así, pero estaba acostumbrada a verlos por televisión. Eran de esas cosas que, aunque te dolían, no la sentías cercanas. O al menos, hasta ese momento.

Después de activar el protocolo que se realizaba en estas circunstancias, me giré hacia una compañera y le pregunté si había visto muchos casos como este.

—Uy, cada fin de semana suele haber varios —me respondió, con una ligereza que me dejó clavada en el sitio—. Y entre semana siempre viene alguno, también. —Imagino que mi expresión hablaba por sí sola, porque se acercó a mí y añadió—: Pero esto no es nada. Me parece que todavía tienes mucho que ver.

Y sí. Estuve en ese servicio de urgencias algo más de medio año. Entré con más de una decena de mujeres a consulta, escuché los horrores que contaban, siempre asustadas. Cada vez que veía algún caso, volvía a casa con ganas de vomitar.

Pero luego llegaron las niñas. No puedo describir lo que sentí la primera vez que vi caminar a una de solo diez años delante de mí, colocándose en la camilla, con los pies en los estribos, por sospecha de abuso sexual. Más de una vez me salí de esas consultas, incapaz de soportarlo.

Al igual que las violaciones, no fueron casos aislados. Vi desde preadolescentes hasta niñas de solo dos años. Y eso, teniendo en cuenta que los niños eran vistos por otros especialistas. En todas las ocasiones en las que estuve presente, los sospechosos eran personas del entorno de los pequeños, personas de su confianza.

No lo entendía. Nadie lo entiende, en realidad. Pero yo sentía una impotencia y una frustración que no podía controlar. Me preguntaba muchas veces qué sería de esas chicas, de esas niñas, de cómo podía salir del hospital y que el mundo continuase girando con total tranquilidad, cuando había ocurrido algo tan horrible.

Al principio, para mí la literatura no era más que una forma de escapar. Pensaba como Bastian, el protagonista de *Una historia interminable*, que le decía a su padre que para qué iba a leer (escribir en mi caso) historias realistas cuando ya bastante tenía con la realidad. Era lo mismo que le decía yo al mío.

En esos días en los que volvía del hospital con el estómago revuelto, preguntándome cómo diablos sucedían esas cosas, me di cuenta de que podía hacer algo además de lo que ya hacía en la consulta. Y eso era escribir. Denunciar con una historia lo que había visto y presenciado. Expulsar de mí toda esa frustración, toda esa impotencia y ese asco que me sacudía cada vez que veía casos así.

Julen e Ibai han sido mi forma de protestar. Julen e Ibai han sido mis gritos.

Y espero que hayan llegado hasta vosotros.

Agradecimientos

Escribir este libro ha resultado ser un proceso intenso y, sin duda, no podría haberlo terminado sin haber tenido el apoyo de muchas personas maravillosas.

Gracias papá, mamá, por estar siempre ahí, por apoyarme y cuidarme de muchas de esas cosas monstruosas que existen en nuestro mundo, y que muchos no conocemos hasta que nos hacemos mayores.

Muchas gracias, Victoria por escucharme, por decirme siempre la verdad y darme la confianza que necesito y que muchas veces me falta. Esta ha sido la única historia que no has podido leer, pero espero que hayas disfrutado con ella.

Gracias, Jero, por ayudarme y por quererme tanto, por borrar mis agobios y mis preocupaciones siempre con una carcajada. Espero que con esta historia logres ideas para elaborar nuevas velas literarias.

También tengo que dar gracias a los que fueron mis compañeros durante ese medio año en el Servicio de Urgencias de Obstetricia y Ginecología del Hospital Universitario Lozano Blesa, por enseñarme cómo enfrentar situaciones delicadas y también, como no hacerlo. A pesar de los momentos duros que a veces vivíamos, fui muy, muy feliz trabajando con vosotros.

Muchas gracias a toda mi familia. Gracias por estar ahí siempre, apoyándome, por preguntar cada vez que me veis: «¿Cómo van esos libros?». Siempre conseguís arrancarme una sonrisa.

Tere, eres mi Ibai particular. Nunca olvidaré esos años en los que corríamos por los pasillos del colegio, cuando te pillaban a ti y yo inexplicablemente me libraba, cuando escribíamos a escondidas en clase. Gracias por todos esos años. Y bueno, por los que nos quedan por delante.

Gracias también a La Generación Perdida, esa promoción del 2006 de la que tengo tantos recuerdos. Vuestra esencia está aquí, perdida entre los personajes. Ojalá os veáis reflejados en ellos.

Muchas gracias, África, por tus consejos y tus ánimos, por esos batidos que nos tomamos y por todos los que quedan por tomar mientras nos reímos de salseos literarios y fantaseamos con nuestras historias.

Gracias, Nancy, por vivir otra historia conmigo. Por tus comentarios y correcciones, que me ayudan mucho a mejorar.

Muchas gracias, Valeria, por darle una oportunidad a esta historia y asistirme con todos esos detalles tan relevantes sobre Ibai y todo lo que lo rodea. Para esta historia, tu opinión como psicóloga era vital.

Mil gracias también a ti, Leo, por hacer posible este libro. Por pulirlo y darme un empujón cuando yo renqueaba. Gracias por entusiasmarte tanto como yo. Gracias por confiar en mí. Qué suerte van a tener los escritores que se encuentren contigo en su camino.

Y por último, gracias lector, lectora, por esta oportunidad. Gracias por vivir y luchar junto a Julen. Espero que vuestras propias historias sean maravillosas, pero, si por alguna casualidad no lo son, espero que gritéis y luchéis por reescribirlas.

Estoy segura de que tenéis la fuerza suficiente para ello.

¿TE GUSTÓ
ESTE LIBRO?

Escríbenos a

puck@edicionesurano.com

y cuéntanos tu opinión.

ESPAÑA ⟩ 🅕 /MundoPuck 🅧 /Puck_Ed 📷 /Puck.Ed

LATINOAMÉRICA ⟩ 🅕 🅧 📷 /PuckLatam

▶ /PuckEditorial

¡Gracias por vivir otra
#EXPERIENCIAPUCK!